John Burdett

Eine private Affäre

SERIE PIPER

Zu diesem Buch

Der ehrgeizige James Knight hat es geschafft: Als brillanter Jurist steht er kurz vor seiner ehrenvollen Berufung zum Kronanwalt und vertritt die vornehmsten Bürger Londons. Doch eines Abends möchte ihn die Polizei in einer delikaten Mordsache sprechen: Der Kleinkriminelle Oliver Thirst ist ermordet worden, einer der ersten Klienten des aufstrebenden Anwalts. Fasziniert von dessen Cleverness hatte James Knight sich damals mit ihm eingelassen und sogar seine Freundin Daisy an ihn verloren. Kein Wunder, daß Knight und die ebenso reizvolle wie undurchschaubare Daisy die Hauptverdächtigen sind ... Nach seinem Bestseller »Die letzten Tage von Hongkong« führt John Burdett uns hier in die abgründige Welt der Londoner High Society, wo nur eines zählt: der gesellschaftliche Erfolg. Der Roman ist eine subtile Parabel auf das englische Klassensystem und zugleich die spannende Geschichte einer fatalen Dreiecksbeziehung.

John Burdett, geboren 1951 in Southampton, wuchs in London auf. Nach seiner Tätigkeit als Strafverteidiger eröffnete er 1982 in Hongkong eine eigene Kanzlei. Seit 1996 lebt er als freier Schriftsteller in Spanien. Auf deutsch liegt außerdem sein Welterfolg »Die letzten Tage von Hongkong« vor.

John Burdett
Eine private Affäre

Roman

Aus dem Englischen von
Sonja Hauser

Piper München Zürich

Von John Burdett liegt in der Serie Piper außerdem vor:
Die letzten Tage von Hongkong (2632)

Ungekürzte Taschenbuchausgabe
Dezember 1999

Titel der englischen Originalausgabe:
»A Personal History of Thirst«, William Morrow
and Company, Inc., New York 1996

Umschlag: Büro Hamburg
Stefanie Oberbeck, Katrin Hoffmann
Foto Umschlagvorderseite: Oliver Godow
Foto Umschlagrückseite: Christine Strub
Gesamtherstellung: Clausen & Bosse, Leck
Printed in Germany ISBN 3-492-22946-8

Für Laura

Anmerkung des Autors

Da es in England und Wales nur eine begrenzte Zahl von Juristen gibt, möchte ich an dieser Stelle ausdrücklich darauf hinweisen, daß das vorliegende Buch sowie alle darin beschriebenen Charaktere fiktiv sind. In meiner vierzehnjährigen juristischen Praxis bin ich meines Wissens keinem korrupten Barrister, Solicitor oder Polizeibeamten begegnet.

Dank

Ohne die große Geduld und den Einfallsreichtum von Sam Vaughan wäre dieses Buch nie entstanden, und ohne die Freundschaft und Beharrlichkeit von Alison Whyte wäre es nie bis zu Sam Vaughan gelangt. Meinen herzlichen Dank an sie beide.

Das Es wird nicht von den Gesetzen der Logik regiert, richtet sich nicht nach dem, was zweckdienlich wäre und läßt sich nicht durch die äußere Realität einschränken; es wird vielmehr von dem beherrscht, was Freud den primären Prozeß nannte, der unmittelbar somatisch erzeugte Instinkte ausdrückt.

The New Encyclopaedia Britannica

Prolog

Der Dieb ging gern mitten in der Nacht in den Seitenstraßen von Knightsbridge spazieren. Das verschaffte ihm ein mittelbares Gefühl von Reichtum und Sicherheit. Andere Orte und andere Personen strebten danach; hier wohnten seit Menschengedenken die Leute, die sozusagen als Arrivierte angekommen oder geboren worden waren. Er hatte nichts gegen sie, kein politisches Interesse an ihnen, diese Phase hatte er schon lange hinter sich. Mittlerweile war seine Auffassung von gesellschaftlicher Ordnung fast hinduistisch; sie gehörten der Kaste der Reichen an, genau wie er, wenn man sich seine Lebensgeschichte betrachtete, zur Kaste der Diebe zählte. Vielleicht war dieses System hoffnungslos, aber es war auch ein System der festen Identitäten: Niemand wurde dazu gezwungen, sich all den Qualen auszusetzen, die ein gesellschaftlicher Aufstieg mit sich brachte.

Er liebte große Fenster, hohe Decken, weite Räume. In seinem Innern löste sich ein Knoten, wenn er um ein oder zwei Uhr morgens an einem Samstag in der Gegend von Montpelier Gardens, Beauchamp Place oder Egerton Terrace spazierenging, hinaufschaute zu den immer noch erleuchteten Wohnungen, einen Blick erhaschte auf den Luxus drinnen, Mußmaßungen anstellte über die Beziehungen, die um diese Zeit Beleuchtung erforderten. Er konnte sich nicht vorstellen, daß jemand in dieser Gegend jetzt einsam war; er kannte die Viertel Londons, in denen Einsamkeit und Elend endemisch waren, und aus genau diesem Grunde kam er nach Knightsbridge, wo dies mit Sicherheit nicht der Fall war.

Er war ein Profi. Er stand in einer uralten wechselseitigen

Beziehung mit denen, die seinetwegen Riegel und Alarmanlagen einbauen ließen. Er war ein Teil von ihnen. Vielleicht verleugneten sie ihn tagsüber, doch in der Nacht war er ein Archetyp ihrer Träume, ein Hauptthema ihrer Unterhaltungen, ein Posten in ihrem jährlichen Budget. Er verschaffte ihnen die Berührung mit der flüchtigen, kühlen Gefahr, wenn sie nachts um den Häuserblock gingen. Sein Schatten zwang sie, sich zu beeilen, seine Schritte in einer engen Straße, seine Augen, die aus einem dunklen Winkel starrten. Obwohl sie das nie zugegeben hätten und sich kaum dessen bewußt waren, stellte er doch ihre letzte Verbindung zur Dichtkunst dar. Er war der letzte Teil des Unbekannten, entzog sich der Kontrolle. Er war der letzte Faktor, der sie vor dem Schicksal der Nichtssagenden bewahrte.

Er war ein Spezialist – ein merkwürdig modernes Phänomen; ein Kenner in der Kunst der Spritztour, der sich eingehend mit seinem Thema beschäftigt hatte. Er las Handbücher für die neuesten Autotypen, wenn auch nicht aus wissenschaftlichem Interesse, und studierte Alarmsysteme. Und er war cool. Obwohl er sonst von Nervosität geplagt war, hatte er sich bei der Arbeit absolut unter Kontrolle. Das war auch nötig, denn er suchte sich nie ein unauffälliges Modell aus, das von den zehntausend anderen seiner Art nicht zu unterscheiden war. Seine Stärke war der elegante, der luxuriöse, der exotische Wagen, den die meisten anderen Diebe nicht zu berühren wagten, weil sie schon nach wenigen Minuten von Funkstreifenwagen und Motorradpolizisten erkannt werden würden. Er beobachtete das Auto, das er ausgewählt hatte, führte manchmal eine Woche lang Buch über das Kommen und Gehen seines Besitzers. Das System war zeitraubend, aber es funktionierte. Bis jetzt war er nie erwischt worden.

Zum Beispiel tauchte eines Freitags gegen Mitternacht vor Grosvenor Mansions ein chilifarbener Porsche 944 S2 auf. Der Besitzer, ein Mann Anfang Vierzig, war offenbar Arzt oder

Zahnarzt. Kein Anwalt. Der Dieb kannte die Anwälte und bezweifelte, daß ein Anwalt in diesem Alter noch so eifrig, fast schon naiv, sein konnte. Ein Arzt möglicherweise, der seine Jugend kämpfend und lernend verbracht, zu früh die falsche Frau geheiratet hatte und sich jetzt betrogen fühlte. Wahrscheinlich rechtfertigte er mit diesem Gefühl, etwas versäumt zu haben, seine Seitensprünge. Wohnte er noch bei ihr? Sagte er ihr jeden Freitagabend, er habe Notdienst? Wahrscheinlich nicht. Auch der Porsche war vermutlich etwas, was das Leben dem Arzt seiner Meinung nach schuldete. Der Dieb konnte das verstehen. Und die Freundin? Mit Sicherheit jünger, aber nicht viel jünger. Das Gesicht des Arztes wirkte gleichzeitig intelligent und leidenschaftlich, kritisch und beflissen. Er war kein Mann, der sich in ein junges Mädchen oder einen tollen Körper verknallte. Der Dieb beneidete ihn um seine unverbrauchte Leidenschaft und beschloß, den Porsche zu stehlen.

Er wartete unter einem Torbogen, während im dritten Stock ein Licht anging. Das Paar wurde in der Düsterkeit der Londoner Nacht kurz erhellt, sie bewegungslos, er auf sie zugehend, die Hände nach ihrer Taille ausgestreckt. Dann fiel der Frau ein, eine Jalousie herunterzulassen. Abgeschnitten von ihren Vertraulichkeiten, lächelte der Dieb. Sie gehörten nicht zu der Sorte, die zuerst einen Drink nimmt. Vielleicht fünf Minuten für ein »Wie war dein Tag?«; weitere fünf zum Entkleiden, zehn bis fünfzehn fürs Vorspiel; der Arzt sah aus wie ein Mann, der auf sein Vorspiel stolz war.

Der Dieb sah auf seine Uhr. Der Arzt war mit Sicherheit ein Romantiker. Selbst wenn der Autoalarm losging – was konnte er schon dagegen unternehmen – in der Unterwäsche hinunterlaufen? Sie würde ihm das nie verzeihen – denn sie war gewiß auch eine Romantikerin, wenn sie jeden Freitagabend bis zwölf auf ihn wartete, statt auf eine Party zu gehen oder sich mit einem ungebundenen Mann zu treffen. Sie durfte nie in eine Situation kommen, in der sie sagen müßte: »Dein Porsche ist dir wichtiger als ich.« Er ging zu dem schnittigen Wagen hinüber.

Er rechnete damit, daß der Porsche eine Herausforderung darstellen würde, vielleicht einen ausgeklügelten Alarmauslöser mit Richtfunkverbindung und Ultraviolettlicht, dazu eine Zentralverriegelung hätte. Aber unter der Motorhaube des Porsche 944 ist nicht viel Platz für eine Alarmanlage, lediglich eine Stelle, und die kannte der Dieb. Es war nicht schwer, die Motorhaube vorsichtig hochzuheben, ohne dabei die Sensoren zu aktivieren und dann die Verbindung zur Batterie zu kappen. Es gab die Möglichkeit, noch ein zusätzliches Batteriesystem einbauen zu lassen, aber die meisten Leute machten sich nicht die Mühe. Wenn der Arzt daran gedacht hatte und der Alarm losging, würde der Dieb die Beine in die Hand nehmen.

Doch der Dieb hatte Glück. Als er an der Tür auf der Fahrerseite vorbeiging, sah er, daß der Arzt sie in seiner Eile nur halb verschlossen hatte. Der Alarm war also nicht eingeschaltet.

Aus seiner Tasche holte er einen Dietrich, führte ihn fachmännisch ins Schloß ein und öffnete die Tür fünfundvierzig Sekunden später. Mit demselben Schlüssel würde er auch das Zündschloß bearbeiten. Der Dieb war inzwischen aufgeregt, aufgeregt und doch cool. Die kühle Seite seines Gehirns hatte die heiße, erregte fest im Griff; er hatte das intensive Gefühl kontrollierter Energie, wie es auch Athleten und Süchtige kennen. Er hielt den Atem an, zählte bis fünf, steckte den Schlüssel ins Zündschloß, drehte ihn ein bißchen hin und her, damit er, obwohl er nicht ganz paßte, griff, und der Motor sprang an. Sekunden später legte er den ersten Gang ein, lenkte den Wagen langsam aus der Parklücke heraus, schaltete an der Straßenecke hoch und raste davon.

TEIL EINS

[1]

Am Sonntag nach Oliver Thirsts Tod kamen zwei Polizisten zu mir nach Hause in Hampstead. Ich kannte sie beide gut. Sie hatten einen zu hohen Dienstgrad für eine reine Routinevisite, und ein Freundschaftsbesuch war dies mit Sicherheit auch nicht. Daraus schloß ich, daß sie vorhatten, mich des Mordes anzuklagen, und entsprechende Vorkehrungen getroffen hatten.

George Holmes, der ältere der beiden, hatte mich am Morgen angerufen und mit seiner zurückhaltenden Stimme gefragt, ob es mir recht sei, wenn er vorbeikomme. Er klang müde; es fiel mir wieder ein, daß er noch in jenem Jahr in den Ruhestand gehen wollte. Ich hatte ihn bereits als jungen Beamten gekannt, als er die Energie von zehn Männern zu haben schien; jetzt hatte die Last zahlloser Verbrechen offenbar sogar seine Kräfte aufgezehrt. Vincent Purves, den anderen, kannte ich nicht so gut, doch nach einem Jahrzehnt in mehr oder weniger dem gleichen Geschäft war auch er mir vertraut. Ich wußte um ihre Schrullen, ihre Schwächen und die Begabung, die ihre Karriere stetig vorangetrieben hatte. Zum Beispiel wußte ich, wie verschlagen George sein konnte, und deshalb war ich ein bißchen nervös.

Durch das Fenster beobachtete ich, wie sie die Straße ein paarmal auf der Suche nach einem Parkplatz auf und ab fuhren. Dabei entging ihnen immer wieder eine freie Stelle vor dem Häuserblock gleich gegenüber. Endlich fand George dann einen geeigneten Platz für seinen verbeulten und schmutzigen alten Rover. Vincent, der mit Fünfzig immer noch schlank und drahtig war, stieg als erster aus. George ließ sich Zeit und tauchte noch einmal mit dem Kopf in den Wagen, um seinen Filzhut und seinen Tabak herauszuholen. Ich erinnerte mich, daß er im Zeugenstand genauso bedächtig war. Seine braunen Ledertreter knirschten den kurzen Weg zu meinem Haus herauf, und ich stand bereits an der Tür, als er klingelte.

»Hab's dir doch gesagt, gegen den Kerl hat man keine Chance.« George schob den Filzhut aus der Stirn. »Er ist immer zehn Schritte voraus.«

»Stimmt das?« fragte Vincent.

»Ist sogar noch untertrieben. Ich weiß gar nicht mehr, wie oft er mich früher im Zeugenstand auseinandergenommen hat. Nach zehn Minuten hab' ich nicht mehr gewußt, ob ich ein Mitangeklagter oder die *tea lady* bin. Wie geht's, James, mein Junge – darf ich Sie noch so nennen? Schön, Sie zu sehen.«

Wir schüttelten uns lächelnd die Hände, und ich führte sie in das Arbeitszimmer, das ich durch die Herausnahme einer Wand zwischen zwei Räumen vergrößert hatte. George stieß einen Pfiff aus.

»Alle Achtung. Sie haben sich ganz schön gemacht seit Billaricay Magistrates Court.«

In dem Raum befanden sich eine teure Van-Gogh-Kopie von einem Exsträfling, der berühmt geworden war, ein paar Ledermöbel und ein alter Schreibtisch, auf den ich stolz war – allerdings bezweifelte ich, daß diese Dinge oder auch die Dokumente und aufgeschlagenen Bücher, die überall herumlagen, George beeindruckten. Wie üblich arbeitete ich am Sonntag. Ich schaltete den Computer aus.

»Einen Drink, Freunde? Scotch, Bier, Cognac, Sherry?«

George stupste Vincent an. »Schlau, was? Sehr subtil. Er möchte rausfinden, ob wir im Dienst sind oder nicht.« George zwinkerte mir zu. »Vincent, ich würde sagen, unter den gegebenen Umständen müßtest du eigentlich einen Drink nehmen – sonst verrätst du zuviel.«

»Nein, nein, danke.«

George entschied sich für einen starken Scotch mit Soda. Ich schenkte mir einen großen Armagnac ein und beobachtete sie über den Rand meines Glases hinweg. Plötzlich war es heraus.

»Eigentlich bin ich froh, daß Sie gekommen sind. Ich möchte den Mord an Oliver Thirst gestehen.«

Vincent blinzelte, und George starrte mich plötzlich mit einem Gesicht an, das er normalerweise niemandem zeigte, ein häßliches Gesicht. Doch er fing sich bereits nach ein paar Sekunden wieder und begann, in seiner Tasche herumzukramen.

»Was ist los, George?« fragte ich.

»Scheiße.«

Er suchte noch ein bißchen weiter. »Hab' vergessen, die Handschellen mitzubringen – hast du Handschellen dabei, Vincent?«

Vincent weigerte sich, das Spiel mitzuspielen.

»Tja, das wär's wohl. Ich kann Sie nicht festnehmen, mein Alter, hab' keine Handschellen. Aber sagen Sie uns doch: Wie haben Sie Oliver Thirst getötet?«

»Langsam, jeden Tag, die letzten acht Jahre.«

George entspannte sich erleichtert.

Ich sagte: »Tut mir leid, das hätte ich nicht machen sollen. Ich weiß, Sie sind nur hier, um mich über Thirst zu fragen, Sie tun nur Ihre Arbeit – ich weiß es zu schätzen, daß ich es mit Ihnen zu tun habe und nicht mit irgendeinem cleveren Greenhorn, das sich seine Sporen noch verdienen muß – aber der Gedanke schmerzt mich immer noch. Sogar sehr. Nachdem George mich heute morgen angerufen hatte, habe ich eine kurze schriftliche Erklärung vorbereitet. Anhand der Zeitungsartikel habe ich die ungefähre Todeszeit errechnet, deshalb finden Sie der Erklärung beigefügt die Namen, Adressen und Telefonnummern aller Leute, mit denen ich in der entsprechenden Zeit zusammen war. Einen Namen habe ich nicht notiert, weil er vertraulich bleiben soll. Am späteren Abend war ich mit einem Exmandanten zusammen, der sich über eine lebenslange Manipulations- und

Korruptionsgeschichte mit einem höheren Polizeibeamten beklagen wollte. Natürlich habe ich ihm den Rat gegeben, sich an die Beschwerdestelle der Polizei zu wenden. Eine Kopie meiner Erklärung habe ich per Post meinem Anwalt geschickt.«

Ich holte zwei Ausfertigungen des getippten Manuskripts vom Schreibtisch, steckte sie in zwei transparente Plastikhüllen und gab jedem eine.

George wich meinem Blick aus, als ich ihm die seine reichte. »Macht's Ihnen was aus, wenn ich das jetzt lese?«

Ich zuckte mit den Achseln. Er nahm bedächtig eine Brille aus der Tasche und begann zu lesen. Konzentration und Brille ließen sein Gesicht grimmig erscheinen.

»Habe Thirst zum erstenmal am 15. Juni 1976 im Tower Bridge Magistrates Court gesehen«, las er vor, dann schwieg er.

Für mich wirkten die nüchternen Fakten dieses einen Satzes so stimulierend wie Weihrauch; er strömte einen überwältigenden Duft aus, als wäre mein kurzer Text eine jener Grußkarten, an denen man rubbelt, und dann riechen sie. Ein heißer Morgen trieb an mir vorbei, an dem ich die Themse von Norden nach Süden über jene berühmte Brücke überquerte, und das Herz schlug mir vor Freude in der Brust, weil ich zu meinem fünften Gerichtstermin in jener Woche unterwegs war.

Der Tower Bridge Magistrates Court ist ein alter Gerichtshof, und seine unterirdischen Zellen sind noch richtige Verliese, die aus dem Fels geschlagen und mit Stahlgittern versehen wurden. Thirst las gerade das *Guinness Buch der Rekorde* und machte sich nicht die Mühe, den Blick zu heben, als der wachhabende Beamte die Zellentür öffnete, um mich einzulassen.

»Ihr Anwalt ist da, Oliver«, sagte der Beamte, der ihn zu kennen schien.

Thirst hob den Blick noch immer nicht. »›Das größte Objekt, das jemals von einer Einzelperson entwendet wurde, war die SS *Orient Trader*, ein 10640-Tonnen-Schiff. N. William Kennedy stahl es, nur mit einer scharfen Axt bewaffnet, am 5. Juni 1966‹«, las er mit hartem, unverfälschtem Cockney-Akzent vor. Endlich hob er den Kopf und sah mir ziemlich lange in die Augen.

Er hatte ein unvergeßliches Gesicht: schön, naiv, schräg, knisternd vor Zorn. Das Gesicht eines Kriminellen: Unschuld und Arglist streng voneinander getrennt; jeden Augenblick konnte das eine oder das andere die Oberhand gewinnen.

»Das nenne ich einen richtigen Fang. Da komm' ich nicht ran«, sagte er schließlich.

»Ich dachte, Sie wollten auf ›nicht schuldig‹ plädieren«, sagte ich.

Er tat so, als denke er über das nach, was ich gesagt hatte. »Ach ja, hab' ich ganz vergessen.« Einen Augenblick lang verzog er das Gesicht aus Gründen, die ich nicht verstand. Dann lächelte er.

Meine Erklärung war genau zwei Seiten lang, doch George brauchte sieben Minuten, um sie zu lesen. Vermutlich merkte er sich jedes einzelne Wort. Vincent war schon längst fertig, als er den Kopf hob.

Er nahm seine Brille ab, klappte sie sorgfältig zusammen und steckte sie zurück in ihre Hülle.

»Sieht hieb- und stichfest aus, James. Sehr professionell.«

»Ihnen ist klar, daß ich es mir nicht leisten könnte ...«

»Natürlich nicht, mein Alter – ein Mann in Ihrer Position, Sie müssen Präventivmaßnahmen ergreifen, wenn sich Leute wie wir ankündigen. Das wird jeder verstehen – jeder.«

»Es ist nur, weil ich dieses Jahr Seide tragen werde, wenn alles gutgeht.«

George tat so, als bliebe ihm der Mund offen stehen. »Hörst du das, Vincent? Da befinden wir uns ja sozusagen in Gegenwart einer königlichen Hoheit.«

»Nicht, George«, sagte Vincent.

George schenkte ihm keine Beachtung. »Weißt du, was ›Seide tragen‹ bedeutet, Vince?«

»Klar, das heißt, er wird Queen's Counsel.«

»Nein, ich will wissen, ob du weißt, was das *wirklich* bedeutet.« Georges Augen verengten sich. »Ein Queen's Counsel ist absolut souverän und von einer solch untadeligen Integrität, daß er Ihre Majestät persönlich in allen Angelegenheiten des britischen Rechts beraten darf.« Er sah mich an, die Augenbrauen hochgezogen.

»Das war vor hundertfünfzig Jahren so«, sagte ich. »Heutzutage wendet sich Ihre Majestät lieber an raffinierte Anwälte und Presseberater, die zweihundert Pfund die Stunde verlangen. Ein Queen's Counsel übernimmmt jede Arbeit, die er bekommen kann, wie jeder andere auch.«

George schüttelte den Kopf. »Immer an der Spitze der Meute, was? So, so! Jetzt verstehe ich. Es geht nicht darum, sich nichts zuschulden kommen zu lassen – man muß nach Rosen riechen, mein Alter.«

Er gab mir die Klarsichthülle zurück, faltete die Erklärung sorgfältig zweimal und steckte sie in seine Tasche. Dann tastete er nach seiner Pfeife, fragte mich mit den Augen, ob ich etwas dagegen habe, kratzte darin herum und stopfte sie.

»Keine Freundin, was?«

Ich schüttelte den Kopf.

»Lange her, daß Sie verliebt waren, was?«

»Ich war sehr beschäftigt, George – das wissen Sie. Ist nicht so ganz leicht, den Frauen nachzusteigen, wenn Sie jeden Abend bis elf und den ganzen Sonntag arbeiten.«

»Wahrscheinlich. Ich hab' da keine Ahnung. Ich hab' zwei Wochen nach meinem Abschluß an der alten Polizeischule in Hendon geheiratet. War damals natürlich noch eine ganz andere Stadt. Ich hab' in meinem eigenen Revier gewohnt und alle Zeit der Welt gehabt – bin immer zum Mittagessen und in den Teepausen heim. Hab' selbst ein Auge auf meine zwei Mädels auf dem Schulhof gehabt.«

Er unterbrach seine Überlegungen, als falle ihm plötzlich etwas ein.

»Ich erinnere mich noch an den Tag, an dem Sie die Seiten gewechselt haben, James. Das beste Beispiel für einen Bock, den man zum Gärtner gemacht hat, das mir je untergekommen ist. Ich bilde mir ein, daß ich durch unsere kleine Unterhaltung während der Zugfahrt nach Sheffield auch was dazu beigetragen habe – erinnern Sie sich noch? Nur wenige Wochen später – den Eindruck hatte ich zumindest – haben Sie genau die harten Fälle ins Gefängnis gebracht, die Sie bis dahin verteidigt hatten. Unter den gegebenen Umständen ganz verständlich. Jeder Kriminalinspektor, der nicht genügend Beweise hatte, wollte, daß Sie unterrichtet werden. Oben im Büro der Staatsanwältin hing ein Zettel mit der Aufschrift: James Knight beißt. Sie hatten eine ganz schöne Fangemeinde bei der Polizei, nachdem Sie sich für das einsame Leben des Anklägers entschieden hatten. Genau die Leute, die Ihnen vorher am liebsten den Kragen umgedreht hätten, haben sich Hals über Kopf in Sie verliebt. Und außerdem waren da noch die ganzen Fälle, die Sie für mich übernommen haben. Sie haben plötzlich ganz schön viel Arbeit bekommen.«

Ich nickte. »Er ist immer noch da – der Zettel, meine ich. Ich habe mich erst kürzlich mit der Staatsanwältin unterhalten müssen, und da hat sie ihn mir gezeigt.«

George hob das Kinn in Richtung Vincent. »Siehst du, jedesmal, wenn er den Mund aufmacht, wird ein bißchen klarer, wie weit er es geschafft hat. Er geht jetzt direkt ins Büro der Staatsanwältin, und sie küßt ihm die Füße.« Er lächelte, dabei kamen seine tabakgelben Zähne zum Vorschein. »Sie müssen ganz schön stolz sein, James, was?«

»Nein, George, das wollte ich gerade sagen. Nur Verrückte sind stolz darauf, wenn sie Leute ins Gefängnis bringen – auch wenn es sein muß.«

Er zündete seine Pfeife mit einem Gasfeuerzeug aus massivem Gold an, an das ich mich erinnerte, weil es so wenig zu ihm zu passen schien, und begann in seiner Tasche herumzusuchen. »Tja, nun zurück zu diesem Fall. Ich möchte sichergehen, daß wir über denselben Mann reden.«

Ein unbeholfener Hinweis von einem scharfsinnigen Mann. Wurde George langsam alt? Ich nahm das schmale Päckchen Farbfotos, das er mir reichte. Wir konnten doch überhaupt nicht über einen anderen Mann reden, oder?

Er musterte mich, während ich mir die Fotos ansah. Wenn er die altmodische Meinung vertrat, daß der Anblick des Opfers den Schuldigen aus der Fassung bringt, dann bestand ich diese Prüfung wohl mit Auszeichnung. Nach der ersten Leiche gibt es nichts Gewöhnlicheres mehr als den Tod.

Auf den Bildern lag ein nicht mehr ganz junger Mann mit einem Gesicht, das nicht mehr zornig sein konnte, auf dem Boden, ein kleines, sauberes Loch in seiner Stirn. Wenn ich überhaupt überrascht war, dann darüber, wie harmlos er aussah. Die Fotos zeigten dasselbe Motiv aus verschiedenen Blickwinkeln. Auf manchen war zu erkennen, daß die Leiche auf einer Londoner Straße lag. Eine Weitwinkelaufnahme zeigte einen schokkierten Passanten und ein Viertel eines Ford Cortina. Nach einem kurzen Blick darauf legte ich sie beide wieder unter den Stapel.

Nur das letzte Foto war von einem lebendigen Menschen. Das Geräusch, das ich von mir gab – ich glaube, eine Mischung aus Schluchzen und überraschtem Keuchen –, schien mir von einem anderen zu kommen. Ich gab die Bilder zurück und nahm einen großen Schluck Brandy.

»Tut mir leid, mein Alter«, murmelte George.

Ich sah, daß Vincent etwas in sein Notizbuch kritzelte.

»Setzen Sie sich«, sagte George, und ich gehorchte. »Sie sind ein sensibler Mensch. Nervös, fast ein Genie. Was für einen Mann wie den verstorbenen Oliver Thirst langweilig gewesen wäre, wäre die reinste Tortur für James Knight. Ich möchte rücksichtsvoll sein, aber ich brauche ein paar Antworten. Wenn wir's nicht wären, dann jemand anders – das wissen Sie.«

»Was wollen Sie wissen?«

Er zündete seine Pfeife noch einmal mit dem goldenen Feuerzeug an und betrachtete es liebevoll eine Sekunde lang, bevor er es wieder in die Tasche steckte.

»Es ist schon komisch mit euch Erfolgsmenschen. Ich hab' mal einen Boxer gekannt – Amateurmeister im Fliegengewicht –, der hätte außerhalb des Rings nicht mal eine Maus erschreckt. Er hat seine ganze Energie ins Boxen gesteckt. Im Ring war er eine Killermaschine. Hätte Profi werden können, aber seine Frau wollte das nicht. Als er das Boxen aufgegeben hat, ist sie sofort mit einem anderen durchgebrannt. Große Männer haben große Schwächen, James. Erzählen Sie mir von der Amerikanerin.«

»Da gibt's nichts zu erzählen. Ich hab' sie seit fast zehn Jahren nicht mehr gesehen. Das wissen Sie doch – Sie haben sich bestimmt mit ihr unterhalten.«

»Aber es vergeht keine Stunde...?«

»Ich hab' schon seit Jahren nicht mehr an sie gedacht.«

Er wirkte erleichtert.

»Ich werde jetzt nichts mehr sagen, George. Entweder Sie machen die Sache richtig, oder Sie lassen die Finger davon.«

»Wahrscheinlich hassen Sie sie – ich meine, wenn Sie an sie denken.«

»Kein Kommentar.«

Vincent, der zum Glück schon immer eine schwache Blase gehabt hatte, fragte, wo sich die Toilette befinde. George nahm die Pfeife aus dem Mund und starrte mich ziemlich lange an. Mir war das unangenehm, und ihm vermutlich auch. Es war, als habe man uns unerklärlicherweise die Gabe des Redens geraubt.

»Möchten Sie den Garten sehen?«

»Gute Idee«, sagte er.

Vincent blieb, diplomatisch, wie er war, ziemlich lange in der Toilette. Ich führte George aus dem Arbeitszimmer und den Flur entlang zur Küche, wo ein Stapel schmutziger Teller und Becher darauf wartete, gespült zu werden, vorbei an ein paar leeren Weinflaschen.

Der Garten hinter dem Haus war gerade so lang, daß das Bedürfnis der Edwardianer nach Privatsphäre und Auslauf für die Kinder befriedigt wurde: ungefähr zwanzig Meter. Aber es war zu viel, wenn man sich nicht fürs Gärtnern interessierte. Ich hatte einen Teich mit Goldfischen gleich neben dem Haus angelegt und den Rest verwildern lassen.

»Hätte nie gedacht, daß Sie Goldfische mögen«, sagte George.

»Eigentlich mag ich sie auch nicht. Mir sind Wildkatzen lieber. Ein großer Kater, der hier frei herumläuft, kommt hin und wieder vorbei und frißt sie. Manchmal beobachte ich ihn dabei. Ich denke mir, für ihn ist der Teich die Speisekammer. Ich fülle sie einmal im Monat auf.«

Dies war einer meiner Standardzüge, der dazu diente zu amüsieren oder zu schockieren, je nach Gast. George nickte geistesabwesend, als habe er mir nur mit halbem Ohr zugehört. Wieder starrten wir einander an, als hätten wir die Sprache verloren.

Vincent kam zurück.

»Gehen wir, George?«

Ein nüchternes Nicken. »Wenn du soweit bist.«

George blieb an der Haustür stehen, um seinen Hut aufzusetzen. In der Parklücke, die er hätte nehmen können, stand jetzt ein verbeulter Lieferwagen ohne Fenster. Wahrscheinlich ruhte mein Blick ein wenig länger darauf als zu erwarten gewesen wäre.

»Sie haben sich nicht verändert, James. Wissen Sie, an Leuten wie Ihnen habe ich schon immer etwas bewundert – übrigens nicht nur die Cleverness. Die Gefängnisse sind voll von Leuten, die nicht clever genug waren, als es darauf ankam. Der Teufel steckt im Detail. Und Sie haben ein erstaunliches Auge für Details. Es täte mir leid, wenn dieses Talent verschwendet würde. Wenn ich irgend etwas für Sie tun kann, irgend etwas...«

»Tja... doch. Ich glaub', ich ha-ha-ha-be...«

Als Kind hatte ich gestottert. Durch die Wahl meines Berufes und dank meiner Willenskraft hatte ich diese Schwäche überwunden, doch jetzt kehrte sie plötzlich wieder. Ich versuchte es noch einmal. »Ich glaub', ich ha-ha-ha-be alle Fotos von ihr verloren.« Ich wich seinem Blick aus.

Er fischte den dünnen Stapel Fotos aus seiner Tasche und nahm das letzte davon.

»Wenn Sie mir versprechen, sie nicht umzubringen, gebe ich Ihnen ihre Telefonnummer.«

»Ich versprech's.«

Er kritzelte eine Nummer auf die Rückseite des Fotos und reichte es mir.

»Es würde mich interessieren, was sie zu sagen hat.«

»Sie glauben doch nicht, daß ich...?«

Er hob einen Finger. »Sie brauchen Zeit zum Nachdenken. Sie haben die Hälfte Ihres Lebens damit verbracht, sich eine Karriere aufzubauen, und dieses Jahr werden Sie Kronanwalt. Wir wollen doch nicht, daß da was dazwischenkommt.«

Ich nahm das Foto und sah George nach, wie er den kleinen Weg wieder hinunterknirschte. Er ging nicht beschwingt wie ein Sieger, sondern wirkte plötzlich müde.

Vincent schloß sorgfältig das Tor hinter ihnen.

[2]

Natürlich hatte ich keine Fotos verloren. Ich hatte sie vernichtet, weil ich damals glaubte, das meiner psychischen Gesundheit schuldig zu sein. Und jetzt hatte ich wie ein Süchtiger meinen Stolz für die Chance verkauft, noch einmal krank sein zu dürfen.

Das Foto war nicht gut, sondern verblüffend. Wahrscheinlich war es von einem Versteck aus mit einem starken Teleobjektiv aufgenommen worden. Die Metropolitan Police beschäftigt im allgemeinen keine Fotografen, die sich mit den Feinheiten der Porträtaufnahme auseinandersetzen. Doch es war gut für mich. Während ich das Bild gierig anstarrte, spürte ich, wie die jahrelange Willensanstrengung bröckelte. Die graue Barrikade aus Akten, Dokumenten, fieberhafter Arbeit und zynischem Humor schmolz dahin, als sende die Sonne ihre Strahlen wieder unerbittlich auf mich herab. Ich schenkte mir noch einen Armagnac ein, nahm den Telefonhörer in die Hand und wählte die Nummer, die George Holmes mir gegeben hatte.

Die Stimme quälte mich wie ein Lied von einer fernen Küste. Ich kannte sie so gut, daß ich den Ursprung eines jeden Vokals und Konsonanten so genau bestimmen konnte, als hätte ich ihr die Sprache beigebracht, was in gewisser Hinsicht auch stimmte. Nur ein Experte – oder ein Liebhaber – konnte den verwaschenen New-England-Tonfall erkennen.

»Die Polizei war da«, sagte ich. »Wahrscheinlich haben die Beamten mit dir auch schon gesprochen, oder?«

»Mm. Gestern. Ist lange her, James.«

»Acht Jahre, zwei Monate und ein paar Tage.«

»Du hättest nicht anrufen sollen, Schatz – Sie erwarten sicher, daß wir reden. Sie könnten dir weh tun. Du bist jetzt erwachsen.«

»Und ich werde verdächtigt.«

Sie lachte über diese Absurdität. Als ich sie fragte, ob sie nicht vorbeikommen und darüber sprechen wolle, erklärte sie sich auf ihre freundliche amerikanische Art dazu bereit und vergaß sofort, daß ich ein erwachsener Mann war, den man verletzen konnte. Wir unterhielten uns ein paar Minuten über seinen Tod; als letztes sagte sie: »Ich muß immer wieder an die Nacht denken, in der du nach Hause gekommen bist und mir von ihm erzählt hast. Da hat alles angefangen.«

Die Pedanterie, die ich mir durch jahrelange Übung erworben hatte, protestierte in das Schweigen hinein, daß das nicht ganz stimmte. Es hatte alles bereits ein paar Stunden früher angefangen. Nachdem ich seinen Fall für ihn gewonnen hatte, lud er mich auf einen Drink ein. Das verstieß theoretisch gegen die Regeln: Seinerzeit traf sich ein Anwalt nur in Gegenwart eines anderen Anwalts mit einem kriminellen Mandanten. Doch schon damals hatte er etwas Drängendes an sich, dem man nicht widerstehen konnte, und ich war in gewisser Weise schwach, was mit jenem wunderschönen Sommermorgen und dem, was von meiner Jugend noch übrig war, zu tun hatte. Indirekt hatte es auch mit ihr zu tun. Damals wie heute erzeugte konventioneller Erfolg in meinem Beruf null Sex-Appeal. Der Kampf um Liebe und Ruhm erforderte ein bißchen Mogeln und ein bißchen Protest, das dachte ich jedenfalls.

Wir befanden uns zufällig in einem historisch bedeutsamen Gebiet voller Lokale mit einmaligem Ausblick über die Themse und amerikanischen Professoren, die nach der Bank suchten, auf der Shakespeare zuletzt gesessen hatte, doch ihm wäre nie in den Sinn gekommen, mit mir in ein solches Lokal zu gehen. »Was trinken« – das bedeutete für ihn, irgendwo in einem düsteren Loch südlich des Flusses an einer Bar zu stehen, wo die Aschenbecher nicht schwer genug sind, um als Waffe verwendet zu werden, und wo es nur wenige Tische und Stühle gibt. Ich bestellte ein Glas schales Bier in dem Bewußtsein, daß ich eigentlich nicht hätte dort sein dürfen, und wartete darauf, daß sich die Spannung löste. Er wich meinem Blick aus, und so konnte ich sein Gesicht betrachten: Er hatte ein kantiges Kinn, eine Adlernase und fahle Haut, der man ansah, daß sie lange Zeit keine Sonne mehr gesehen hatte.

Er nahm einen großen Schluck Bier und begann mit seiner Zusammenfassung der morgendlichen Ereignisse, und zwar, wie die meisten seiner Sätze, mit »Yeah«.

»Yeah, Sie waren gut, James. Genau. Sie haben den Polypen ganz schön runtergemacht – ist leichenblaß geworden, wie Sie ihn wegen seinem Notizbuch befragt haben.«

»Den Polypen?«

Er starrte mich an. »Sie wissen doch, was das bedeutet. Bullen, Polypen und so.«

»Ja«, sagte ich. »Ich weiß, was es bedeutet, aber es ist schon eine Weile her, daß ich den Ausdruck gehört habe.« Ich lächelte.

»Aber wissen Sie, was ich gedacht hab', wie ich Ihnen zugeschaut und zugehört hab'? Ich hab' gedacht, das hätt' ich auch gekonnt – ich hätte da droben sein können, wo Sie sind –, wenn ich bloß die Gelegenheit dazu gehabt hätte.«

Die Aussage »Ich tauge genausoviel wie du« ist nichts Neues, aber er schien davon überzeugt, daß er durch irgendeinen grotesken Zufall das falsche Leben lebte. Ähnlich wie die Leute, die behaupten, mit dcm falschen Geschlecht geboren worden zu sein und sich irgendwann einem drastischen chirurgischen Eingriff unterziehen.

Gerade als ich ihn verlassen wollte, machte ich, wie ein Blinder, der an einer Klippe entlanggeht, den Schritt, der mein Schicksal besiegelte. In einem absurden Augenblick der Schwäche sagte ich: »Wir müssen uns wiedersehen.« Dann wandte ich den Blick sofort von der erschreckenden Dankbarkeit ab, die sein Gesicht erfüllte.

Nachdem George und Vincent weg waren und eine Viertelstunde später auch der Lieferwagen verschwunden war, ging ich die Treppe zu meinem Schlafzimmer hinauf und drückte dabei die Handfläche gegen meine Lendengegend. Eine alte Verletzung, die mich an Thirst denken ließ. Sie schmerzte immer am meisten, wenn ich nervös oder erschöpft war.

Im Schlafzimmer hatte ich meine Privatbibliothek. Es hatte alles mit dem Band *Golden Treasury of English Verse* angefangen, den meine Mutter einmal als Preis in ihrem Waisenhaus gewonnen hatte, und mit einer kleinen Büchervitrine aus Walnußholz, die wohl aus dem achtzehnten Jahrhundert stammte. Mittlerweile waren dort drei Wände mit Büchern bedeckt, die, darauf bin ich stolz, nichts mit Recht zu tun hatten. Meine Mutter starb, als ich kaum älter als zehn war, und meine Sammlung begann als eine Art Wiedergutmachung. Als Junge hatte ich nur Verachtung für ihre Gedichtbände empfunden, doch nach ihrem Tod zwang ich mich, sie zu lesen, und mit Zwanzig war ich süchtig danach. Wenn es meinem Anwaltsgehirn nicht gelang, selbst einen überzeugenden Satz zu produzieren, beschwor es die Worte eines längst verstorbenen Meisters herauf. Im großen und ganzen gefiel den Richtern und Geschworenen diese Schrulle, obwohl Freunde sie manchmal als prätentiös empfanden. Sie kennzeichnete mich als Exzentriker, ein Kreuz, das ich gerne trug für eine Mutter, die nicht lange genug gelebt hatte, um mir die Illusionen zu rauben.

Ich streichelte das Bücherregal. »Daisy«, sagte ich.

Seit dem Tod meiner Mutter hat es nur zwei Arten von Frauen für mich gegeben: diejenigen, die ewiger Treue würdig waren – und alle anderen. Ich kann Ihnen sagen, besonders schön ist es nicht, ein lebendes Klischee Freudscher und Jungscher Gedanken zu sein.

Als es an jenem ereignisreichen Sonntag zum zweitenmal an der Tür klingelte, war es, als hätte eine Uhr, die vor acht Jahren stehengeblieben war, wieder zu ticken angefangen. Ich rannte zur Tür, überglücklich darüber, daß ein Mann gestorben war und ich wieder ein Narr sein konnte.

[3]

Ihr Auftritt war anmutig und gleichzeitig ironisch.

Zu behaupten, daß sie genauso jung wie früher aussah, wäre falsch (sie war in einem Alter, in dem sich Körper und Gesicht einer Frau verändern), aber ihr Schritt war genauso leicht wie früher, als wolle sie nur mit dem Gepäck durchs Leben gehen, mit dem sie zur Welt gekommen war. Ihr Haar war blond und widerspenstig wie eh und je, ihr Witz unverändert boshaft. Das schwerfällige Gebilde aus Wohlstand, Ansehen und Ego, das ich mit mir herumschleppte, hatte in ihrer Gegenwart nicht länger als eine halbe Stunde Bestand. Sie besann sich auf ein paar Variationen ihres New Yorker Tonfalls, um einen Witz über meine Van-Gogh-Reproduktion zu erzählen, den ich erst nach einer Weile verstand, weil ich gerade eine Flasche Wein aufmachte. Als mir seine Bedeutung klar wurde, mußte ich mich gegen den Kühlschrank lehnen, damit ich den Wein nicht verschüttete, während mein armer dünner Körper sich vor Lachen und Erleichterung schüttelte. Als sie merkte, was sie angerichtet hatte, liefen mir schon die Tränen herunter, und sie mußte sie wegwischen, genauso sanft, wie ich es in Erinnerung hatte.

Ich sagte: »Ich hatte ganz vergessen, wie gut du Akzente nachmachen kannst.«

»Früher hab' ich mal einen amerikanischen gehabt – das weißt du doch sicher noch, oder?«

»Aber wenigstens keinen aus der Bronx.«

Kaum etwas taugt besser als ein alter Witz, um zu überprüfen, ob in einer alten Beziehung noch Leben steckt. Ich kicherte, sie lächelte freundlich.

Ich hatte meinen besten Wein aufgemacht, einen Chassagne-Montrachet, von dem ich wußte, daß er ihr schmecken würde, trotz ihrer Prinzipien. Wir leerten die Flasche, knabberten dazu Käse und redeten über alles, nur nicht über das, was uns wieder zusammengebracht hatte. Sie unterrichtete noch immer Englisch an einem Polytechnikum und glaubte nach wie vor fest an einseitige nukleare Abrüstung. Sie war über die neuesten Trends im Feminismus auf dem laufenden und haßte die Polizei aus Prinzip.

»Haben sie dir zugesetzt?«

»Mir mit Sicherheit schlimmer als dir. Sie haben's geschafft, daß ich mir vorgekommen bin wie eine Nutte, wie eine Mordverdächtige, wie ein Gangstergroupie, und das alles in nur zehn Minuten. Sie geben einem das Gefühl, schmutzig zu sein, nicht wahr – als ob man überhaupt keine Privatsphäre hätte.«

Ihr Blick forderte mich auf, ihr zuzustimmen.

»Sie tun nur ihre Arbeit – ich weiß, ich weiß, wie Eichmann. Fangen wir lieber nicht davon an.«

Aus Gewohnheit wappnete ich mich gegen einen Streit, doch sie zuckte nur mit den Achseln und lächelte.

»Hast du immer noch die ganzen Hitchcock-Filme in Schwarzweiß?«

Der zweite Montrachet wurde geleert, während wir *Fenster zum Hof* ansahen. Als der Film zu Ende war, war es so kalt geworden, daß wir eng aneinander gekuschelt dasaßen.

»Wollen wir drüber reden?«

»Noch nicht, James – lieber nicht.«

Ich hustete. »Du hast den Rest des Hauses noch nicht gesehen.«

Ich hielt den Atem an. Sie verzog das Gesicht zu einem spöttischen Lächeln, ließ mich aber ihre Hand nehmen und sie zur Treppe führen. Es erschien mir wie das natürlichste von der Welt, sie in mein unordentliches Schlafzimmer zu führen, als wären acht Jahre zu fünf Minuten zusammengeschrumpft. Sie stellte sich ans Fenster und schaute, den Rücken mir zugewandt, zur Straße hinunter. Ich küßte ihren Nacken.

»Ich habe einen Schock erlitten, James – weißt du das?«

»Ja. Deswegen bist du hergekommen, und deswegen haben wir so viel getrunken, und deswegen machen wir das jetzt. Das ist ganz natürlich.«

»Machen wir das tatsächlich?«

»Meinst du: ob das wirklich passiert? Du kommst mir wirklicher vor als alles andere in meiner Welt.«

»Ja? Wirklicher als das Recht?«

»Viel.«

»Wirklicher als Gott?«

»Den würde ich jederzeit für dich eintauschen.«

»Wirklicher als deine Karriere?«

Ich seufzte. »Ehrlich gesagt, habe ich die Schnauze ziemlich voll von meiner Karriere.«

Sie hielt meine Handgelenke. »Mein Gott, James! Das ist nicht richtig. Nicht heute nacht.«

»Willst du, daß ich aufhöre?«

Einen Augenblick erstarrte ihr Körper, dann ließ sie sich rückwärts in meine Arme sinken.

»Die Nachbarn werden's sehen.«

Ich sagte: »Dann zieh die Vorhänge zu.«

Nachdem sie die Vorhänge zugezogen hatte, drehte sie sich mit weit geöffneter Bluse um, die ich ihr aufgeknöpft hatte. Sie legte die Arme um meinen Nacken.

»Ich höre auf, wenn du es sagst«, flüsterte ich.

»Hör auf.«

»Das kann ich nicht.«

Sie lächelte, schloß die Augen, legte den Kopf zurück. »Deine Hände zittern.«

»Es ist so lange her. Dich so zu berühren, bringt mich zum Zittern.«

»Du mußt nichts erklären.«

»Willst du wirklich, daß ich aufhöre?«

Sie stöhnte. »Nicht jetzt.«

Als ich später mit ihrem Ohr spielte, sagte ich: »Weißt du was? Als sie hier waren, habe ich etwas Merkwürdiges getan – ich habe gestanden.«

Ihr Körper spannte sich an, als denke sie nach.

»Was hast du gesagt?«

»Ich habe ihnen gesagt, daß ich ihn umgebracht habe.«

Sie hob den Kopf, bis sich die Sehnen in ihrem Hals anspannten. »*Was* hast du getan?«

»Ich konnte einfach nicht widerstehen. Ich war mir sicher, daß sie mich nicht wirklich verdächtigen, ich wollte sie provozieren.«

»Sie haben dich nicht ernst genommen?«

»Nein. Ich hab's wie einen Witz erzählt – ich hab' gesagt, in den letzten elf Jahren hätte ich ihn in meiner Phantasie täglich ermordet. Anscheinend waren sie erleichtert. Aber ich bin mir sicher, daß sie ein verstecktes Mikro dabei hatten. George Holmes hat einen Platz für einen unauffälligen Übertragungswagen freigelassen, was bedeutet, daß das Gespräch mit mir aufgezeichnet wurde. Ich weiß nicht genau, was sie vorhatten.«

»Aber warum, um Himmels willen, hast du das gesagt? Warum?«

Ich liebkoste ihre Brüste mit meinen Lippen. »Ich weiß es wirklich nicht. Tollkühnheit. Aber es ist egal, sie erheben keine Anklage gegen mich.«

»Bist du dir da sicher?«

»Ja, ganz sicher.«

»Und wieso?«

»Ich kenne George Holmes. Er wird keine Anklage gegen mich erheben.«

Sie ließ den Kopf aufs Kissen zurücksinken. Einen Augenblick lang dachte sie nach, dann legte sie die Wange auf meine Brust.

»Auf dem Weg hierher habe ich überlegt... du weißt schon, ob wir wieder ein Paar werden könnten.«

»Und?«

Sie kicherte. »Ich wollte dich eigentlich nicht lassen. Es sei denn, ich hätte wieder genausoviel Sehnsucht nach dir wie früher.«

Sie schlief in meinen Armen ein, und ich döste wohl ebenfalls bald ein. Stunden später weckte mich ein Zittern, mitten in der Nacht, wie ich dachte. Sie hatte mir die Hände auf die Augen gelegt, und ich glaubte, sie wolle mich blenden, bis ich merkte, daß sie verzweifelt versuchte, mich aufzuwecken. Sie klammerte sich an mich und schluchzte laut. Ihr Akzent klang wieder nach Connecticut mit einem Hauch New York, als habe ein Alptraum sie in ihre frühere Persönlichkeit zurückversetzt.

»Mein Gott, James. Verdammt. Er ist tot. Er kann das alles nicht mehr – er kann nicht atmen, keinen Wein trinken, nicht bumsen. *Er ist, verdammt noch mal, tot.*«

Ich rang mit ihr, bis sie still war. Sie sah mich eingeschüchtert und gleichzeitig verärgert an.

»Dir ist das egal. Oder?«

[4]

Klassenhaß trieb mich dazu, mich ein zweites Mal mit ihm zu treffen.

Ich hatte meinen ersten Geschworenenprozeß verloren, weil mein Mandant schwarz war und der Richter bigott. Ich war wütend und verschreckt darüber, daß es 1976 immer noch mächtige Männer in England gab, deren Menschlichkeit sich auf den magischen Kreis weißer, männlicher Oxford- oder Cambridge-Absolventen beschränkte – ich selbst erfüllte nur die ersten beiden Voraussetzungen. Meine politischen Ansichten waren irgendwo im *radical chic* steckengeblieben; ich bekannte mich zu einer Art erotischem Sozialismus. Außerdem hatte ich Daisy gegenüber geprahlt, ich würde einen Freispruch für meinen Mandanten bekommen.

Er war der Prototyp eines *rasta-man*: Dreadlocks und Marihuana, ein zwanghafter Einbrecher begrenzter Begabung, der die Bibel las, wenn er nicht gerade die Stereoanlagen seines Nächsten begehrte. Er akzeptierte mich nur als seinen Anwalt, weil er in meinem Namen eine Rastafari-Bedeutung entdeckte: Ich sei, so sagte er, sein Weißer Ritter, sein White Knight. Als Daisy hörte, daß er schwarz war, dachte sie an die schwarzen Aktivistenschriftsteller, die in San Quentin einsaßen, und verabschiedete sich mit dem Black-Power-Gruß von mir, wenn ich zur Arbeit ging. Es würde ein gewisses Maß an gespieltem Zorn erfordern, wenn ich ihr mein Versagen erklärte, und den übte ich, als ich im Taxi vom Gericht in die Kanzlei zurückfuhr. Eine halbe Stunde lang war ich ein großer Staatsmann unbestimmter Rasse, umjubelt von Millionen, voll des gerechten Zorns, bewundert von Daisy.

Aus dieser Phantasie, die man nur Ende des 20. Jahrhunderts haben konnte, schlüpfte ich in den ebenso phantastischen Anachronismus, den das Hauptquartier der Londoner Prozeßanwälte – der Barristers – darstellte. Diese paar Morgen Land, auf denen sich im siebzehnten Jahrhundert entlang der Themse Mietskasernen befunden hatten, hießen »the Temple«, weil sie einmal der Treffpunkt des Kreuzritterordens gewesen waren, als deren späte Nachkommen sich die modernen Anwälte betrachteten. Natürlich kultivierten wir die Aura des Geheimnisvollen und wurden so schon fast obskur. Unsere Kanzleien nannten wir »Chambers«, unsere (meist männlichen) Büroangestellten »Clerks«, unsere Kollegen »Members of chambers«. Diese Members of chambers waren »Tenants« – Mieter –, weil wir alle Miete an den Head of Chambers zahlten, der normalerweise ein Queen's Counsel war und das Recht hatte, eine Seidenrobe mit prächtigen, ungefähr einem Meter langen Ärmeln zu tragen. Wenn wir im Team arbeiteten, war der Dienstälteste der »Leader«, also der Kopf der Gruppe, und die anderen die »Juniors«. Die Arbeit (die wir ausschließlich von Solicitors – außergerichtlichen Anwälten – bekamen) nannten wir »Instructions«, das förmliche Ersuchen, vor Gericht zu erscheinen, »Brief«. Schnurrig, wie wir waren, erhielten wir die Gentleman-Fiktion am Leben, daß es uns nicht ums Geld ging. Die Solicitors wurden ursprünglich von Barristers ernannt und hatten die verachtenswerte Aufgabe zu erfüllen, in unserem Namen Mandanten beizubringen und Honorare auszuhandeln. Wir selbst hätten nicht im Traum daran gedacht, uns mit solchen Dingen zu beschäftigen, denn unsere Pflicht war es ja, zu unserem ganz persönlichen Vergnügen unsere Fälle dem Gericht darzulegen und dabei Roßhaarperücken zu tragen, die schon unter Charles II. aus der Mode gekommen sind.

1976 war Verachtung für den kriminellen Mandanten noch selbstverständlich, und unsere selbst auferlegten Regeln besagten, daß wir uns nur in Anwesenheit seines Solicitors mit ihm treffen durften, um eine Kontamination zu verhindern. Es gab sogar so etwas wie eine Ethikpornographie: Geschichten, in denen der Barrister-Held den allzu vertraulichen Avancen seiner kriminellen Mandanten nur mit knapper Not entging.

Im Clerks' Room traf ich eine Versammlung von Herren aus dem achtzehnten Jahrhundert an, deren breite Hinterteile sozusagen das Brandmal des Privilegs trugen. Sie verstummten bei meinem Eintreten, weil ich keiner von ihnen war. Roland Denson, ein Music-Hall-Aristokrat, lehnte sich lässig gegen den marmornen Kaminsims und fingerte an einer Goldkette herum, die sich über die schwarze Weste seines Cut spannte. – Eine Szene wie aus *Tom Brown's Schooldays*. Ich starrte Denson an, der zurückstarrte, während er das Gespräch trotz meiner Anwesenheit wiederaufnahm.

»Aber letzten Endes sollten wir uns doch fragen, ob wir wirklich noch einen Außenseiter als Tenant wollen – noch einen dieser Burschen mit einem gewaltigen Komplex, weil er sich aus der Gosse hochgeschafft hat.«

Denson hatte laut weitergesprochen, während ich mich in den Raum drückte. In der Stille, die folgte, hatten die meisten meiner Kollegen den Anstand, den Blick abzuwenden. Die Anwesenden warteten auf einen Kommentar von mir, doch ich war wie gelähmt vor Wut. Die Fähigkeit, kalkulierte Grobheiten zu parieren, gehörte zu den vielen gesellschaftlichen Techniken, die ich nie gelernt hatte.

»Ein Außenseiter wie ich...« Ich konnte den Satz nicht zu Ende führen. Das Telefon klingelte, und unser geistesgegenwärtiger Clerk rief, es sei für mich. Normalerweise hätte er zuerst überprüft, ob da nicht ein Mandant sich persönlich an einen Barrister wandte.

»Ja, Sir, es ist für Sie«, sagte der Clerk, als ich den Raum durchquerte, um den Anruf entgegenzunehmen. Einen Augenblick lang dachte ich, der Anrufer spreche eine fremde Sprache. Jemand im Zimmer sagte »Denson, Sie aufgeblasener Widerling«, und diese Worte, mit einem Akzent der oberen Mittelschicht ausgesprochen, lenkten mich ab. Erst mit Verzögerung merkte ich, daß die Stimme aus dem Hörer Cockney redete.

»Ja, Oliver, natürlich treffe ich mich mit Ihnen«, sagte ich nicht nur in den Hörer, sondern auch zu allen Anwesenden.

Eine halbe Stunde später verließ ich die Chambers in der Absicht, eine weit schlimmere Sünde wider den Professionalismus zu begehen, als nur nach dem Abschluß eines Falles mit meinem Mandanten etwas trinken zu gehen. Ich hatte zugelassen, daß ein bekannter Krimineller mich in den Chambers anrief, und ich hatte mich bereit erklärt, mich ganz in der Nähe des geheiligten Temple-Geländes ohne einen Solicitor mit ihm zu treffen.

Ich trug eine purpurfarbene Tasche mit meiner Perücke und meiner Robe, auf die in Gold meine Initialen gestickt waren. Ich ging die Middle Temple Lane hinunter, vorbei an den Namen früherer Barristers aus einem Stamm, der angeblich so mächtig geworden war, weil er meinen eigenen kolonisiert hatte – Pearson-Rhys, Sir Cecil Maffeking-Gray, Lord Cranthorpe, Mr. & Mrs. Oliver Coldstream-Hill –, auf klösterlichen Pfaden, durch gepflegte Gärten, vorbei an Brunnen und Dahlien. Warum, fragte ich mich, hatte ich mich für einen Weg entschieden, der mich mit Sicherheit unglücklich machen würde? Egal, wieviel Erfolg ich hatte, dazugehören würde ich nie. Die Anwaltschaft war noch immer ein Klub zum Schutz ältlicher Privatschulabsolventen, die emotional auf der Stufe von Dreizehneinhalbjährigen stehengeblieben waren.

Ich bog in den Temple Place ein, wo ungefähr ein Dutzend obdachloser Frauen und Männer auf die nachmittäglichen Suppenwagen wartete. In der Sommerhitze wurde einem fast übel von dem Gestank ihrer Körper. Er zog sich durch den ganzen Park, an dessen anderem Ende Thirst auf einer Bank saß. Mein Zorn über die Szene in den Chambers hatte sich unterwegs gelegt; jetzt, da ich jenem Raum entkommen war, hatte ich kein Motiv mehr, mich mit ihm zu treffen.

»Sie dürfen mich nicht in den Chambers anrufen, das ist gegen die Regeln«, sagte ich. »Und Sie können auch nie wieder mein Mandant sein – ist das klar?«

Er trug einen schlecht sitzenden Anzug aus dickem, grauem Wollstoff und eine nachlässig gebundene Wollkrawatte. Der oberste Knopf seines Hemds war offen, doch die Haare hatte er sich gekämmt.

Als er aufstand, sah ich, daß seine rechte Hand verbunden war.

»Hat 'n bißchen Zoff gegeben«, sagte er. »So 'n Typ im Pub hat gesagt, ich bin 'n Spitzel, da hab' ich ihm 'ne Abreibung verpaßt.«

»Zoff«, »Spitzel«, »Abreibung« – das war eine fremde Sprache, die von einer anderen Rasse auf der südlichen Seite des Flusses gesprochen wurde. Wenn er nur gesagt hätte, er habe eine Schlägerei angefangen, weil jemand ihn beschuldigt hatte, ein Informant der Polizei zu sein, hätte er mich enttäuscht. Genau wie bei vielen anderen Dingen liegt der Reiz des Verbrechens in der Verpackung.

Der Verband sah frisch aus. Ich konnte mir die Szene vorstellen: Eine Gruppe von Desperados in einem Pub, angesäuert vom Alkohol, warf Thirst Beleidigungen an den Kopf. Und Thirst beschloß, nur so zum Jux, Anstoß daran zu nehmen. Wie heftig hatte er zugeschlagen? War der andere jetzt im Krankenhaus?

»Tatsächlich? Ein Spitzel?«

Die verdammte, merkwürdig poetische Welt, in der er lebte, vielleicht auch seine mangelnde Anpassung daran, faszinierte mich. Zumindest das hatten wir gemeinsam. Ich hatte den Bericht seines Bewährungshelfers und eine kurze Notiz eines Psychiaters gelesen.

Außergewöhnlich intelligent. IQ 140. Schwierige Kindheit. Unter-

nimmt immer wieder Versuche, sich anzupassen. Die nächsten Jahre sind wesentlich. Kriminelle Psychose wahrscheinlich, wenn sich kein kreatives Ventil für seine Energie und sein Talent findet.

Der Bericht des Bewährungshelfers war ähnlich zwiespältig; Hochachtung vor dem Potential meines Exmandanten und Angst vor den Konsequenzen, wenn es ihm mißlang, sich einzugliedern.

Thirst beantwortete meine Frage mit einem verstohlenen Blick, als ich ihn an den Pennern vorbei zum Victoria Embankment und zur Waterloo Bridge dirigierte.

»Ich nehme an, Sie haben sich im Temple mit Ihrem neuen Anwalt getroffen?«

Er grunzte. »Ist nichts Besonderes. Ich bekenne mich schuldig. Ich brauch' jemanden, der sagt, daß ich eigentlich 'n guter Junge bin – wie heißt das?«

»Ein Gesuch um Strafmilderung.«

»Yeah. Kinderkram, nix für 'n wichtigen Mann wie Sie.«

»Mein Gott, ich bin auch gar nicht auf Arbeit aus. Ich habe mich bloß gefragt, wieso Sie hier im Temple sind und warum Sie mich angerufen haben.«

Ich ließ den Blick über die Straße vor uns schweifen. Warum machte ich das? Jeden Moment konnte mich jemand von den Chambers sehen; viele Barristers fuhren von der Waterloo Station nach Hause und gingen über die Brücke. Niemand würde mich ansprechen, aber ein leicht fragender Ausdruck würde sich auf dem Gesicht des Betreffenden ausbreiten – ein Körnchen Schmutz, das wachsen würde. Wie konnte ich ihn loswerden?

Auf halber Höhe der Brücke blieb ich an der Stelle stehen, an der ich immer verweile. Vielleicht läßt sich aufgrund der Richtung, in die ein Londoner schaut, wenn er die Themse überquert, etwas über ihn sagen. Ich schaute immer nach Osten, wo knapp achtzig Kilometer flußabwärts die offene See wartete, die traditionelle Route für Generationen von Engländern auf der Suche nach Fluchtwegen. Thirst lehnte sich gegen die Brüstung und sah mir zugewandt ins Landesinnere. Ich bin kurzsichtig; erst jetzt war ich ihm nahe genug, um wieder seine ständig zuckenden Gesichtsmuskeln wahrzunehmen, die kritische Aufmerksamkeit in seinen leuchtend braunen Augen. Meine Verärgerung ließ etwas nach. Gab es nicht ein Recht auf freien Umgang? Wie entmenschlichend mußte sozialer Ehrgeiz sein?

»Tja, was kann ich also für Sie tun?«

»Wollt' bloß 'nen Rat, das ist alles. Hab' mir gedacht, Sie sind aus 'm selben Viertel und so, da könnten Sie mir vielleicht helfen.«

»Wobei?«

»Wissen Sie, ich hab' nie Ihre Möglichkeiten gehabt...«

»Bitte nicht auf diese Tour, sparen Sie sich die für Ihren Sozialarbeiter auf. Wir kommen aus demselben Viertel. Ich bin vier Jahre älter als Sie, gehöre mit anderen Worten derselben Generation an. Sie hatten genau die gleichen Chancen wie ich.«

»Und wie kommt's dann, daß Sie da oben sind und ich in der Scheiße? Weil Sie besser sind als ich?«

»Der Unterschied ist, daß ich im Gegensatz zu Ihnen nie Gelegenheit zum Selbstmitleid hatte.«

Ich hatte nicht vorgehabt, so viel zu sagen. Ich schaute hinunter, wie das Wasser um den Pier unter uns floß und Abfall in einem Strudel herumwirbelte. Als ich den Blick wieder hob, starrte er mich an. Ich ahnte, daß er nie artikulieren könnte: Ich bin reifer, raffinierter und habe mehr gelitten als du. Aus welchen Tiefen *war* er bereits hochgeklettert? Er blinzelte, wieder veränderte sich sein Gesichtsausdruck.

»Ja, vielleicht. Aber ich hab' Probleme. Nicht mit den Polypen, sondern mit meinem eigenen Kopf. Als Teenager hab' ich gedacht, ich halt' alles aus, aber das tu ich nicht, James. Ich muß raus da, sonst schnapp' ich über. Manchmal denk' ich, jetzt bring' ich einen um, so nervös werd' ich. Und ich weiß nicht mal, warum, das ist das Komische. Ich hab' immer alles unter Kontrolle gehabt, ich hab' gewußt, was ich mach'. Bis vor kurzem. Ich nehm' keine Drogen und häng' nicht an der Flasche. Ich schau', daß ich fit bleib'. Haben Sie schon mal die Kontrolle verloren, James?«

»Nein, nie.« Stimmte das? Für ihn jedenfalls genügte diese Antwort.

»Ich hab' Angst. Das letzte Mal als ich im Loch war, hab' ich da 'nen Alten kennengelernt, der war vielleicht sechzig. Der war schon x-mal drin ... wie nennt man die?«

»Wiederholungstäter.«

»Yeah. Einer von denen. Liebt den Knast. Sagt, das ist der sicherste Ort überhaupt. Und er hat damit angegeben, wie vielen Sträflingen er einen geblasen hat – wissen Sie, der hat keine Zähne. Deswegen hat er den Spitznamen Gaumen-Gillespie. So will ich nicht enden.«

Er war noch so jung, daß man die mädchenhafte Anmut ahnen konnte, die er als Teenager wohl besessen hatte. Große Augen, lange Wimpern, hohe Wangenknochen, ein schöner Mund, der sensibel gewesen sein mußte, bevor das Verbrechen ihn hart gemacht hatte.

»Wie viele Vorstrafen haben Sie?« fragte ich.

»'ne ganze Menge.«

»Und, steht noch was an?«

»Ein oder zwei Kleinigkeiten. Das krieg' ich schon hin, wenn 'n guter Anwalt wie Sie mich raushaut. Aber ich rede von nachher.«

»Nachher?«

»Ja, von der Zukunft. Früher hab' ich nie drüber nachgedacht, wissen Sie, die Zukunft war für mich immer bloß die nächste halbe Stunde. Ich bereue nichts. Aber man verändert sich, stimmt's?«

»Und was wollen Sie machen?«

»Keine Ahnung. Vielleicht Musik, mit 'ner Rockband. Vielleicht reisen. Ich bin noch nie aus England rausgekommen, kaum aus London – bloß in der grünen Minna. Ich könnte was tun, ich könnte da droben sein. Ich wär' gut. Ich kann alles. Jedenfalls muß ich raus da.«

Ich mußte nicht fragen, wo er raus mußte. Aus allem: Schmutz, Verbrechen, Bestechungen, Fehden, Polizei, Druck. Doch er wünschte sich eine sofortige Lösung, einen Zauberteppich. Wenn ich es geschafft hatte, warum nicht auch er? Wie schwer konnte das sein, verglichen mit dem Weg, der zu Gaumen-Gillespie führte?

»Ich kann Ihnen nicht sagen, ob es die Sache wert ist oder nicht«, sagte ich leise, »aber Geld und Bildung sind die einzigen Wege aus dem Sumpf, und Sie haben kein Geld. Sie sind clever, das sagen alle. Aber Sie können nicht reden. Warum gehen Sie nicht aufs College? Auf eine Berufsschule?«

»Wieder in die Schule? Wer würde mich denn schon nehmen – mit meinem Vorstrafenregister?«

»Die fragen nicht nach Ihrem Vorstrafenregister. Das ist nicht dasselbe wie die Schule. Meine Freundin ist an einer Berufsschule – die ist für Burschen wie Sie, die Boden unter die Füße kriegen wollen.«

Er seufzte, wandte sich ab und spuckte ins Wasser.

»Haben Sie die Adresse?«

Ich schrieb Namen und Adresse des Instituts, an dem Daisy ein einsemestriges Praktikum machte, auf eine Karte.

»Yeah, tschüs dann.«

Dann drehte er sich um und ging. Ich sah ihm in dem behaglich sicheren Gefühl nach, daß er weder die Karte benutzen noch sich jemals wieder mit mir in Verbindung setzen würde.

Kurze Zeit später hörte ich, daß er wegen schwerer Körperverletzung zu zwölf Monaten in Wormwood Scrubs verurteilt worden war.

Ich könnte nicht behaupten, daß ich in dem herrlichen Sommer des Jahres '76, der sich völlig unerwartet bis in den September und Oktober fortsetzte und schließlich in einem Crescendo aus Gold- und Rotbraun in den Londoner Parks erstarb, besonders viel an ihn gedacht hätte. Sein Name tauchte hin und wieder auf, weil seine Solicitors, die zufrieden über die Art und Weise, wie ich seinen Fall im Tower Bridge Magistrates Court gewonnen hatte, mir immer mehr Arbeit schickten. Von ihnen erfuhr ich, daß er tatsächlich unter der ältesten menschlichen Sucht litt: der Sucht, andere zu verraten.

Unter seinesgleichen war er als Spitzel bekannt, deshalb hatte er keinen angenehmen Aufenthalt in den Scrubs zu erwarten. Vielleicht würden Sie ihn früher entlassen. Die Solicitors hatten gehört, daß ihm seine Mitsträflinge besonders zusetzten.

Ich verschwendete nur wenige Gedanken an ihn. Das sonnenlose Elend seines Sommers drinnen konnte kaum einen Schatten auf den Glanz des meinen draußen werfen. Damals gab ich mich zwei heftigen Leidenschaften hin. Die eine war der Ehrgeiz, die andere Daisy. Im krassen Widerspruch zu allen Gesetzen des Lebens schien ich mich beiden gleich stark und zur gleichen Zeit widmen zu dürfen.

[5]

Am Montag nach seinem Tod wachte ich auf, Daisy noch schlafend in Embryohaltung an mich geklammert. Er war in einer kalten, windigen Nacht Ende März gestorben, doch jetzt war April mit all seinen quälenden Vorboten des Frühlings. Das Licht fiel in mein Schlafzimmer, auf ihre Kleider und ihre Unterwäsche, die auf dem Boden lagen. Ihr blondes Haar ergoß sich über mein

Kissen und meine Brust, so daß ihre anmutige Schulter und das Grübchen, wo ihr Schlüsselbein sich mit ihrem Nacken verband, zu sehen war.

Ich atmete so flach wie möglich, um den Reiz des Augenblicks nicht zu zerstören, während etwas in meinem Kopf vor Glück explodierte. Ihre Augenlider flatterten; sie öffnete sie und schloß sie wieder. Dann hob sie langsam den Kopf und sah mich lächelnd an.

»Ich hab' schon seit Jahren nicht mehr so gut geschlafen«, sagte sie.

»Seit wie vielen Jahren?«

Sie streichelte meine Wange.

Später machte ich Kaffee und rief meinen Clerk an, um ihm zu sagen, daß ich zu Hause arbeiten würde. Als ich ihr den Kaffee brachte, war das Lächeln einem Stirnrunzeln gewichen.

»Was ist los?«

»Ich weiß nicht, ob ich hier sein soll.«

»Bist du denn nicht glücklich?«

»Das ist ja das Problem: Ich verdiene es nicht. Was für eine Frau bin ich nur?«

»Eine schöne, großzügige, geistreiche, sexy Frau.«

Ihre blauen Augen ruhten einen Moment lang auf meinem Gesicht. »Hast du mir wirklich verziehen?«

»Ich habe dir wirklich verziehen.«

»Und du liebst mich wieder?«

»Du weißt ganz genau, daß ich nie aufgehört habe, dich zu lieben.«

»Und das rechtfertigt alles?«

»Alles.«

»Angenommen, alle wären so?«

»Dann würde die Erde leuchten wie die Sonne.«

Sie runzelte die Stirn. »Woraus ist das ein Zitat?«

»Aus *Kinder des Olymp* – erinnerst du dich?«

»Ich erinnere mich an alles. Das ist ja das Problem.«

Ein Augenblick vor vierzehn Jahren, in dem Jean-Louis Barrault Arlette angefleht hatte zu bleiben und in dem Daisy und ich uns in einem Kino in Camden Town geliebt hatten, hatte mich inspiriert. »Nun, wo willst du sonst hin?«

Der Fall war leichter zu gewinnen, als ich gedacht hatte. Ich hatte angenommen, daß sie mich mit dem unvermeidlichen »Laß uns warten, James« abwehren würde, aber genau wie ich schien sie sich bewußt zu sein, daß man nicht mehr so viel Zeit hat, wenn man mit großen Schritten auf die Vierzig zugeht. Noch im Lauf des Vormittags überredete ich sie, wieder mit mir zusammenzuziehen. Natürlich war das ein vorläufiges Arrangement. Genau wie das Leben selbst. Sie zog sich an und hielt inne.

»Es hat keinen Zweck, jetzt lange zu zaudern. Laß uns gleich heute morgen mit meinem Wagen zu dir fahren und ihn mit deinen Sachen vollpacken.«

»Dies ist der erste Tag deines restlichen Lebens«, zitierte sie mit New Yorker Akzent. »Und was ist mit der Polizei? Die beobachtet sicher meine Wohnung. Wird dich das nicht kompromittieren?«

»Nicht, wenn wir deine Sachen abholen. Das Kompromittieren habe ich schon hinter mir; das war gestern, als Holmes mit seinem Kumpan hier war. Mach dir keine Sorgen, ich werde wegen dir nicht leiden.«

Ich dirigierte sie die Straße hinunter zu meiner verschließbaren Garage. In Hampstead parken die Leute überall in zweiter Reihe; es wimmelt dort von Kräutermittelchen und Vollkornbrot, von pittoresken Sträßchen mit Antiquariaten, es gibt ein Pub an jeder Ecke, es war ein Tempel sanfter Schrulligkeit. Es war auch ein Getto für Außenseiter. Letztlich war sie, genau wie ich, ein geborener Außenseiter. Als die Sonne auf ihr feines Haar fiel und sie mich wieder anlächelte, hatte ich das Gefühl, sie sei nach Hause gekommen.

Dann öffnete ich die Garagentür, und sie sah den Wagen, einen nagelneuen, schwarzen Jaguar mit einem Armaturenbrett wie in einer Raumkapsel. Ein verzweifelt teures Spielzeug für einen Mann, der sich verzweifelt im Junggesellendasein verstrickt hatte. Es war genau der Wagen, den *er* sich gekauft hätte.

»Mein Gott, Jimmy.«

»Ich weiß.«

Ich erinnerte mich, daß es ihr nicht recht war, wenn ich ihr die Beifahrertür öffnete, doch als sie saß, zeigte ich ihr, wie man den Sitz elektronisch einstellte. Als ich rückwärts auf die Straße hinaus fuhr, drückte ich den kurzen Schalthebel fast schon wütend hin und her.

Sie saß, den Sicherheitsgurt angelegt, genau in der Mitte des Beifahrersitzes – als habe sie Angst, mit dieser Karosserie des Bösen in Berührung zu kommen – und kicherte.

»Was ist los?«

»Tausend Pferdestärken, ein Dutzend Zylinder, eine Straßenlage wie ein Rennwagen, und du fährst immer noch wie eine alte Dame in ihrem Morris Minor.«

Das tat weh. Doch dann amüsierte es mich. Sie hatte recht. Ich legte das Ungeschick eines Bücherwurms an den Tag, wenn es um technische Dinge ging: Elektrobohrer, Schraubenzieher, Heftmaschinen, Autos – sie gebärdeten sich alle aufsässig und hölzern in meinen Händen. Dabei hatte ich mich vor dem Studium in solchen Dingen gar nicht so ungeschickt angestellt.

»Es ist so dumm«, sagte sie, »daß die Polizei dich überhaupt auf die Liste der Verdächtigen setzt. Man stelle sich dich mit einer Pistole vor.« Sie beugte sich zu mir herüber und küßte mich auf die Wange. »Ein Mann, der mit einem Jaguar so langsam fährt, könnte keiner Fliege was zuleide tun.«

Wir blieben vor ihrem Haus stehen, das sich an einer Abzweigung an jenem Ende der Elgin Avenue befand, an dem die großen Villenwohnungen von Maida Vale den traurigen Reihenhäusern von Eastern Ladbrook Grove Platz machen. Ihr Haus gehörte einer Wohnungsbaugesellschaft, die es in drei Apartments aufgeteilt hatte. Sie hatte das mittlere. Unter ihr, erzählte sie mir, wohnte eine Frau mit vier Kindern und verwirrend vielen, einander abwechselnden Liebhabern.

»Weißt du, bevor ich hierher gezogen bin, hätte ich nicht geglaubt, daß es solche Menschen gibt. Ich hab' gedacht, die sind lediglich ein Hirngespinst der Rechten. Sie ist wieder schwanger geworden, bloß damit sie eine größere Wohnung kriegt.«

Über ihr feierte ein Paar von den Westindischen Inseln erbarmungslos laute Partys, die am Freitag begannen und bis Sonntag morgen dauerten.

»Vergiß nicht, den Wagen abzuschließen«, sagte sie.

»Wohnst du hier, seit du gegangen bist?«

»Ja.«

»Vier Jahre?«

»Fast fünf.«

Ich machte ein düsteres Gesicht.

»Ich wollte nicht gerettet, sondern allein gelassen werden. Ich habe eine Paranoia gegenüber Leuten entwickelt, die meine Adresse wußten. Wenn mir noch einer mit Gewalt gedroht hätte, wäre ich mit Sicherheit in einer Zwangsjacke gelandet.«

»Ich hätte schon den Mund gehalten.«

Sie drückte meine Hand, als wir um eine Barrikade aus schmutzigen Spielsachen herumgingen. Aus der oberen Wohnung drangen laute Reggae-Bässe. Daisy drehte den Schlüssel im Schloß. Als wir eintraten, schien die Musik noch lauter zu werden.

»Für die bin ich Luft. In diesem Haus bin ich die Schwarze«, sagte sie, als wir von oben schwere Schritte hörten.

Während sie Schubladen herauszog und Sachen in eine Tasche stopfte, wanderte ich fasziniert zwischen den beiden Zimmern der kleinen Wohnung hin und her und dachte darüber nach, in welch kärglichen Verhältnissen sie gelebt hatte. Wenn Reichtum bedeutet, daß man genug Geld hat, sich das zu kaufen, was man will, nicht nur das, was man braucht, dann war ich schon seit geraumer Zeit reich. Dieser Reichtum hatte sich sozusagen eingeschlichen. Aus Daisys Allerweltskieferntisch und -stühlen waren meine alten Eichenmöbel geworden, aus ihren Plakaten von Ausstellungen in Haywood-Galerien meine teuren Kopien und ein Original, und aus ihren Decken mein Entendaunenquilt. Während sie wütend und verlegen über die ohrenbetäubende Musik herummarschierte, betrachtete ich ihre Wohnung mit den Augen eines Snobs, doch gleichzeitig war mir bewußt, daß in meinem eigenen Haus ein bißchen die Liebe fehlte. Zum Glück hatte sie keine sichtbaren Erinnerungsstücke an ihr Leben mit ihm aufbewahrt.

»Hat er dir denn überhaupt kein Geld gegeben, als ihr euch getrennt habt?«

»Wir haben uns nicht getrennt, ich habe ihn verlassen. Und wie hätte ich *das* Geld denn annehmen können, selbst wenn er mir welches angeboten hätte?«

Als sie mit dem Packen fertig war, zeigte sie mir etwas, das in Aluminiumfolie eingewickelt war – ein Stückchen Haschisch.

»Wahrscheinlich ist's besser, wenn ich's gleich wegschmeiße. Ich werd's ja doch bald aufgeben müssen, oder?«

»Nein, nein, nimm's ruhig mit. Ich möchte dich ganz, mit allen Lastern und Tugenden.«

Sie gab mir dankbar einen Kuß, warf aber das kleine Stückchen Folie weg.

Wir schleppten zwei billige Koffer und einen Rucksack die enge Treppe hinunter und über die Spielsachen hinaus. Draußen wartete natürlich schon George Holmes auf der anderen Seite der Straße, die Hände tief in seinem Burberry vergraben, den Filzhut auf dem Kopf zurückgeschoben.

Als ich zum Haus gefahren war, hatte ich nirgends Leute von

der Polizei gesehen. Er hatte immer effektiv gearbeitet. Sein alter Rover, den ich bei unserer Ankunft nirgends hatte entdekken können, war jetzt am anderen Ende der Straße geparkt, also hatte Holmes wahrscheinlich Anweisung gegeben, daß man ihn benachrichtigen solle, wenn wir auftauchten. Ich hätte ihn fragen können, was er dort mache, doch das wäre für uns beide erniedrigend gewesen. Ich ertrug seinen Blick, während ich Daisys Sachen in den Kofferraum lud und wegfuhr.

»Das ist der Mann, der letzte Woche bei mir war«, sagte Daisy.

»George Holmes. Ich hab' dir mal vor Jahren von ihm erzählt.«

»Und was sollte das Ganze?«

»Das war eine Warnung. Er glaubt, daß einer von uns oder wir beide ihn zum Narren halten, und deshalb ist er wütend. Mit George Holmes ist nicht zu spaßen, wenn er wütend ist.«

»Aber wieso ist er wütend?«

»Weil er mich früher gut leiden konnte, mich bewundert hat, und weil er sich durch Olivers Tod betrogen fühlt, und weil er ein Mann mit einer Mission ist.«

»Was für eine Mission?«

»Er glaubt, daß Drogen die Gehirne unschuldiger Kinder zerstören.«

Daisy wurde rot. »Ich hab' dir gesagt, daß ich kein Geld von Oliver angenommen habe, nachdem ich ihn verlassen hatte.«

»Ich glaube kaum, daß George das besonders beeindruckt.« Sogar ich hatte das Gefühl, wie der Moralapostel in einer Seifenoper zu klingen.

»Ich bin mir nicht so sicher, ob das eine gute Idee ist«, sagte sie, aber sie sagte mir nicht, daß ich mich umdrehen solle. »George Holmes, hat der dir nicht meine Telefonnummer gegeben?«

»Ja.«

»Warum ist er dann wütend darüber, wenn wir uns treffen?«

»Ich glaube, er hat erwartet, daß ich alles übers Telefon erledige.«

»Was alles?«

»Das Reden.«

Sie vergrub die Finger in den Haaren und schob sie zurück, bis ihre Hände über ihren Ohren lagen. »Also hat er mein Telefon angezapft, und ich bin eine Verdächtige?«

»Ja.«

»Und er wollte, daß du mich dazu bringst, was zu sagen?«

»Er ist schlau. Wer weiß schon, was er wirklich will.«

Wir waren um eine Kurve gefahren, doch sie drehte sich trotzdem um. »Er sieht so ehrlich aus.« Ihre Hände zitterten, ihre Wangen hatten hektische Flecken.

Sobald sie ausgepackt hatte, wollte ich sie wegen des Fotos fragen, das George Holmes mir am Tag zuvor gegeben hatte: Daisy mit Plastikohrschützern und einer kleinen Pistole in der Hand auf dem Schießplatz. Doch bevor ich etwas sagen konnte, stellte sie mir eine andere Frage.

»Jimmy, sei jetzt bitte nicht wütend, aber ich muß etwas wissen. Das ist sicher lächerlich, aber der Polizist hat, glaube ich, dich angeschaut und nicht mich. Ich kann nicht so tun, als wäre ein Teil von mir nicht froh darüber, daß Oliver tot ist, aber wenn du etwas damit zu tun hättest, könnte ich nicht mit dir zusammenleben, nicht deine Geliebte sein.«

Ich starrte sie an. Angesichts des Fotos war das, was sie gerade gesagt hatte, ziemlich merkwürdig.

»Lies die Artikel in den Zeitungen«, sagte ich. »Der Mord sieht sehr nach dem Werk eines Profis aus. Ein einziger Schuß aus einer kleinkalibrigen Handfeuerwaffe zwischen die Augen. Die Waffe war gegen Fingerabdrücke mit Klebeband umwickelt, und sie wurde am Tatort zurückgelassen. Wie du selbst gesagt hast:

Ich kann kaum mit einem Hammer umgehen. Der Täter muß ziemlich viel Übung haben.«

Daisy Smith wurde tiefrot und wandte sich einem anderen Thema zu.

[6]

Daisy und ich erlebten eine Zeit des Glücks, bevor George Holmes wiederkam. Mir war klar, daß einer von uns beiden nicht mehr viel Zeit hatte, doch das sagte ich Daisy nicht. Statt dessen sagte ich alle Termine ab. Zwei Wochen lang genossen wir die Zeit zwischen Verbrechen und Strafe, und ich merkte, daß ich Geschmack an den verbotenen Früchten fand. Obwohl Daisy wußte, daß ihr Telefon abgehört worden war, schien sie sich zum Glück nicht bewußt zu sein, daß die Maschinerie des Gesetzes in Gang gekommen war und sich langsam aber sicher von Scotland Yard quer durch London den Hügel nach Hampstead hinauf in Bewegung setzte.

Es amüsierte mich, wie schnell Daisy sich daran gewöhnte, in meinem Haus zu wohnen und meinen Jaguar zu fahren. Sie beklagte sich weiterhin über die Protzigkeit des Wagens, gab aber zu, daß sie seiner Behaglichkeit und seiner Schnelligkeit gegen ihren Willen zum Opfer fiel. Das Fahren lag ihr weit mehr im Blut als mir. Wenn sie nervös war, fuhr sie stundenlang durch die Gegend, um sich zu beruhigen.

Sie hatte sich verändert. Als sie am Samstag nach seinem Tod mein Haus betreten hatte, waren mir ihre Beobachtungen wie ein Echo aus der Vergangenheit erschienen. Aber das war wohl nur ein guter Bluff gewesen. Elf Jahre sind eine lange Zeit, auch wenn es um Slogans zur Sexualität geht.

Aus den leidenschaftlichen Überzeugungen ihrer Jugend waren schließlich ein paar vorgefertigte Meinungen geworden, die sie Fremden bereitwillig erklärte: Für dich bin ich so und so. Nach den ersten ein oder zwei Tagen der Unsicherheit merkte ich, daß ihre eigenen Ansichten sie langweilten. Immer wieder hielt sie mitten im Satz inne und seufzte. Mehr als einmal sagte sie: »Ich weiß es nicht mehr so genau.«

»Ich auch nicht.«

»Ich hab' einen großen Teil meines Lebens damit zugebracht, mich über Dinge zu ärgern. Ich hab' mit all meinen Freunden gebrochen, und meine Männerbeziehungen sind samt und sonders ein Desaster gewesen. Früher hab' ich immer den anderen die Schuld gegeben. Jetzt mache ich mir darüber so meine Gedanken. Wenn das hier eine Chance ist, eine richtige Chance, etwas richtig zu machen, dann laß es uns in Gottes Namen versuchen.«

Manchmal hatte ich tagsüber Rückenschmerzen, was wohl auch damit zusammenhing, daß ich mich wieder sexuell betätigte. Ich ertappte Daisy dabei, wie sie mich anstarrte, wenn ich die Hände ins Kreuz stemmte, um den Schmerz zu lindern. Diese und ähnliche Erinnerungen an Thirsts Einfluß auf unser beider Leben umgaben uns wie Minenfelder. Doch wie aufgrund einer unausgesprochenen Abmachung redeten wir nie darüber. Daisy massierte mir nur vorsichtig den Rücken.

Nachdem sie vier Tage bei mir gewesen war, entdeckten wir beide, daß wir weder die Menschen waren, die wir vor mehr als zehn Jahren gewesen waren, noch die Leute, die wir unserer Ansicht nach hätten werden müssen. Nicht ohne Schadenfreude erklärte ich ihr, daß ich einen kleinen, aber aktiven Freundeskreis hatte, der mir in den vergangenen zehn Jahren dabei geholfen hatte zu überleben.

»Dann bist du also kein solcher Einzelgänger mehr?«

Sie hingegen war in der Zwischenzeit zur Einzelgängerin geworden.

»Ich habe eine Zeit durchlebt – es waren vielleicht drei Jahre –, in der ich niemandem mehr vertraut habe. Frauen nicht und Männern nicht.«

»Na so was, *du* bist eine Einsiedlerin. Und dabei hatte *ich* früher immer das Gefühl, daß ich einen gesellschaftlichen Funktionsfehler habe.«

Es wurde mir schmerzlich klar, daß sie nicht ohne Schaden davongekommen war. Im Gegensatz zu früher faßte sie harmlose Fragen als Angriff auf. Es machte ihr nichts aus, allein im Haus zu sein; sie begrüßte es sogar, wenn ich ohne sie in Hampstead Heath spazierenging. Aber sie ging ungern allein auf die Straße. Auf merkwürdige Weise erinnerte sie mich an Exsträflinge – sie achtete übertrieben wachsam auf reale wie eingebildete Bedrohungen, und ihre Augen huschten auch bei harmlosen Äußerungen hin und her. In dem Maße, wie wir unsere körperliche Vertrautheit wiederaufbauten, entdeckte ich auch die physischen Schäden. Ihre Finger, die früher gerade gewesen waren, waren nun krumm, und unter ihrem Kinn befanden sich merkwürdige Narben. Wenn ich die Antwort nicht gekannt hätte, hätte ich sicherlich gefragt: »Welches Monster hat dir das angetan?«

Am fünften Tag brach sie in meinen Armen wieder in Tränen aus.

»Er ist tot, Daisy, es ist vorbei.«

»Deshalb kann ich jetzt auch weinen. James, ich kann's noch gar nicht glauben – es ist einfach zu schön; das Leben kann nicht so sein. Ich kriege Angst, daß was schiefgehen könnte. Bitte, sag mir, daß nichts schiefgehen wird.«

Ich schluckte. »Es wird nichts schiefgehen.«

»Aber es ist ganz schön schwer zu begreifen – daß unser Glück die Folge von jemandes Tod ist. Das ist wie in so einem amerikanischen Krimi – eine Kugel an der richtigen Stelle löst alle Probleme. Ich hätte gedacht, daß ich mein ganzes restliches Leben Schuldgefühle haben würde.«

Der Sex wurde zu einem Zufluchtsort, einer warmen Höhle, in die wir krochen, wenn wir uns von den Anstrengungen erholen wollten, die es uns kostete, die Gedanken des anderen zu teilen. Zumindest bei der Liebe waren wir in der gleichen Stimmung.

»Wir schlafen jetzt öfter miteinander als damals.«

»Ich muß ja auch ganz schön viel nachholen«, sagte ich.

»Ich kann's nicht fassen, daß du die ganzen Jahre keine Frau gehabt hast. Das ist richtig...«

»Morbid?«

»Darling, halt mir jetzt bitte keinen Vortrag über den Verlust der Integrität im modernen Leben. Weißt du, ich hab' auch seit Jahren keinen Mann mehr gehabt.«

Es klang merkwürdig, wie sie das sagte. »Heißt das, daß du mir jetzt gleich von deinen Versuchen als Lesbierin erzählen wirst?«

Sie lächelte. »Armer Jimmy, du kämpfst wirklich auf verlorenem Posten gegen das zwanzigste Jahrhundert. Weißt du, es ist nicht alles schlecht. Ja, ich habe tatsächlich die Liebe mit einer Frau ausprobiert. Ich habe Liebe gebraucht und war unfähig, einem Mann zu vertrauen, da habe ich es eben mit einer Frau versucht. Was dumm war – ich meine, anzunehmen, daß die Frau sozusagen genetisch verläßlicher ist als der Mann. Ich habe herausgefunden, daß Menschen, die sich selbst als nicht vollständig betrachten, einen früher oder später betrügen – sie haben keine andere Wahl. Und weil die meisten von uns ihre Ganzheit noch nicht gefunden haben, betrügen auch fast alle. Außerdem habe ich festgestellt, daß ich unheilbar heterosexuell bin. Ich brauche deinen Schwanz einfach, also sei bitte nicht beleidigt – früher ist er nämlich immer zusammengeschrumpelt, wenn du beleidigt warst.«

»Ich bin nicht beleidigt, wirklich.«

»Wenn es dir was hilft, gestehe ich dir was.«

»Und das wäre?«

Sie grinste wieder wie früher. »Schmeckt schrecklich.«

Damit sie nicht dachte, ich hätte mich überhaupt nicht mit Promiskuität, Mystizismus, Drogen und kalifornischen Methoden der Selbsterfahrung abgegeben, raffte ich mich nun meinerseits zu einem Geständnis auf.

»Natürlich hat's andere Frauen gegeben. Ich hab' bloß gesagt, daß ich nie eine andere Frau geliebt habe. Das heißt nicht, daß ich nie mit einer anderen geschlafen hätte.«

»Erzähl mir davon. Das interessiert mich.«

Ich erzählte es ihr und schmückte alles ein bißchen aus. Fast jährlich hatte ich eine dreimonatige Affäre mit einer Frau gehabt, die meine Gefühlskälte als Herausforderung betrachtete. Es sprach für sich, wie oft diese Frauen mich mit einer Wand oder etwas Ähnlichem verglichen hatten.

»Im Grunde genommen war es immer der gleiche Typ – heiße Bienen an der Oberfläche, aber tief drinnen ganz verrückt nach Liebe und Babys.«

»Sie tun mir alle leid. Man denke sich nur, daß sich jemand in der Phase in dich verliebt hat. Ich weiß, wie das ist: Man kommt sich vor wie ein reifer Pfirsich, der gegen...«

»Nicht.«

»Aber sei mal ehrlich, war wirklich keine dabei, die dich ein bißchen mehr interessiert hat?«

»Na ja, vielleicht schon. Es gab da eine, ziemlich bald nach unserer Trennung. Sie ist nach Australien gegangen. Sie war sensibler als die anderen; als sie mich verlassen hat, hat sie gesagt: ›Ich liebe dich, aber nicht genug, um die nächsten zehn Jahre mit dem Versuch zu verbringen, dich zu heilen.‹ Das hat den Nagel auf den Kopf getroffen.«

»Willst du meine Abenteuer auch hören?«

»Nein, danke.«

Ich wußte auch so, was sie getan hatte, und mit wem.

Ich hatte mich mehr verändert, als ich selbst gemerkt hatte, und das wurde uns beiden nach den ersten stürmischen Tagen der Leidenschaft klar. Unsere Körper waren beispielsweise nicht mehr zu den Exzessen in der Lage, zu denen wir sie noch vor zehn Jahren treiben konnten. Ich bewunderte ihre weichen Brüste und samtenen Schenkel noch immer, aber sie waren nicht mehr der Inbegriff alles Schönen. Busen und Po waren nach wie vor hübsch anzusehen, doch sie hingen ein wenig durch. Und ihre Oberschenkel waren trotz striktester Diät ein bißchen pummelig geworden. Sie hatte Angst, daß sie bald Krampfadern bekommen würde.

Meinem eigenen Körper war es nicht viel besser ergangen. Meine Haare wurden an den Schläfen grau und auf der Brust weiß. Arme und Beine waren drahtig wie eh und je, doch zu viele Geschäftsessen und Bierchen nach der Arbeit hatten zu einem Bauch geführt, und mein sitzender Beruf hatte auch meinem Hinterteil nicht gerade gut getan.

Doch diese Schwächen wirkten nicht enttäuschend, sondern weckten ein Gefühl der Zärtlichkeit. Trotz ihrer angegriffenen Nerven war Daisy immer zur Liebe bereit; wenn wir miteinander schliefen, entspannte sie sich am besten. Sie kam jetzt nicht mehr laut stöhnend zum Orgasmus, sondern ließ sich manchmal so lange Zeit, daß sie sich hinterher entschuldigte, so gierig gewesen zu sein. Ich fühlte mich dadurch so geschmeichelt, daß mein Durchhaltevermögen noch das meiner Jugend übertraf. Mein Körper mochte den ihren und verkroch sich gern darin.

Daisy hatte mir am Sonntag zur Bedingung gemacht, daß wir keine Verhütungsmittel benutzten. Ich konnte mich nach wie vor nicht mit dem Gedanken an eine mögliche Vaterschaft anfreunden, doch jetzt waren meine Gründe andere als vor zehn Jahren. Nun hatte ich das Geld, aber ich war mir gar nicht so sicher, ob ich auch die nötige Energie besitzen würde. Daisy war ebenfalls nicht völlig blind gegenüber eventuellen Problemen.

»Was ist, wenn das Kind in die Pubertät kommt?« fragte ich. »Wir waren schlimm genug, aber wenigstens gab's damals noch so was wie Respekt. Wenn die Kinder heutzutage aus der Schule kommen, können sie kaum rechnen. Sie bumsen wie die Karnikkel, nehmen Drogen und klauen.«

Ihre Augen huschten hin und her. Ich biß mir auf die Zunge und nahm sie in den Arm.

»Tut mir leid, das war dumm.«

»Nein, die Wahrheit tut eben weh, das ist alles.« Sie hielt meine Hand eine Weile und tätschelte sie. »Wahrscheinlich sollte ich dir sagen, daß sie auch mich irgendwann erwischt haben – beim Ladendiebstahl. Eine Strumpfhose. Im Tottenham Magistrates Court haben sie mir deswegen zwanzig Pfund Strafe aufgebrummt. Es war schrecklich.« Sie lächelte hastig. »Aber du hast recht, ich kann wenigstens rechnen, die Schulbildung heutzutage kann man vergessen. Tja, das wär' wohl noch was, was ich nie so richtig in den Griff gekriegt hab' – meine Karriere als Lehrerin.« Sie sah mich an. »Ich möchte was erreichen, James, etwas Greifbares, und wenn's mich umbringt.«

Nach der Aufregung der ersten Tage begann ich mich zu fragen, was ich mit dem Bewußtsein anstellen sollte, daß ich nicht mehr allein war. Ich unternahm lange Spaziergänge in Hampstead Heath. Wenn ich wieder nach Hause kam, machte Daisy mir eine Kanne Tee. Der Gedanke daran, daß jemand sich daran erinnerte, wie viele Stück Zucker ich nahm, rührte mich. Ich beantwortete ihre Fragen, welches Brot ich mochte, was ich am Abend aß und wo sich die nächste Bäckerei befand.

»Weißt du, du mußt das wirklich nicht machen.«

Sie hielt die Hände hoch. »Nimm mir nicht die Chance, erwachsen zu werden. Ich hab' kapiert, daß alles nur einen Sinn hat, wenn man einem anderen Menschen nützlich ist. Ich möchte nützlich sein, ja, ich möchte sogar benutzt werden.«

»Aber heißt das nicht, daß auch wir jetzt bei der traditionellen Rollenverteilung von Mann und Frau angekommen sind?«

»Sei bloß nicht so spöttisch! Ja, ja, ich gebe zu, daß man alles politisieren kann, wenn man möchte. Aber fangen wir mal damit an, daß ich mein Bedürfnis, nützlich zu sein, befriedige, und dann sehen wir weiter.«

Wahrscheinlich vergaßen wir beide tatsächlich eine Weile, daß unsere Idylle nur möglich geworden war, weil jemand Oliver Thirst umgebracht hatte. Doch dann kam natürlich George Holmes und erinnerte uns wieder daran.

[7]

Wir waren in meinem Arbeitszimmer, das groß genug war, um uns als Wohnzimmer zu dienen. Daisy saß auf einem neuen Sofa unter dem van Gogh, den ich nicht mehr so wie früher sehen konnte, seit sie sich darüber lustig gemacht hatte. Eine alte Strickjacke über ihrem dünnen Baumwollkleid schützte sie vor dem frischen Frühlingslüftchen.

Sie nähte gerade einen Knopf an eins der kragenlosen Hemden, die ich bei Gericht trug. Sie hatte eine Brille auf der Nase, die sie jetzt zum Lesen und für die Nähe brauchte. Ab und an sah sie mich über ihren Rand hinweg an. Ich las wieder einmal *Anna Karenina*. Ich merkte es, wenn sie mich anschaute, und erwiderte ihr spöttisches Lächeln. Wir hatten uns über Daten und Termine unterhalten und waren zu dem Schluß gekommen, daß sie – falls überhaupt – am Abend zuvor empfangen hatte. Bis dahin hatte ich die Behauptungen der Frauen, »so etwas merke man«, nie ernst genommen.

»Fertig. Möchtest du eine Tasse Tee?« Sie legte das Hemd neben sich aufs Sofa.

»Wie zuvorkommend.«

»Ich weiß – aber schließlich hast du heute nacht auch eine Menge Protein verloren. Du bist sicher noch ganz schwach.«

»Stimmt. Trotzdem würde ich dich gern von hinten streicheln, während du den Tee machst.«

»In deinem Alter? Sag mal, hast du was an deinem Körper manipulieren lassen, ohne mir davon zu erzählen? Machen die jetzt nicht schon Sachen mit Affendrüsen? Wie kannst du bloß nach heute nacht schon wieder?«

»Danke fürs Kompliment.«

Sie beugte sich über mich und küßte mich auf die Stirn. »Toast?«

»Wunderbar.«

Da klingelte es.

»Ich geh' hin«, sagte Daisy.

»Nein, ich mach' das schon. Koch du mal den Tee.«

In der Hoffnung, daß der Besucher nicht einer der pingeligeren Solicitors sein würde – ich trug eine Jeans und einen Pullover, aber kein Hemd –, ging ich an die Tür. George Holmes stand auf der Schwelle und drehte seinen Filzhut zwischen den Fingern. Zwei junge Uniformierte leisteten ihm mit unsicherem Gesichtsausdruck Gesellschaft.

»Ich bin gekommen, um Ihre amerikanische Freundin wegen Mordes an ihrem Ehemann festzunehmen«, sagte er. Er klang nervös, sogar ein wenig verängstigt.

TEIL ZWEI

[8]

»M-m-m-möchtest du einen Hit-Hitchcockfilm mit mir anschauen, im Filmklub?« Das war das erste, was ich zu ihr sagte. Ich konnte es kaum glauben, daß ich den Mumm hatte, sie zu fragen, und noch weniger begriff ich, daß sie ja sagte.

Wir studiertern beide in Warwick, einer der neuen Universitäten, die damals wegen ihrer guten Professoren und radikalen Ansichten einen guten Ruf genossen: Links war gut, rechts war schlecht; Rock war besser als Mozart; Kino war besser als Theater; Drogen waren besser als Alkohol. Che Guevara, Bertrand Russell und Mick Jagger – sie waren Helden, vielleicht, weil sie alle lange Haare hatten, die sich auf Posters gut machten. Der Kapitalismus würde schon bald in sich zusammenbrechen. Kriminelle waren Opfer eines ungerechten politischen Systems. Alles war besser, als alt zu werden. Sie war zwanzig, ich einundzwanzig. Ich hatte sie eine ganze Woche lang beobachtet, bis ich den Mut aufbrachte, sie einzuladen.

Wir waren in *Vertigo*; es gibt darin eine ergreifende Szene, in der Kim Novak zu James Stewart sagt: »Scottie, ich bin nicht verrückt – und ich will nicht sterben!« Ich erinnere mich an diese Dialogstelle, weil Daisy in diesem Augenblick ihre Hand auf meinen Oberschenkel legte. Ich dachte, es geschah aufgrund ihrer Bewunderung für Hitchcocks Können, aber ich war mir nicht sicher. Nach dem Film drückte ich ihr noch einen sehr hastigen Kuß auf die Wange und wünschte ihr mit einem Stottern, das die leichte Berührung ihrer Hand auf meinem Gesicht noch verstärkte, eine gute Nacht.

In jener Nacht schlief ich nicht, und am nächsten Tag verfiel ich in eine Depression. Ich wußte, daß ich mich beharrlich weiterhin um sie bemühen müßte und mich schon bald als ihrer unwürdig erweisen würde. Sie war so etwas wie eine Oberschichtamerikanerin (aus New Haven, Connecticut, wo immer das sein mochte) und, so fürchtete ich, trotz ihres Namens für mich unerreichbar. Doch so leicht würde ich mich nicht geschlagen geben, denn sie zog mich nicht nur körperlich an, sie faszinierte mich. Sogar ihr Akzent war ein Rätsel. Ich wußte genug über den Kulturkreis, aus dem sie kam, um zu merken, daß sie aus einer betuchten Familie stammte, doch bisweilen klang mir ihr Akzent eher nach den Straßen von Harlem. Sie fluchte viel (das taten wir damals alle), doch wenn sie ein Wort wie »Scheiße« aussprach, klang das ganz besonders authentisch: Man konnte es fast schmecken.

Sie rief mich an jenem Abend um acht an und fragte mich, ob ich im Speisesaal des Studentinnenwohnheims mit ihr essen wolle. Ich erwähnte nichts von den Würstchen, Eiern, Bohnen und Pommes, die ich eine Stunde zuvor gegessen hatte, und sagte stotternd zu.

Der Speisesaal befand sich am Ende eines Flurs, von dem die einzelnen Zimmer der Studentinnen, jeweils zwei in einem Raum, abgingen. Ihre Sprecherin hatte für Daisy eine Zimmergenossin namens Brenda ausgewählt, und diese Brenda begrüßte mich jetzt an der Tür.

»Daisy und ich wollen grade essen.«

Ich folgte Brendas gebieterischem Hinterteil die Treppe hinauf. Daisy hob den Blick von einem Küchenbrett, auf dem sie Knoblauch hackte, und ertappte mich dabei, wie ich Brendas üppigen Busen anstarrte, an dem ich mich beim Eintreten vorbeidrückte. Es war sofort klar, daß wir uns einig waren in unserer Verwunderung über Brendas freischwingende Brüste. Meiner Meinung nach gibt es nichts Einnehmenderes als eine schöne Frau mit Sinn für Humor.

Wir setzten uns zu dritt in die spröde, neonerhellte Resopaleinrichtung des Speisesaals, wo wir uns über einen Topf Spaghetti und eine Pfanne mit Sauce Bolognese hermachten. Die Nudeln waren dünner und härter als die, die ich sonst immer aus der Dose aß, aber ich hatte keinen Hunger und hätte sowieso alles gegessen.

»Es ist genug da, also greift ordentlich zu«, sagte Brenda.

Daisy sah mich an. »Also los, James, bedien dich.«

»Hier.« Brenda stand auf. Mit einer riesigen Kelle tauchte sie in die Tiefen des Topfes und holte eine große Portion ineinander verschlungener Spaghetti heraus.

»Ich hab' 'nen Bruder. Ich weiß, was Männer verdrücken können«, sagte Brenda. Daisy wandte den Blick ab.

»Nimm dir doch auch noch was, Brenda«, sagte ich.

»Na schön.« Wieder stand sie auf – der besseren Hebelwirkung wegen –, fischte einen großen verklebten Knoten heraus und ließ ihn auf ihren Teller fallen.

»Die Theatergruppe trifft sich heute abend das erste Mal, wenn's euch interessiert«, sagte Brenda.

»Möchtest du hingehen?« fragte ich Daisy.

»Du?« fragte sie zurück.

Ich wollte mir gerade eine Ausrede ausdenken, als ich ihr kaum verhohlenes Grinsen bemerkte.

»Ach, ich bin kein guter Schauspieler«, sagte ich.

»Und was ist mit dir, Daisy?« fragte Brenda.

»Ich bin keine gute Schauspielerin.« Daisy zwinkerte mir zu. »Aber laß dich von uns nicht abhalten.«

»Nein, nein! Ich würde nicht ohne euch gehen«, sagte Brenda.

»Weißt du, wir sind ziemlich eng befreundet«, sagte Daisy.

»Erstaunlich, findest du nicht auch?« Brenda strahlte. »Wir haben gerade den ersten Monat vom ersten Semester hinter uns. Ich wußte nicht so recht, wie das wird, wenn ich das Zimmer mit einer Amerikanerin teile, aber jetzt habe ich das Gefühl, als würden wir uns schon ein Leben lang kennen. Wir haben uns sofort verstanden. Ich konnte mein Glück gar nicht fassen.«

»War ein toller Film gestern abend, James«, sagte Daisy.

»Ich halte ihn für einen seiner besten – das ist der Punkt in seiner Karriere, wo er allmählich vom Handwerker zum Künstler wird.«

»Wer?« fragte Brenda.

»Alfred Hitchcock«, antwortete Daisy.

»Ach, den hab' ich nie leiden können. Dieses ganze *Psycho*-Zeug. Hast du gesagt, er ist ein Künstler? Das hab' ich noch nie jemanden über ihn sagen hören. Ich hab' immer gedacht, Künstler malen Bilder. Aber Hitchcock macht doch bloß Filme, oder? Ehrlich gesagt, finde ich es blöd, wenn man einen Filmemacher einen Künstler nennt.«

»Was für eine wunderbare Grundsatzdiskussion«, sagte Daisy. »Nun, wenn James genug gegessen hat, begleite ich ihn rüber zu seinem Block.«

»Aber warum denn?«

»Damit ihn niemand überfällt.«

»Sei doch nicht albern – Überfälle sind ein typisch amerikanisches Problem.«

»Deswegen muß ich ihn ja beschützen.« Sie schob ihren Ärmel hoch, um uns ihren eher unterentwickelten Bizeps zu zeigen. »Tja, ich hab' das Überleben auf den Straßen von New York gelernt.«

»Ich komme mit«, sagte Brenda.

»Nein, das tust du nicht, Schätzchen«, sagte Daisy mit übertriebenem Akzent.

Brenda ließ die Schultern hängen. »Na schön, du bist der Chef.«

»Allerdings.«

Als wir den grell erleuchteten Bereich verließen, zuckte ich zusammen. Daisy hatte meine Hand genommen.

»Was soll ich bloß machen? Kannst du mir sagen, was ich machen soll?« fragte sie.

»Mit Brenda?«

»Was sonst?«

»Offensichtlich...«

»...himmelt sie mich an und hat noch gar nicht gemerkt, daß sie eine waschechte Lesbe ist. Ich hab' mein ganzes Leben noch keine solche Klaustrophobie gehabt.«

»Du mußt vorsichtig sein«, sagte ich. Erst eine Woche davor hatte ich einen Film über eine psychopathische Lesbierin gesehen, die ihre beste Freundin umbrachte. »Könntest du nicht mit jemandem das Zimmer tauschen?«

»Wenn ich das tue, macht sie einen Selbstmordversuch.«

»Das ist immer noch besser, als wenn du dich so stark auf sie einläßt, daß sie dir weh tut.«

Daisy grinste. »Mir weh tut? Ich hab' eher Angst, daß ich *ihr* den Hals umdrehe, wenn das so weitergeht. Hast du schon mal jemanden nicht *riechen* können, Jimmy? Ich meine damit nicht, daß sie stinkt, sondern nur ihren ganz eigenen Körpergeruch.«

»Es hat noch nie jemand ›Jimmy‹ zu mir gesagt.«

»Tut mir leid – ist wohl ein amerikanischer Reflex.«

»Mir gefällt das – sogar sehr.«

Wir waren an einer Mauer angelangt, die am Eingang zu meinem Block endete. Ein abgeschiedener Ort war das nicht unbedingt, aber ich hatte mir geschworen, sie an dem Abend zu küssen, und eine andere Möglichkeit sah ich nicht. Ich zog sie an mich.

Als ich meine Arme um ihre Taille schlang, legte sie ihre Hände mit einer lasziv-jovialen Geste auf mein Hinterteil.

»Weißt du, daß du einen tollen Arsch hast?«

»Ich k-k-kann's nicht fassen, daß du das gesagt hast.«

»Warum nicht? Du bist wohl noch nie mit einer Amerikanerin gegangen, was? Du willst mich doch bumsen, oder?«

»Dich bumsen?«

»Ja, Süßer, ficken, das kennst du doch, oder? Ist ein angelsächsisches Wort, das haben wir von euch Engländern.«

»Mein G-G-Gott, natürlich will ich dich b-b-bumsen. Ich hab' in den letzten sechsunddreißig Stunden an nichts anderes denken können.«

Sie kicherte. »Dann mach mal lieber einen Spaziergang mit mir, mein kleiner Engländer, sonst hast du heute nacht auch bloß wieder feuchte Träume.«

Ich lernte sie besser kennen in den hastigen Mittagspausen auf dem Weg zu unseren jeweiligen Vorlesungen, auf Spaziergängen im Wald gleich neben dem College Campus, bei Abendessen, von denen wir Brenda erbarmungslos ausschlossen, und nach dem Kino im Bett. Daisy redete viel über ihre Eltern. Ihr Vater war »ein Scheißkerl, Verzeihung, ein Psychopath«.

»Ein Psychopath? Ich hab' gedacht, er ist Professor der Psychologie?«

»Mm, ja, das ist er. In Yale. Hat man hierzulande noch nichts vom sadistischen Psychologen-Syndrom gehört?«

»Ich verstehe nichts von Psychologen.«

»Dafür kriegst du sofort zehn Punkte. Ich sage dir jetzt alles, was du wissen mußt: Es gibt zwei Arten von Psychologen – diejenigen, die sich am Anfang tatsächlich Gedanken über die Menschen machen, und die, die die Sache als Spiel mit der Macht verstehen, sozusagen als eine Beherrschung des Gehirns. Aber wenn sie erst mal ihren Abschluß haben, gibt's letztlich nur noch eine Sorte, jedenfalls, soweit ich weiß, und ich kenne eine ganze Menge.«

»Die Machtfanatiker?«

»Genau. Er arbeitet viel für die Industrie. Das ist das psychologische Äquivalent dieser Naziärzte in den Konzentrationslagern: Wie verändert sich die Leistung, wenn ich hier ein bißchen wegnehme und es dort dazugebe – verstehst du?«

»Nicht ganz. Ich hab' nicht gewußt, daß Psychologen in der Industrie arbeiten.«

Wir überquerten gerade den Campus. Sie blieb unter einer Roßkastanie stehen. »Nicht?« Sie packte mich an der Jacke und zog mich zu sich heran. »Wunderbar. Ich hab' das Gefühl, als wär' ich grade auf einer einsamen Insel gelandet und hätte dort den Edlen Wilden gefunden. Sauber, rein und frei.«

»Das hat noch niemand zu mir gesagt. Ich hab' mich immer für einen ziemlich typischen Stadtneurotiker gehalten.«

Sie schüttelte den Kopf. »Hört sich eher nach einer leichten Grippe an. Aber das läßt sich mit einer Langzeittherapie aus Sex und Maßlosigkeit kurieren.«

Wir gingen weiter. »Die Kur mache ich gern.«

»Klar. Ich wünschte, ich wär' auch so gut dran wie du.«

Jetzt war es an mir stehenzubleiben. Ich ging einen Schritt von ihr weg. »So was hast du schon mal gesagt. Was meinst du eigentlich damit?«

Sie sah mich einen Moment lang an. Es war einer jener Tage im Mai, die eher an den Winter als ans Frühjahr denken ließen, und die kalte Luft stach uns ins Gesicht. Ihre Nase war schnupfengerötet, der Wind trieb ihr die Tränen in die Augen.

»Damit meine ich, daß ich dem Schwein dabei zugesehen habe, wie er meine Mutter zugrunde gerichtet hat. Er hat sie hier in diesem Land kennengelernt – sie ist Engländerin. Wie ein hübsches kleines Labortierchen, mit dem er seine Experimente machen konnte. Sie hat ihm nicht in die Eier getreten wie eine Amerikanerin, als er mit seinen Spielen anfing.«

»Mit seinen Spielen?«

»Er hat sie zugrunde gerichtet. Ich glaube, er wollte rausfinden, wie lange eine Frau es ohne Liebe, Zuneigung und Aufmerksamkeit bei gleichzeitiger Verachtung aushält. Er hat seine Antwort bekommen – keine besonders ausführliche. Sie hatte ihren ersten Nervenzusammenbruch kurz nach meiner Geburt. Sie ist jetzt hier in England in einer psychiatrischen Klinik. Nein, nein, sie ist nicht krank. Er hat nur ihr Selbstwertgefühl zerstört; sie bringt nicht mehr den Mut auf, am Morgen aufzustehen.« Ein Sturm in ihrem Innern verzerrte ihren Mund. »Sie lebt hier von der Fürsorge. Kannst du dir das vorstellen? Das Arschloch hat ihr einfach alles Geld gestrichen.«

»Deshalb bist du also in England – damit du bei ihr sein kannst?«

»Und um ihm zu entkommen. Er ruft mich an und probiert seine schlauen kleinen Spielchen, die er sich ausgedacht hat, an mir aus. Er versucht, mich wieder in die Staaten zurückzulocken. Es paßt ihm nicht, daß ich genauso clever bin wie er, sogar cleverer. Ich weiß alles, was er weiß, und ich bin zu dem Schluß gekommen, daß ich ihn zurückweisen muß, auch seinen Namen.«

»Dann ist Smith der Name deiner Mutter?«

»Genau. Ich habe ihn offiziell umändern lassen, als ich hierher gekommen bin. Ich bin nicht mehr die Tochter von Sebastian J. F. Hawkley, dem Psychologieprofessor, zwanghaften Aufsteiger und Sadisten.«

»Wahrscheinlich würde er mich nicht gutheißen.«

»Ich würde keinen Mann anrühren, den er gutheißen würde.«

[9]

Ganz allmählich begriff ich, was mich für sie attraktiv machte. Schließlich war ich nicht gerade *der* Fang unter den männlichen Studenten. Es gab eine ganze Menge Jungs, die sich laut Gedanken darüber machten, wieso ich solches Glück hatte, denn sie hätte leicht den nächstjährigen Young Businessman of the Year oder den diesjährigen Studentensprecher haben können. Aber sie hätten niemals die Mißbilligung hervorgerufen, mit der ich zu rechnen hatte, falls ich jemals den karrieresüchtigen Professor kennenlernen sollte. Ich stotterte, sprach mit unverfälschtem Cockney-Akzent, fühlte mich ständig angegriffen und reagierte schroff und arrogant. Es war offensichtlich, daß ich nur durch die diversen Reformen der Linken zu meiner akademischen Bildung gekommen war, denn sie hatten mir zu einem ziemlich großen Anteil an den Stipendien für mittellose Begabte verholfen. Einer meiner Kommilitonen hatte einmal gesagt, ich sei sozusagen der Prototyp des Nutznießers solcher Reformen gewesen: Mein Vater war Zimmermann und häufig arbeitslos, und meine Mutter wusch die Wäsche anderer Leute, um sich ein Zubrot zu verdienen. Wir wohnten in einer Sozialwohnung in Southeast London, nur fünf Minuten von den Docks entfernt. Es gibt nichts Einzigartigeres als ein personifiziertes Klischee. Für Daisy wäre eigentlich nur noch ein schwarzer Analphabet mit Vorstrafenregister eine bessere Partie gewesen. Allerdings war ich nicht auf den Vorschlag vorbereitet, den sie mir ungefähr eine Woche, nachdem wir das erste Mal miteinander geschlafen hatten, machte.

Wir lagen nackt im Bett – das kam ziemlich oft vor –, und sie streichelte mich.

»Jimmy, liebst du mich wirklich?«

»Wie der Rest der Welt kannst du sehen, daß ich hoffnungslos und wahnsinnig verrückt nach dir bin.«

»Würdest du dann, wenn ich dich ganz nett drum bitte, etwas für mich tun, was mir wichtig ist?«

»Klar. Alles.«

»Ich möchte, daß du mir dabei hilfst, meinen Vater umzubringen.«

Sie nahm die Hand von meinem Penis und drehte meinen Kopf so, daß ich sie ansehen mußte. Soweit ich das beurteilen kann, klang mein Lachen hohl.

»Natürlich meine ich das nicht so. Vielleicht bin ich ziemlich abgefuckt, aber dumm bin ich nicht.« Sie drehte sich um und kniete sich mir gegenüber hin. »Ich möchte genau das tun, wovon er und jeder andere Psychiater mir abraten würde. Ich habe vor, ihn zu unterdrücken, all das aus mir herauszuschneiden, was von ihm in mir steckt – ich möchte ihn wegamputieren, so tun, als hätte es ihn nie gegeben. Psychologen würden das als Ersatzmord bezeichnen. Und sie hätten recht.«

»Und was willst du an die leere Stelle setzen?«

»Dich. Nicht bloß dein Herz und deinen Schwanz, sondern deine gesamte Kultur. Weil er Amerikaner ist, möchte ich, daß du mir dabei hilfst, Engländerin zu werden. Ich möchte die Frau werden, die ich wäre, wenn Mom mich hier aufgezogen hätte, wenn es ihn nie gegeben hätte.«

Ich kratzte mich am Kopf. »Wo soll ich da anfangen?«

»Bei meinem Akzent. Der ist euch Briten doch so wichtig. Ich will reden wie du.«

»Wie ich?«

»Was ist daran so komisch?«

»Ist dir noch nicht aufgefallen, daß ich gerade versuche, nicht mehr so wie ich zu sprechen? Jedes Wort, das ich sage, verrät meine Klasse, meinen Hintergrund.«

»Verdammt, ich mag deine Klasse, ich mag deinen Hintergrund.« Sie schlug mit den Fäusten auf mich ein. »Hilf mir, Jimmy, es ist mir wichtig.«

Für mich war es das letzte Studienjahr, für Daisy das erste, obwohl niemand gedacht hätte, daß ich älter war als sie. Sie hatte zwischen Schule und Uni zwei Jahre freigenommen, und man merkte ihr an, daß sie sich schon einmal den Duft der großen weiten Welt um die Nase hatte wehen lassen. Ich war weder sportlich noch sexy und litt an einem lähmenden Klassenkomplex. Die ersten beiden Jahre meines Studiums hatte ich mich so stark aufs Lernen konzentriert, daß ich auf anderen Gebieten zurückgeblieben war.

Aber so ganz ohne Reiz war wohl auch ich in jener fernen Epoche nicht gewesen. Neulich holte Daisy ein paar der wenigen Fotos heraus, die es von mir aus Studententagen gab: Jeans, dikker Pullover, lange Haare, zotteliger brauner Bart; ausgezehrte Wangen und ehrgeiziger Blick; den Arm in Beschützergeste um Daisy gelegt. Ich bin ziemlich groß – über einsachtzig – und sah damals mit meinen runden Schultern eher nach einem Gorilla aus als nach einem Gelehrten. Aber mein Gott, was waren wir jung! Auf dem Bild ist Daisy unschuldig wie eine Puppe; und mein Bart und meine affenartige Haltung lassen auf das verletzliche Kind dahinter schließen.

»Die Leute sagen, du bist brillant«, sagte Daisy. Doch das war nicht als Lob gemeint.

»Ich arbeite daran.«

Ich hatte bereits so hart daran gearbeitet, daß das Abschlußjahr für mich nicht zu einer Zerreißprobe wurde wie für alle anderen. Ich hatte mir einen umfangreichen, aber zu bewältigenden Arbeitsplan aufgestellt und verbrachte jede freie Minute mit Daisy. Ich hatte mich in jenem Jahr auf dem Universitätsgelände eingemietet, um näher an der Bibliothek zu sein, doch Daisy redete mir das schon bald wieder aus. Die einfachste Methode, Brenda zu entkommen, bestand darin, in ein Studentenhaus in einem der nahegelegenen Orte zu ziehen. Wir mieteten einen großen Raum mit Küchenanteil in einem großen viktorianischen Haus. Zu dem Zeitpunkt kannten wir uns drei Monate und schliefen so oft miteinander wie ein Paar, das sich gerade erst kennengelernt hatte.

Wenn Daisy herumalberte, hüpfte sie manchmal ins Bett,

rollte ihren Slip herunter, schob ihren Rock hoch und drehte Däumchen. Wenn ich zu lange brauchte, um mich zu ihr zu gesellen, fing sie an zu pfeifen. Ich war damals ziemlich prüde, fast so etwas wie ein Moralapostel. Ich glaube nicht, daß mir dieses Verhalten bei einem anderen Menschen gefallen hätte, aber die wahrhaft Schönen haben einen ganz eigenen Zauber. Ihre Witze können mir das Herz brechen.

Doch es gab Momente, in denen ich das unterdrücken mußte, was ich für meine angeborene britische Zimperlichkeit hielt. Ich hatte aus der Arbeiterschicht meine Vorliebe für ein üppiges Frühstück herübergerettet: gebratene Eier, Bohnen, Würstchen, Toast, eine große Tasse Tee. Daisy aß ihre Cornflakes gern, nur mit einem T-Shirt bekleidet, auf einer Bank in der Küche, die Beine gespreizt.

»Ich glaube, es ist wichtig, die Möse zu entmystifizieren – findest du nicht auch? Die meiste Zeit ist sie ein ziemlich unattraktives Organ. Wir hätten sie nie romantisieren dürfen. Und die Enttäuschung führt zu Mißverständnissen und Frauenhaß. Wir programmieren die Männer darauf, die Frauen für reine, mythische Wesen zu halten. Dann sehen sie die Möse während der Menstruation oder wie ein Kind oder die Nachgeburt rausgepreßt wird, und schon ist die Illusion beim Teufel. Von der einen Sekunde auf die andere wird der liebesblinde Trottel zum Weiberfeind. Verstehst du, was ich meine?«

Ich sah meine gebratenen Eier an, die ich am liebsten ganz weich aß, und nickte.

Ich hatte jede Menge Arbeit, mindestens fünf juristische Themen bis Juni – ganz im Gegensatz zu Daisy. Sie hatte sich für englische und amerikanische Literatur entschieden, was die meisten von uns für eine bequeme Ausflucht hielten. Während wir anderen uns mit Disziplinen herumschlugen, die nicht fürs Amüsement gedacht waren, vertieften sich Daisy und ihre Kommilitonen im englischen Institut in die Geschichte von Jay Gatsby oder Mr. Pickwick. Daisy war der Meinung, daß sie bereits genug geleistet hatte in den zwei Jahren, in denen sie in New York Anzeigenkunden geworben hatte. Sie hatte sich damit genug Geld für ihr erstes Jahr in Warwick verdient, und danach bekam sie dank ihrer englischen Mutter ein britisches Stipendium.

»Willst du heut' abend lernen?« lautete ihre charmante Frage. Das hieß, wenn ich nicht lernen wollte, würde sie natürlich bleiben, um mit mir zu schlafen. Wenn ich jedoch arbeiten mußte, beschäftigte sie sich allein. Sie war so gesellig, daß es mich eingeschüchtert hätte, wenn nicht ein Großteil ihrer Aufmerksamkeit mir zugute gekommen wäre. Sie hatte die Fähigkeit, Leute kennenzulernen und aus heiterem Himmel eine Party zu veranstalten. Sie gewann die anderen Bewohner des Hauses, eine Gruppe ziemlich schwermütiger Literaturstudenten, die sie mit Haschisch und LSD versorgten – gratis, soweit ich das beurteilen konnte –, schnell für sich. Wenn ich lernte, verschwand sie ein paar Stunden lang nach unten und kehrte mit süffisantem Grinsen zurück. Dann war da noch eine erlesenere Gruppe von Leuten mit perfekter Aussprache und goldener Zukunft, die ritten, mit MG-Kabrios Spritztouren aufs Land machten, am Wochenende zu Partys nach Knightsbridge fuhren und ein rücksichtslos extrovertiertes Leben führten. Diese Leute liebten Daisy und hielten sie für die richtige Sorte Amerikanerin (ich bezweifle, daß sie mit ihnen ihre Mission, die Vagina zu entmystifizieren, teilte). Sie schienen sich an der Launenhaftigkeit zu ergötzen, die sie ihnen gegenüber an den Tag legte. Wenn ihre Haschisch rauchenden Freunde von unten sie langweilten, brauchte sie nur zum Telefonhörer zu greifen, und innerhalb weniger Minuten wurde sie von einem jungen Gentleman mit Halstuch und Sportsakko und einer Gruppe fröhlich singender Leute, die alle aussahen, als seien sie den dreißiger Jahren entsprungen, zu einer Spritztour abgeholt. Sie wußte genau, wie bedrohlich mir diese

Ausflüge manchmal vorkamen, und ging genau richtig mit mir um. Ich habe nie wieder eine Frau erlebt, die die Eifersucht ihres Liebhabers so anmutig ableitete, und zwar indem sie mich die Stärke ihrer Bindung unter der Gürtellinie fühlen ließ, dort, wo sie zählt.

Nach und nach lernte sie die englischen Idiome, und ihr Akzent veränderte sich. Sie konnte gut nachahmen; bereits am Ende des Jahres beneidete ich sie um ihre Fähigkeit, mühelos die soziale Leiter hinauf- und herunterzuklettern, indem sie die Vokale modulierte. Sie entwickelte den Charakter eines spröden englischen Mädchens, in den sie immer dann schlüpfte, wenn es ihr günstig erschien. Doch wenn es um Intimes ging, kehrte sie wieder zum Amerikanischen zurück. Sogar diese Seite schien eine ganze Reihe von Facetten zu besitzen.

Ich sagte: »Manchmal verändert sich sogar dein amerikanischer Akzent. In meinen Ohren klingt er nach New York und dann wieder ganz anders.«

»Ja? Ist dir das aufgefallen? Eigentlich komme ich aus New England, aber die Zeit, die ich in Manhattan in der Werbung verbracht habe, hat mich irgendwie geprägt. New York ist für mich eine Stimmung. Genau wie England, wenn ich's mir recht überlege.«

»Ich beneide dich darum, wie behende du von einem Akzent zum anderen wechseln kannst, während ich mich abrackere, innerhalb der britischen Gesellschaft nur ein bißchen höher zu kommen.«

»Abrackern hilft nichts, Baby. Relax.«

Trotz ihres guten Ratschlags trieb mich eine tiefsitzende Unsicherheit dazu, mich für den Augenblick zu rüsten, in dem ihr klar wurde, was für ein Nichts ich innerhalb des britischen Klassensystems war.

[10]

Doch als es soweit war, war es ganz anders, als ich erwartet hatte.

Es war Anfang Juni, kurz vor meiner Abschlußprüfung. Alle Vorlesungen und Seminare waren vorbei, und wir prügelten uns allein das Wissen für die Prüfung ins Hirn. Ich hörte, wie Daisy draußen vor der Tür sagte: »Es ist hier.« Dann folgte heftiges Klopfen. Ein Mann Anfang Vierzig mit militärischem Schnurrbart und einem leichten, karierten Anzug stand draußen. Daisy versuchte, nonchalant zu wirken, sah aber mißmutig aus.

»Laß ihn lieber rein.«

»Wollen Sie es ihm sagen, Miss Smith, oder soll ich das erledigen?« fragte er, nachdem er eingetreten war.

»Er hat mich erwischt, wie ich eine Schachtel Tampons gestohlen habe. Er ist der Filialleiter des Supermarkts und heißt Mr. Brown. Er zieht dich mit in die Sache hinein, um seinen Standpunkt klarzumachen, mich zu demütigen und um zu demonstrieren, wie schwach und minderwertig Frauen sind.«

Er wandte den Blick von ihr wie von einem ungezogenen Kind. »Könnten wir uns kurz unterhalten?«

»Kann ich dann gehen?« fragte Daisy.

»Ja, Sie können gehen.«

Ich hatte noch nie einen Mann gesehen, der Daisy verächtlich behandelte. Er setzte sich auf ein Sofa, das wir nur für die Liebe benutzten.

»Was wollen Sie tun?« fragte ich ihn.

»Das hängt auch von Ihnen ab. Ich möchte, daß Sie sie daran hindern, mein Geschäft jemals wieder zu betreten. Ich möchte nicht, daß sie in die Nähe kommt oder auch nur durchs Schaufenster hineinschaut. Und am allerwenigsten möchte ich, daß sie mit Drogen vollgepumpt reingeht und Sachen klaut.«

»Sie machen aber ein ganz schönes Trara um eine Schachtel Tampons, finden sie nicht auch? Und es ist deutlich zu sehen, daß sie nicht unter Drogen steht.«

»Nein, heute nicht, das stimmt. Und heute hat sie auch nur eine Schachtel Tampons mitgehen lassen.« Er zog eine Liste heraus. »Ich habe die Nase voll von ihr. Schön, die Hälfte von euch Studenten nimmt's nicht so genau mit mein und dein, aber sie ist anders, irgendwie verdreht. So etwas merke ich sofort. Wollen Sie die Liste? Hier.«

Er las sie mir vor. Es standen ganz normale Sachen für den Haushalt darauf, Süßigkeiten, Lebensmittel. Sie war erschreckend lang; neben jedem Posten standen Datum und Uhrzeit. Vieles davon kaufte Daisy normalerweise mit Geld aus unserer gemeinsamen Kasse.

Er zog noch ein weiteres Papier aus der Tasche und reichte es mir. Es war Daisys unterschriebenes Geständnis, sie habe nicht nur die Tampons, sondern auch alle anderen Artikel auf der Liste gestohlen. Brown hatte die Aussage selbst aufgenommen. Sie war peinlich genau und professionell – er war ein Mann, der sich intensiv mit dem Ladendiebstahl befaßt hatte, das lag auf der Hand.

»Es wundert mich, wie lange Sie untätig zugesehen haben«, sagte ich.

»Ich habe meine Methoden. Und jetzt würde ich Sie gern fragen, wie Sie die Sachen bezahlen wollen.«

»Die Tampons?«

»Nicht nur die Tampons, sondern alles. Ich gebe Ihnen eine detaillierte Rechnung.«

So sah seine Methode also aus. »Na schön, aber dafür möchte ich die Erklärung.«

Er schüttelte den Kopf. »Nein, nein, die Erklärung behalte ich als Sicherheit, damit sie nie wieder einen Fuß in meinen Laden setzt.«

Ich ging ins Schlafzimmer, wo wir in einer Keksdose Geld aufbewahrten. Browns Rechnung leerte sie für diesen Monat fast ganz.

Er machte Anstalten zu gehen. »Wenn ich Ihnen etwas sagen darf...«

»Nein, danke.«

»Wenn ich Ihnen etwas sagen darf: Ich würde an Ihrer Stelle aufpassen. Ich weiß, sie ist toll, aber sie hat ein Problem. Vielleicht sind das die Drogen, vielleicht auch etwas anderes. Ich habe sie beobachtet. Es ist, wie wenn man zwei verschiedene Menschen beobachtet. Am einen Tag ist sie himmelhoch jauchzend, am nächsten zu Tode betrübt – und sie ist immer allein.«

»Allein? Das ist doch lächerlich. Sie hat jede Menge Freunde.«

Brown schüttelte den Kopf. »Sie ist eine Schauspielerin. Den Eindruck habe ich jedenfalls. Aber hinter der Fassade gibt's jede Menge Probleme. Und Einsamkeit. Nun, Ihnen ist das, was ich sage, sowieso egal, also gehe ich jetzt. Sorgen Sie nur dafür, daß sie nicht mehr in meinen Laden geht, das ist alles.«

Sobald er weg war, legte ich mir einen Vortrag für Daisy zurecht. Es ging darin um den Unterschied zwischen extravaganten, maßlosen Delikten wie Drogenkonsum und Delikten der Unehrlichkeit, die immer etwas Niederträchtiges haben. Anders als sie war ich auf der Straße aufgewachsen. Ich wußte, was am Ende mit Dieben passierte. Nichts Schönes.

Ich mußte sie suchen und fand sie in unserem Stammpub, wo sie allein vor einem Bier saß. Sie starrte mißmutig vor sich hin und schien mich nicht zu bemerken. Ich stellte einen Stuhl an ihren Tisch.

»Nicht.«

»Nicht was?«

»Halt mir nicht den Vortrag, den du dir zurechtgelegt hast. Wenn du das machst, bin ich weg, und du siehst mich nie wieder. Zwei Dinge tun mir leid: Erstens, daß ich erwischt worden bin, und zweitens, daß du da mit reingezogen wirst. Das ist alles.«

Ich bestellte mir ein Bier und blieb schweigend eine Weile neben ihr sitzen. Ich versuchte ein paarmal, sie an Arm und Hals zu berühren, doch sie schien nichts zu spüren. Ihrer Haut fehlte die übliche elektrische Spannung, ganz als habe ihr Lebensgeist sie verlassen. Nach einem weiteren Bier nickte sie, ohne zu lächeln.

»Laß uns gehen, James.«

Am Abend im Bett fragte sie mich: »Weißt du, an wen er mich erinnert hat?«

»An deinen Vater?«

»Genau.«

»Aber warum? Dein Vater ist ein kultivierter amerikanischer Professor. Brown ist bloß der Filialleiter eines Supermarkts.«

Sie seufzte. »Dieser fanatische Blick, hast du den nicht gesehen? Ihm war das Geld egal. Wichtig war ihm bloß, daß ich im Unrecht war und er im Recht.«

»Dein Vater ist so?«

»Klar. Er ist tausendmal kultivierter als dieser Brown, aber weißt du, Psychologen müssen nun mal an die Regeln der Gesellschaft glauben, denn sie sind unsere Priester. Die Regeln der Gesellschaft prägen unseren Geist, und die Psychologen sind ein Teil dieses Prägungsprozesses. Sie sind der Ansicht, daß man gegen sich selbst Krieg führt, wenn man gegen die Gesellschaft kämpft. Man ist ein Soziopath, ein Psychopath.«

»In den Ohren eines Anwalts klingt das nicht so falsch.«

Sie wandte sich mir zu. »Hab' ich dir schon mal die Geschichte mit Montezuma erzählt?«

»Ich glaube nicht.«

»Als Cortez Mexiko erobert hatte, hat er Montezuma unter Hausarrest gehalten. Eines Nachts hat Montezuma dann gehört, wie einer von Cortez' Soldaten neben seinem Schlafraum urinierte. Am nächsten Tag hat er sich bei Cortez beschwert, der vollstes Verständnis für seine Klage hatte, den Mann rügen und entfernen ließ.«

Ich wartete. »Und?«

»Montezuma war Kannibale. Jeden Morgen aß er das Fleisch von frisch geschlachteten Kindern. In seinem Königreich gab es eine Regel gegen das Pinkeln in Gegenwart des Königs, aber keine gegen das Essen von Kindern.«

»Also gibt es einen Unterschied zwischen Gesetz und Moral?«

»Genau.«

»Zu einer anderen Zeit und an einem anderen Ort wären Brown und dein Vater also Kannibalen gewesen?«

»Oder Leute von der Gestapo.«

Ich kratzte mich am Kopf. »Aber ist Diebstahl richtig, nur weil du die Gesellschaft, in der du lebst, nicht billigst?«

Sie legte sich wieder auf den Rücken und starrte an die Decke. Sie schien aus einem Buch zu zitieren. »In manchen Hindu-Kulten war es ein magischer Akt, der die Seele befreite und den Geist für eine größere Realität öffnete, wenn man bewußt heilige Gesetze brach. Wolltest du denn noch nie fliehen, Jimmy? Ich meine vor allem, auch aus deinem Körper? Einfach abheben und wegfliegen, ohne noch einmal zurückzuschauen?«

Ich wartete bis zum nächsten Abend, um weiter nachzubohren.

»Glauben Psychologen nicht, daß die Beziehung des Menschen zur Gesellschaft durch seine Beziehung zum stärkeren Elternteil geprägt ist?«

»Doch.«

»Also ist deine Sicht der Gesellschaft die deines Vaters?«

Sie gähnte. »Laß dich nicht so schnell verderben, mein edler Wilder, sonst könnte es sein, daß ich dich verlasse.« Sie sah mich an. »Na schön, du willst also wirklich tiefer einsteigen? Betrachte die Sache global. Die amerikanische Gesellschaft hat meinen Vater hervorgebracht, stimmt's? Er ist ein Mikrokosmos dieser Werte. Deshalb ist es alles andere als irrational, Amerika mit der Verachtung zu behandeln, die er verdient.«

»Aber wir sind hier in England.«

»Meinst du denn wirklich, daß da ein so großer Unterschied ist? So wie ich das sehe, sind das hier die Staaten im Schmuddellook. Weißt du, die vollständige Metamorphose zum Alptraum mit Klimaanlage ist noch nicht vollzogen. Aber das ist nur noch eine Frage der Zeit.«

Ich kam mir vor wie ein Amateurboxer, der gegen einen Profischwergewichtler kämpfte.

»Dann sag mir doch, was so schlimm war an deinem Vater. Hat er dich geschlagen?«

»Ach! Edler Wilder! Was hätte ich für ein paar altmodische Prügel gegeben mit anschließender Umarmung. Prügel wären im Vergleich zu dem, was meine Mutter und ich durchmachen mußten, charmant und naiv gewesen.«

»Und was mußtet ihr durchmachen?«

Sie dachte einen Augenblick nach. »Das ist nicht leicht zu erklären, weil alles auf einer so subtilen Ebene läuft. Psychologen sind bekanntermaßen ausgesprochen herrschsüchtige Eltern. Sie leiden unter der Paranoia, daß ihre Kinder abweichendes Verhalten an den Tag legen könnten, also kontrollieren sie alles. Ihrem scharfen Blick entgeht nichts, jede Geste ist symbolisch aufgeladen. Wenn du in die Hose machst, in der Nase bohrst, blinzelst...«

»Wenn du blinzelst?«

»Klar. Es gibt eine ganze Menge Fachliteratur zum Thema Blinzeln. ›Daisy, was ist denn los, deine Blinzelgeschwindigkeit ist heute völlig untypisch, Kleines.‹«

»Na ja, vielleicht ist das schon ein bißchen beengend, aber...«

»Ich will dir eins über meinen Vater sagen. Einmal hat man ihn gebeten, ein psychiatrisches Krankenhaus in Vermont zu leiten, weil er einen Artikel über Katatonie veröffentlicht hatte. Seiner Meinung nach handelt es sich dabei um einen Abwehrmechanismus, den man durchbrechen kann. In dem Krankenhaus wimmelte es nur so von Extremfällen, kriminellen Psychopathen – und natürlich Katatonikern. Er hat das als Herausforderung begriffen – wie besiegt man die Katatonie auf die amerikanische Art. Er hat sich sechs der leichteren Fälle vorgenommen und ihnen gesagt, daß sie erst wieder was zu trinken bekämen, wenn sie etwas sagten. Aber Katatoniker reden nun mal nicht. Dann hat er ihnen eine starke Salzlösung injizieren lassen. Nach einer Stunde waren sie fast verdurstet.«

»Und, was ist passiert?«

»Fünf von ihnen haben um Wasser geschrien. Die Sechste hat es so lange ausgehalten, bis ihr Gehirn irreversibel geschädigt war. Sie hat Katatonie gegen Koma eingetauscht und ist innerhalb eines Jahres gestorben. Mein Vater hat das Experiment als persönlichen Triumph betrachtet. Natürlich haben die fünf Überlebenden sofort wieder mit dem Reden aufgehört, als sie das Wasser getrunken hatten, aber mein Dad hat der APA – der American Psychological Association – den Versuch als Erfolg verkauft. Das ist der Mann, der mich erzogen hat.«

»Hat er deswegen keine Probleme gekriegt?«

»Ne. Das gesamte Krankenhauspersonal stand hinter ihm. Sie haben's vertuscht. Wer würde sich schon für die Rechte einer toten Katatonikerin einsetzen? Solche Greueltaten passieren doch tagtäglich in amerikanischen Klapsmühlen.«

»Hat er mit dir auch so was angestellt?« fragte ich und merkte, wie langsam die Wut in mir hochstieg.

Sie hob den linken Arm und zeigte mir die Narbe, die an der oberen Seite ihres Unterarms verlief. Ich hatte sie früher schon einmal danach gefragt, doch damals hatte sie sich geweigert, darüber zu reden.

»Hat er das gemacht?«

»Nein, das war ich selber. Am liebsten hat er mich mit Hausarrest bestraft – im Heizungskeller. Nicht nur Stunden, sondern Tage, manchmal sogar eine Woche. Und dann hat er mich hinaus in die Sonne gelassen, damit ich dachte, es sei vorbei, aber er wollte bloß, daß ich eine Ahnung davon kriege, was ich versäume. Eine Stunde später war ich dann wieder allein in der Dunkelheit. Einmal – da war ich ungefähr dreizehn – hab' ich gemerkt, daß ich durchdrehe. Ich hab' gewußt, daß ich ihm einen Schreck einjagen muß. Also hab' ich den Arm gegen eins der heißen Rohre gedrückt, bis ich mich verbrannt habe. Ich hab' ihn so lange dort gelassen, bis die Wunde richtig groß war. Ich wußte, er hatte Angst, daß irgend jemand ihn der Kindesmißhandlung verdächtigt. Es hat funktioniert. Danach hat er mich nie wieder eingesperrt, aber er hat andere Methoden gefunden, und ich wär' tatsächlich fast übergeschnappt. Wenn Mom nicht gewesen wär', wär' ich jetzt in der Klapsmühle. Sie hat mich nie bestraft oder sich ein Urteil erlaubt. Sie hat mir immer nur ihre Liebe gegeben.« Sie lächelte. »Genau wie du, Jimmy. Tut mir leid, wenn ich eklig war wegen Brown. Du hast dir bis jetzt auch nie ein Urteil über mich erlaubt. Ich könnt's nicht ertragen, wenn du jetzt damit anfangen würdest. Das ist der Deal, Darling. Wenn du möchtest, daß ich gehe, dann pack' ich meine Siebensachen. Aber wenn du willst, daß ich bleibe, bildest du dir kein Urteil über mich. Einverstanden?«

»Klar.« Ich rieb mir das Kinn. »Aber wie lange braucht ein Mensch, um eine solche Kindheit zu verarbeiten?«

Sie starrte mich an, blinzelte, lächelte. »Ach, Baby, du bist ja so süß. Ich weiß, was du glaubst. Du meinst, es gibt einen Augenblick in jedem Leben, wo man erwachsen wird, und ab da ist dann alles in Ordnung, in Ewigkeit, Amen. Stimmt doch, oder? Na, gib's schon zu.«

Da der Zwischenfall keine ernsthaften Folgen hatte, verblaßte er immer mehr, schmolz dahin und reinigte sich schließlich in der Hitze unserer Leidenschaft. Doch nach außen hin wirkte Daisy eine Weile niedergeschlagen, und sie ging weniger aus, auch wenn ich arbeitete. Ziemlich oft saß sie nur da und starrte vor sich hin. Und natürlich blieb der Supermarkt immer eine unangenehme Erinnerung, besonders wenn Brown mit gespreizten Beinen neben der Tür stand und uns beobachtete.

Mir wäre es, glaube ich, ziemlich egal gewesen, wenn man sie irgendwann einmal bei einem Bankraub erwischt hätte, denn mein Herz war voller Dankbarkeit. Ihre Fähigkeit zu lieben und mir ihre Freundschaft zu zeigen, die durch den Zwischenfall nur noch verstärkt worden war, war einfach überwältigend für einen Menschen, der die Umwelt als unerbittlich feindselig erfahren hatte. Ich entspannte mich in ihrer Gegenwart, und sie machte mir das wohl größte Geschenk, das eine junge Frau einem gequälten jungen Mann machen kann: Sie lehrte mich, daß ich weder zu wenig liebenswert noch zu wenig sexy war, und folglich wurde ich, glaube ich, ein bißchen von beidem. Ich weiß, das, was ich jetzt sagen werde, ist ausgesprochen unmodern, aber ich denke, daß ich dafür niemals ernsthaft eine andere Frau geliebt habe.

Die gesellschaftliche Konditionierung ist ein merkwürdiges Phänomen. Ich nahm mir manchmal ein Zitat von Dickens vor und las es, wenn sie nicht da war:

In eine so feine, zarte Form gegossen; so rein, so schön; ... der sich wandelnde Ausdruck voll Liebenswürdigkeit und guter Laune, die tausend Lichter, die um das Gesicht spielten und keinen Schatten darauf hinterließen; vor allem das Lächeln, das fröhliche, glückliche Lächeln ...

Dieses innere Bild Daisys existierte parallel zu meinem Wissen, daß sie eine Diebin war, manche hätten sogar gesagt, eine Drogensüchtige, und davon träumte, ihren Vater umzubringen. Ich hatte einmal eine Mandantin, eine reizende Pandschabi-Frau von den Westindischen Inseln, um die Sechzig, die Geld veruntreut hatte und eine der letzten jamaikanischen Bediensteten mit Ausbildung war. Sie erzählte mir, in ihrer Jugend auf den Westindischen Inseln habe sie sich immer darüber gewundert, daß die Schwarzen wirklich glaubten, die Weißen befolgten die Zehn Gebote, auch wenn diese ihnen tagtäglich das Gegenteil bewiesen.

[11]

Mitte 1976 zerbröckelte mein studentisches Weltbild. Ich hatte in London ein Jahr lang hart für meine Prüfungen geschuftet und dann mein zwölfmonatiges Barrister-Referendariat abgeleistet, während sie ihren Abschluß machte. Die Tatsache, daß einer von uns am Wochenende immer zwischen London und Warwick hin und her pendeln mußte, hatte der Intensität unserer Beziehung keinen Abbruch getan, doch jetzt sah ich mich plötzlich mit dem konfrontiert, was wir als Studenten »die Zukunft« genannt hatten. Nichts von dem, was Mick, Che oder Bertrand sagten, hatte mich auf diese Realität vorbereitet.

Ich hatte mir den Bart und die langen Haare abgeschnitten, trug keine Jeans und Pullover mehr und hatte sogar meinen affenartigen Rundrücken beinahe aufgegeben. Letztlich hatte ich meine ganze Identität gegen einen Platz am Fuß einer hohen und ziemlich überfüllten Leiter eingetauscht. Und diese Leiter schien irgendwo mitten in der Grube zu stehen. Ich hatte ein paar Monate lang gearbeitet, und mein Clerk beschrieb meine Fälle als »Gut«, was hieß, daß ich immer mehr Arbeitszeit mit zunehmend brutalen Kriminellen verbrachte. Ganz allmählich traten an die Stelle der ungeschickten Einbrecher, Ladendiebe und Exhibitionisten Männer (normalerweise handelte es sich um Männer), denen es völlig egal war, ob sie Körper oder Leben anderer Menschen dauerhaft schädigten. Es kann ein erschütterndes Erlebnis sein, das Opfer eines Gewaltverbrechens kennenzulernen, wenn man selbst den Mann vertritt, der das Verbrechen begangen hat. Es bestand kein Zweifel daran: Ich begann anders über Verbrechen, Gesetz und Polizei zu reden – in meiner Studienzeit hätten meine Kommilitonen mich dafür gelyncht.

Endgültig abtrünnig wurde ich eines Abends im frühen Winter, als ich den Mut aufbrachte, zur El Vino's Wine Bar in der Fleet Street zu gehen, wo sich die anderen Barristers aus meinen Chambers nach der Arbeit trafen. Dort war gerade eine Debatte über die Moral der Anklage im Gange.

»Die reine Prostitution«, sagte ein junger Idealist. »Was meinen Sie, Knight?«

Ich gestand stotternd, daß sich meine Einstellung allmählich radikal änderte. Dann führte ich das Beispiel einer hübschen Achtzehnjährigen an, der mein Mandant das Gesicht eingeschlagen und so die Stirn- und Nebenhöhlen irreparabel ruiniert hatte. Ich hatte den Mann wegen eines technischen Fehlers in der Anklage erfolgreich verteidigt und dem wütenden Richter erklärt, warum er das Verfahren nicht weiterführen konnte, aber ich war nicht sonderlich stolz auf das Ergebnis.

»Halten Sie Distanz, halten Sie um Himmels willen Distanz«, riet mir ein alter Barrister. »Sie werden für den Rest Ihrer Laufbahn zwischen Ihrem Haß auf die Polizei und Ihrem Haß auf den Kriminellen hin und her gerissen sein. Vergessen Sie nicht, keiner von beiden ißt bei uns im Kasino oder ist Mitglied in unserem Klub.«

»Hört, hört.«

Das war der verführerischste Satz, den mir je jemand gesagt hatte. Seine freundliche Wärme begann sich sogleich angenehm wie Wein in mein Herz zu schleichen. Er bedeutete ganz einfach, daß für uns, die Klubmitglieder, der Krieg anderswo stattfand.

Danach ging ich regelmäßig ins El Vino's. Schon nach einer

Woche schien ich selbst ein alter Hase zu sein, dem ein Stammplatz und eine Begrüßung zustanden.

Wie bei den Slums in Islington spielte sich meine Rufsanierung fast über Nacht ab. Schrubb einen Cockney sauber, wirf ihm ein bißchen Geld hin, verändere den Blickwinkel, aus dem er sich selbst betrachtet, dann findest du mit Sicherheit einen Möchtegernaristokraten in ihm, der gern um halb elf aufsteht und den Strand hinunterstolziert. Ich tauschte meinen Friseur gegen einen Hairstylisten ein und meinen Anzug von Burton's gegen einen von Yves Saint Laurent. Zu Daisys Entsetzen stellte ich fest, daß mir französische Manschetten gefielen, und ich kaufte mir ein paar goldene Manschettenknöpfe und neue Hemden. Mein seidenes Brusttaschentuch fischte Daisy mir bereits am ersten Tag wieder heraus. Später behauptete sie, sie habe etwas so Obszönes damit angestellt, daß ich mich nie mehr dazu überwinden könnte, es zu tragen.

Anders als Daisy begrüßten meine Kollegen mein neues Bewußtsein von Eleganz. Innerhalb eines Monats waren kleine Sticheleien, Kameraderie und Rotwein im El Vino's zu dem geworden, was Daisy mein »Männernetzwerk« nannte. Aus Rache besuchte sie Selbsterfahrungskurse und weigerte sich, die Teller abzuspülen.

Da wir in einem Zimmer lebten, gab es nicht allzuviel abzuwaschen. Ich hatte zusätzliche Tassen und Teller gekauft, die sich bis zum Samstag, unserem Tag der Arbeitsteilung, auf dem Kaffeetischchen sammelten. Daisy widmete einen Teil ihres geschärften Bewußtseins der Frage, ob es eher der traditionellen Rolle der Frau entspreche, das Geschirr abzuspülen oder abzutrocknen. Sie kam zu dem Schluß, daß das Abwaschen eher der traditionellen Rolle entsprach und trocknete deshalb ab, während ich spülte.

[12]

Als ich eines Abends vom El Vino's in unser winziges möbliertes Zimmer im Belsize Park zurückkam, empfingen mich dort der vertraute Geruch von Daisys Joint und ein süffisantes Grinsen auf ihrem Gesicht, das vom Marihuana herrührte.

»Es ist alles vorbei, Jimmy, die Inquisition ist dir auf die Spur gekommen.«

»Was redest du da, Junkie?«

Ich war noch ganz benommen von der Kälte draußen und ausnahmsweise froh darüber, daß Daisy unser kleines Zimmer immer auf tropische Temperaturen heizte. Sie rauchte ihr Marihuana gern nackt in einer lotussitzähnlichen Haltung, die eine Ferse gegen ihre Vagina gedrückt. Das war so ziemlich das einzige, was aus ihrer Yoga-Phase übriggeblieben war, obwohl sie manchmal noch die Augen zumachte, die Hände auf die Knie legte und ein Mantra summte. Ihre vollen, noch ziemlich straffen Brüste deuteten in meine Richtung, als ich auf sie zuging. Da saß sie nun – ein Engel mit einem Joint.

Ihr perfekter Körper bildete einen perfekten Kontrast zu dem Chaos, in dem sie lebte. Das Bett war zerwühlt, aufgeschlagene Bücher lagen auf dem Boden herum, Kleider befanden sich überall dort, wo sie sie ausgezogen hatte. Da ich Unordnung haßte, hielt ich es nie allein in dem Zimmer aus.

Ihre Haut war wie heiße Seide unter meinen kalten Händen.

»Nicht. Du bist eiskalt.«

Sie zitterte, versuchte aber nicht, mich aufzuhalten. Meine Finger erzeugten eine Gänsehaut auf ihrem Arm, eine Brustwarze wurde hart und runzlig unter meiner Berührung. Ich kniete nieder, um ihre Haut bis zu den Oberschenkeln zu streicheln. Sie löste die Ferse von ihrer Vagina. Ich stand wieder auf, begann mich auszuziehen und schaute mich nach einem Stuhl um, über den ich meinen Anzug hängen konnte, fand aber keinen. Also legte ich das Sakko ordentlich auf das Fußende des Betts. Ich mußte mich jeden Tag wieder mit dem Problem auseinandersetzen, mit Daisy zusammenzuleben und trotzdem adrette Kleidung fürs Gericht zu haben.

»Dir wird bald warm werden. Du kennst die Strafe dafür, wenn du zu Hause Cannabis rauchst und damit meinen Job aufs Spiel setzt.«

»Jetzt?«

Ich stand auf einem Bein und zog eine Socke aus.

»Sofort.«

Ich zog die andere Socke aus.

»Und wie, Sir?«

»Nicht schlecht. Hast du dich jetzt ein bißchen aufgewärmt?« fragte sie später.

Ich griff unter meinen linken Oberschenkel, um ein neues feministisches Taschenbuch herauszuziehen. »Ein Teil von mir schon.«

»Welcher Teil?«

»Ich weiß nicht so genau. Überprüf das lieber noch mal.«

»Der Teil?«

»Ja, der Teil ist ziemlich warm.«

»Und der?«

»Dito.«

»Und wie steht's mit *dem*?«

»Der könnte noch ein bißchen Aufwärmen vertragen.«

»Das heißt, du willst noch mal?«

»Ja, ich glaube schon.«

»Kannst du denn schon wieder?«

»Heute, glaub' ich, schon.«

»Mein Gott, du hast wohl Austern gegessen in einer von diesen Angeberbars in der City.« Sie gähnte. »Bedien dich, wenn du willst, du Nimmersatt, aber ich muß mich jetzt umdrehen. Übrigens...« Sie griff nach einem Stück Papier, das neben dem Bett auf dem Boden lag. Auf den Zettel hatte sie »Reverend James Hogg« und eine Telefonnummer notiert. Ich nahm ihr das Stück Papier aus der Hand und warf es wieder auf den Boden. Sie lag träumend auf der Seite, den Rücken mir zugewandt, und grunzte nur ein bißchen, als ich in sie eindrang.

Schließlich fiel mir Reverend James Hogg wieder ein.

»Ich hab' nicht so ganz verstanden, was er gesagt hat, weil ich stoned war. War irgendwas von wegen Wormwood Scrubs, und du sollst ihn anrufen, egal wann du heimkommst.« Sie äffte eine männliche Stimme nach.

Sie zündete ihren Joint wieder an, als wir engumschlungen dalagen. Ich lauschte auf ihren Atem, während sie inhalierte.

»Willst du auch mal ziehen?«

Sie reichte mir den Joint, und ich nahm einen tiefen Zug. Das Marihuana verband sich mit dem sanften Glühen des Rotweins von El Vino's in meinem Magen, mit meiner Zufriedenheit über meine beruflichen Fortschritte, mit meiner offenbar unersättlichen Lust auf Daisy und meiner postkoitalen Befriedigung. Beinahe zehn Minuten lang hatte ich den Eindruck, daß mich nie wieder etwas verletzen könnte. Mein Bewußtsein dehnte sich aus, umfaßte den Raum, die Stadt, die ganze Welt. Dann drang Daisys Stimme in meine Trance.

»Rufst du ihn an?«

»Wen?«

»Unseren Gottesmann.«

»Unseren was?«

»Den Reverend James, Junkie!«

»Ach, den hab' ich völlig vergessen.«

»Du bist stoned.« Daisy kicherte, während ich verschlafen eine Hose und einen Pullover anzog, um zum Telefon im eiskalten Flur hinunterzugehen. Ich war gereizt, weil meine Zufriedenheit zerstört worden war. Der Hörer fühlte sich kalt an an meinem Ohr. Eine nervöse, hohe Stimme sagte etwas von Oliver Harry Thirst und Bewährung und schlug vor, daß wir uns so bald wie möglich, vielleicht am folgenden Tag nach der Arbeit, an einem Ort meiner Wahl treffen sollten.

»Worum geht's denn genau?«

»Mir wäre es lieber, wenn ich Ihnen das persönlich erklären könnte – wie soll ich es ausdrücken? Vielleicht könnte ich auf etwas unübliche Art und Weise zur Rechtsfindung beitragen. Bringen Sie ruhig Ihre Frau mit.«

»Sie ist nicht meine Frau, Reverend, wir leben nur zusammen.«

»Sagen Sie doch James zu mir«, sagte er, bevor wir uns voneinander verabschiedeten.

Als ich wieder in unser Zimmer zurückkam, saß Daisy mit einem riesigen, schmutzigen weißen Pullover im Bett, den ich sehr sexy fand. Einmal hatte sie ihn getragen, als sie einen Brief aufgeben wollte – und darunter nichts. Ich war wütend gewesen und ziemlich erregt. Seitdem war dieser Pullover für uns so etwas wie schwarze Strümpfe und französische Unterwäsche für andere Paare.

»Worum ging's denn?«

»Um Oliver Thirst.«

»Hey! Ist das der gutaussehende Gauner, mit dem du dich manchmal rumtreibst?«

»Noch so eine Andeutung, dann muß ich dir meine Potenz beweisen.«

»Schon wieder?«

»Tut mir leid, aber dieser Pullover törnt mich einfach an – schau!«

Später sagte sie: »Und was hat der Pater nun über Thirst gesagt?«

»Er möchte, daß ich ihm bei seiner Rehabilitation helfe.«

Sie hob den Kopf von meiner Brust. »Und natürlich machst du das, oder?«

Ich versuchte, ihren Kopf wieder herunterzuziehen. »Wir treffen uns morgen mit dem Reverend, dann sehen wir weiter.«

»Dann sehen wir weiter«, wiederholte sie.

[13]

Am nächsten Abend gingen wir zu Fuß den Hügel nach Hampstead zu einem Pub hinauf, wo es Ale von einer kleinen, unabhängigen Brauerei gab und wo der Reverend James Hogg auf uns wartete. Ich kam gerade von einem Gespräch mit einem bewaffneten Räuber (er hatte einem Mann mittleren Alters an einer Tankstelle mit einer Schrotflinte ins Gesicht geschossen) und seinem durchtriebenen Solicitor. Daisy hatte eine weitere unnötige Sitzung ihres Selbsterfahrungstrainings mit ihrer Frauengruppe hinter sich.

Von solchen Sitzungen kam sie meist mit dem gefährlichen Blick des Eiferers und einer globalen Wut auf der Suche nach einem Ziel zurück. Ihre Laune wurde auch dadurch nicht besser, daß sie für ihre Verhältnisse ungewöhnlich viel zu tun hatte. Wenn sie nicht gerade in der Selbsterfahrungsgruppe war, ließ sie sich zur Berufsschullehrerin ausbilden. Acht Stunden Konzentration pro Tag oder mehr führten dazu, daß sie entweder völlig ausgelaugt oder überdreht war, je nachdem wie sie in der vorhergehenden Nacht geschlafen hatte. Wir gingen schweigend nebeneinander her. Ich achtete darauf, daß sie die Führung übernahm.

Er stand bereits an der Theke. Trotz der vielen Leute erkannte ich ihn sofort. Er schien sich nicht sonderlich wohl zu fühlen, aber das hätte er vermutlich nirgends. Als erstes fiel mir sein mächtiger Körper auf, der sein Harris-Tweed-Sakko, sein offenes, kariertes Hemd und seine schlecht sitzenden Jeans ausfüllte.

Sein Körper war wie geschaffen für Rugby oder Ringen. Seine makellosen Muskeln spielten unter seiner Kleidung. Doch auf seinen Schultern saßen ein dünner Hals und ein kleiner, kinnloser Kopf. Bei jedem anderen Menschen wäre das nicht aufgefallen, doch dank seines Körpers wirkte das Ganze unpassend, wie ein Bodybuilder mit einer Verkrüppelung.

Sein Schildkrötengesicht war das genaue Gegenteil seines Körpers: Es war schwach und formbar, bereit, sich jeglicher Persönlichkeit anzupassen, mit der es zu tun hatte.

»Das wäre also zweimal James«, sagte er fast verlegen, als wir uns vorstellten. Dann gab er dem Barkeeper ein Zeichen, er solle uns Drinks einschenken.

Es kamen zwei große Gläser dunkles Bier und ein kleines, die beiden großen für Daisy und mich, das kleine für ihn.

»Ich habe Sie gestern abend angerufen, weil...«

»Weil Thirst vorzeitig entlassen werden will, aber noch etliche Schwierigkeiten hat, die ihn beim zuständigen Amt nicht gut aussehen lassen würden, stimmt's?« So weit war ich mit meinen Überlegungen gediehen, nachdem ich mich beim Aufwachen an den Anruf erinnert hatte. Der bewaffnete Räuber, mit dem ich mich bereits auseinandergesetzt hatte, hatte mich in feindselige Stimmung versetzt.

»Tja, stimmt.« Er wurde rot. »Oliver hat schon angedeutet, daß ich Sie wahrscheinlich überzeugen müßte.«

»Unser Jimmy ist jetzt für Prügelstrafe, Hängen und so weiter«, sagte Daisy. »Sie hätten ihn vor drei Monaten anrufen sollen, Reverend, als er noch ein überzeugter Bürgerrechtler war und eine Amnestie für alle gefordert hat. Inzwischen ist er umgemodelt worden. Die bescheidene Arbeiterhütte, die früher seine

Seele war, ist jetzt ›ein schmuckes, kleines Häuschen, knapp zwanzig Minuten außerhalb der Stadt‹, wie britische Immobilienmakler sagen würden.«

Ich hielt hilflos die Hände hoch. »Ich habe keine Chance gegen sie. Wenn ich ihr sage, sie soll den Mund halten, heißt's, das wäre ein klassischer Fall von männlicher Dominanz.«

»Genau«, sagte Daisy.

»Ich möchte auch gar nicht, daß Daisy den Mund hält«, sagte Hogg. »Ich finde das, was sie gesagt hat, sehr…«

»Sehr?«

»Sehr geistreich.«

»Danke, Pater.« Sie sah mich zähnebleckend an. Es herrschte peinliches Schweigen, bevor ich aufstand, um zur Toilette zu gehen.

Die Herrentoilette in diesem Pub war berühmt für ihre Graffiti. Ich suchte die Wände nach etwas Neuem und Geistreichem ab, das mich aufmuntern sollte, fand aber nur die immer gleichen alten Witze. Am besten gefiel mir eine Zeichnung von zwei Kuben mit der Unterschrift »Eier von Picasso«. In einem Spruch daneben hieß es: »Das Leben auf der Erde ist die Heilung all der Krankheiten, die du dir im All geholt hast.« Ob sich die Frauen, jetzt, wo sie sich emanzipiert hatten, auch ein paar gute Sprüche für ihre Wände ausdachten?

Als ich mir meinen Weg durch die Gäste zurückbahnte, standen bereits frische Gläser auf dem Tresen.

»Stell dir vor: Der Vater des Reverend war genauso ein Machtfanatiker wie meiner, und er haßt ihn genauso wie ich.«

»Ich habe nicht gesagt, daß ich ihn hasse.«

Er wurde rot. »Er war Oberst. Die britische Kaderschmiede ist mindestens zweihundert Jahre überholt.« Er betrachtete mich mit aufrichtigem Blick. »Immer dieselbe Schwarzweißmalerei, Gut oder Böse, Annahme oder Verweigerung. Das ist seinem Wesen nach… es ist unchristlich.«

»Und – haben Sie angenommen oder verweigert?«

»Sein Vater wollte, daß er Militärgeistlicher wird, aber er hat ihm gesagt, wo er sich den Wunsch hinstecken kann.« Sie klang erregt.

Wieder wurde Hogg rot. »Ich... tja, wenn es Sie interessiert: Ich habe so etwas wie eine Krise durchgemacht. Ich sollte sozusagen ein Feigenblatt der Offiziersklasse vor Gott werden und eine Vaterfigur für die Truppen. Aber außer in Belfast erschien mir das... nun, sogar die Feldwebel hatten neue Autos und wohnten in Doppelhaushälften. Ich war nicht dort, um Leiden zu lindern, sondern um Schuldgefühle abzubauen. Ich habe mich gefragt, ob Schuld nicht das einzig Christliche ist, das uns noch geblieben ist. Ich habe überlegt, wo Christus gearbeitet hätte, wenn er in das moderne England hineingeboren worden wäre.«

»Und die Antwort war Southeast London?«

Er runzelte die Stirn. »Tut mir leid, es ist maßlos, wenn ich die ganze Zeit nur von mir selbst rede. Eigentlich wollte ich mich mit Ihnen über Oliver unterhalten.«

»Was hat er gesagt – wie gut kennt er mich?«

»Er hat gesagt, Sie sind sein einziger Freund.«

»Ich habe ihn zweimal gesehen – einmal, als ich einen Freispruch für ihn erwirkt hatte, obwohl er eindeutig schuldig war, und das zweite Mal nach seinem Anruf in den Chambers. Da haben wir einen Spaziergang über die Waterloo Bridge gemacht. Aber wir sind nur bis zur Mitte gekommen. Er ist ziemlich beleidigt abgezogen, weil ihm der Rat, den ich ihm gegeben habe, nicht gefallen hat.«

»Was war das für ein Rat?« wollte Daisy wissen. »Zieh deine Socken hoch, Carruthers, und vergiß nicht, daß du Brite bist?«

Als Hogg merkte, daß ich kurz davorstand, die Beherrschung zu verlieren, mischte er sich ein. »Er hat nicht gesagt, daß er Sie gut kennt. Er hat gesagt, Sie sind sein einziger Freund. Offenbar habe ich mich nicht klar genug ausgedrückt. Er ist nicht... nun, ich habe nicht den Eindruck, daß er viel verlangt. Sie sollen ihn nicht bei sich unterbringen oder eine Bürgschaft für ihn übernehmen. Er hat eine ganze Menge durchgemacht in Wormwood Scrubs. Er ist vergewaltigt worden und hat sich die Syphilis geholt. Die anderen Insassen halten ihn für einen Spitzel. Ich muß Ihnen wahrscheinlich nicht sagen, was das bedeutet. Leute wie er laufen immer wieder in die Falle. Sie kennen nur andere Kriminelle. Damit sie das Niemandsland zwischen ihrer Welt und der unseren hinter sich lassen können, brauchen sie zumindest eine Hand von der anderen Seite.«

»Und was will er?« fragte ich.

»Nun, da gibt es noch diese andere Sache – er hat einen Scheck gefälscht, um sich eine Hose zu kaufen. Natürlich würde er deswegen nie im Gefängnis landen, aber wenn er dafür verurteilt wird, wird er nicht vorzeitig entlassen.«

»Und was kann ich tun?«

»Er braucht jemanden, der sich Gedanken über eine Berufung macht. Er sagt, alle anderen Barristers, die er kennt, sind Nieten. Die machen nur das Nötigste, aber mit Ihnen hätte er vielleicht eine Chance.«

Ich spürte, daß Daisy mich ansah. Wütend darüber, daß sie sich das Recht herausnahm, das als Test zu betrachten, sagte ich all die Dinge, die sie haßte, mit genau der Stimme, die sie verabscheute.

»Ich fürchte, das kommt nicht in Frage. Schließlich muß ich an meine Karriere denken. Ein Barrister kann nicht mit Kriminellen fraternisieren. Unser Ruf ist alles. Wie soll ich vor einem Richter noch glaubwürdig wirken, wenn ich mich mit Ganoven anfreunde?«

»Aber Sie haben sich doch schon mit ihm angefreundet, oder?« fragte er. »Als Sie damals mit ihm auf einen Drink gegangen sind, als Sie sich bereit erklärt haben, ihn außerhalb des

Temple zu treffen. Hatte das denn nichts mit Sympathie und Mitmenschlichkeit zu tun?« Seine Augen glänzten.

»Nein. Das versteht ihr beide nicht, und ihr werdet es auch nie verstehen. Schuldgefühle sind ein Laster der Mittelschicht, und der Drang, Gutes zu tun, ist ein Mittel, um Schuldgefühle abzubauen. Er hat nichts damit zu tun, daß man jemandem helfen will. Ich habe keine Schuldgefühle wegen meiner Klassenzugehörigkeit; wir sind praktische Leute, wir Burschen aus der Arbeiterschicht, und die Schuld hat keinen praktischen Wert. Wenn ihr nicht beide in einer Märchenwelt voller Schuldgefühle leben würdet, wäre euch das enorme Ausmaß dessen, was Thirst braucht, klar. Er muß nicht einen Monat früher aus dem Gefängnis, nein, man muß ihn von dreiundzwanzig Jahren Programmierung befreien. Man muß ihn davon überzeugen, daß alles, was er seit seiner Geburt gelernt hat, falsch ist, und eure hübsche, saubere Spielzeugwelt richtig. Versteht ihr denn nicht, daß er die Welt viel realistischer sieht als ihr? Genau das ist sein Problem. Er weiß, daß sie feindselig ist und verkommen und korrupt. Und ein Tröpfchen zuckersüße Freundlichkeit ändert auch nichts daran. Beweist mir erst mal, daß er seine Vergangenheit einfach ablegen kann – so, wie ich das gemacht habe. Könnt ihr das? Und wenn er das schafft, ist das Ergebnis dann wirklich ein Fortschritt?«

»Warum hast du dich überhaupt mit ihm getroffen, wenn du das glaubst?« fragte Daisy.

Ich wandte mich ihr zu. »Aus dem gleichen Grund, aus dem der Typ – wie hieß er gleich wieder? – sich noch einmal zum Hades umgedreht hat. Es ist die Faszination dessen, der's geschafft hat; er muß sich einfach noch mal nach denen umschauen, die sich immer noch in der Grube krümmen.«

An den restlichen Abend erinnere ich mich nur noch undeutlich. Hogg ließ uns kurz nach meiner Tirade allein, mit der Begründung, er sei nicht so klug wie ich, sondern nur ein bescheidener Geistlicher. Es tat ihm leid, daß er mich verärgert hatte.

Daisy wollte noch ein Glas Bier, das sie ziemlich hastig trank, bevor sie mir erklärte, wie enttäuscht sie von mir sei. Die Unsicherheit veranlasse alle Männer dazu, ihre Seele für Macht und Einfluß zu verkaufen. Sie hatte gedacht, ich sei anders. Was war mit mir passiert? Machte ich mir denn keine Gedanken mehr? Ich hatte eine Chance, einem Mitmenschen zu helfen, und ich machte mir nur Gedanken darüber, was ein aufgeblasener alter Richter vielleicht sagen würde.

Als sie das Glas ausgetrunken hatte, verglich sie mich mit ihrem Vater. Ich verwandelte mich in sein englisches Ebenbild. Wenn ich glaubte, sie würde sich den Rest ihres Lebens abrakkern und katzbuckeln wie ihre Mutter, habe ich mich geirrt.

»Du hast alles verdorben, Baby. Hoffentlich genügt dir deine verdammte Karriere. Für deinen Ehrgeiz *und* mich ist nämlich kein Platz.«

Ich war durcheinander und betrunken und schrie zurück: »Schau dich doch an: Du hältst die Sache für einen Showdown. So werd doch um Himmels willen endlich erwachsen, du amerikanisches Greenhorn.«

Es blieb ihr nichts anderes übrig, als den Pub türenknallend zu verlassen, und das tat sie auch. Ich leerte mein Bier langsam und folgte ihr, ohne die amüsierten Blicke der anderen Anwesenden zu beachten.

Ungefähr hundert Meter vom Pub entfernt fand ich sie schluchzend an einen Laternenpfahl gelehnt. Ich legte den Arm um sie. Sie zog mich an sich heran und bedeckte mein Gesicht mit Tränen und Küssen.

»Mein Gott, Jimmy, was passiert da bloß mit mir – mit uns? Liegt's an mir? Ich möchte nicht, daß unsre Beziehung den Bach runtergeht.«

Ich drückte sie fest an mich. Am liebsten hätte ich ihr gesagt, daß ich sie nicht nur wegen ihres Wissens, sondern auch wegen ihrer Schrullen liebte, aber heraus kam etwas ganz anderes.

»Ich weiß nicht, Daisy. Jedesmal, wenn du von der Frauengruppe kommst, fängst du Streit an. Meinst du nicht, du solltest aufhören, da hinzugehen?«

»Wenn du nicht mehr ins El Vino's gehst.«

Wir kehrten erschöpft nach Hause zurück. Ich bestand darauf, mit ihr zu schlafen. Sie gab sich mir gefügig, aber ohne Leidenschaft hin.

»Übrigens hat sich dieser Typ nicht umgedreht, um noch einen letzten Blick auf die Leute in der Hölle zu werfen, sondern um sicherzugehen, daß dieser Frau – wie hieß sie doch gleich – nichts passiert. Allzuviel Wert haben die in deiner wunderbaren britischen Gesamtschule wohl nicht auf die Klassiker gelegt, was?« sagte sie, bevor sie sich von mir wegdrehte und offenbar sofort einschlief.

Ich döste ebenfalls ein, wachte aber wieder auf, als mein Piepser losging. Das bedeutete, daß mich jemand über das Telefon im Flur erreichen wollte. Ich zog einen Pullover und Jeans an und stand zitternd da, als Hogg sich meldete.

»Ich rufe an, um mich zu entschuldigen. Das war nicht besonders klug von mir. Ich hätte Ihnen das nicht so vor den Latz knallen sollen, vor Ihrer Freundin, ohne einen Gedanken an Ihre Karriere. Ich hab' darüber nachgedacht: Sie müssen sich natürlich fragen, was gerade an Oliver Thirst so Besonderes sein soll. Warum sollen wir uns für ihn ein Bein ausreißen und nicht für jemand anders?«

»Ich weiß, ich weiß, ein IQ von 140 und eine schreckliche Kindheit...«

»Nein, nein, das ist es ja gerade. Ich habe folgendes nicht klargemacht: Sie haben mich gefragt, ob ich beweisen kann, daß er sich ändert. Nun, natürlich kann ich das nicht, aber ich habe eine Menge Zeit mit Gefangenen verbracht. Ich habe noch nie jemanden erlebt, der so entschlossen war rauszukommen und draußen zu bleiben.«

»Reverend...«

»Nein, bitte, ich glaube, ich weiß jetzt, wo ich die Sache falsch angepackt habe. Sie wollen keinesfalls eine persönliche Bindung, stimmt's? Ein Gefängnisgeistlicher, der sich für einen Gefangenen direkt an Sie wendet, ohne einen Solicitor einzuschalten, das ist für Sie ein Verstoß gegen die Regeln, nicht wahr?«

»Nun...«

»Angenommen, Olivers Solicitors würden Sie förmlich bitten, die Berufung zu übernehmen, und unser kleines Gespräch von heute abend wäre vergessen, wäre das für Sie akzeptabel?«

»Nun...« Ich versuchte nachzudenken. Es war gegen die Regeln, einen Freund vor Gericht zu vertreten, aber Thirst war kein Freund. Ich hatte ihn nur zweimal im Leben gesehen. Hogg spürte, daß er nahe daran war, mich zu überzeugen, und redete weiter.

»Ich meine, es würde doch Ihrer Karriere nützen, nicht wahr, wenn Solicitors Sie bitten, eine Berufung zu übernehmen. Und es wäre doch seltsam, wenn Sie ablehnten, oder? Ich meine, unter den gegebenen Umständen.«

Da hatte er nicht unrecht. Natürlich sahen wir Barristers auf die Solicitors herunter, aber wir waren, was unsere Arbeit anging, von ihnen abhängig. Wenn jemand mich persönlich darum bat, etwas Schwieriges und Herausforderndes wie eine Berufung zu übernehmen, steigerte das meinen Marktwert.

»Möglicherweise...«

»Dann machen Sie's also?«

»Wenn mir das Mandat formgerecht überbracht wird, überlege ich mir die Sache, immer vorausgesetzt, ich habe nichts Wichtigeres zu tun. Aber natürlich muß ich mir einen Leader suchen, ich kann das nicht allein machen.«

»Wie Sie wollen«, sagte Hogg. »Ich sage es Oliver. Natürlich müssen wir Prozeßkostenhilfe beantragen.«

»Natürlich.«

[14]

Schon nach ein paar Tagen kam ein Clerk von einer Solicitor-Gruppe, für die ich noch nie gearbeitet hatte, mit dem Mandat für Thirsts Berufung. Ich war zu der Zeit gerade in den Chambers, und mein eigener Clerk rief mich in meinem Zimmer an.

»Hier ist jemand von einer Gruppe, für die wir normalerweise nicht arbeiten, Sir, mit einer Berufung. Auf dem Mandat steht Ihr Name.«

Ich ging den knarrenden alten Flur zum Zimmer des Clerks hinüber. Michael sah mich mit einem merkwürdigen Blick an.

»Das ist Mr. Drew von Southall, Baines und Low.«

Der Clerk des Solicitor trug weder Anzug noch Krawatte und war unrasiert. Sein Blick huschte hin und her.

»Man hat mir gesagt, Sie würden das Mandat annehmen«, sagte er.

»Unmöglich – Sie wissen doch sicher, daß das alles über meinen Clerk laufen muß?«

»Ja – ja.« Er zwinkerte Michael zu, der wegschaute.

Ich bat Michael, mit mir das Zimmer zu verlassen. »Was ist los?«

»Es ist ziemlich merkwürdig, Sir – bisher haben wir Aufträge von dieser Gruppe immer abgelehnt.«

»Warum?«

»Sie hat einen schlechten Ruf, Sir. Der Clerk war schon mal im Gefängnis, und dem Seniorpartner wäre letztes Jahr fast die Lizenz entzogen worden – es wurde etwas von Betrug getuschelt. Manche Chambers nehmen überhaupt keine Aufträge mehr von ihnen an, aber bei Schwerverbrechern sind sie ziemlich beliebt.«

»Soll ich das Mandat ablehnen?«

»Das liegt bei Ihnen, Sir. Ich würde meinen, einmal kann man so etwas schon machen – für Sie wäre es nicht schlecht, wenn Sie einmal eine Berufung gemacht hätten. Das ist auf alle Fälle eine weitere Sprosse.«

»Ich werde mir das Mandat mal anschauen. Holen Sie es für mich?«

Michael brachte mir das dünne Bündel Papiere. Zwar wurde es vorschriftsgemäß von rotem Band zusammengehalten, aber die meisten Dokumente waren nicht einmal mit der Maschine getippt, sondern mit schwarzem Kugelschreiber in kindlicher Handschrift verfaßt und wimmelten von Rechtschreibfehlern. Da sie nicht in logischer Reihenfolge angeordnet waren, brauchte ich zehn Minuten, bevor ich wußte, was geschehen war. Thirst hatte für dreißig Pfund ein gestohlenes Scheckheft von seinem Mitangeklagten, einem jungen Mann namens Spoke, gekauft. Beide hatten sich zu der Zeit in einem Obdachlosenheim der Heilsarmee aufgehalten. Zweifelsohne hatte Thirst mit einigen Schecks in betrügerischer Absicht bezahlt, doch man hatte ihm nur einmal etwas nachweisen können. Er hatte einen Scheck über fünfzig Pfund ausgestellt, um sich eine neue Levis und ein paar andere Kleidungsstücke zu kaufen. Voller Aufregung las ich, daß der Verkäufer sein Komplize gewesen war. Doch der Ladeninhaber hatte keine Anzeige gegen seinen Angestellten erstattet – vielleicht aus Angst. Schaufenster sind schnell eingeschlagen.

Ich nahm die Papiere in mein Zimmer mit. Eine Berufung mit echten Erfolgschancen war bedeutend attraktiver als eine Verhandlung, die nur pro forma stattfand. Als Hogg an jenem Abend mit mir gesprochen hatte, war mir nicht klargewesen, daß Thirst tatsächlich eine Chance haben könnte, und wenn auch nur wegen eines Formfehlers. Junge Barristers, die Fälle vor dem Berufungsgericht gewannen, vergaßen die Leute nicht so schnell. Ein guter Queen's Counsel würde seine Verteidigung auf dem Verkäufer aufbauen. Genau wie ich. Ich nahm den Telefonhörer in die Hand.

»Michael, sagen Sie dem Clerk, er kann gehen. Ich werde darüber nachdenken, ob ich die Berufung übernehme, und ihm das Ergebnis meiner Überlegungen bis vier Uhr nachmittags mitteilen.«

Ich warf einen Blick auf meine Uhr. Es war Mittag. Daisy, die am Mittwoch nachmittag frei hatte, kam in die Stadt, um mit mir zu Mittag zu essen, wenn ich keinen Termin bei Gericht hatte. Ich zog meine Jacke an, sah in den Clerks' Room und sagte Michael, ich wäre für ein paar Stunden weg.

»Ich weiß, Sir, Mittwoch.« Er lächelte. Als Daisy das letzte Mal in den Chambers gewesen war, hatte sie einen derben Witz erzählt, über den Michael und die anderen Clerks noch Tage später gelacht hatten. »Tolle Titten *und* humorvoll«, hörte ich einen von ihnen sagen.

»Es heißt, daß diese Amerikanerinnen ziemlich geil sind.«

»Kein Wunder, daß er so dünn ist.«

»Jetzt reicht's, Leute«, hatte Michael gesagt.

Ich freute mich immer auf diese Mittagessen, auch wenn ich von vornherein wußte, daß wir uns streiten würden. Die Juristerei kann eine ziemlich eintönige Angelegenheit sein. Doch Daisy mit ihren vielen verschiedenen Launen verscheuchte das Gefühl des geistigen Einrostens, das mein Beruf nach einer Weile mit sich brachte.

Ich überquerte den offenen Innenhof mit den großen Steinplatten, ging um die Temple Church herum, wo sich die letzte Ruhestätte zahlreicher Kreuzritter befand, an dem Zeitungskiosk Ecke Fleet Street vorbei und die Chancery Lane hinauf. Überall wimmelte es von Anwälten auf der Suche nach etwas zu essen, hauptsächlich von Barristers in schicken, dreiteiligen Anzügen, manche von ihnen sogar mit Robe. Die weiblichen Barristers trugen, um möglichen Vorwürfen beruflicher Koketterie zuvorzukommen, strenge Kostüme und weiße, hochgeschlossene Blusen. Ich staunte immer wieder darüber, wie auch schöne Frauen ihren Sex-Appeal ausschalten konnten, wenn sie wollten. Außerdem bewunderte ich sie, weil sie sich so wacker in einem zutiefst männlichen Beruf schlugen, in dem alles gegen sie sprach. Es wäre so leicht für sie gewesen, ihre Gegner durch Erotik zu manipulieren, aber meines Wissens widerstanden sie im allgemeinen dieser Versuchung.

Daisy wartete bereits in unserem Lieblingsitaliener am üblichen Tisch auf mich. Sie trug ein leuchtend gelbes Seidentuch, das sie lose um den Hals geschlungen hatte. Weiche Baumwollkleider mit großem Blumenmuster gehörten zu der neoviktorianischen Phase, in der sie sich gerade befand. Sie hatte seit Wochen von diesem Kleid gesprochen und es offenbar am Vormittag erworben. Es lag eng an ihrem Körper an, und der weiße Untergrund mit den riesigen, purpurroten Rosen war anscheinend bewußt als Kontrast zu ihrem Tuch gedacht. Als sie sich herumdrehte, um mir einen Kuß zu geben, war deutlich zu sehen, daß sie keinen Büstenhalter trug.

»Gott sei Dank bist du da – sie haben mir die Hölle heiß gemacht, weil ich den Tisch besetzt gehalten habe.«

»Italienische Kellner machen dir die Hölle heiß? So, wie du angezogen bist, wundert's mich, daß sie dir nicht gleich das ganze Lokal angeboten haben.«

»Gefällt's dir?«

»Ja, sehr.«

»Du meinst also nicht, daß es ein bißchen übertrieben ist?«

»Doch, klar. Deswegen hast du's ja angezogen und bist in ein Lokal gegangen, in dem nur Angehörige des weltweit konservativsten Berufsstandes verkehren, wie du weißt.«

Sie beugte sich vor. »Ein bißchen Farbe schadet denen gar nicht.«

Die Leute – Frauen und Männer gleichermaßen – starrten sie an, wenn sie hereinkamen; Passanten auf der Straße drehten sich nach ihr um, wenn sie sie sahen. Und sie war nicht zu übersehen; sie war wie eine Kerze in einem ansonsten dunklen Raum. Ich war unglaublich stolz und zu Albernheiten aufgelegt.

»Eigentlich sollte ich dir das nicht sagen, aber ich glaube nicht, daß es in England noch zehn andere Frauen gibt, die dieses Kleid ungestraft tragen könnten. Besonders zusammen mit diesem Tuch.«

Sie klimperte mit den Wimpern. »Tja, vielleicht ist das Tuch wirklich ein bißchen zuviel.« Sie nahm es ab und ließ es auf einen Platz neben sich fallen, ohne weiter darauf zu achten. Weitere Rosen blühten auf.

»Was sollen wir bestellen – das Übliche?«

»Ich glaub' schon.«

Ich bestellte eine Flasche Chianti Classico. Daisy wollte zuerst einen Insalata caprese, dann eine Lasagne, ich wählte als Vorspeise Prosciutto mit Melone und dann Spaghetti.

»Du bestellst immer Spaghetti.«

»Die erinnern mich an das erste Mal, als wir zusammen essen waren.«

»Brenda.«

»Was wohl aus ihr geworden ist?«

»Ich hab' sie neulich auf der Straße gesehen – sie hat so getan, als würde sie mich nicht kennen. Sie hat jetzt sehr kurze Haare und sieht ziemlich aggressiv aus.«

»Eine militante Lesbe?«

»Wahrscheinlich – aber ich bezweifle, daß es rein politisch ist. Erinnerst du dich noch an ihren Zusammenbruch, als ich zu dir gezogen bin?«

Wir nippten an unserem Wein und schwelgten in Erinnerungen.

»Du willst mir was erzählen, stimmt's?« fragte Daisy.

»Woher weißt du das?«

»Ich lebe jetzt seit fast vier Jahren mit dir zusammen, mein

Lieber, ich kenne dich. Ich hab's dir schon angesehen, wie du reingekommen bist.«

»Mein Gott, macht dir diese Vertrautheit nicht auch manchmal angst?«

»Klar. Deswegen bin ich froh, daß du nicht ganz so intuitiv bist wie ich. Also, raus mit der Sprache.«

»Das Mandat für Thirsts Berufung ist mir heute morgen angetragen worden. Ein Exsträfling hat's gebracht.«

»Und, willst du das Mandat übernehmen?«

»Ein Mandat für einen Ganoven, der behauptet, mein Freund zu sein, überbracht von einem Exsträfling, der für eine der Solicitor-Gruppen mit dem schlechtesten Ruf von London arbeitet? Kommt nicht in Frage.«

»Soviel ist dir die Sache nicht wert, stimmt's?«

»Genau.«

»Du lügst.« Sie stocherte in ihrem Salat herum. »Du hast beschlossen, es zu machen.«

»Nein.«

»Nun, es ist deine Entscheidung – schließlich ist es deine Karriere. Ich werde mich da genausowenig einmischen wie du es bei mir machen würdest.«

»Warum um Himmels willen sollte ich das machen? Schließlich hab' ich dich immer unterstützt, und ich glaube, daß du 'ne tolle Lehrerin wirst.«

»Ich hab' nicht von meinem Job als Lehrerin gesprochen. Wie du weißt, ist meine wahre Begabung der Ladendiebstahl.«

»Verstehe.«

»Vielleicht auch der Einbruch. Erst neulich hab' ich gelesen, daß die Zahl der Einbrecherinnen drastisch steigt. Ich glaube, ich werde mich in einem Fitneßstudio trimmen lassen und dann als Fassadenkletterin anfangen.«

»Erwarte ja nicht von mir, daß ich dich verteidige, wenn sie dich erwischen.«

»Keine Sorge – ich weiß, daß ich deiner Karriere nicht schaden darf. Da sorge ich lieber für einen schnellen Abgang.«

Der Kellner brachte Daisys Lasagne und meine Spaghetti und schenkte uns Chianti nach. Er starrte Daisy an und fragte besonders freundlich, ob alles in Ordnung sei.

»Wunderbar«, sagte Daisy und schenkte ihm ein strahlendes Lächeln.

»Sie sind der glücklichste Mann Londons«, sagte er zu mir, »wenn ich mir erlauben darf, das zu sagen. Wollen Sie noch eine Flasche?«

»Wie sollte ich Ihnen widerstehen, wenn Sie mir solche Dinge sagen?«

Er nickte. »Eine Flasche reicht nie, wenn man verliebt ist.«

Daisy und ich sahen uns an und lachten.

»Daisy, es ist einfach widerlich, wie du alle Männer aufgeilst.«

»Nein, nein, mein Lieber, das Gegenteil trifft zu. Darf ich dich darauf hinweisen, daß nur unsere Leidenschaft diesen Effekt hat. Also, wie steht's – sagst du mir jetzt die Wahrheit über die Berufung, oder muß ich ganz laut erzählen, wie ich neulich bei Boots fünf Packungen Tylenol, eine große Schachtel Kleenex und ein Päckchen Kondome geklaut habe?«

»Das glaube ich dir nicht – wir benutzen keine Kondome, weil du die Pille nimmst, und Tylenol ist eine amerikanische Marke, die gibt's hier praktisch nirgends. Aber wenn du mir versprichst, leise zu reden, könnte ich zugeben, daß ich mit dem Gedanken spiele, Oliver Thirst in seiner Berufungsverhandlung zu vertreten. Doch das letzte Wort ist in dieser Sache natürlich noch nicht gesprochen.«

»Du spielst also mit dem Gedanken, so, so? Und was könnte dich dazu bewegen, dich positiv zu entscheiden? Vielleicht, wenn ich dir unterm Tisch einen blase?«

»Daisy – nicht so laut, bitte.«

»Na schön, du wolltest es ja so.« Sie suchte in ihrer Handtasche nach einem Stift und fing an, etwas auf eine Papierserviette zu schreiben. Als sie fertig war, reichte sie mir die Serviette:

Vertrag zwischen Daisy Smith (im folgenden »Fellationierende«) und James Knight (im folgenden »Fellationierter«):

Als Gegenleistung für den Entschluß des Fellationierten, Oliver Harry Thirst in seiner Berufung zu vertreten, verpflichtet sich die Fellationierende, zu einem Zeitpunkt und an einem Ort freier Wahl für den Fellationierten, oralen Sex mit dem Fellationierten durchzuführen – sieben Minuten lang oder bis der Orgasmus eintritt, je nachdem, was zuerst der Fall ist.

»Hab' ich das juristisch richtig formuliert? Du brauchst nur noch zu unterschreiben.« Daisy reichte mir den Stift, und ich unterzeichnete die Serviette. Sie seufzte. »Ich nehme an, du willst die Bezahlung bis nach dem Essen verschieben, oder?«

Wir leerten zwei Flaschen Chianti, was wir selten taten. Der Kellner winkte uns fröhlich nach, als wir das Lokal händchenhaltend verließen. Erst an der frischen Luft merkte ich, wie betrunken ich war.

»Ich begleite dich noch zu den Chambers zurück«, sagte Daisy.

Wir überquerten die Holborn Street und gingen ein bißchen schwankend die Chancery Lane hinunter. In der Nähe von Lincoln's Inn blieben wir plötzlich gleichzeitig stehen. Die Serviette befand sich in meiner Tasche.

»O je«, sagte ich. Ich hatte eine Erektion; das Gehen war alles andere als angenehm.

Daisy legte ihre Hand auf mein Glied. »Bring mich irgendwohin, wo wir allein sind, Jimmy, bitte. Ich will dich – sofort.«

Der Weg die Chancery Lane hinunter, über die Fleet Street und die Middle Temple Lane entlang zu meinen Chambers war mir noch nie so lang vorgekommen. Es fiel mir schwer, mich auf praktische Dinge wie das Überqueren der Straße zu konzentrieren. Der Gedanke daran, mit ihr zu schlafen, war zu einer Obsession geworden. Ich war aggressiv, wollte mich dafür rächen, daß sie meine Begierde so sehr entflammte.

Ich schämte mich nicht, als uns Michael auf der Treppe begegnete, obwohl ich irgendwie ahnte, daß ich es später tun würde. Ich hatte das Gefühl, daß er ein wenig enttäuscht aussah. Meine Absicht war wohl trotz meines höflichen Lächelns ziemlich klar.

Sobald wir im Zimmer waren, schloß ich die Tür, drückte Daisy heftig dagegen und schob ihr mit der gleichen Bewegung die Hand unter den Rock.

»Willst du, daß ich meine Seite des Vertrags erfülle?« fragte Daisy.

»Nein, dazu begehre ich dich viel zu sehr.«

Es gibt Augenblicke – normalerweise schreibt man das nicht auf –, in denen man das Gefühl hat, seiner Geliebten seine ganze Manneskraft und seine halbe Seele geschenkt zu haben. Wir lagen auf dem Boden und sahen uns beschwipst und erschöpft an.

»Wow«, sagte Daisy.

[15]

Meine Vorbereitungen auf Thirsts Berufungsverhandlung erforderten es, daß ich ihn in Wormwood Scrubs, einem von dem halben Dutzend Männergefängnissen, die noch aus viktorianischen Zeiten stammen und chronisch überfüllt sind, besuchte. Solche Besuche waren für mich nichts Neues, doch das hier war etwas anderes. Zwischen uns war so etwas wie ein Band. Ich spürte, wie er mich zu sich hinzog.

Als sich eins der Stahltore nach dem anderen für mich öffnete und hinter mir wieder schloß, kam ich mir vor wie ein aufgeregter Taucher, der in einen schwarzen See springt. Ich hatte ebenfalls so etwas wie eine Sauerstoffversorgung dabei, nämlich mein Recht zu gehen, wann ich wollte, aber je tiefer ich in das Gefängnis eindrang, desto größer wurde die Gefahr, daß ich nicht mehr herauskommen würde.

»Gefangener?«

»Oliver Harry Thirst.«

»Besucher für den Gefangenen Nummer siebenhundertzweiunddreißig Thirst.«

»Thirst – siebenhundertzweiunddreißig!« Sein Name und seine Nummer hallten von Stahl und Beton wider wie ein Echo, bis sie an seiner Zelle anlangten, während man mich in das Besuchszimmer führte.

Anders als sonst gelang es mir nicht, all die kleinen Zeichen brutaler, unterdrückter Männlichkeit – von Gefangenen und Wärtern gleichermaßen – zu ignorieren: Aufdringliche Geilheit, ein dunkles Netz aus Eifersüchteleien, kindliche Fixierungen, die verzerrt und verdrängt in erwachsenen Männern weiter existierten, das alles äußerte sich in langen Blicken, bizarrem Grinsen und kindischen Graffiti. Ich hatte den Eindruck, daß Thirst das Herz dieser Dunkelheit war. Trotz, vielleicht auch gerade wegen seiner Schwäche für Verrat verkörperte er in vielerlei Hinsicht den typischen Wiederholungstäter: Er sah gut aus, hatte Muskeln, ging keiner Gewalttätigkeit aus dem Weg, beherrschte den Jargon perfekt und reagierte gleichgültig auf Einsamkeit. Außerdem deutete er oft durch verschlüsselte Worte und Gesten an, daß nur diese extreme Strafe der Einkerkerung seiner Männlichkeit würdig war.

»Wie geht's Ihnen, Oliver?«

»Wunderbar, ist mir nie besser gegangen. Im Knast fühle ich mich immer topfit, denn da gibt's nichts zu saufen, mehr als genug körperliche Ertüchtigung und keine Nutten, die einem ständig an die Eier wollen.«

Und trotzdem wünschte er sich nichts sehnlicher, als aus dem Gefängnis herauszukommen, mehr als jeder andere Gefangene, den ich je gesehen hatte. Ohne Vorwarnung nahmen seine Augen einen sehnsüchtigen Ausdruck an. Ich empfand seinen Neid auf meine Freiheit wie eine körperliche Kraft, die an meinem Solarplexus zerrte. Er war hin und her gerissen zwischen Hoffnung und Verzweiflung.

»Werden wir's schaffen?«

»Sie wissen, daß ich diese Frage nicht beantworten kann.«

Er war intelligent genug, die Bedeutung dieser Berufung von Anfang an zu begreifen. Zwar war das Verbrechen unbedeutend, aber er befand sich an einem kritischen Punkt seiner kriminellen Laufbahn. Wenn die Berufung durchging, kam er vielleicht vorzeitig aus dem Gefängnis und konnte Leute davon überzeugen, sich für seine Rehabilitierung einzusetzen. Wenn nicht, würde man ihn aufgeben.

Ich ging sorgfältig seine Aussage mit ihm durch und paßte sie an das an, was er während seiner Verhandlung gesagt hatte. Das Universum, das hinter diesen Dokumenten lag, war mir mittlerweile vertraut – das war eine Welt, in der Schecks gestohlen und weitergegeben wurden wie eine alternative Währung, in der Unehrlichkeit den Verstand durch die Hauptstraße und die Läden und nachts in stille Nebenstraßen führte. Dort hatten vertraute Worte noch andere, subtile, rätselhafte Bedeutungen, und fast jede bewußte Handlung zielte auf ein Opfer. Als ich mit ihm an dem billigen Gefängnistisch saß, den Wärter im Profil auf der anderen Seite des verstärkten Glases, kam ich mir vor, als wäre ich hinter einen Vorhang getreten. Die Distanz, die jeder Strafverteidiger im Umgang mit seinen Mandanten an den Tag legen muß, die bewußte Verkürzung der ganz normalen menschlichen Konversation, um den Gesprächspartner nicht zu nahe an sich heranzulassen, war bei Thirst nur schwer herzustellen. Es war genau, wie der Sozialarbeiter gesagt hatte – er war intelligent. Er wußte, was ich dachte, sah, wie ich meine Strategie für seine Berufung aufbauen wollte, und er hatte all die Antworten bereit, die ich für meine Arbeit brauchte.

»Gefällt mir. Yeah, genau so denken die im Berufungsgericht. Formalistisch.«

Wir lassen uns alle am leichtesten durch den Eindruck verführen, verstanden zu werden. Sozusagen als Gegenleistung für sein problemloses Eindringen in meine Gedanken zog er mich – auch wenn ich mich wehrte – in die seinen.

Aber schon als ich wieder hinaus ins Licht trat, endete sein Einfluß auf mich. Seine Welt hörte dort auf, wo meine begann – die Hektik des Alltags nahm mich voll und ganz in Anspruch. Höchstwahrscheinlich dauerte es für ihn quälend lange, bis der große Tag endlich anbrach, während die Zeit für mich wie im Flug verging.

[16]

Ich schlief wenig in der Nacht vor der Berufung. Sogar die ausgebufftesten alten Hasen gaben ohne Scham zu, daß sie nervös wurden, wenn sie vor dem Lord Chief Justice des Berufungsgerichts erscheinen mußten. Es machte keinen Unterschied, daß ich von einem Queen's Counsel »geleitet« wurde, was bedeutete, daß ich wahrscheinlich nichts sagen mußte.

Ich hatte den Fall vorbereitet und die Nachforschungen angestellt, und Harry Beaufort, der Queen's Counsel, war von meinen Informationen abhängig. Der Termin war auf halb elf angesetzt, und um neun sah er sich die Unterlagen das erste Mal an.

Beaufort war klein, offensiv, ungefähr fünfzig und hatte ein rotes Gesicht sowie einen Jähzorn, der alle einschüchterte. Ich hatte mich für ihn entschieden, weil er oft die Anklage vertrat und deshalb ziemlich wahrscheinlich die Achtung eines konservativen Gerichts erlangen würde. Er war nicht mit dem Scheck- und Wechselrecht vertraut und sagte ziemlich oft »Scheiße«, als ich versuchte, ihm den Fall zu erklären. Um halb zehn sagte er dann schließlich »kapiert«, und ich sah, wie sein stahlharter Verstand sich mit dem Fall zu beschäftigen begann.

»Wir werden uns wohl mit unserem erlauchten Mandanten treffen müssen.«

Wir zogen unsere Talare an und gingen über den Strand zu dem riesigen, palastartigen Gebäude, in dem sich das Gericht befand. Mit einem Aufzug gelangten wir in die unterirdischen Zellen.

Thirst war als gewalttätig eingestuft worden, was bedeutete, daß eine Menge bullige Wärter um seine Zelle herumstanden. Sie kannten Beaufort und sagten voller Hochachtung »Sir« zu ihm. Seine zornige Stimme veranlaßte sie, die Tür schneller zu öffnen als gewöhnlich.

Er und Thirst starrten einander von den entgegengesetzten Enden des gesellschaftlichen Spektrums an. Thirst saß in einem Winkel seiner Zelle und schien überhaupt nicht nervös zu sein. Ich wußte inzwischen genug über Kriminelle, um zu sehen, daß er damit rechnete, die Berufung zu verlieren. Nur die Hoffnung ruft Anspannung hervor.

»Und, wie sieht Ihre Geschichte aus?« fragte Beaufort.

»Keine Geschichte. Mr. Knight hatte ein paar gute Einfälle, da habe ich mir gedacht, ich könnte in die Berufung gehen.«

»Das weiß ich. Warum, zum Teufel, glauben Sie, bin ich hier?«

Thirst lächelte, fast scheu. Ich sah, daß Beaufort ihm gefiel.

»Also noch mal: Wie sieht's aus?«

Thirst wirkte einen Moment lang nervös, als Beaufort ihn anstarrte. Ich hatte keine Ahnung, was los war, bis Thirst den Blick senkte.

»Ich mach' keine krummen Dinger mehr, Mr. Beaufort, wenn Sie und Mr. Knight mich da rausholen.«

»Wenn wir Sie da rausholen, haben Sie das nur dem Genie da zu verdanken.« Dabei deutete er mit dem Daumen auf mich. »Mir ist das scheißegal, ob Sie weiter krumme Dinger drehen oder nicht. Wissen Sie überhaupt, wie viele Angeber wie Sie ich im Lauf der Jahre schon in dieser Zelle gesehen habe? Soll ich Ihnen was sagen? Für mich sehen sie alle gleich aus. Das wollte ich Ihnen sagen: Jeder kleine Angeber, der meint, er könnte mir was erzählen, ist für mich ungefähr so interessant wie ein Stück Hundescheiße. Genau das habt ihr nämlich aus eurem Leben gemacht – ein Stück Scheiße. Wenn Sie das nicht vergessen, nützt Ihnen das mehr als tausend Bewährungshelfer. Und was die Berufung angeht: Sie haben nicht die geringste Chance.«

Er schwieg eine Weile, dann sagte er: »Es sei denn, der Richter hat gute Laune.«

Thirsts Gesicht leuchtete vor Dankbarkeit auf. Beaufort hatte ihn völlig in der Hand, wenn es wirklich eine Chance gab.

»Also…«, fing er an.

»Also, dann beten Sie mal. Wir gehen jetzt rauf ins Gericht.«

Der Chief's Court in den Royal Courts of Justice gehört zu den wohl einschüchterndsten Inszenierungen einer theaterfanatischen Nation. Eichenterrassen fallen in einen Schacht ab, in dem bescheidene Anwälte zum Himmel flehen.

Als wir eintraten, warteten drei leere rote Throne auf einem so hohen Podest, daß es gut und gerne ein anderes Stockwerk als das unsere hätte sein können – anderen, wichtigeren Geschäften gewidmet.

Auf gleicher Höhe wie das Podium, verschämt an eine andere Wand geklammert, befand sich ein Metallkäfig mit einer Innentür, die durch unendliche Labyrinthe Anwälte hinunter in die sonnenlosen Zellen führte, aus denen wir gerade hochgestiegen waren. Es gehörte mit zu den Absichten der Viktorianer, daß der Blick, sobald das Hohe Gericht Platz genommen hatte, von den prächtigen Gestalten im Hermelin zu dem Insassen des Käfigs wanderte und wieder zurück.

Beaufort saß in der Reihe vor mir, die für den Queen's Counsel reserviert war. Er setzte ohne großes Aufhebens seine graue Perücke auf und lehnte sich auf der Bank zurück, auf der die anderen Queen's Counsels zusammen mit uns auf ihren Fall warteten.

Ein lautes Knallen wie von einer Peitsche ließ alle, auch Beaufort, aufspringen. Der Chief und seine beiden Beisitzer mit ihren theatralischen Roben und Perücken marschierten forschen Schrittes das Podium entlang. Wir verneigten uns alle und setzten uns wieder.

»Ja?« fragte der Chief barsch.

»Die Queen gegen...«, rief der Gerichtsdiener. Einer der Anwälte in Seidenrobe erhob sich und begann seinen Fall darzulegen. Der Chief wartete gereizt ungefähr eine Minute, dann unterbrach er ihn.

»Wollen Sie damit sagen, Mr. Cruikshank...« In ungläubigem Ton wiederholte der Chief das, was der Barrister gesagt hatte, doch aus seinem Mund klang es absurd.

»Er hat verdammt schlechte Laune heute«, sagte Beaufort.

Während die anderen Queen's Counsels ihre Fälle vortrugen, widmete sich Beaufort den Büchern, die wir mitgebracht und die ich sorgfältig an den relevanten Stellen markiert hatte. Er konzentrierte sich ungefähr vierzig Minuten lang ausschließlich auf unsere Sache, dann entspannte er sich und verfolgte wieder das, was die anderen vorbrachten.

Als ungefähr die Hälfte des Vormittags verstrichen war, sah ich zufällig hinauf zur Besuchergalerie und entdeckte dort Daisy. Wir hatten uns am Abend zuvor furchtbar gestritten, über ganz ähnliche Dinge wie nach dem Treffen mit Hogg. Diesmal hatte ich mich als Hüter der Moral durchgesetzt: Schließlich vertrat ich am nächsten Tag Thirst in seiner Berufung, oder? Daisy war an jenem Morgen zerknirschter als gewöhnlich gewesen. Jetzt fielen ihr die blonden Haare wirr über ihren riesigen, schmutzigen Pullover, und sie winkte mir fröhlich zu. Zumindest sie als Amerikanerin ließ sich nicht von britischem Pomp einschüchtern. Ich schrieb ihr hastig einen Zettel: *Tut mir leid, daß wir uns nicht zum Mittagessen treffen können.* Ich war mir sicher, daß Beaufort über den Fall reden wollte, wenn er bis dahin noch nicht verhandelt war. Der Clerk meines Solicitor brachte ihr den Zettel und kam mit einer Antwort zurück. In ihrer großzügigen Handschrift hatte sie darauf geschrieben:

Jimmy, mein Schatz, ich mußte einfach kommen und Dich an Deinem großen Tag sehen. Es tut mir leid wegen gestern abend, ich weiß nicht, was in mich gefahren ist. Wahrscheinlich hing es damit zusammen, daß ich meine Tage gekriegt habe ... Ich kann verstehen, daß Dir Deine Karriere wichtig ist und alles, und ich liebe Dich sehr. Viel Glück bei Deinem Fall, ich weiß, daß Du gewinnst. Alles Liebe, Deine Daisy. P. S.: Und außerdem bist Du toll im Bett.

Ich legte den Zettel, den sie so raffiniert gefaltet hatte, damit niemand außer mir ihn lesen konnte, wieder zusammen und steckte ihn in eine Innentasche, als der Gerichtsdiener rief: »Die Queen gegen Thirst.«

Die innere Tür des Metallkäfigs ging auf, und Thirst trat zwischen zwei stämmigen Wärtern hinein.

Ich wußte, daß ab dem Augenblick, in dem Thirst den Käfig betrat, Daisys Blick auf ihm ruhte. Ich spürte ihre Faszination. Einen Moment lang hatte ich das Gefühl, das Schicksal von uns dreien in der Hand zu halten. Wenn ich die Berufung verlor, würde das Tier auf Nimmerwiedersehen im Käfig verschwinden. Aber es war zu spät, denn Beauforts analytischer Verstand hatte die Sache übernommen – und außerdem glaubte ich nicht an Vorahnungen.

»Euer Ehren...«, begann Beaufort. Ich lauschte voller Bewunderung, wie elegant er meine Argumentation vortrug. Abwechselnd lehnte er sich gegen die Bank in seinem Rücken oder drehte sich zur Seite, um den Fuß auf seine eigene Bank zu stellen. Er redete mit dem Chief wie mit seinesgleichen. So, wie er die Sache vorbrachte, konnte man fast meinen, daß keinerlei Zweifel an ihrem Ausgang bestand. Der Chief schien amüsiert.

»Aber wenn ich Sie recht verstehe, Mr. Beaufort, wollen Sie nicht sagen, daß Ihr Mandant den Betrug nicht beabsichtigt hat?«

»Ich behaupte, daß es keinen Betrug gegeben hat, Euer Ehren. Dieser Scheck kann – etwas Ähnliches ist mir in vergleichbaren Fällen noch nicht begegnet – nie gültig gewesen sein, weil der Geschäftsinhaber tatsächlich Kenntnis hatte oder wissen mußte, daß der Scheck angenommen worden war. Es gab keine Anklage wegen versuchten Scheckbetrugs.«

»Wurde dieses Argument dem Gericht in erster Instanz vorgetragen?«

»Darauf lasse ich meinen sachkundigen Junior antworten.« Er setzte sich unvermittelt hin und begann, seine Unterlagen durchzugehen, als habe er nichts mehr mit dem Fall zu tun. Ich erhob mich mit einem Riesenloch im Bauch.

»Ja, das wurde es, Euer Ehren.«

»Und wo finden wir das im Protokoll?« Plötzlich war der Chief wieder wütend. Ich suchte eine schreckliche Minute lang nach der Stelle und fand sie schließlich. Die drei Weisen warfen argwöhnisch einen Blick auf ihre Abschriften. Ich spürte, wie Thirst und Daisy mich anstarrten.

»Aber es wurde den Geschworenen nicht in der Zusammenfassung des Richters vorgelegt?«

»Nein, Euer Ehren.«

Der Chief beriet sich flüsternd zuerst mit dem Richter zu seiner Linken, dann mit dem zu seiner Rechten.

»Nun gut, Mr. … äh … Knight.«

Beaufort erhob sich sofort und legte den Fall weiter dar, während ich mich erleichtert wieder hinsetzte. Ich sah verstohlen zur Besuchergalerie hoch. Daisy hob grinsend beide Daumen in Siegergeste. Vorne im Metallkäfig saß Thirst, die Hände auf die Knie gestützt, die Ellbogen nach außen, die Beine gespreizt, nach vorne gebeugt.

Beaufort setzte sich kurz vor eins wieder auf seinen Platz. Der Chief sagte, sie würden die Sache in der Mittagspause beraten, und wir sprangen alle auf, als die Weisen hintereinander hinausgingen. Die Wärter brachten Thirst zu seinem Mittagessen in die Zelle.

»Ich möchte mich noch über ein paar Punkte mit Ihnen unterhalten«, sagte Beaufort. Ich folgte ihm den Flur mit dem Marmorboden hinunter. Ich hatte Angst, daß Daisy hinter irgendeiner Ecke hervorspringen und Beaufort erklären könnte, wie toll ich im Bett sei, doch wir schafften es ohne Hinterhalt bis zur Fleet Street.

»Der Berufung wird stattgegeben«, erklärte uns der Chief nach dem Mittagessen.

Ich war noch jung genug, um mir meine Anerkennung nicht von Beaufort oder Thirst zu holen, sondern von der Besuchergalerie. Daisy strahlte mich an und signalisierte mir mit auffälligen Gesten, die alle Anwesenden sehen konnten, daß sie mich in ungefähr einer Stunde zu Hause erwarten würde.

Beaufort schickte mich zu Thirst, während er auf ein Glas Wein zu El Vino's ging, das um drei zumachte.

Ich fühlte mich großartig. Es gibt nichts Grandioseres auf der Welt, als seine erste Berufung in einer Strafsache zu gewinnen. Dieses Gefühl, merkte ich, war völlig unabhängig von den moralischen Vorbehalten, die ich in letzter Zeit entwickelt hatte. Den stählernen Klauen des Systems ein schutzloses Leben entrissen zu haben, vermittelte mir ein Gefühl grenzenloser Macht, wie auch David es empfunden haben mußte. Ich wußte genau, was David damals mit seiner Freundin gemacht hatte, nachdem er mit Goliath fertig war. Meine Vorahnungen hatte ich völlig vergessen.

Ich verabschiedete mich so schnell wie möglich von Thirst, der mir erklärte, ich sei ein Genie, dann leistete ich mir ein Taxi nach Hause zu Daisy.

Vielleicht, so dachte ich, wäre ich vor ihr daheim, aber als ich dort eintraf, empfing sie mich strahlend, nackt und mit einer Flasche Champagner. Sie war höchst beeindruckt von meinem Sieg. Es bedeutete ihr viel, daß Thirst nun wahrscheinlich einen Monat oder so früher aus dem Gefängnis kam.

»Du hast heute etwas Unglaubliches geleistet, Jimmy. Stell dir vor, wie schrecklich es sein muß, wenn man jung ist und im Gefängnis. Ich glaube, ich würde das nicht aushalten. Ich würde sterben.«

Es war eine jener Gelegenheiten, bei denen der Geschlechtsakt schon fast eine heilige Dimension erreichte. Wie jeder gute Künstler brauchte Daisy dafür nur wenige Requisiten. Der Champagner lag im Waschbecken auf Eis, zwei saubere, glänzende Sektflöten warteten auf dem Tisch, und sie selbst hatte sich die Haare nach hinten gebürstet. Ihr Blick war zutiefst verletzlich, und ihr Bauch bebte, als ich ihn berührte. Sie brauchte mir nicht zu sagen, daß ich sanft sein sollte. Sie kam mit einem lauten Schrei, das Gesicht ungläubig verzerrt.

»Mein Gott, das war unglaublich.« Sie legte den Kopf auf meine Schulter und atmete tief durch. »Wow.«

Ich zog sie fester an mich. Sie schluckte; ein paar Tränen fielen auf meine Brust.

»Kann ich dir was ganz Persönliches sagen?«

»Natürlich«, antwortete ich.

»Das darfst du nie gegen mich verwenden – wenn du's trotzdem machst, streite ich ab, es je gesagt zu haben.«

»Abgemacht.«

»Als ich dich vor Gericht gesehen habe, wie du diesen Oliver Thirst vor noch mehr Elend bewahrt hast – ich meine, wie effektiv du das gemacht hast –, und als ich dann daran gedacht habe, wie du mir gegenüber bist, die meiste Zeit so sanft und so ein guter Liebhaber, da habe ich plötzlich gemerkt, daß du als Mann vollkommen bist. Ich glaube nicht, daß ich als Frau jemals so vollkommen sein werde wie du als Mann, jedenfalls nicht, solange ich kein Baby habe.«

Zu meiner Überraschung begann ich zu schluchzen.

»Warum weinst du?«

»Weil du nicht zu merken scheinst, daß *du* mich so vollkommen machst, falls ich das überhaupt bin. Manchmal habe ich das Gefühl, daß ich nicht mal aufrecht gehen könnte, wenn ich dich nicht hätte.« Ich wischte mir mit dem Unterarm die Tränen weg. »Aber laß uns jetzt um Himmels willen Champagner trinken. Das ist doch lächerlich: Da gewinne ich meine erste Berufung, und den Rest des Tages verbringe ich mit Weinen.«

Sie kicherte. »Das ist jetzt nur so etwas wie eine Katharsis. Heute morgen warst du ziemlich nervös.«

Meine Wangen waren noch naß, als sie schon aus dem Bett hüpfte und den Drahtverschluß der Flasche löste. Der Korken flog mit einem Knall heraus und landete am Lampenschirm. Wir hatten noch nicht so viel Geld, daß wir den Champagner hätten verschwenden können. Den größten Teil davon retteten wir, indem wir ihn in eine große Tasse füllten. Dabei änderte sich unsere Stimmung.

»Heulsuse.«

»Selber.«

Ich trank meinen Champagner ziemlich schnell, um eine Entschuldigung für meine Ausgelassenheit zu haben.

»Der junge Mr. Thirst hat sich wahrscheinlich gefreut, als du ihm das Ergebnis mitgeteilt hast, oder?«

»Mehr als gefreut. Das war das erste Mal, daß er nicht angegeben hat wie eine Horde Affen. Es war irgendwie peinlich – er hat mich die ganze Zeit Genie genannt.«

»Das bist du doch auch.«

»Fang du nicht auch noch damit an. Ich muß auf dem Boden bleiben, schließlich bin ich morgen wieder mit einem Fall von Trunkenheit am Steuer vor dem Amtsgericht. Aber merkwürdig ist das schon, diese Demut von Thirst. Er hat sogar gesagt, er pflichtet Beaufort bei. Das hat er mehrfach wiederholt.«

»Warum, was hat Beaufort denn gesagt?«

»Er hat Thirst gesagt, daß sein Leben nur ein Haufen Scheiße ist.«

»Wortwörtlich?«

»Mehr oder minder.«

»Das war aber ziemlich direkt.«

»Du kennst Beaufort nicht. Wenn du meinst, ich wäre hart, dann solltest du ihn mal kennenlernen.«

»Nein, danke. Mir reicht *ein* Hypermacho-Hochleistungsanwalt. Was hat Thirst sonst noch gesagt?«

»Nun, er ist sich ziemlich sicher, daß Hogg die Behörden jetzt davon überzeugen kann, ihn früher freizulassen. Offenbar hat Hogg gute Verbindungen zu der Leiterin der Behörde. Er behauptet, daß er sein Leben ändern wird. Er hat immer wieder gesagt, er würde lieber sterben, als noch einmal ins Gefängnis zu gehen.«

»Glaubst du ihm das?«

»Als er's gesagt hat, hab' ich's ihm geglaubt. Das ist ja das Merkwürdige an manchen Ganoven – sie sind absolut aufrichtig, aber sie überlegen es sich stündlich anders.«

»Dann ist er für dich also immer noch ein Ganove?«

»Denkst du denn, das hört von einer Minute auf die andere auf, nur weil der Berufung stattgegeben wurde?«

»Stell dich nicht so dumm, du weißt genau, was ich meine«, sagte sie in scharfem Tonfall. »Und was machst du, wenn er wirklich beschlossen hat, keine krummen Dinger mehr zu drehen? Bezeichnest du ihn dann immer noch als Ganoven? Gibt's in deinem System auch so was wie Erlösung?«

Ich trank noch einen Schluck Champagner. »Dabei geht's nicht um Erlösung, sondern darum, immer wieder, bis ans Ende des Lebens, Gelegenheiten zu widerstehen. Das ist wie bei einem Alkoholiker, der nie wieder was trinken darf.«

»Er braucht eine Frau.«

»Das denken die Frauen immer.«

»Aber du hast an dem Abend mit Hogg etwas Ähnliches erwähnt. Selbst wenn es ihm gelänge, stelle sich immer noch die Frage, ob das dann die Anstrengung wert gewesen sei. Was wolltest du damit sagen?«

»Nehmen wir mal einen Alkoholiker, der mit dem Trinken aufgehört hat. Die Verzweiflung, die ihn zum Trinker gemacht hat, ist immer noch da, aber jetzt drückt sie sich anders aus. Er lebt nun den Regeln gemäß, wie eine Maschine, niemand kann ihm etwas vorwerfen, aber ist er deswegen zufrieden? Ist es unterm Strich ein Fortschritt für ihn, daß er mit dem Trinken aufgehört hat?«

»Das sind ziemlich düstere Aussichten«, sagte Daisy.

»Düster wäre die Angelegenheit dann, wenn es keine Daisy Smiths mehr auf der Welt gäbe. Diese Daisy Smiths sind die einzige Rettung.«

»Also braucht er eine Daisy Smith?«

»Genau.«

»Das habe ich gesagt: Er braucht eine Frau.«

»Touché.«

»Laß uns miteinander schlafen«, sagte Daisy. »Es ist Ewigkeiten her, seit wir das letzte Mal miteinander geschlafen haben.«

Hinterher lag sie auf dem Rücken und starrte an die Decke.

»Weißt du was? Dein Mandant hat ein außergewöhnliches Gesicht.«

»Ja, ich hab' mir schon gedacht, daß dir das auffallen würde.«

»Erinnert mich an jemanden, den ich mal gekannt habe.«

»Diesmal sicher nicht an deinen Vater, oder?«

Sie lächelte. »Nein, nicht an den, sondern an Jay Katzo. Werd nicht gleich eifersüchtig, er war nie ein Liebhaber von mir. Jedenfalls nicht so, wie du denkst.«

»Wie dann?«

»Im letzten High-School-Jahr hat mein Vater mich noch ziemlich stark beeinflußt. Ich hab' mit dem Gedanken gespielt, Psychologie zu machen wie er. Ich wollte praktische Erfahrungen in dem Beruf sammeln. Deswegen hat er sich dafür eingesetzt, daß ich eine Weile in dem Krankenhaus in Vermont arbeiten konnte, von dem ich dir erzählt habe. Ich war ungefähr drei Monate lang jedes Wochenende dort. Das Krankenhaus hat mich fasziniert. Ich hab' mitgeholfen, die Medikamente vorzubereiten, mich mit den Psychiatern unterhalten, ein paar von den Patienten kennengelernt. Natürlich nicht die Katatoniker. Jay Katzo mußte sein ganzes Leben lang drinbleiben, ein Psychopath. Er war wegen ungefähr hundert Vergewaltigungen verurteilt worden. Seinerzeit haben die Ärzte ihn als risikolos eingestuft – ich glaube, er war damals Ende Dreißig –, und er hatte sich ein bißchen mit mir angefreundet. Natürlich haben die Schwestern auf ihn aufgepaßt wie die Schießhunde, aber er hat sich mir gegenüber immer korrekt verhalten und ›Miss Hawkley‹ zu mir gesagt. Er hat auch nie meine Titten oder meinen Arsch angestarrt wie die meisten Psychiater. Er hat ein falsches Gefühl der Sicherheit bei ihnen aufgebaut, und sie haben sehr auf die Medikamente vertraut, die sie ihm verabreichten. Eines Tages hat er mich dann plötzlich in eine der Gummizellen gestoßen, die Tür zugeschlagen und sich von innen dagegen gestemmt. Der Kerl war riesig, beinahe zwei Meter, und hat über hundert Kilo gewogen. Und ich hab' mir vor Angst fast in die Hose gemacht. Dann hat er sich ausgezogen und mit der größten Erektion vor mir gestanden, die ich je gesehen habe. Wie bei einem Esel, kannst du dir das vorstellen?«

»Nicht so ganz.«

»Augenblick. Die Geschichte endet nicht so, wie du meinst. Ich war damals siebzehn und hatte solche Angst, daß ich nicht mal um Hilfe rufen konnte. Mein einziger Gedanke war: Gleich zerreißt mich das Riesending. Da fing er plötzlich zu reden an, mit tiefer Stimme, richtig unheimlich: ›Du bist hierhergekommen, um diese Botschaft mit nach Hause zu nehmen‹, sagte er. ›Du wolltest wissen, wie ein Mann aussieht, weil dein Vater dich in die Irre geführt hat. Er ist kein Mann, aber ich. Schau mich an.‹ Also schaute ich ihn an, aber er sagte: ›Nein, nicht meinen Schwanz, Süße. Schau mir in die Augen.‹ Ich hob ganz langsam den Blick, und dabei sah ich seinen Körper, wie fit er war. Und seine Augen waren tiefbraun und feurig, anders kann ich es nicht ausdrücken. Sein Gesicht strahlte soviel Energie aus, als hinge er an einer Hochspannungsleitung. Dieser nackte Mann war mehr als lebendig; sein ganzer Körper strahlte Energie aus. Und ich nickte, weil die Augen meines Vaters tot sind. Blau und tot. Und dieser Jay Katzo hat einfach nur gelacht, während die Pfleger versuchten, die Tür aufzukriegen. Ich hab' seine Schreie gehört, als sie ihn geschlagen, und sein Ächzen, als sie ihm die Nadel in den Arm gerammt haben.« Sie streckte die Hand nach Haschisch und Zigarettenpapier aus, um sich einen Joint zu drehen. »Ich weiß nicht, seit damals überlege ich, ob der Mann zwölf Monate lang allein in einer Zelle verbracht hat, bloß um mir etwas zu sagen, was ich irgendwann erfahren mußte. Zwischen uns war so etwas wie ein geistiges Band. Er hat mich nicht mal berührt.«

»Und sein Gesicht war wie das von Thirst?«

»Fast genauso. Er war genauso animalisch. Als ob er ein zusätzliches männliches Chromosom hätte oder so. Und die gleichen braunen Augen.«

»Meine Augen sind blau«, sagte ich.

[17]

Hogg schickte uns eine besonders moderne Weihnachtskarte, auf der der christliche Aspekt heruntergespielt wurde, und Anfang des neuen Jahres eine Einladung. Ihm stehe im Februar, so schrieb er, ein Pfarrhaus in Essex zur Verfügung, da der Pfarrer, den er als »lieber Percy« bezeichnete, sich auf einer Konferenz in Amerika befinde, auf der man über versteckten Rassismus in der Kirche diskutiere. Er habe vor, an jedem der vier Wochenenden Freunde einzuladen. Ob auch wir kommen wollten? Und welches Wochenende uns passen würde? Er fügte noch ein Postskriptum hinzu: *Dort ist alles so friedlich, daß Streß und Wut einfach dahinschmelzen und man die Kunst der Sanftmut wiederentdeckt.*

Ich entschied mich für eine grobe Antwort und hoffte, daß Daisy sich meiner Entscheidung anschließen würde, doch sie wollte hinfahren. Sie empfand keinen instinktiven Abscheu gegen Geselligkeit, und für sie war so ein Wochenende auf dem Land keine Pflichtübung wie für mich. Außerdem hatte sie genug vom Winter in der Stadt, von dem Mief in unserem winzigen Zimmer, dem Dreck in der U-Bahn, der feuchten Kälte Londons, die in alle Glieder drang, egal, wie viele Pullover man anzog. Ihre Kindheit (im Winter Skifahren in Colorado, im Sommer Privatstrände oder Yachten von Freunden ihres Vaters in Maine oder Massachusetts) hatte sie nicht auf die klaustrophobischen Gefühle vorbereitet, denen man im Januar in London ausgesetzt ist. Daß wir uns deswegen stritten, hatte genausoviel mit der Beschränkung unseres jeweiligen persönlichen Freiraums zu tun wie mit unserer unterschiedlichen politischen Auffassung. Und außerdem fand sie Hogg sehr nett.

»Bitte, Jimmy, laß uns hinfahren.«

»Und was machst du dafür?«

»Alles.«

Sie hielt Wort.

Unsere Auseinandersetzungen wurden oft so beigelegt.

So fuhren wir also eines schönen Samstags im Februar mit der U-Bahn zur Tower Bridge und gingen mit unseren Reisetaschen zu Fuß zum Bahnhof an der Fenchurch Street. Fenchurch, the Tower, East Cheap, Elephant and Castle – diese Namen gehörten genauso zu meiner Kindheit, wie Belsize Park und Temple Teil meiner Gegenwart waren.

»Ich weiß noch, wie das ganze East End in Southend-on-Sea Urlaub gemacht hat«, erzählte ich Daisy. »Im Bahnhof an der Fenchurch Street hat es früher von Cockneys nur so gewimmelt, von Männern mit Anzügen, aber ohne Krawatten, Frauen in Tupfenkleidern mit tiefer Taille und Kindern wie mir, die sich Süßigkeiten teilten. Und wir alle hofften, von einem Tag am Meer knackig braun zu werden. Meine Mum hat mir immer Zukkerstangen gekauft, wo innen drin ›Southend‹ stand, egal, von welcher Seite man davon abbiß. Und damals gab's einen kleinen Zug, mit dem man raus bis ans Ende des längsten Piers der Welt fahren konnte – jedenfalls stand das drauf.«

»Manchmal verstehe ich dich nicht«, sagte Daisy.

»Bitte fang nicht damit an. Bitte.«

Wir waren allein in dem Wagen. Ich ließ meine Hand unter ihren Pullover gleiten und streichelte ihre Brüste durch den ungewöhnlich starren Büstenhalter, den sie trug. Sie wehrte sich nicht, wartete, bis ich die Hand wieder herauszog.

»Du weichst mir aus mit deinem Gesülze und deiner Fummelei. Ich möchte wissen, warum du deine Herkunft verraten hast.«

Ich kämpfte meine Wut nieder. Was für ein Recht hatte sie, ein Urteil über mich zu fällen? Was hatte sie denn schon Großes geleistet? Sie hatte die Schule weit unter ihren Fähigkeiten abgeschlossen und arbeitete jetzt als Aushilfslehrerin, halbherzig wie immer. Sie meldete sich krank, damit sie einen Spaziergang über

Hampstead Heath machen, einen Joint rauchen und in eine Traumwelt abdriften konnte.

»Daisy, du weißt nichts über meine Herkunft, abgesehen von dem, was ich dir erzählt habe. Du weißt nicht, wie das ist, wenn man auf der falschen Seite der Gleise geboren ist.«

»Auf der falschen Seite der Gleise? Wir schreiben das Jahr neunzehnhundertsiebenundsiebzig, und er redet von der falschen Seite der Gleise! Die Gleise existieren bloß in deinem Kopf! Nach der Revolution schicken sie dich für zehn Jahre auf eine Schweinefarm auf den Hebriden, bis du die richtige Einstellung gefunden hast.«

»Von welcher Revolution reden wir?«

Sie machte einen Schmollmund. »Von der Revolution der Frauen.«

»Ach so.«

»Ja, genau.«

»Du meinst, wenn wir alle nett und freundlich zueinander sind, nur noch vegetarisch essen und Kaffee aus Nicaragua trinken?«

Sie stieß mir den Ellbogen in den Solarplexus und drehte sich um, um mir ins Gesicht zu schauen.

Dann gab sie mir eine Ohrfeige. »Du bist so verdammt schlau – mit dir kann man einfach nicht streiten. Das Problem ist, daß du an nichts von dem glaubst, woran ich glaube. Wir sind politisch inkompatibel.«

»Vielleicht, aber wahrscheinlich würde ich trotzdem auf einer Schweinefarm auf den Hebriden arbeiten, wenn ich nur mit dir zusammensein könnte. Nach der Revolution.«

»Tatsächlich?«

Sie zupfte einen Fussel von ihren Jeans, dann sah sie mir plötzlich in die Augen. »Bin ich wirklich so dumm, James? Oder gefällt es dir einfach, mich so aussehen zu lassen?«

»Laß uns in den Speisewagen gehen«, sagte ich. »Ich brauch' einen Kaffee.«

»Du kriegst nur einen, wenn er aus Nicaragua kommt.«

Ich sah zum Fenster des Speisewagens hinaus, während der Zug die alte, gewundene Strecke entlangratterte: East India Docks, Bow, Stratford, Barking – alles Orte, die für mich genauso alt, verkommen und irgendwie ewig waren wie die ersten Vororte von Rom oder Athen. Ein paar Stationen hinter Romford stiegen wir aus und nahmen einen Bus in den kleinen Ort, in dem Hogg uns erwartete.

Wir waren kaum hundert Kilometer weg von London, und schon spürte ich, wie mich die Agoraphobie überkam. Die Leute, die wir sahen, schienen in hirnloser Trägheit erstarrt. Der Bus war, abgesehen von Daisy und mir und einer alten Dame, die uns anstarrte, leer. Der Busfahrer sagte »Schätzchen« zu der alten Dame, wandte sich aber mit säuerlichem Gesichtsausdruck ab, als Daisy sich mit ihrem nettesten Lächeln von ihm verabschiedete. Warum wollte sie unbedingt, daß ein mürrischer Busfahrer sie mochte?

Hogg wartete an der Bushaltestelle auf uns. Er trug ein Polohemd.

»Gerade rechtzeitig zum Mittagessen«, strahlte er.

Der alte, eckige Kirchturm war das höchste Bauwerk des Dorfes und von der Bushaltestelle aus deutlich zu sehen. Wir gingen an teuren neuen Autos und alten Cottages aus Stein vorbei, deren friedliches Nebeneinander mich an Anzeigen aus *Country Life* erinnerte.

Alle Leute, an denen wir vorbeikamen, taten offenbar genau das, was Leute auf dem Land so tun: Eine Hausfrau mittleren Alters kümmerte sich um ihre Bienen, ein Mann mit Cordhose schnitt eine Hecke zu, ein junges Mädchen in Reithose und -stiefeln ging über ein Feld auf ein Tor zu. Wir sahen sogar zwei Frauen, die sich über einen Zaun hinweg unterhielten.

Ich hätte erwartet, daß ein Pfarrer alle kannte, doch niemand sprach uns an. Abgesehen von den beiden Frauen schienen die

Leute überhaupt nicht miteinander zu reden. Die Menschen hier gingen schweigend ihren Geschäften nach.

»Die meisten Leute hier sind Wochenendgäste«, sagte Hogg. »Banker, Börsenmakler, Anwälte und ihre Familien, die sonst in der Stadt wohnen. Die meisten Häuser stehen unter der Woche leer.«

Wir gingen einen kleinen Weg hinauf, der zum Pfarrhaus führte.

Es sah merkwürdigerweise genauso aus, wie ich mir ein englisches Pfarrhaus auf dem Lande immer vorgestellt hatte. Ein neugotischer Steinbogen bildete den Eingang zu einer klosterähnlichen Nische, wo man seine Gummistiefel ausziehen konnte. Hohe Räume mit Erkerfenstern gaben auf der einen Seite den Blick frei auf einen kleinen Hügel – ein gepflegter Rasen mit Zypresse und Eiche – und den eckigen Kirchturm. Das Gotteshaus hatte man Stück für Stück hinzugefügt, so daß es ein Beispiel der Kirchenarchitektur im Wandel der Jahrhunderte darstellte. Der neueste Anbau, der nicht direkt mit dem Gebäude verbunden war, aber geschmacklos nahe daneben stand, beherbergte eine Garage für den alten Morris des hiesigen Geistlichen.

Die Räume auf der anderen Seite des Hauses gingen auf einen winzigen Friedhof, wo man ein paar Tränen über die kleine Nell vergießen konnte, die 1889 im Alter von fünf Jahren zu Grabe getragen wurde, oder wo man sich Gedanken über eine Choleraepidemie machen konnte, die 1903 den achtjährigen Jack Hord und zwölf andere innerhalb einer Woche dahinraffte.

Daisy fühlte sich sofort zu Hause. Sie bot Hogg an, ihm beim Kochen des Mittagessens zu helfen, doch er sagte, das erledige jemand für ihn.

»Ein Hausmädchen?«

»Nicht ganz.«

Diesmal sah ich mir Hogg genauer an. Er war älter, als ich gedacht hatte, und hatte Falten um Augen und Mund, die mir im

Pub nicht aufgefallen waren. Seine Haare waren grauer, als ich sie in Erinnerung hatte, und hinter seinem Drang, sich ständig zu entschuldigen und anderen gefallen zu wollen, verbarg sich Vorsicht.

Ich empfand ihn irgendwie als gefährlich, wie es Chamäleons manchmal sein können, doch mit Daisy verband ihn etwas: eine teure Erziehung, gegen die sich beide wehrten, und ein unheimlicher Instinkt für die Rollen, in die sie schlüpfen mußten.

Ich hatte nicht allzuoft Gelegenheit, sie in gesellschaftlichem Rahmen zu sehen. Ich betrachtete sie mit einer Mischung aus Stolz und Neid, als sie aufgeregt vor sich hin plapperte.

»Was für ein bezauberndes Haus!«

»Tja, es geht ihm nicht schlecht hier, dem alten Percy.« An der Art und Weise, wie er das sagte, merkten wir, daß der »alte Percy« wohl nicht gerade zur geistlichen Avantgarde gehörte.

Er entschuldigte sich und ging in die Küche, kam aber kurz darauf wieder zurück.

»Daisy, James, ich möchte Ihnen gern meinen Überraschungsgast vorstellen.«

Als erstes dachte ich: Das kann doch nicht der Mensch sein, für den ich ihn halte. Aber das lag lediglich daran, daß er eine Schürze trug und ein Tablett mit Sandwiches in der Hand hielt.

»Natürlich kennen Sie James Knight schon«, sagte Hogg. »Ollie, darf ich Ihnen Daisy Smith vorstellen.«

Ich spürte Daisys Faszination genauso deutlich wie ihren Wunsch, ihm zu gefallen, doch er nickte uns nur hölzern zu und stellte das Tablett auf dem Tisch ab.

»Ich hole noch den Tee«, sagte er mit flüsternder Stimme zu Hogg.

»Ja, Ollie, das wäre toll.«

Als Thirst wieder in der Küche verschwand, grinste Hogg triumphierend wie ein kleiner Junge, der den Erwachsenen gerade ein Kunststück vorgeführt hat.

»Ich habe mir gedacht, wenn ich es Ihnen nicht sage, kann ich Sie auch nicht kompromittieren. Dann können Sie immer dem bösen alten James Hogg die Schuld dafür geben.«

Ich schwieg wütend, als sei mein eigener Geist gebrochen worden. Gleichzeitig schämte ich mich, weil ich, ob mir das nun gefiel oder nicht, demselben System wie Hogg diente. Ich fühlte mich wie gelähmt, als hätten die beiden Seiten meiner Persönlichkeit einen Ringkampf begonnen, der nur mit einem Unentschieden enden konnte. Daisy wirkte verlegen.

»Das stimmt doch, Jimmy, oder? So gesehen, hat er dich nicht kompromittiert.«

Ich öffnete den Mund, schloß ihn wieder, um schließlich zu murmeln: »Nein, überhaupt nicht.«

»Wunderbar«, sagte Hogg, »dann habe ich ja erreicht, was ich wollte. Ich habe Ollie und seinen Freund zusammengebracht. Aber jetzt ist er nicht mehr Ihr einziger Freund, stimmt's, Ollie?«

»Nein«, antwortete Thirst. Wieder durchquerte er den Raum, um das Tablett abzustellen, dann ging er. Hogg strahlte. Er dirigierte uns zu dem schweren Mahagonitisch und bat uns, Platz zu nehmen.

»Tut mir leid, daß es nur Sandwiches gibt. Heute abend kommt Mrs. Alan aus dem Ort und kocht uns was Anständiges.«

»Ißt Oliver denn nichts zu Mittag?« fragte Daisy.

»Er hat schon gegessen.«

»Dann haben Sie es also geschafft, ihn herauszuholen?« fragte ich.

»Mm. Hab' ich Ihnen das nicht geschrieben? Das war nur dank der gewonnenen Berufung möglich. Ich hatte mich schon seit Monaten für seine Entlassung eingesetzt, aber ich fürchte, sie haben nicht viel Notiz von mir genommen. Wahrscheinlich sagen sie nur: ›Dieser James Hogg würde alle freilassen, wenn er könnte.‹ Ich weiß, in Ihren Ohren muß das ziemlich albern klingen, aber wenn ich diese großen, haarigen Rohlinge näher kennenlerne, stelle ich meistens fest, daß sie ziemlich sanft und liebenswürdig sind.«

»Tja, es gibt wohl nichts Besseres als Librium, um einem Mann den Biß zu nehmen.«

Daisy, die sich in Gesellschaft mit ihrem sozialen Gewissen zurückhielt, schaute mich finster an.

»Ach, Sie dürfen die Geschichten, die Sie überall lesen, nicht glauben«, sagte Hogg. »Ich gebe zu, daß Gefangene weiterhin gezwungen werden, Beruhigungsmittel zu nehmen, aber in Wormwood Scrubs ist das fast nicht mehr der Fall. Im Hochsicherheitstrakt von Dartmoor oder in Broadmoor ist das natürlich etwas anderes, aber in Wormwood Scrubs geht's ruhig zu, da sind keine Schwerverbrecher.«

»Aber gehen Sie denn kein Risiko ein, wenn Sie ihn hierher bringen? Ist er nicht auf Bewährung draußen?«

Hogg klatschte in die Hände. »Tja, da sehen Sie mal, wie berechnend Hogg ist! Das ist der wahre Grund, warum ich so versessen war, dieses Pfarrhaus einen Monat lang zu kriegen. In den Bedingungen für seine Bewährung heißt es, daß er hierbleiben kann, solange ich hier bin. Die Alternative wäre dieses gräßliche Wohnheim in Islington.«

»Das von der Prisoner's Friends Society?«

»Genau! Denken Sie bloß mal an die scheußliche Dusche!«

»Und ihm gefällt's hier besser?«

Sein Gesicht wurde ausdruckslos. Daisy sah mich wütend an.

»Tja, wem würde es hier wohl nicht besser gefallen?«

»Genau«, sagte Daisy.

Ich betrachtete sie schweigend. Wenn wir nicht redeten, teilte das Ticken der Großvateruhr die Zeit in handliche viktorianische Segmente auf. Ihr Läuten zu jeder Viertelstunde sagte einem, um wieviel näher man dem Ende eines ereignislosen Tages gekommen war.

»Aber natürlich hat man ihn gefragt, oder?«

»Ollie!« rief Hogg. Daisy war wütend. Thirst trat in die Küchentür, die Schürze immer noch um den Bauch.

»Wo wären Sie lieber – hier oder in dem schrecklichen Wohnheim in Islington?«

Thirst sah mich an. »Der Reverend ist sehr nett zu mir gewesen.«

»Das ist keine Antwort auf die Frage, Ollie. Wo wären Sie lieber?«

»Hier«, antwortete er und verschwand.

»Sehen Sie«, sagte Hogg. Ich sah Daisy an, die den Blick abwandte.

Hogg bot uns die Sandwiches an. Offenbar hatte er Thirst beigebracht, sie in Viertel zu schneiden, was hieß, daß jedes davon nicht mehr als ein Bissen war. Ich nahm ein paar davon und aß sie, obwohl ich keinen Hunger hatte.

»Wissen Sie was? Ich zeige Ihnen jetzt die Kirche. Mittlerweile bringt Ollie Ihre Sachen in Ihr Zimmer. Ich nehme an, Sie wollen ein Doppelzimmer?«

»Wenn das nicht gegen die Regeln ist«, sagte Daisy.

»Nein, nein, nur dem alten Percy dürfen Sie es nicht sagen. Der ist ziemlich altmodisch. Und vielleicht«, sagte er, während er sich an einem Sandwich zu schaffen machte, »ist es auch nicht so sinnvoll, wenn die Behörden davon erfahren. James versteht das sicher. Das ist eine Sache der Glaubwürdigkeit. Schließlich sind Sie nicht verheiratet.«

Zustimmung heischend sah er mich an.

»Welch merkwürdige Anachronismen wir doch beide verkörpern«, sagte ich. »Ich muß so tun, als würde ich mich nicht mit Kriminellen abgeben, und Sie müssen vorgeben, sich nicht mit geilen Bekannten zu treffen.«

Hogg zuckte zusammen. Ich glaube, das Wort »geil« machte ihm zu schaffen.

Wir verließen das Haus durch die Küche. Thirst war verschwunden. An der Hintertür hing ein grüner, wasserdichter Regenmantel, wie man ihn in den Jagd- und Fischereigeschäften am Piccadilly Circus erwerben konnte, daneben befanden sich ein Paar grüne Gummistiefel und eine Harris-Tweed-Jacke mit ledernem Ellbogenbesatz, die Hogg anzog. Außerdem gab es Hinweise (eine Leine, einen großen Weidenkorb mit Decke, Zahnabdrücke an den Möbeln) auf einen Hund. Draußen war es feucht. Der Boden quatschte unter unseren Füßen.

»Scheiße«, sagte Daisy und hielt sich erschrocken die Hand vor den Mund. »Tut mir leid, Reverend.«

Wahrscheinlich hatte er Mühe zu glauben, daß dies dieselbe militante amerikanische Feministin war, die er vor kurzem im Pub kennengelernt hatte (im Pfarrhaus sprach sie die meiste Zeit mit ihrem englischen Akzent), aber sie schienen sich wunderbar zu verstehen. Er blieb wie angewurzelt stehen und sagte: »Verflixt – das ist ein Problem, ich weiß. Anscheinend hat Oliver einen Spaziergang mit ihm gemacht. Vielleicht nützt ja ein Stock oder so was?«

»Ist nicht so schlimm. Ist nur, weil's direkt vor der Tür war.«

»Wo ist der Hund?« fragte ich.

Wir sahen uns alle drei nach ihm um.

»Es ist ein Schäferhund namens Cranmer. Er ist der Grund, warum Percy mir das Pfarrhaus überlassen hat. Der alte Percy hätte keinen Schritt aus dem Haus getan, wenn er nicht gewußt hätte, daß sich jemand um Cranmer kümmert. Komisch, ich habe keine Hand für Hunde. Keine Ahnung, warum Percy ihn mir anvertraut. So was würde der Hund sicher nicht machen, wenn Percy hier wäre. Unter uns: Ich habe den Eindruck, daß Cranmer mich nicht ausstehen kann.«

Daisy nickte heftig mit dem Kopf. »Ich weiß, was Sie meinen. Schäferhunde machen mir auch angst. Als ich noch ein Kind war, hat's einen in dem Bootshaus in Martha's Vineyard gegeben...« Sie erzählte uns davon, während wir den Hügel zur Kirche hochgingen. Sie strengte sich mächtig an, Hogg und mir dieses Wochenende angenehm zu machen, und ich hatte ein schlechtes Gewissen wegen meiner provokanten Bemerkungen. Warum sollte ich mir Gedanken machen über das, was zwischen Hogg und Thirst vorging? Wieso wollte ich Thirst beschützen?

Die frische Landluft schien meinen Kopf durchzulüften. Ich entschied mich für eine wohlwollende Geste und legte den Arm um Daisys Taille.

Sie drückte meine Hand und lächelte dankbar. »Schau, da sind sie!«

Wir standen oben auf dem Hügel, gleich neben der Kirche, und sahen, daß das Anwesen von einer hufeisenförmigen Mauer umgeben war. Das offene Ende des Hufeisens bildete die Auffahrt zur Kirche, daneben befand sich eine engere Auffahrt zum Pfarrhaus, das direkt unter uns lag. Vom Pfarrhaus führte ein Fußweg zu einem Holzschuppen und dann weiter zu einer Tür in der Mauer. Auf der anderen Seite der Mauer erstreckte sich Ödland, das sich in der Ferne über eine Art Wattenmeer mit der Mündung der Themse verband. Ich hätte erwartet, daß »der alte Percy« einen alten Hund hatte, aber der Schäferhund, der voller Energie zusammen mit Thirst im Watt herumtollte, war fast noch ein Welpe. Er rannte vor Thirst her, raste hin und her, während Thirst näher an ihn herankam, und lief wieder davon.

»Cranmer rennt mit Oliver spazieren«, sagte Daisy.

»Ja«, sagte Hogg. »Die beiden scheinen prima miteinander auszukommen.«

Der Hund ließ Thirst näher an sich herankommen. Thirst packte ihn am Schwanz und duckte sich, als er sich umdrehte, um nach ihm zu schnappen. Sie rollten zusammen über das Ödland. Thirsts Unterarm – geschützt durch einen Mantel – im Maul des Hundes. Einen Augenblick lang lag Thirst über dem sich windenden Hund. Wir hörten sein Knurren noch oben auf dem Hügel.

»Mein Gott!« Daisy sah Hogg an.

Voll unbändiger Energie wand sich der Hund unter Thirst heraus, verbiß sich in seinen Mantel und begann zu zerren. Thirst schloß die Hände um seinen Hals, und wieder rollten sie herum.

»Hoffentlich bricht er Cranmer nicht das Genick«, sagte Daisy. »Hat er denn keine Angst, daß Cranmer überschnappt und ihn beißt?«

»Ja, mein Gott, genau«, sagte ich. Daisy streckte mir die Zunge heraus.

»Als ich das zum erstenmal gesehen habe, wollte ich Hilfe holen, aber irgendwie sind sie hinterher immer die besten Freunde. Ollie kann wirklich mit dem Tier umgehen.«

Jetzt war Thirst wieder auf den Beinen und rannte davon. Der Hund rappelte sich hoch und raste ihm bellend hinterher. Thirst hob einen Stock vom Boden auf und warf ihn im hohen Bogen hinaus aufs Watt. Der Hund machte Anstalten, ihm hinterherzurennen, überlegte es sich aber anders und kam zu Thirst zurück, der niederkniete, um das erschöpfte Tier zu tätscheln.

»Du bist keine Memme, Cran, was?« drang seine atemlose Stimme zu uns herauf. »Dir schieben die nichts in den Arsch, stimmt's?«

Der Hund bellte schwanzwedelnd.

»Nun«, sagte Hogg, »wollen wir weitergehen?«

Wir bewunderten die leere Kirche von innen und von außen. Hogg war stolz auf eins der Fenster, das noch aus der Zeit Heinrichs VIII. stammte, und auf den Turm aus der angelsächsischen Zeit, einer der ältesten in ganz England. Nach einer halben Stunde fielen nicht einmal mehr Daisy intelligente Fragen ein. Ihr Blick wanderte zurück auf das Ödland außerhalb der Kirchenmauern.

»Schaut, Oliver kommt zurück.«

Thirst trottete, den Hund an seiner Seite, zu der Tür in der Mauer.

»Jetzt hast du wahrscheinlich Hunger, was? Willst was zu fressen, stimmt's?« Cranmer wedelte mit dem Schwanz. »Ich wär' auch gern ein Hund. Früher haben sie den Tieren die Eier abgeschnitten – weißt du das? Heute machen sie das mit den Männern, Crans. Sie schneiden Ihnen die Dinger mit der Metallsäge ab und stecken sie in den Fleischwolf. Und zwar ohne Betäubung, Crans. Mach ja keinen Haufen mehr vors Haus, verstanden, Crans?«

Hogg schaute die Auffahrt hinunter, weg vom Ödland.

»Da kommen die Merril-Prices.«

Ein marineblauer Range Rover bog gerade in die Auffahrt; die großen Reifen knirschten auf dem Kies. Hogg sah besorgt drein.

»Die Leute vom Amt?« fragte ich.

»Sie ist die Leiterin der Behörde, er ist bei der Bank. Die beiden haben ziemlich viel Einfluß, auch in der Kirche. Sie sind enge Freunde des Bischofs. Echte Christen. Sie sind eigens von North London hierher gefahren, um zu sehen, wie Oliver sich macht.«

Daisy wich meinem Blick aus.

»Ich stelle Sie vor«, sagte Hogg ohne große Begeisterung.

Eleanor Merril-Price stieg mit einem großen, angebissenen grünen Apfel aus dem Range Rover. Sie trug einen langen Pelzmantel, eine Hose, ein Halstuch und einen Pullover. Sie wirkte elegant, hatte ein langes Gesicht, war groß und ungefähr Mitte Vierzig. Sie beobachtete ihren Mann, der um den Wagen herumging, um etwas zu inspizieren, dann zuckte sie mit den Achseln und wandte sich uns zu.

»Eleanor Merril-Price, James Knight. Er ist Barrister.«

Eleanor hörte mit dem Kauen auf und warf den Apfelrest in einen Busch. »Biologisch abbaubar«, sagte sie mit einem Lächeln. Dieses Lächeln war voller Autorität und Geld. Sie wartete gerade lange genug, bis ich mir lächerlich vorkam, ihr die Hand hingehalten zu haben, dann wandte sie sich Daisy zu. »Wie schön Sie aussehen«, sagte sie.

Ihr Mann war kleiner und stämmig, und sein Blick wurde hündisch, wenn er seine Frau ansah.

»Ist sie nicht phantastisch?« flüsterte Daisy mir zu.

Gerade als wir das Pfarrhaus betreten wollten, stürmte Cranmer auf uns zu.

»Ach, was für ein prächtiger Schäferhund. Tom, erinnert er dich nicht auch an ...«

»Ja, Schatz.«

Sie kniete neben Cranmer nieder und kraulte ihn hinter den Ohren, während er heftig mit dem Schwanz wedelte.

»Du machst dir deinen Pelz schmutzig, Schatz.«

»Dann geben wir ihn eben in die Reinigung.«

Cranmer kläffte. Thirst kam schweigend hinter dem Haus hervor und blieb stehen. Eleanor erhob sich und betrachtete ihn.

»Hallo, Oliver.«

»Hallo, Mrs. Merril-Price.«

»Sie können Eleanor zu mir sagen. Schließlich sind Sie jetzt ein freier Mensch.«

»Fast.« Er wandte den Blick ab.

»Wie geht's?«

»Gut. Der Reverend hat sich rührend um mich gekümmert.«

Sie lachte, und Thirst wurde rot. »Der Reverend? Sie wollen doch nicht etwa, daß er Sie *so* anspricht, oder, James?«

»Ich will überhaupt nichts.«

»Sagen Sie James zu ihm oder Vic, das ist gut für ihn.« Sie zwinkerte mir zu.

»Eleanor meint, ich nehme meinen Beruf zu ernst«, sagte Hogg und errötete schon wieder. Er begann die Hände hinter dem Rücken zu ringen.

»Jeder, der meint, er hätte eine Berufung, nimmt seinen Beruf zu ernst.« Sie wandte sich mir zu. »Haben Sie auch eine Berufung?«

»Manchmal, Ma'am, habe ich nicht mal einen Beruf.«

Das war ein schwacher Witz, aber immerhin der erste an diesem Wochenende. Alle lachten. Daisy sah stolz aus.

»Er hat Oliver sehr geholfen«, sagte Hogg.

»Ja«, pflichtete ihm Oliver bei. »Zuerst hat er mich bei 'ner Autodiebstahlssache rausgehauen, und dann hat er auch noch meine Berufung gewonnen.«

»Na, hoffentlich haben Sie keinen Range Rover geklaut«, sagte Eleanor.

Thirst zog grinsend den Kopf ein. Hogg sagte: »Gehen wir doch alle rein« und sah dabei Eleanor an. Sie antwortete: »Ja, warum nicht?« Dann standen wir eine Weile verlegen herum, weil keiner als erster hineingehen wollte. Mir war aufgefallen, daß Eleanors Mann Tom sich auf das Allerwesentlichste beschränkte. Er hatte mein Gesicht eine Sekunde lang gemustert, um festzustellen, ob ich ein Barrister war, den er gutheißen könnte, und war zu einem negativen Schluß gelangt.

Als wir drinnen waren, merkte ich, daß es bereits dunkel wurde.

»Es ist kalt«, sagte Eleanor, als wir uns alle um den Mahagonitisch setzten.

Thirst kniete vor dem Kamin nieder und zündete eine zusammengeknüllte Zeitung an. Ich sah den Flammen zu, wie sie in den Kamin hochzüngelten.

Eleanor setzte sich an das eine Ende des Tisches, das lange, eindrucksvolle Gesicht vom Kaminfeuer erhellt. »Nun, Schluß mit den unausgesprochenen Sachen. Als erstes möchte ich wissen, ob Oliver mir verziehen hat. Wenn nicht, fahre ich sofort wieder nach Hause.«

»Da gibt's nichts zu verzeihen«, sagte Thirst. »Sie wissen, daß ich nicht nachtragend bin, das habe ich Ihnen schon gesagt.«

»Wissen Sie, ich war dagegen, Oliver vorzeitig zu entlassen.« Sie musterte mich einen Augenblick. »Aber Ihr Sieg vor dem Berufungsgericht war ausschlaggebend. Ich wurde überstimmt.«

Ich lachte. »Also ist das hier meine Schuld?«

»Nein, meine.«

Wir sahen alle Thirst an, der sich erhob. »Sie brauchen sich keine Sorgen machen«, sagte er zu Eleanor. »Mich bringt da keiner mehr rein. Vorher müssen sie mich umbringen.«

Das wäre ein eindrucksvoller Abgang gewesen, wenn er nicht über den Fußabstreifer gestolpert wäre. Alle lachten. Er verbeugte sich voll komischer Anmut, bevor er hinausging.

[18]

Beim Essen beobachtete mich Thirst und machte mir alles nach: den kleinen Brotteller links; die Suppenschale für die letzten Löffel nach außen kippen; Bratensauce über die Bratkartoffeln, Minzsauce zum Lamm; nur eine kleine Portion Apfelstreusel. Er war voll konzentriert, reduzierte alle Bewegungen auf ein Minimum und schien ganz flach zu atmen wie ein Flüchtiger, der darauf wartet, daß die Hunde an ihm vorbeilaufen. Eleanor beobachtete ihn immer wieder verstohlen, während sie sich mit Hogg über den Bewährungsausschuß unterhielt. Schließlich wandte sie sich mir zu. Sie erwartete offensichtlich, daß ich etwas sagte.

»Wie lange sind Sie schon Leiterin des Bewährungsausschusses?«

»Ach, was für harmlose Fragen! Wie lange und gefällt Ihnen... Ich hätte mehr von Ihnen erwartet, James Knight. Warum werden Sie nicht ein bißchen gewagter? Ich möchte wetten, daß Sie Lust dazu haben.«

»*Warum* sind Sie Leiterin des Bewährungsausschusses?«

»Besser, viel besser. Sagen wir mal, ich habe angefangen, mich für Verbrecher zu interessieren, als mein Sohn einer wurde.«

»Und Sie dürfen Ihre Funktion dennoch ausüben?«

»Ja, denn er ist tot. Drogen, Alkohol und schnelle Autos passen nicht so gut zusammen. Da wollte ich wissen, warum. Ich habe mehr Bücher über Kriminologie gelesen als Sie.«

»Das ist nicht schwer. Schließlich ist das für Anwälte kein Pflichtfach.«

»Aber aus Erfahrung wissen Sie doch, aus welchen Gesellschaftsschichten die meisten Kriminellen kommen, oder?«

»Gewaltverbrechen werden am häufigsten von jungen Männern zwischen Fünfzehn und Dreißig aus den unteren Einkommensgruppen verübt. Bei den anderen Verbrechen ist es ein bißchen anders. Da sind häufiger Frauen und Jugendliche aus der Mittelschicht mit von der Partie.«

»Tja, soweit also der eine Fachmann. Und was sagt unser anderer Experte dazu?«

Thirst hörte schweigend zu.

»Warum wendet sich ein netter Junge wie Sie dem Verbrechen zu?«

In ihrer Stimme schwang keinerlei Sarkasmus mit.

Wir warteten alle auf seine Antwort. Ich hätte gedacht, daß er mit den Achseln zucken oder etwas Unverständliches vor sich hinmurmeln würde, doch als er etwas sagte, klang seine Stimme erstaunlich kräftig.

»Ich hab' mich nicht dem Verbrechen zugewandt, da täuschen Sie sich alle. Wir machen das nicht bewußt, nein, das fängt bei unserer Geburt an. Bloß nach 'ner Weile lochen sie einen deswegen ein. Und dann laufen einem plötzlich Leute wie Sie übern Weg, die einem erzählen, daß es auch noch ein anderes Leben gibt, bloß muß man vorher seine Vergangenheit auslöschen, stimmt's? Damit ich nicht wieder ins Gefängnis komme, muß ich so tun, wie wenn ich gestern auf die Welt gekommen wär'; ich muß so tun wie ein dreiundzwanzigjähriges Baby, wieder ganz von vorn anfangen. Fragen Sie nicht, warum wir wieder von vorn anfangen, fragen Sie lieber, warum wir weitermachen. Weil's so schwer ist, sich zu ändern, deswegen.«

»Aber Sie sind auch Expertin«, sagte ich zu Eleanor. »Warum werden Menschen Ihrer Meinung nach kriminell?«

»Bei Jungen wie Oliver ist es vielleicht eine soziale Programmierung, jedenfalls in gewissem Maße. Bei meinem Sohn war es wahrscheinlich unsere Schuld, die Schuld von Tom und mir.«

»Von wegen unsere Schuld«, meldete sich Tom plötzlich zu Wort.

Eleanor ging zu Tom hinüber und legte die Arme um ihn. Er nahm ihre Hände. Wir warteten alle darauf, daß sie etwas sagte.

»Ich sage Ihnen jetzt, was ich gern machen würde, wenn Oliver einverstanden ist. Meine Bitte sieht folgendermaßen aus: Wir können uns alle ungefähr die Motive der anderen Anwesenden vorstellen. Ich würde zum Beispiel wetten, daß ich weiß, warum James Knight Anwalt geworden ist, auch wenn er es mir nicht gesagt hat. Und ich kann mir denken, wieso für James Hogg der Beruf des Geistlichen so attraktiv ist. Sogar Daisy, die ja Amerikanerin ist, scheine ich mein ganzes Leben lang zu kennen, obwohl ich erst seit ein paar Stunden mit ihr zusammen bin. Und Tom *kenne* ich den größten Teil meines Lebens. Doch bei einem der Anwesenden weiß ich lediglich, *was* er getan hat, ohne die geringste Ahnung zu haben, *warum*. Ich kann Ihre Motive nicht einschätzen, Oliver. Ich hab' alle Theorien gelesen, aber trotzdem bin ich dem Phänomen nicht auf die Spur gekommen. Man liest von Soziopathen, man weiß um den Schaden, den sie anrichten, aber man versteht einfach nicht die Gründe ihres Handelns. Ich dachte mir, vielleicht können Sie uns mehr dazu sagen.«

Thirsts Gesicht hatte die Farbe einer Aubergine angenommen. Er starrte sie an.

Eleanor ging zu ihm hinüber und legte ihm die Hände auf die

Schulter. »Sie verstehen mich falsch, Oliver, deswegen geraten Sie aus der Fassung. Ich möchte keine lange, schmalzige Geschichte über Ihre soziale Programmierung hören, sondern ein Gefühl für die Erregung bekommen, die Sie dazu treibt. Meinen Sie nicht auch, James, daß es interessant wäre, wenn Oliver uns das erklären würde? Natürlich müssen wir alle schwören, Stillschweigen darüber zu bewahren.«

»Es könnte sogar sublimierend wirken, wenn er uns den Gefallen tut«, sagte Hogg ohne rechte Überzeugung

»Würden Sie das machen, Oliver? Natürlich haben Sie das Recht, nein zu sagen.«

Thirst stand auf. Jetzt war sein Gesicht nicht mehr gerötet, sondern blaß.

»Sie halten also alle den Mund, stimmt's?« Er wandte sich an Eleanor. »Ich zeig's Ihnen«, sagte er, ging zur Tür und drehte sich zu uns um. »Kommen Sie mit raus«, sagte er zu Eleanor. »Und Sie auch.« Damit meinte er mich.

»Wir kommen alle mit«, sagte Tom.

»Ja, Sie können alle kommen«, sagte Thirst.

Eleanor folgte Thirst als erste hinaus. Er stand bereits neben dem Range Rover und drehte etwas im Schloß auf der Fahrerseite. Nach wenigen Sekunden hatte er die Tür geöffnet, sprang auf den Sitz und entriegelte die Tür auf der Beifahrerseite.

Er winkte Eleanor und mich heran. In dem sicheren Wissen, daß Eleanor auf ein Zeichen von mir wartete, machte ich entschlossen einen Schritt vorwärts. Sie folgte mir. Thirst beugte sich mittlerweile über das Lenkrad. Der Motor sprang an, als wir in den Wagen kletterten. Ich setzte mich vorne neben Thirst, Eleanor hinter mich. Er schaltete die Scheinwerfer ein. Ich sah Toms rotes Gesicht und Daisy hinter ihm, die verblüfft wirkte.

»Anschnallen«, sagte Thirst, ohne sich selbst an seine Anweisung zu halten.

Er ließ den Motor aufheulen, bevor er die Kupplung losließ, und wir machten einen kleinen Sprung. Ich hörte, wie der Kies unter den Reifen wegspritzte.

»Wir stehlen meinen Wagen!« Eleanors Stimme klang vor Aufregung wie die eines kleinen Mädchens.

Thirst nutzte den Vierradantrieb, um über den Rasen, unter Zypresse und Eiche hindurch, den Hügel hinaufzufahren. Am Morgen würden sich dort schwarze Reifenspuren befinden. Wir kamen an einem Seiteneingang zur Kirche heraus. Einen Augenblick lang dachte ich, er wollte durch die schwere Holztür brechen.

Doch er ruckelte nach links und jagte den Motor wieder hoch. Mit quietschenden Reifen fuhren wir um die Kirche herum. Ich wurde von innen gegen die Tür gedrückt. Im Scheinwerferkegel sahen wir alte Mauern, mittelalterliches Maßwerk, den Stuck über einem gotischen Bogen.

Eigentlich war der Wagen nicht für hohe Geschwindigkeiten gedacht, aber Thirst gab uns das Gefühl, er fahre schnell, indem er in den unteren Gängen blieb, den Motor auf Hochtouren brachte und die Kupplung schleifen ließ. Als wir am Haupteingang vorbeikamen, dachte ich, er würde vielleicht noch eine Runde drehen und uns dann über die Auffahrt zurück zum Pfarrhaus bringen. Doch er raste den Hügel hinunter zur Straße, ohne in der Ausfahrt stehenzubleiben. Er bog sofort in die Straße ein, auf zwei Rädern, und brauste in Sekundenschnelle durch die Ortschaft. Eleanor gab ein merkwürdiges Geräusch von sich – ein Stöhnen, ob vor Vergnügen oder Angst, war nicht so ganz klar.

Am Ortsrand erfaßten die Scheinwerfer für den Bruchteil einer Sekunde die Gestalt eines Tieres mit langen, aufgestellten Ohren, großen, erschreckten Augen und tropfenförmigem Körper. Dann ein Knall.

»Was war das?« fragte Eleanor, nach Luft schnappend.

»Ein Hase«, antwortete ich.

»Ein toter Hase«, sagte Thirst.

Wir befanden uns jetzt auf der engen, dunklen Landstraße, und die Scheinwerfer glitten über den durchbrochenen Mittelstreifen, der zu einer Linie verschwamm. Ich sah, daß wir über hundertzwanzig fuhren.

Ich drehte den Kopf zu Eleanor um, die sich an der Rückenlehne meines Sitzes festhielt.

Thirst schaltete die Scheinwerfer aus und beschleunigte. »Ich mache sie wieder an, wenn einer von euch mich drum bittet«, sagte er.

Ich erwartete, daß Eleanor ihn darum bitten würde, sie wieder einzuschalten. Ich schaute mich wieder nach ihr um. Ihr Mund war leicht geöffnet, doch sie sagte nichts.

Thirst sah zuversichtlich und wachsam aus – wahrscheinlich lenkte er den Wagen mit Hilfe des wenigen Lichts, das draußen noch herrschte. Ich war erregt, und das gefiel mir. Eine Sekunde lang liebte ich Thirst.

In einer Kurve wurde es kritisch. Wir fuhren so schnell, daß wir fast von der Straße abgekommen wären. Thirst bremste nicht, verlangsamte aber. Die Vorderreifen rutschten weg; als er den Wagen wieder in seiner Gewalt hatte, beschleunigte er erneut. Eleanor sagte noch immer nichts.

Erst als der Tacho auf hundertfünfzig Stundenkilometer zeigte, kreischte sie: »Hören Sie auf, das ist Leichtsinn!«

»Betteln Sie.«

»Ich flehe Sie an, Oliver.«

Er schaltete gekonnt zurück, zog die Handbremse, so daß wir uns um die eigene Achse drehten, schaltete die Scheinwerfer ein und fuhr uns mit gemächlichen vierzig Stundenkilometern durch die Ortschaft. Kurz vor der Auffahrt blieb er stehen und sah mich an.

»Ich hoffe, daß niemand sich bedroht gefühlt hat und daß Sie die Art und Weise, wie ich Eleanors Aufgabe angepackt habe, gutheißen.«

Wir sahen beide Eleanor an. Sie rutschte auf den Sitz hinter ihm und legte ihm ihre Hände um den Hals. Seine Adern traten hervor, und sie blähte die Backen – es war klar, daß sie es ernst meinte. Sie versuchte ihn zu erwürgen. Er wehrte sich nicht. Plötzlich ließ sie ihn los.

»Tja, ich wollte es ja so, aber das heißt nicht, daß ich Sie nicht am liebsten umbringen würde.«

»Dann haben Sie also verstanden?« fragte ich. »Ich meine, was Oliver sagen wollte.«

»Es war ungeheuer aufregend und wahnsinnig gefährlich.«

Wir blieben alle drei im Auto sitzen. Thirst schien geduldig darauf zu warten, daß sich etwas ereignete.

Eleanor brach in Gelächter aus. Dann hielt sie die Hand vor den Mund. »Tom hat wahrscheinlich in der Zwischenzeit sechs Herzinfarkte gehabt.« Sie kicherte.

Thirst legte den Gang ein, fuhr die Auffahrt ein kurzes Stück hinauf und blieb stehen.

»Haben Sie zufällig die Schlüssel bei sich?« fragte er über die Schulter.

Eleanor fand die Schlüssel in ihrer Tasche und gab sie ihm. Er beugte sich vor, um etwas unterhalb des Lenkrads zu manipulieren. Der Motor erstarb. Er steckte den Schlüssel ins Zündschloß.

»Fahren lieber Sie den restlichen Weg«, sagte er zu mir. »Wenn jemand was von mir will – ich bin im Schuppen.«

Er stieg aus, sah Eleanor lange an und ging weg.

»Hab' mich nicht mehr so gut gefühlt, seit ich den XJ6 geklaut hab'«, hörte ich ihn in die Nacht hinein sagen.

Ich fuhr die Auffahrt nur ein kleines Stück hinauf, hielt den Wagen an, schaltete den Motor und die Scheinwerfer aus.

»Ich glaube, es ist das beste, wenn wir sie überraschen«, sagte ich. »Gehen wir den Rest des Weges zu Fuß.«

Ich hatte das Gefühl, Thirst schützen zu müssen, der von Eleanor provoziert worden war. Ich wußte, alles hing davon ab, wie sie mit der Situation umging, wenn wir zurückkamen, und ich wollte, daß sie sich bis dahin ein wenig von ihrem Schreck erholt hatte. Ich warf einen Blick auf den Wagen und glaubte einen dunklen Fleck auf dem Kotflügel zu entdecken.

Wir gingen langsam. Als wir in Sichtweite der Lichter und des Pfarrhauses kamen, blieb sie stehen.

»Bitte nehmen Sie mich einen Augenblick in den Arm.«

Wahrscheinlich war das, was sie von mir verlangte, ganz ähnlich wie das, was man in Erste-Hilfe-Kursen bei Schock empfahl. Pflichtschuldig legte ich die Arme um sie. Sie drückte sich an mich, dann spürte ich, wie sie ihr Knie zwischen meine Beine drückte. Sie wand sich ein bißchen hin und her, brachte mich dazu, sie auf den Mund zu küssen, und dann schob sie mich weg.

»Jetzt ist's gut. Schnelle Autos und schöne junge Männer können einem Mädchen ganz schön den Kopf verdrehen.« Sie berührte ihre Haare. »Wissen Sie, ich war auch mal jung, in den Sechzigern.«

Sie betrat das Pfarrhaus nonchalant wie immer und summte eine Melodie.

»Gott sei Dank!« Tom stürzte auf sie zu.

Ich sah Daisy an, die das Gesicht verzogen hatte. Hogg schaute elend aus.

»Was um Himmels willen ist passiert? Ist alles in Ordnung?« fragte Tom.

»Natürlich ist alles in Ordnung, Schatz. Oliver wollte uns nur etwas klarmachen.«

»Von wegen klarmachen. Er hat meinen Wagen gestohlen.«

»Unseren Wagen, Schatz, und außerdem kann man das wohl kaum Diebstahl nennen, wenn ein angesehener Anwalt auf dem

Beifahrersitz und die Miteigentümerin auf dem Rücksitz mitfahren.«

»Dieses verdammte Schlitzohr!«

Ich stand neben Daisy auf der anderen Seite des Raumes. »Tom wollte die Polizei rufen«, erklärte sie mir flüsternd. »James Hogg hat keinen Finger gerührt. Ich hab' ihn zurückhalten müssen. Wir haben uns schrecklich gestritten. Es wäre das Ende für Oliver gewesen, nicht wahr, wenn er die Polizei gerufen hätte?«

»Das wäre wirklich ziemlich peinlich gewesen.«

»Ich hab' ein paar unschöne Sachen über Eleanor sagen müssen«, sagte Daisy. »Hoffentlich verzeiht sie mir. Sie ist toll, findest du nicht auch?«

»Ja. Ich glaube, sie hat's genossen. Thirst übrigens auch.«

»Wo steckt er?«

»Im Schuppen, da hat er sich verkrochen.«

»Gehen wir zu ihm.« Ihre Augen glänzten.

Auf dem Weg zum Schuppen hielt ich Daisys Hand. Ich spürte ihre Erregung, ihren Wunsch, daß er Notiz von ihr nehmen, sie vielleicht sogar als Mitrevolutionärin, als Mitverbrecherin betrachten möge. Außerdem wollte sie Anerkennung dafür, daß sie ihn vor der Polizei gerettet hatte.

Die Tür zum Schuppen stand ein wenig offen, und der Schein einer Kerosinlampe, die er auf den Boden gestellt hatte, drang heraus. Sein Schatten, den wir beim Öffnen der Tür als erstes sahen, nahm eine ganze Wand ein und türmte sich an der Decke über uns auf. Er beugte sich über eine Axt, die jemand in einen Hackklotz getrieben hatte. Seine riesige schwarze Hand, mit der er den riesigen schwarzen Griff der Axt umfaßte, machte den schlanken Jungen, dem die Hand gehörte, fast zu einem Zwerg. Holzspäne und Teile von Baumstämmen waren im ganzen Schuppen verstreut.

Er nahm ein Stück Holz, das mit einer Kettensäge abgeschnitten worden war, in die Hand und legte es auf den Klotz. Dann sah er Daisy mit einem verschmitzten Blick an. »Das machen Bösewichte hinterher, zum Entspannen.« Er hob die Axt und spaltete das Scheit ohne große Anstrengung mit einem Schlag. Er legte die Teile auf den Klotz und ließ die Axt noch einmal darauf niedersausen. Das machte er ein paarmal.

Schließlich hieb er die Axt mit voller Kraft in den Klotz.

»Wissen Sie was?« Er sah mich an. »Ich bin sauer auf mich selbst.«

»Ja, das weiß ich.«

»Warum?« fragte Daisy.

Er schenkte der Frage zuerst keine Beachtung, dann sagte er: »Fragen Sie ihn – er versteht's.«

Daisy wirkte verletzt.

»Sie wollten die Polizei rufen. Daisy hat sie daran gehindert.« Ich sagte es für sie, weil sie es wollte.

»Ich hab' ihnen gesagt, es ist Eleanors Schuld, weil sie Sie provoziert hat.«

»Eleanor!« Der schwarze Riese an der Wand schüttelte den Kopf. Einen Augenblick lang verzerrte ein böses Grinsen Thirsts Gesicht. »Wie hat Tom drauf reagiert?«

»Er war böse, ziemlich böse. Der würde es Ihnen heimzahlen, wenn Eleanor nicht wäre«, sagte ich.

»Tja, wenn«. Er kicherte. »Wollen Sie ein Bier?«

Er holte einen Sechserpack von der anderen Seite des Schuppens, zog drei Dosen aus den Plastikringen und gab Daisy und mir jeweils eine.

»Tut mir leid, daß ich kein Glas habe«, sagte er zu Daisy.

»Ist schon in Ordnung«, antwortete sie schüchtern.

Er warf den Kopf in den Nacken, trank ein paar Schluck Bier und betrachtete Daisy nachdenklich.

»Wissen Sie, wofür ich den geben würde?« Er packte seinen rechten Arm mit der linken Hand und schüttelte ihn.

»Wofür?«

»Für seine Selbstbeherrschung.« Dabei deutete er auf mich und nahm noch einen Schluck Bier. »Sie wissen gar nicht, wieviel Glück Sie haben«, erklärte er ihr. »Die meisten Männer sind entweder Schweine oder Memmen – entschuldigen Sie meine Ausdrucksweise.«

»Oder Tunten«, mischte ich mich in das Gespräch ein.

»Oder Tunten. Na – was hat er dazu gesagt?«

»Fragen Sie Daisy. Sie wissen doch, daß ich nicht da war.«

»Wer? Ach so, Sie meinen James Hogg. Er war sauer, aber er wußte nicht so recht, auf wen. Ich glaube, hauptsächlich auf Eleanor. Und dann haben Tom und ich uns gestritten, und das hat ihn noch mehr aus der Fassung gebracht.«

»Auf Ihre Bewährung hat das keinen Einfluß«, sagte ich. »Schließlich war die Leiterin der Behörde mit von der Partie, und es war ihr Wagen. Sie haben wirklich an alles gedacht.«

»Das tut nichts zur Sache.«

»Ich weiß.«

»Warum? Ich versteh' das nicht«, beklagte sich Daisy. Thirst, dem Daisy offenbar auf die Nerven ging, warf mir einen Blick zu. Ich hatte den Eindruck, daß er sich mit mir allein unterhalten wollte.

»Daisy glaubt, daß Sie eine Lanze für die Freiheit gebrochen haben mit dieser Eskapade. Sie kann nicht verstehen, warum Sie die Sache so bedauern.«

»War das nicht ein tolles Gefühl?« fragte sie.

»Klar.«

»Und wo liegt dann das Problem?«

Er wischte sich mit der Hand die Stirn ab und sah mich an. Ist sie wirklich so dumm? fragte mich sein Blick.

»Wissen Sie, Daisy glaubt an die Freiheit. Freigeister wie Sie werden die Mauern einreißen, die uns einkerkern, die Ketten sprengen, die uns gefangenhalten – und Sie werden Frauen respektvoll behandeln, nett sein zu Kindern, vegetarisch leben, gegen die Apartheid eintreten und sich Gedanken machen über die Dritte Welt.«

»Ich hab' genug«, sagte Daisy mit gerötetem Gesicht. Sie starrte mich an. »Ihr könnt euch über mich lustig machen, so lange ihr wollt, aber ohne mich.« Damit stolzierte sie hinaus.

»Ich hätte mich nicht drauf einlassen sollen«, sagte Thirst, als sie die Tür zuknallte. Er nahm Daisys Wut ebensowenig zur Kenntnis wie ihre Person.

Als ich so mit ihm im Schuppen saß, bereute ich nicht, mich über Daisy lustig gemacht zu haben. Ich freute mich vielmehr, bei ihm zu sitzen. In dem Augenblick kam sie mir lächerlich vor. Mir gefielen seine Kraft, sein Mut, seine Wildheit, seine Verachtung für die Werte der Angestelltenschicht. Auch der Geruch des Holzes und der Kerosinlampe gefielen mir. Dieses Wochenende war von Hogg arrangiert worden; und deshalb trug ich keinerlei Verantwortung dafür. Ich hatte die perfekte Ausrede, genau, wie Hogg es geplant hatte. Ich konnte es mir leisten, mich in Gegenwart von Thirst entspannt zu geben, weil ich mich nie mehr bereit erklären würde, mich mit ihm zu treffen.

»Eleanor hätte wissen müssen, was sie tut. Es war ihre Schuld.«

»Yeah, aber ich meine für die Zukunft – verstehen Sie? Wenn ich's nicht schaffe, ohne einen Wagen zu klauen, was hab' ich dann für 'ne Chance? Die ganze Zeit in Wormwood Scrubs hab' ich mir eingehämmert, daß ich so was nicht mehr mache. Jetzt weiß ich, daß das Schwäche ist und nicht Stärke.«

»Kann ich noch ein Bier haben?« Er reichte mir eine Dose. »Was wollen Sie machen?«

»Die Zeit hier absitzen mit dieser albernen Tunte, was sonst?«

Ich nahm noch einen Schluck Bier. Sein letzter Satz gab mir zu denken. Vielleicht steckte noch ein bißchen von der Erregung der Spritztour in meinem Körper. Ich fing an zu lachen.

»Diese alberne Tunte«, wiederholte ich. »Wahrscheinlich träumt er jede Nacht von Ihnen.«

»Yeah, und da bin ich angezogen wie ein Chorknabe.«

»Nein. Der sieht Sie am Kreuz!«

»Yeah!« rief er aus. »Das isses! Der glaubt wahrscheinlich, daß ich bald 'ne religiöse Erleuchtung habe – oder mich ans Kreuz nageln lasse. Der weiß nicht, wie entschlossen ich bin.«

»Was zu tun?«

»Nicht wieder zurückzugehen, das ist doch klar. Als ich Ihnen gesagt hab', daß ich lieber sterben würde, war das mein voller Ernst.« Er nahm einen Schluck Bier. »Ist schön, daß ich mich mit Ihnen unterhalten kann, James. Sie sind jemand aus meinem Viertel. Hat's die Glenda Feswick eigentlich schon gegeben, als Sie in Camberwell gewohnt haben?«

»Die mit den großen Titten und dem Silberblick?«

»Yeah. Ich hab' sie getroffen, kurz bevor ich nach Wormwood Scrubs bin. War natürlich im Dienst. Hat die Araber am Haymarket abgeschleppt. Hat so viel Geld verdient, daß sie sich die Augen hat operieren lassen können. Wir haben ganz schön was zu lachen gehabt im Elephant, sie und ich.«

»Ich hab' sie einmal flachgelegt«, sagte ich.

»Da waren Sie nicht der einzige in South London. Ich muß Sie fragen: Ihre Freundin heißt doch Daisy Smith, oder?«

»Ja.«

»Erinnern Sie sich noch an die andere Daisy Smith, die in den Gladstone Buildings gewohnt hat?«

»Tolle Erscheinung. War schon mit dreizehn im Geschäft.«

»Ist immer noch dabei. Geht auf den Strich, weil sie heroinsüchtig ist. Das hat mir Glenda erzählt, die beiden haben noch Kontakt. Sechs Kinder. Zwei davon sind angeblich von ihrem Cousin, der is' nicht sonderlich helle.«

Er holte noch einen Sechserpack Bier, den wir bei Erinnerungen an unsere Kindheit und Jugend leerten.

»Ich weiß noch, die erste Sache, die ich gedreht hab'«, sagte er. »Wahrscheinlich erinnern sich daran alle noch. Ich mein', das erste richtige Ding. Das war 'n Pfarrhaus. Ich kann noch meine eigene Angst riechen. Mein Adrenalinspiegel war so hoch, ich bin fast über die Mauer zurückgeflogen. Irgendwie bin ich mir ziemlich verarscht vorgekommen, als die Polizei nicht aufgetaucht ist, da hab' ich gleich in derselben Nacht noch meinen ersten Wagen geklaut. Ich meine, den ersten ganz allein. Bin mit hundertfünfzig die M1 runter, hab' das Ding auf dem Heimweg in Finchley irgendwo hingestellt, und dann bin ich zu Fuß nach Hause, weil kein Bus mehr gegangen ist. Den Fehler hab' ich nie wieder gemacht.« Er nahm noch einen Schluck Bier. »Erinnern Sie sich noch an Ihren ersten Job, James?«

Ich hatte das Gefühl, daß er betrunkener war, als er aussah, und stand auf. »Ich geh' jetzt lieber. Daisy ...«

Auch er stand auf, legte seine Hand auf meinen Arm und sah mich an. »Erinnern Sie sich noch an Ihren ersten Job, James?«

»Natürlich, Oliver. Das war ungefähr fünf Monate, bevor ich Sie kennengelernt habe. Da habe ich einen Ladendieb im Bow Street Magistrates Court vertreten. Ein Antrag auf Strafmilderung.«

Als ich aus dem Schuppen herauskam, waren Eleanor und Tom bereits weg. Ich fand Daisy unter einem riesigen Daunenbett, die Leselampe eingeschaltet. Sie lag auf der Fensterseite, das Fenster war geöffnet, und rauchte einen Joint. Ihr Gesichtsausdruck hatte sich verändert. Ihr Beschluß, Hoggs Gastfreundschaft zu mißbrauchen, ließ sie zehn Jahre älter wirken. Ihr mädchenhaftes Bedürfnis, anderen zu gefallen, konnte ich nirgends entdekken.

Ich hatte mich auf einen Streit gefaßt gemacht. »Bist du noch wütend?«

Sie betrachtete mich mit kühlem Blick. »Komm ins Bett.«

Ich zog mich aus und schlüpfte neben sie, erleichtert darüber, daß ihre Hand die meine suchte und hielt.

»Tut mir leid«, sagte ich.

»Ach, so wütend war ich gar nicht. Ich wollte bloß nicht, daß ihr zwei Zyniker euch über mich lustig macht, das ist alles.«

Ihre Stimme war ruhig und sehr weiblich. Manchmal bewirkten die Drogen das.

»Ich wollte mich nicht lustig über dich machen, ich...«

»Sch! Ist schon in Ordnung.«

»Wirklich?«

»Wirklich.«

»Manchmal bist du wirklich wundervoll. Großzügig...«

»Nein. für dich bin ich absolut naiv, eine ziemlich dumme Amerikanerin. Ich denke in peinlichen Klischees, ich mache mir nicht die Mühe, mich mit der wirklichen, schmutzigen Welt auseinanderzusetzen, und deswegen habe ich kein Recht, den Mund aufzumachen. Wenn ich dann doch rede, zuckst du zusammen. Und außerdem bin ich eine Heuchlerin, weil ich mich bei Leuten wie Hogg einschmeicheln will. Stimmt's?«

»Nicht, Daisy.«

Sie schenkte mir keine Beachtung. »Tja, angenommen, du hast recht, und meine Gedanken sind unbeholfen, naiv. Angenommen, ich verwende die falschen Worte, denke nicht präzise, habe keine Ahnung, wie's da draußen auf der Straße zugeht, aber angenommen auch, daß die Gedanken gar nicht so wichtig sind, weil ich nun mal nicht wegen Mord vor Gericht stehe, sondern bloß versuche, mich mit dir zu unterhalten. Nimm mal an, daß es mir um das geht, was sich hinter den Worten verbirgt – um die Wahrnehmung, wenn du es so nennen willst. Wahrscheinlich habe ich das Gefühl, erstickt zu werden, weil du die ganze Zeit deinen Intellekt gegen mich einsetzt, wenn ich nur meine Empfindungen und Ansichten mit dir teilen möchte.«

Ich versuchte zu antworten und realisierte plötzlich, daß ich das nur konnte, wenn ich meinen Intellekt genau so einsetzte, wie sie es gesagt hatte.

»Ja, nehmen wir das mal an.«

»Wärst dann nicht du der Narr?« Ihre Hand spielte an meinem schlaffen Penis herum. Bei dem Wort »Narr« zog sie daran.

»Doch.«

»Verstehst du jetzt ein bißchen, wie es ist, eine Frau zu sein?«

»Wenn du noch fester ziehst, machst du gleich eine aus mir.«

Sie mußte lachen, als sie gerade inhalierte, und verschluckte sich. Ich klopfte ihr auf den Rücken.

Wie zart ihr nackter Rücken doch war, wenn sie sich die Lunge aus dem Leib hustete.

»So geht das nicht weiter; ich muß mir eine Wasserpfeife besorgen«, sagte sie, als sie sich ein bißchen erholt hatte. »Also: Worüber habt ihr zwei euch unterhalten, nachdem ich weg war?«

»Worüber werden sich zwei Jungs aus der Arbeiterschicht wohl unterhalten?«

»Über Frauen und Fußball.«

»Den Fußball haben wir weggelassen.«

»Und – hast du rausgefunden, ob er 'ne Affäre mit Hogg hat?«

»Nein, die hat er nicht. Wenn Hogg den Mut dazu hätte, würde er ihn anmachen, aber den hat er nicht, und deshalb gibt's bloß versteckte Andeutungen, eine ganze Menge ungenutzte Libido und ein paar leicht sadistische Machtspielchen.«

»Das alles hat Oliver gesagt? Das klingt überhaupt nicht nach ihm.«

»Nicht wortwörtlich. Er hat gesagt, Hogg ist eine Memme. Weißt du, Cockney ist ein sehr sparsamer Dialekt. Da werden nicht so viele Worte gemacht.«

Daisy zog an ihrem Joint und blies den Rauch zum Fenster hinaus. Dabei drückte sie beide Brüste einen Augenblick lang gegen den kalten Fenstersims. Sie schlüpfte schnell wieder unter die Decke.

»Brrr, ist das kalt. Sag mir noch was, du Klugscheißer.«

»Schieß los.«

»Warum könnt ihr Hogg nicht leiden – du und Oliver? Das ist grausam. Er glaubt doch wirklich, daß er Oliver hilft. Und außerdem mag er dich. Er war ganz schön wütend, weil du dich auf die Spritztour eingelassen hast – er hat gedacht, du hast den Verstand verloren.«

»Genau, da hast du die Antwort. Er hat eben keinen Mumm.«

»Aber das ist doch bloß euer Arbeiter-Machismo.«

»So ganz stimmt das nicht. Beaufort hat 'ne Menge Mumm, aber er kommt nicht aus der Arbeiterschicht. Ich wette, Beaufort, unserem guten Queen's Counsel, hätte die Spritztour auch gefallen.«

Sie drehte sich zu mir und zog sich embryonal zusammen – ein verläßliches Zeichen dafür, daß sie in eine andere Rolle schlüpfte.

»Also hat Hogg deiner Meinung nach keinen Mumm?«

»Genau.«

»Aber du bist ein ganzer Mann?«

»Es sei denn, du spielst da grade mit was anderem.«

»Fühlt sich nicht so an, Großer. Wollen wir ein bißchen obszön werden? Das Marihuana macht mich so richtig schön geil.«

[19]

Thirst sank auf den Grund meines Gedächtnisses wie ein Ziegelstein in einem Teich. Auch Daisy erwähnte ihn und das Wochenende im Pfarrhaus ziemlich lange nicht. Unangenehme Dinge verdrängte sie einfach, so wie jemand, der unerwünschte Akten in den Reißwolf stopft. Wir redeten weniger miteinander und verlegten uns auf eher freundschaftliche Aktivitäten, zum Beispiel aufs Spazierengehen.

Daisy und ich waren nicht sonderlich sportlich, aber spazieren gingen wir gern. Zu unseren Lieblingszielen gehörte der Hampstead Garden Suburb, wo eine Gesellschaft für mittellose Damen für wenig Geld eine Wohnung an Daisys Mutter vermietet hatte.

Unsere Besuche als Paar hatten etwas Ernstes, fast Rituelles an sich. Wir gingen immer über Hampstead Heath und durch Kenwood, über die Spaniards Lane, dann die Wildwood Road hinunter zum Suburb – das war ein hübscher Spaziergang durch das grüne London, gesund, voller Frische und falscher Unschuld (Alternative wie Daisy hatten damals eine besondere Vorliebe für ein Buch mit dem schönen Titel *Das Geschlechtsleben der Pflanzen*).

Wir sprachen oft darüber, daß wir in eine größere, unmöblierte Wohnung ziehen würden, sobald wir uns das leisten könnten.

»Weißt du, was ich mir wünsche, Jimmy? Eine tiefblaue Zimmerdecke mit Wolken! Ist dir schon mal aufgefallen, daß alle Decken langweilig weiß sind? Die denken sich nämlich Männer aus, die nicht so oft auf dem Rücken liegen wie wir. Ich wette, es gibt eine Statistik, die beweist, daß Frauen die Zimmerdecke eineinhalbmal so oft anschauen müssen wir Männer. Hey, Jimmy, schau mal, Narzissen!«

Ich starrte die halb unter Blättern verborgenen gelben Blütenkelche kurzsichtig an und zitierte aus einem Gedicht, das mein Vater immer gern von meiner Mutter gehört hatte:

Ein Morgenhauch weht,
Der Liebesstern steht hoch am Himmel,
Verblassend im Licht, das er liebt.
Gebettet auf einem Narzissenhimmel.

Daisy schlang die Arme um mich. Vielleicht war es der scharfe Wind, der ihr die Tränen in die Augen trieb.

»Ich weiß, ich bin schwierig, Jimmy, aber ich liebe dich. Laß mich nie weg, egal, was passiert, ja?«

Als wir einen Pfad hinaufgingen, der oben bei Kenwood herauskam, achtete ich nicht sonderlich auf die ersten Frühlingsboten, das muß ich zugeben. Für mich ist der Frühling immer ein innerer Impuls. Ich spürte vielmehr eine quälende Sehnsucht und die häufig wiederkehrende Vorahnung, daß ich sie verlieren würde. Allein dieser Gedanke hatte die entsetzliche Kraft, mir meine ganze Energie zu rauben. Mitunter hatte ich den Eindruck, sie lege es darauf an, mir alle Lebenskraft auszusaugen. Manchmal führte das dazu, daß ich mich von ihr trennen wollte.

Beinahe automatisch setzten wir uns auf eine Bank unter einer Roßkastanie. Riesige, kerzenförmige Blüten an den Zweigen gaben dem Baum ein völlig anderes Aussehen. In einem bestimmten Licht konnte man meinen, er stehe in Flammen.

»Ist es nicht merkwürdig, daß wir uns immer wieder hier hinsetzen, ohne daß wir es vorher ausmachen?«

»Daisy, was hast du gerade eben gemeint mit ›Laß mich nicht weg‹?«

»Mein Gott! Du wirst doch wohl keine trübsinnigen Gedanken da reininterpretieren, oder? Es ist ein schöner Tag, James, bitte verdirb ihn nicht.«

»Aber du hast es gesagt. Klingt das vielleicht nicht trübsinnig? Als ob du gleich aufstehen und gehen wolltest.«

»Nein.«

»Was hast du dann damit gemeint?«

Sie setzte sich kerzengerade hin, die Hände im Schoß. Mit ihrem langen, geblümten Rock und ihrem leichten Wollpullover sah sie fast aus wie eine englische Dorfschullehrerin. Dank ihrer britischen Mutter bearbeitete die Einwanderungsbehörde ihren

Einbürgerungsantrag ohne allzu große Verzögerungen. Mit ihrem Akzent, der nur noch hin und wieder ihre Herkunft verriet, hatte sie sich besser in ihr Umfeld eingefügt als die meisten Immigranten. Und in den letzten Monaten hatte sie tatsächlich angefangen, so etwas wie Interesse an ihren Schülern zu entwickeln. Sie unterrichtete Literatur an einer Berufsschule in einer Klasse mit Sechzehnjährigen. Sie liebte die überschäumende Energie der Jungen, die sie gern auf den Arm nahm, und war so etwas wie eine ältere Schwester für die Mädchen. Ihr Erfolg überraschte sie. Die Berufsschule hatte Probleme, und viele Lehrer, die als gut galten, überstanden diese Probleme nicht. Daisy hingegen, die neue Aufgaben stets in dem Glauben übernahm, daß man sie früher oder später sowieso vor die Tür setzen würde, höchstwahrscheinlich, weil sie so selten erschien, wurde plötzlich geachtet und bewundert.

Ich nahm ihre Hand und kniete halb neben ihr nieder.

»Daisy, ich wünschte, der Gedanke daran würde mich nicht innerlich auffressen, aber ich kann nicht anders.«

»Innerlich auffressen? Was für ein merkwürdiger Ausdruck! Klingt sehr dramatisch.«

»Ich weiß einfach nicht, wie ich mit dir dran bin. Ich weiß nicht mehr, wer du bist.«

»Fängst du wieder damit an? Niemand kennt einen anderen.«

»Und du kannst damit leben?«

»Hör zu, James, ich mache deinetwegen viele Zugeständnisse. Das mache ich für das, was wir hatten – und immer noch haben. Aber es ist unerträglich, wenn du die ganze Zeit in meiner Seele rumwühlst, bloß um dich zu beruhigen. Dann bekomme ich keine Luft mehr.«

Ich drehte in meiner Tasche ein Taschentuch um den Zeigefinger, bis es weh tat. »Ich weiß nicht, wie deine Zugeständnisse aussehen. Du bist kein Opferlamm. Ich arbeite dreimal so hart wie du, zahle doppelt soviel Miete und mache immer noch die Hälfte des Haushalts. Wie sehen deine Opfer aus?«

Sie wandte den Blick ab. »Du wirst nicht damit fertig, wenn ich dir das sage.«

»Tu nicht so überheblich, sag's mir.«

Sie sagte etwas so leise, daß ich es nicht verstand.

»Wie bitte?«

»Polygamie. Frauen sind ihrer Natur nach polygam – lediglich Kindererziehung und männliche Paranoia haben uns fünftausend Jahre lang irgendwo im Hinterstübchen gehalten. Ich fürchte, die Revolution ist da – du kannst sie nicht aufhalten, James. Aber ich opfere dir mein polygames Wesen. Ich kastriere mich sozusagen für dich.«

Ich erhob mich. Mir war flau im Magen. »Du bist selbstsüchtig«, sagte ich, mehr brachte ich nicht heraus. Sie preßte die Lippen zusammen.

»Ich möchte jetzt gehen. Meine Mutter erwartet uns. Kommst du?«

Ich mochte Mrs. Hawkley (sie hatte sich geweigert, ihren Namen nach der Scheidung zu ändern, obwohl Daisy sie dazu gedrängt hatte). Mich beruhigten die Besuche bei ihr. Sie konnte mich ebenfalls gut leiden, und sie ließ mich spüren, daß sie meinen guten Einfluß auf Daisy würdigte. Ich wußte, daß sie sich Sorgen um sie machte und diese Sorgen sich in letzter Zeit in dem Maße verstärkt hatten, wie Daisy sich vermehrt um sie kümmerte. Daisy stürzte sich auf ihre Mutter wie auf ein neues Projekt.

Mrs. Hawkley war verstört gewesen über Daisys neue Vorliebe, von ihren sexuellen Phantasien zu erzählen, doch allmählich schien Mrs. Hawkley sie mit ihren eigenen zu verwechseln. Ich wußte zum Beispiel, daß Daisys Mutter an guten Abenden mit einem silbernen Raumanzug bekleidet auf einem pinkfarbenen

Elefanten in den Schlaf ritt, während irgendwo in der Ferne Marsmenschen Belle-Époque-Kurtisanen vergewaltigten, die aussahen wie ihre Tochter.

Ich glaube, sie war erleichtert darüber, daß ich mir keine falschen Vorstellungen über sie machte. Ich verbrachte beruflich zuviel Zeit mit der sogenannten »Unterschicht«, als daß ich die Zeichen an der Wand nicht wahrgenommen hätte. Bei jedem Besuch war wieder eine neue Delle in ihrem alten roten Mini. Die Tapete in ihrer Wohnung war voller Spritzer, die von ihren nächtlichen Kämpfen gegen Dämonen zeugten. An den Türklinken hingen überall Kleiderbügel mit Unterhosen und alten Pullovern. Das Schränkchen unter ihrer Spüle war voll mit leeren Rotweinflaschen. Als wir auf dem Sofa ihrer Mutter saßen und Rotwein aus dem Supermarkt tranken (Daisy rauchte einen Joint, ihre Mutter eine Zigarette), brachte Daisy das Gespräch wieder auf ihre gute alte Klitoris.

»War deine in meinem Alter auch so, Mum – ich meine, wirklich? Bei mir ist sie wie ein kleines, heißes Tierchen.«

Mrs. Hawkley, deren Zigarette im Mund auf die Aschenberge zeigte, die sich bereits auf ihrem alten roten Pullover häuften, lächelte beschwipst bei der Erinnerung an die glühende Leidenschaft ihrer Jugend.

»Ich glaub' schon, Schatz. Ist schon eine Weile her, daß ich die meine gesehen hab'. Ich glaub', die macht jetzt Winterschlaf.«

Der Schreck darüber, daß sie einen Witz gemacht hatte (ich brach in erstauntes Lachen aus; Daisy verzog das Gesicht), brachte sie zum Husten. Ihr teeriger Auswurf bahnte sich rasselnd einen Weg nach oben wie ein alter Bus, der einen Hügel hinaufkeucht. Ihr verlebtes Gesicht, das Arzneimittel, Rotwein und Nikotin im Verlauf der Jahre neu geformt hatten, verkrampfte sich bei ihrem verzweifelten Versuch, Luft zu bekommen. Daisy legte ihren schönen, jungen Arm um sie und tätschelte ihren Rücken.

»Ist sie nicht phantastisch? Die beste Mutter der Welt. Sind Frauen nicht toll, daß sie alles überleben, immer weitermachen?«

»Die macht jetzt Winterschlaf.« Mrs. Hawkley wiederholte ihren Scherz, als sie aus ihrem Kampf gegen die Ungeheuer der Tiefe auftauchte, und zwinkerte mir zu, was Daisy immer wütend machte. (»Für sie sind Männer immer noch Autoritäten.«)

»Sie ist eine richtige Mutter Courage. Man muß ganz schön Mumm haben, wenn man siebzehn Jahre mit einem Psychopathen übersteht.«

»Sprich nicht so über deinen Vater.« Mrs. Hawkley wandte sich mir zu. »Ihr Vater war ein guter Mann, einfach brillant. Es war meine Schuld, daß alles schiefgegangen ist. Ich habe ihn getäuscht.« Sie beugte sich vor und fuhr in verschwörerischem Tonfall fort: »Ich hab' gewußt, wie man die Lady mimt. Und weil er Amerikaner war, hat er nicht begriffen, daß ich bloß ein ganz gewöhnliches englisches Mädchen war. Erst, nachdem wir verheiratet waren. Ich war jung und dumm und wollte eigentlich bloß nach Amerika. Ich hätte alles gegeben, um hinzukommen. So war meine Generation damals: Amerika war die Antwort auf alle Probleme, das gelobte Land. Wir haben uns Hals über Kopf ineinander verliebt. Mich hat's gewundert, daß er überhaupt so lang bei mir geblieben ist. Schließlich war ich für seine Karriere nutzlos. Ich stell' mich furchtbar an bei Abendeinladungen. Er hätte was Besseres als mich verdient.« Sie zog intensiv an ihrer Zigarette. »Daisy sieht immer alles andersherum. Ich bin nicht stark, ich bin schwach. Das sieht doch jeder.«

»Nein, nein, das ist nur die männliche Programmierung.« Daisys Gesicht wurde hart. »Die sorgen dafür, daß du so was denkst. Genau das haben sie mit uns gemacht – *sie haben uns kolonisiert.*«

»Ach ja? Und dabei haben wir die ganze Zeit gedacht, wir

kolonisieren *sie*, nehmen sie an die Kandare. Das hab' ich jedenfalls gedacht, als dein Vater mir auf Knien einen Heiratsantrag gemacht hat. Aber ich war einfach nicht gut genug, das weiß ich.«

»Nein, nein, du täuschst dich…« Daisy rang die Hände.

»Aber ich glaub' nicht, daß wir so geil waren wie du, Schatz – das ist doch das richtige Wort, oder? Ich glaube, wir haben nicht so viel Fleisch gegessen. Unsere Phantasien waren auch anders. Damals hat's noch keine Marsmenschen gegeben. Wir haben Bälle besucht und romantische Spaziergänge an malerischen Seen gemacht, und wir hätten uns nicht träumen lassen, daß ein Gentleman über unsere Geschlechtsorgane reden könnte, nicht mal nach der Hochzeit. Wir hätten das nie Emanzipation oder Befreiung genannt. Für uns war ›Befreiung‹ das, was Mahatma Gandhi für Indien wollte.«

»Genau«, sagte Daisy. »Das ist das gleiche.«

Mrs. Hawkley wirkte verwirrt. »In der Therapie reden alle wie Daisy. Die sagen mir, ich soll endlich rauskommen, mich freimachen. Wahrscheinlich meinen sie den Sex damit, aber ich denke eigentlich nur an Sex, wenn ich betrunken bin, also erzähle ich denen ein paar von deinen Geschichten. Samantha, das ist meine Therapeutin, hat sich sehr darüber gefreut. Sie hat gesagt, jetzt komme ich endlich näher an mich selbst heran. Die Geschichte mit dem Marsmenschen im Raumanzug hat allen gefallen. Sie sagen, ich soll sie aufschreiben und an die BBC verkaufen. Sie sagen, ich könnte wirklich Talent haben.« Sie schnaubte verächtlich und hustete. »Also erzählt mir noch ein paar Geschichten, sonst glauben die, ich habe einen Rückfall.«

Daisy schüttelte den Kopf.

»Was mach' ich bloß mit dir?«

Sie legte ihrer Mutter die Hände auf die Schulter und drückte ihre Stirn gegen die ihre. Diese unverhoffte Geste der Zuneigung trieb Mrs. Hawkley die Tränen in die Augen.

»Ich weiß nicht, Schatz – manchmal bin ich so einsam, daß ich am liebsten sterben würde.«

»Wie kannst du einsam sein – du hast doch uns.«

»Ich bin einsam, weil ich mich nach einem Mann sehne, Daisy, kannst du das denn nicht verstehen?«

Nach solchen Besuchen bei ihrer Mutter war Daisy immer voller Sorge um das spirituelle Wohl ihrer Mutter. Sie war der festen Überzeugung, daß ihre Mutter gerettet werden könnte, wenn sie nur Daisys Sicht der Welt übernähme.

»Meinst du, sie versteht, was ich ihr sage?« fragte sie mich dann.

[20]

Er trat durch einen jener Zufälle wieder in unser Leben, die bei näherem Hinsehen eigentlich durch einen unbewußten Willensakt herbeigeführt werden.

Der Rückweg durch Kenwood war so etwas wie ein Ritual. Er führte durch einen Rhododendronhain, vorbei an der Abzweigung zu Dr. Johnson's Summer House, vor das große Herrenhaus, den sorgfältig angelegten Hügel hinunter zu dem malerischen Teich, in den dichten kleinen Stechpalmen- und Eichenwald, hinaus auf Hampstead Heath und schließlich über Roslyn Hill.

Wenn ich meine Erinnerungen Revue passieren lasse, habe ich den Eindruck, daß nicht nur dieser Weg, sondern auch wir selbst uns in einem Schwebezustand befanden, zwei Liebende mit verbundenen Augen, die bewegungslos dastehen, während die Szenerie (der Rhododendronhain, blühend oder verwelkend, der malerische Teich mit Lilien oder ohne, die Bäume belaubt oder kahl) an uns vorbeirollte.

Die spätere Betrachtung kann Bewußtseinszustände, die seinerzeit ziemlich verwirrend gewesen waren, auf magische Weise verdeutlichen: Obwohl wir es nicht wußten, warteten wir auf ihn.

Dann begegneten wir eines Tages im Spätfrühling des Jahres 1977 Eleanor Merril-Price, die mit hohen Lederstiefeln und einem weiten Pullover vor dem Herrenhaus stand, als gehöre es ihr. Während wir uns ihr näherten, betrachtete sie uns mit geistesabwesendem Gesichtsausdruck.

»Wie merkwürdig! Wissen Sie, daß Sie beinahe Oliver getroffen hätten? Er ist mit mir spazierengegangen, und dann haben wir zusammen Mittag gegessen. Jetzt ist er wieder heim zum Lernen. Wir haben über Sie beide gesprochen, über die schöne Daisy und ihren rätselhaften schwarzen Ritter.«

»Seine schwarzen Mandanten nennen ihn den weißen Ritter», sagte Daisy und lächelte sie anmutig an wie eine Blume.

»Ich wußte, daß Sie gar nicht so weit weg von uns in Hampstead wohnen«, sagte Eleanor. »Ich wollte James Hogg immer mal um Ihre Adresse bitten.«

Sie gesellte sich zu uns.

»Haben Sie gesagt, Thirst lernt?« fragte ich.

»James nennt Oliver immer ›Thirst‹«, sagte Daisy.

»Ja – ist Ihnen damals im Pfarrhaus nicht aufgefallen, daß sein Wortschatz sich ein bißchen vergrößert hat? Er ist ein Geheimniskrämer. Er hat uns auch erst hinterher gesagt, daß er in Wormwood Scrubs die mittlere Reife nachgemacht hat. Er hat alle sechs Fächer bestanden und in Mathe und Sozialkunde sogar eine Eins bekommen. Jetzt paukt er fürs Abitur. Er nimmt das schrecklich ernst, vielleicht sogar zu ernst. Er lebt wie ein Mönch in einem kleinen Zimmer in Camden Town. Ich glaube, ich bin die einzige, mit der er sich trifft. Wir gehen jeden Sonntag immer um die gleiche Zeit spazieren. Er ist jetzt sehr diszipliniert.«

»Mittlere Reife und Abitur?« fragte Daisy. »Der Kerl traut sich was! Er muß sich vorkommen wie ein Vierundzwanzigjähriger in der High-School. Will er danach studieren?«

»Er würde das zwar nicht zugeben, aber ich glaube schon.«

»Trifft er sich noch mit Hogg?« fragte ich.

»Leider nicht mehr.« Sie schwieg eine Weile. »Nun, Sie können sich beide denken, warum. James Hogg hat zu viele Gefühle in Oliver investiert, und Oliver war der Meinung, daß er schon genug Probleme hat. Ich fürchte, James Hogg hat die Sache ziemlich schlecht verkraftet; er hat so eine Art Nervenzusammenbruch gehabt. Er gehört zu den Typen, die immer irgendeine Glaubenskrise haben. Vielleicht ist die ganze Geschichte gar nicht so schlecht für ihn, schließlich müssen auch Pfarrer irgendwann mal erwachsen werden.«

»Thirst hat ihn fallenlassen«, sagte ich, »sobald er die Bewährung hinter sich hatte.«

Eleanor sah mich mit scharfem Blick an. »Tja, es ist tatsächlich ziemlich bald nach Ablauf seiner Bewährungsfrist passiert. Tom hat das gleiche gesagt. Aber wissen Sie, er meint's wirklich ernst, die Sache mit der Weiterbildung.«

»Und Hogg?« fragte ich.

Eleanor zuckte ein wenig zusammen. »Es hat eine Auseinandersetzung gegeben. Ich war zwar nicht dabei, aber ich habe es mir selbst zusammengereimt. War anscheinend alles andere als angenehm. Wahrscheinlich ist Ihnen aufgefallen, wie kräftig James Hogg ist. Eines Abends war er betrunken – sehr betrunken, wenn man Oliver glauben darf. Als Oliver ihn zurückgewiesen hat, ist er gewalttätig geworden. Ich glaube Oliver, wenn er sagt, er wollte einen Kampf vermeiden.«

»Aber sie haben gekämpft?« fragte Daisy.

Eleanor schwieg einen Augenblick. »Wahrscheinlich kann

man auch gewisse Fertigkeiten in Schlägereien entwickeln, nicht wahr? Jedenfalls kann in diesem Fall niemand Oliver vorwerfen, er hätte einen Schwächeren verprügelt.« Eleanor biß sich auf die Lippe, dann grinste sie. »Sie haben gemeinsam Kleinholz aus dem Pfarrhaus gemacht. Praktisch alle Räume waren verwüstet.« Sie sah mich an und kicherte. »Interessanterweise war Hogg dabei der aktivere. Irgendwann hat Oliver ihn dann überwältigt, aber es scheint ziemlich knapp gewesen zu sein. Das gibt Oliver selbst zu.«

»Irgendwelche schwerwiegenden Schäden?« fragte ich.

»Sie meinen, abgesehen vom Pfarrhaus? Hoggs Nase und ein Arm waren gebrochen.«

»Wow«, sagte Daisy.

Wir gingen weiter.

»Es hat ihnen Spaß gemacht, was?« sagte ich.

Eleanor sah mich von der Seite an. »Komischerweise haben sich beide positiv über die Nacht geäußert.« Sie lachte. »Hogg meint, für ihn war es so etwas wie eine Katharsis, seine längst überfällige Initiation als Mann.«

»Und Oliver?«

»Er sagt, es war eine der besten Prügeleien, in die er je verwikkelt war. Aber er will Hogg nicht mehr sehen. Man soll gehen, wenn's am schönsten ist, meint er.«

»Ist er sehr einsam?« fragte Daisy.

»Ich glaube schon. Jedenfalls hat er ziemliche Komplexe, weil er nicht weiß, wie er sich benehmen muß – er kennt die Regeln nicht. Er macht total zu, wenn Tom mit dabei ist. Vielleicht wäre er bei euch beiden anders, ihr paßt altersmäßig besser zu ihm. Er braucht einfach ein paar neue Freunde. Er hat außer Chaz, mit dem er aufgewachsen ist, keine Freunde mehr aus der alten Zeit. Er braucht eine Familie. Würden Sie gern noch auf eine Tasse Tee mitkommen?«

Sie wohnte in einem für Hampstead typischen Haus, das wir im

Vorbeigehen immer bewundert hatten, exzentrisch und selbstbewußt, mit einem Buntglaswintergarten auf der Vorderseite voller Kakteen und Orchideen.

»Hey, gehört das wirklich Ihnen?« fragte Daisy.

»Ja. Gefällt's Ihnen?«

»Ob's mir gefällt! Wissen Sie, daß wir immer hier stehenbleiben, wenn wir spazierengehen, und uns vorstellen, daß es uns gehört?«

Eleanor strahlte. »Wir haben jahrelang darauf gewartet, bis es auf den Markt kam. Tom hat mit allen Immobilienmaklern in Hampstead Kontakt aufgenommen und sogar mit den Eigentümern.«

»Das hat sicher eine Million gekostet.«

»Darüber reden wir nicht. Ich zeige es Ihnen. Ich bin gerade mit dem Renovieren fertig geworden.«

Die Wände im Flur waren von oben bis unten mit Drucken aus dem achtzehnten Jahrhundert zugehängt – die meisten von Hogarth. In den anderen Räumen befanden sich alte Möbel, einige davon Chippendale, ein Cembalo, das sogar ich als unbezahlbar erkannte, eine ultramoderne Stereoanlage, ein Fernseher, der diskret in einen hochglanzpolierten Holzschrank integriert war, und ein paar persische Teppiche. Das hier war der englische Traum, vollkommener, als ich ihn je realisiert gesehen hatte: verhalten, altmodisch, unverschämt teuer, das materialisierte Understatement. In der Küche setzten wir uns an einen echten alten Farmtisch aus Eiche mit einer bunten florentinischen Obstschale in der Mitte.

Eleanor schenkte uns Tee ein. »Das war ein interessantes Gespräch, das wir neulich bei Hogg beinahe geführt hätten.«

»Bevor wir beschlossen, Ihren Wagen zu stehlen?«

»Ja. Wir hatten damals angefangen, über Kriminelle und ihre Rehabilitation zu reden. Ich war enttäuscht, weil das Thema Sie nicht sonderlich zu interessieren schien.«

»Es interessiert ihn auch nicht«, sagte Daisy. »Er glaubt nicht daran.«

»Tatsächlich?«

»Für ihn ist das Leben wie eine griechische Tragödie – Sie wissen schon, Ödipus und so. Die erbarmungslose, unversöhnliche Maschinerie des Schicksals, gegen die kein Mensch ankommt.«

»Also gibt es keine Hoffnung für Oliver?«

»Ich arbeite mit vier verschiedenen Gruppen«, sagte ich, »mit den Kriminellen, mit den Leuten, die sie festnehmen, denen, die über sie richten müssen, und denen, die versuchen, sie zu ändern. Und die Angehörigen der vierten Gruppe sind am mitleiderregendsten.«

»Und die heldenhaftesten?«

»Wenn Sie meinen. Ich habe vergessen zu erwähnen, daß normalerweise gerade die Wohlmeinenden am Schluß die Verbrecher hassen. Die Polizei haßt sie nicht, und auch nicht die Anwälte. Aber schauen Sie sich einen Bewährungshelfer oder einen Sozialarbeiter an, der mehr als zehn Jahre im Geschäft ist, dann sehen Sie jemanden, der die Leute haßt, mit denen er zu tun hat.«

»Und woran liegt das Ihrer Meinung nach?«

»Warum hatte Hogg einen Nervenzusammenbruch?«

»Er hat Oliver geliebt und versucht, ihn zu ändern.«

»Genau, und jeder Mensch, der versucht, andere Menschen zu ändern, ist zum Scheitern verurteilt.« Ein Gedanke huschte durch meinen Kopf – Thirsts sichere Hand auf der Gangschaltung, sein lebhafter Blick in jener Nacht: »Was war das?« »Ein Hase« »Ein toter Hase« »Betteln Sie«.

»Unsinn!« sagte Daisy.

»Nein«, sagte Eleanor. »Ich stimme Ihnen zu. Absolut. Aber wie sieht's bei jemandem aus, der sich ändern möchte? Auf seine eigene stolze Art bittet er um Hilfe – vielleicht unbeholfen, ja sogar grotesk, aber immerhin: er bittet.«

»Wenn Sie ihm helfen wollen, bleiben Sie auf Distanz. Aber das wissen Sie selbst, Eleanor.«

Sie sah mich wieder mit diesem weltklugen Blick an. »Es ist wirklich erstaunlich, daß ich Sie beide heute getroffen habe, denn ich hatte mich schon fast dazu durchgerungen, Sie anzurufen.«

»Um zu fragen, ob wir Oliver helfen würden?« fragte Daisy.

»Ja.«

»Natürlich helfen wir, wenn wir können. Oder?«

Ich schwieg.

»Er ist ein merkwürdiger Kerl«, sagte Eleanor. »Den Typ kennt man, auch wenn er nur selten vorkommt – der Kriminelle, der wirklich einen brillanten Verstand besitzt. Ich hatte ganz vergessen, wie mächtig der Intellekt von jungen Menschen ist. Weder Michael, er ist tot, noch meine Tochter Lizzie sind – waren – besonders begabt, lediglich Durchschnitt. Ein ausgesprochen intelligenter junger Mensch ohne höhere Bildung ist erschreckend. Sein Gehirn arbeitet blitzschnell, und weil er nie eine Ausbildung erhalten hat, schnappt er Dinge auf, die sonst niemandem auffallen. Er hat mir erklärt, daß ich Tom nie geliebt habe. Man könnte meinen, daß das nicht gerade eine verblüffende Erkenntnis ist – aber für einen Ganoven, einen Sträfling ohne jegliche gesellschaftliche Programmierung? Deutet das nicht auf einen Geist hin, der begierig ist, Neues zu lernen?«

»Wie merkwürdig, daß er so was sagt«, meinte Daisy.

»Er sagt viele merkwürdige Dinge. Es ist unheimlich. Es ist fast so, als wäre man mit einem Tier zusammen, das menschliche Intelligenz besitzt – als ob er sich am Geruch orientiert. Und er hat die Augen überall. Wenn er seinen Machismo vergißt, kann er sogar ganz charmant sein. Anfangs wollte ich, daß er diese Seite kultiviert, aber jetzt bin ich mir nicht mehr so sicher. Dieses gierige Tier ist auch faszinierend.«

Daisy hörte aufmerksam zu.

»Vielleicht haben Sie Angst vor ihm, James?« fragte Eleanor.

»Ja«, sagte Daisy.

»Was erschreckt Sie so an ihm?«

»Mit Sicherheit nicht sein Intellekt, obwohl der auch beeindruckend ist, das muß ich zugeben«, sagte ich. »Ich finde die Lügen erschreckend, die man ihm erzählt hat, und die Wut, die er empfinden wird, wenn er den Betrug entdeckt.«

»Lügen?«

»Ja. Er ist sehr gewitzt, aber er möchte an die Chancen glauben, von denen die Leute ihm erzählen. Alle Menschen, mit denen er sich unterhält, sagen ihm, er muß sich weiterbilden, wenn er es zu etwas bringen will. Das habe ich ihm auch gesagt. Die unterschwellige Botschaft lautet, daß er durch die Bildung seine Vergangenheit ungeschehen machen, auf gleicher Ebene wie wir anderen leben kann. Vielleicht in einem Haus wie diesem.«

»Warum nicht?« fragten Eleanor und Daisy gleichzeitig.

»Solche Dinge kommen vor«, sagte Eleanor. »Ein paar von den größten Industriemagnaten sind früher mal Straßenkinder gewesen.«

»Ja, aber Sie haben bereits gesagt, daß Thirst ein komischer Kerl ist. Er ist kein verkannter leitender Direktor, kein Klugscheißer, dem irgendwann die Erleuchtung kommt, daß sich legale Unehrlichkeit besser auszahlt.«

»Und was ist er dann?«

»Ein gar nicht so ungewöhnlicher Fall für einen Kriminellen. Er ist ein Romantiker. Sind Sie sich klar über die unterschwellige Botschaft, die alle an ihn aussenden? Wenn er ein guter Junge ist und seine Prüfungen besteht, kann er ein Leben führen, das genauso aufregend ist wie Autos klauen und mit ausgeschalteten Scheinwerfern nächtliche Spritztouren unternehmen. Das ist es, in der einen oder anderen Form, was sich ziemlich viele Leute, nicht alle von ihnen übrigens jung, heutzutage vom Leben erhoffen. Wenn man Thirst die Mittelschichtslösung anbietet, ist das so, wie einem Heroinsüchtigen ein Glas Sherry zu geben. Das Problem des Süchtigen ist sein Vergnügen – es ist einfach zu stark. Nur ein vergleichbares Vergnügen ist ein wirklicher Anreiz. Thirst ist gerade dabei, sich davon zu überzeugen, daß er auf dem richtigen Weg ist. Und wenn er merkt, daß das nicht der Fall ist, geht er in die Luft. Davor habe ich Angst.«

»Ich finde es faszinierend, Ihnen zuzuhören, James«, sagte Eleanor. »Das klingt ausgesprochen intelligent und trübe. Man könnte fast meinen, daß die eigentliche Triebfeder unserer Gesellschaft der Wunsch ist, so zu sein wie Oliver.«

»Genau das glaube ich auch«, sagte ich.

»Das heißt also, daß wir einen brillanten Geist verrotten lassen?« fragte Eleanor. »Schließlich reden wir über einen Menschen aus Fleisch und Blut.«

Das Telefon klingelte. Eleanor hob ab.

»Aber Schatz, wir haben doch schon darüber gesprochen, und wir haben beschlossen, daß du nicht mit diesen Leuten an die Riviera fährst... Nein, das sind *keine* netten Leute, Lizzie. Wir haben uns darüber unterhalten, und du hast mir beigepflichtet, daß sie dekadent sind... Lizzie, wie kannst du mir das antun, nach allem, was passiert ist... Wie soll ich es ertragen, hier herumzusitzen, während du da unten in Saint-Tropez mit diesen Drogensüchtigen wer weiß was machst?«

»Meine Tochter«, erklärte sie, nachdem sie aufgelegt hatte. »Siebzehn ist ein schwieriges Alter für ein Mädchen.«

»Haben Sie sie Oliver vorgestellt?« fragte ich. Eleanor wurde rot.

Als wir gingen, sagte Daisy: »Natürlich werde ich Oliver beim Lernen helfen. Und James auch. Wir werden seine Freunde sein.«

[21]

Ich baute mir einen Mandantenstamm für das Old Bailey auf, der höchste Ehrgeiz eines Strafprozeßanwalts. Das Bailey, wie die Eingeweihten es nennen, ist ein Tempel des Verbrechens; seine Steine werden von einem Mörtel aus Mord, Vergewaltigung und bewaffneten Raubüberfällen zusammengehalten. Jeden Morgen werden hier die Schwerverbrecher angeliefert – Frischfleisch in häßlichen Gefängniswagen – und in Handschellen zu den Zellen im Untergrund gebracht. Dieser Ort berauschte mich, füllte mich bis fast zum Bersten mit Selbstvertrauen. Ein Teil des Reizes bestand darin, zu wissen, was hinter den Schlagzeilen in den Abendzeitungen wirklich steckte, die immer über die spektakulärsten Fälle im Bailey berichteten. Ich war dem Bailey dankbar dafür, daß es mir ein sicheres Gegengewicht zu der Unsicherheit lieferte, die ich Daisy gegenüber empfand.

Während des Verfahrens gegen eine bewaffnete Bande (Banküberfall, ein Polizist mit Brustschuß, ein Sicherheitsbeamter mit Kopfverletzung, fast eine Million Pfund Beute) verließ ich das Gebäude eines Nachmittags mit meiner neuen roten Tasche über der Schulter. Beaufort hatte sie mir nach Thirsts Berufung geschenkt. Das ist so Tradition, wenn ein Junior nach Meinung eines Queen's Counsel gute Arbeit geleistet hat.

Außerdem trug ich einen neuen Anzug mit Weste. Das war der erste, den ich mir leisten konnte. Herrliche weiße Manschetten mit goldenen Knöpfen ragten ungefähr fünf Zentimeter unter dem dunkelblauen Stoff des Anzugs hervor. Mittlerweile trug ich farbenprächtigere Krawatten – leuchtend rot mit großen weißen Tupfen um einen abknöpfbaren, militärisch steifen Kragen. Daisy hatte mir eine Taschenuhr mit Goldkette ausgeredet: »Nenn mir einen Menschen unter Sechzig, der kein Barrister ist und in unserer Zeit noch eine Taschenuhr trägt.«

Ich sprang die Stufen hinunter, ohne Thirst, der unten wartete, zu beachten. Er gesellte sich schweigend zu mir. Er trug Turnschuhe und Jeans, dazu einen Pullover, dessen Ärmel er bis zum Ellbogen hochgeschoben hatte, so daß man die Tätowierungen an seinen Unterarmen sah.

»Ich hab' Ihnen gesagt, daß Sie das nicht machen sollen«, zischte ich aus dem Mundwinkel. »Sie sind hier fast so bekannt wie ich.«

Ich ging raschen Schrittes zum Ludgate Circus, trat dabei des öfteren auf die Fahrbahn, um Fußgänger zu überholen, dann die Carpenter Street hinunter zum Embankment. Aber es gelang mir nicht, ihn abzuschütteln. Er hielt mühelos mit mir Schritt und schien unseren kleinen Wettlauf zu genießen. Immer wenn ich jemandem auswich, war er gleich danach wieder an meiner Seite, wie durch einen unsichtbaren Strahl mit mir verbunden.

»Wo gehen wir hin?« fragte er.

»Wir? *Ich* gehe heim! Was zum Teufel wollen Sie, Oliver?« Ich ging um einen Zeitungsverkäufer herum und sah voller Genugtuung, daß mein Verfahren wieder in den Schlagzeilen war: KOPF DER BANDE IMMER NOCH AUF FREIEM FUSS. Die Zeitung würde ich später kaufen. Mein Name war an zwei aufeinanderfolgenden Tagen in der Zeitung gewesen. Der Defense Counsel war ganz allgemein als »vielversprechendes juristisches Talent« bezeichnet worden.

Er wich einem Paar aus, das stehen geblieben war, um sich zu streiten.

»Jemanden, mit dem ich reden kann«, sagte er. »Wie lange ist das jetzt schon her? Zwei Wochen. Seit zwei Wochen hab' ich mit niemandem mehr geredet.«

»Sie müssen mit Eleanor geredet haben, sonst wären Sie nicht hier.« Ich war ein bißchen außer Atem, doch ihm war die Anstrengung überhaupt nicht anzumerken. Ich hängte die Tasche über die andere Schulter.

Er rümpfte die Nase. »Sie hat gesagt, es ist in Ordnung, wenn ich mich mit Ihnen in Verbindung setze.«

»Ich vermute, sie hat lediglich gesagt, Daisy würde Ihnen beim Lernen helfen.« Hatte sie wirklich nur das gesagt? Oder hatte sie auch Daisys Angebot unser beider Freundschaft wiederholt? Eleanor konnte durchaus indiskret sein, das hatte sie mir an jenem Abend im Pfarrhaus bewiesen.

»Daisy.« Er sprach den Namen aus, als habe er keinerlei Bedeutung.

Als wir am Fluß angelangt waren, fühlte ich mich sicherer. Um fünf Uhr nachmittags wimmelte es in der Stadt nur so von Menschen; man bewegte sich in einem Meer der Anonymität. Trotzdem beugte ich mich nach vorn, so daß mein Bauch die Begrenzungsmauer des Embankment berührte und ich auf den Fluß schaute. Thirst mußte den Hals recken, um mir ins Gesicht sehen zu können. Ich stellte die Tasche auf der Mauer vor mir ab. Es war ein wunderbarer Nachmittag; jede Einzelheit des gegenüberliegenden Ufers war zu erkennen. Ich war immer noch aufgeregt wegen des Verfahrens und hatte eigentlich nichts gegen Gesellschaft, nicht einmal gegen die von Thirst, obwohl ich mich verpflichtet fühlte, das Gespräch mit ihm möglichst kurz zu halten.

»Ich gehe wieder, wenn Sie wollen«, sagte er.

»Sie haben mir nachspioniert, stimmt's?« Ich schaute immer noch auf den Fluß. »Sie haben rausgefunden, daß ich heute im Bailey bin.«

»Sie sind in letzter Zeit immer im Bailey. Sie kommen ganz groß raus, James. Ich hab' gehört, Sie machen das Crook-Street-Verfahren.«

»Na und?«

»Wollen Sie wissen, wer's war?«

»Natürlich nicht, ist mir doch egal. Schließlich bin ich nicht bei der Kriminalpolizei, ich vertrete den Angeklagten.«

»Sind Sie nicht mal neugierig? Barristers sind doch die größten

Tratschweiber der Welt. Ihr Mandant ist Paddy Burke, stimmt's? Ein blutiger Anfänger, der könnte nicht mal einen Bonbonladen in Penzance ausrauben. Haben Sie gewußt, daß ich mal zusammen mit Paddy im Knast gewesen bin? Er saß zwei Zellen weiter und hat da Koks verschoben. Die Wärter hat er bestochen. Schätze, so ist er in diese Sache reingeraten. Es heißt, die haben das Geld für eine Lieferung gebraucht, wenn sie nicht die Amsterdamer Triaden auf dem Hals haben wollten. Die machen hauptsächlich in Heroin und Koks, wissen Sie, das sind keine Bankräuber, und das Heroin ist über die Amsterdamer Route aus Thailand gekommen ...«

»Ich will das alles nicht wissen. Außerdem: Ich hab' gedacht, Sie machen keine krummen Sachen mehr?«

»Stimmt auch. Ich bin bloß neulich abend mal im Pub gewesen, hab' mal wieder mit jemandem reden müssen. Und da waren ein paar Typen, die sich drüber unterhalten haben.«

»Aber sicher nicht in Camden Town. Da müssen Sie schon bis nach Camberwell gegangen sein.«

Er grinste. »Ich hab' bloß ein paar Nachforschungen für mein Thesenpapier in Sozialkunde angestellt.«

Ein Bus fuhr an uns vorbei in Richtung Greenwich. Die Möglichkeit, daß er sich Informationen über den Banküberfall beschafft hatte, um mich zu beeindrucken, verursachte mir leichte Übelkeit.

»Haben Sie eigentlich eine Ahnung, wie gefährlich das für mich ist?«

»Regen Sie sich nicht auf. Ich bin clean – unschuldig wie eine Jungfrau, ich hab' bloß zufällig ein paar Gerüchte gehört, das ist alles.«

»Ich geh' jetzt lieber.«

»Ich hab' da noch 'nen Witz: Zwei Nonnen im Dschungel, und eine davon bumst 'nen Gorilla ...«

»Nicht.«

Doch er erzählte seinen Witz, und er war lustiger, als ich erwartet hatte. Ich beschloß, ihn mir zu merken und später Daisy zu erzählen. Er schien erleichtert darüber, daß er mich zum Lachen gebracht hatte.

»Lassen Sie uns was unternehmen.«

»Sie meinen, wir sollen eine Bank ausrauben oder einen Wagen stehlen?«

»Nein, das ist gegen das Gesetz, James. Lassen Sie uns was trinken gehen.«

»Ich kann nicht, Oliver, das wissen Sie genau. Außerdem sind alle Pubs geschlossen.«

»Hier in der Gegend nicht. Ich weiß, wo was offen ist – da drüben.« Er deutete auf die andere Seite des Flusses.

Ein Drink war genau das, was ich zum Entspannen brauchte. Und insgeheim war ich fasziniert von seiner Andeutung, daß er etwas über den Bankraub gehört hatte. Die Angeklagten waren schuldig, der Kopf der Bande noch nicht gefaßt, soviel war bekannt. Es lag auf der Hand, daß ich genau wie alle anderen Verteidiger aus der Beute bezahlt wurde. Wie sonst konnte Paddy Burke sich mich ohne Prozeßkostenhilfe leisten? Mich versetzte es in leichte Erregung, wenn ich daran dachte, daß der Anführer der Bande einen Scheck ausfüllte, um mich zu bezahlen, oder den Solicitors die Gebühren in hübschen neuen Scheinen überreichte. Wenn ich ein paar Minuten mit Thirst verbrachte, würde er mir den Namen des Zahlmeisters verraten. Außerdem faszinierte mich der Gedanke, auf einen schnellen Drink in eine der illegalen Kneipen südlich der Themse zu gehen – eine harmlose Eskapade, von der ich Daisy erzählen konnte. Vielleicht konnte ich Thirst auch bei einem Drink auf zivilisiertere Weise erklären, warum wir keine Freunde werden konnten. Mein Ruf war in jenen Tagen nicht mehr ganz so wackelig.

»Betrachten Sie's doch mal so: Da, wo ich Sie hinbringe, halten die Leute den Mund, falls sie Sie wirklich kennen sollten.«

An der Bushaltestelle sagte er: »Und welcher Detective Inspector macht die Sache?«

»Detective Inspector Holmes. Warum?«

»Hab' ich mir schon gedacht. Ich hab' mir eben so meine Gedanken gemacht.«

»Kennen Sie ihn?«

»Alle in dem Geschäft kennen ihn. Er ist ein Fanatiker.«

»Da könnten Sie recht haben.«

Auch ich war an diesem Nachmittag von George Holmes' Fanatismus beeindruckt worden. Einige wichtige Papiere waren verschwunden, und Holmes gab dem Anklagevertreter die Schuld für diese Nachlässigkeit. Er hatte nicht gezögert, seinem Queen's Counsel einen Vortrag zu halten über die Sorgfaltspflicht und die Notwendigkeit, Ganoven hinter Gitter zu verfrachten. Obwohl von Natur aus eher ruhig, war er fuchsteufelswild geworden. Keinen von uns jedoch hatte seine Reaktion überrascht. Wir hatten uns schließlich im Verlauf der letzten Tage einige seiner radikal rechten Ansichten anhören dürfen.

Als wir die London Bridge auf dem oberen Deck des Busses überquerten, sagte mir Thirst, wer der Drahtzieher des Banküberfalls gewesen war, und fügte noch ein paar Details hinzu, um glaubwürdiger zu klingen. Der Name, den er mir nannte, stimmte mit dem überein, den auch andere Insider hinter vorgehaltener Hand tuschelten.

»Wahrscheinlich hat er's Ihnen selber gesagt, stimmt's?«

»Nein, ein Bulle.«

»Ein unsauberer?«

»Könnte man sagen. Unsauber, unehrlich, korrupt, ein Soziopath – sehen Sie, wie sehr sich mein Wortschatz vergrößert hat? Hab' ich Sie jetzt endlich beeindruckt? Tja, korrupter wie der ist kaum einer. Fragen Sie mich lieber nicht, wer, aber Sie würden sich wundern.«

Das obere Deck des Busses war voll. Ich saß auf der rechten

Seite am Fenster und schaute nach Osten. Der Fluß war dank der Schneeschmelze stark angeschwollen, und ein kleines Schlauchboot tanzte auf seinen Fluten in Richtung Docklands. Weiter flußabwärts sah ich die Tower Bridge und die Wagen, die darüber hinwegkrochen. Sanftes Licht aus dem Westen tauchte die weißen Spitzen in Rosa.

»Wie oft soll ich es Ihnen noch sagen – es interessiert mich nicht.«

»Natürlich nicht. Hören Sie, es ist einfach schön, Sie zu sehen. Fast wär' ich schwach geworden. Solange ich Sie hin und wieder sehen kann, schaff' ich's, nicht wieder ins andere Lager überzuwechseln.«

Ich starrte ihn an. »Sie glauben doch wohl nicht, daß ich darauf reinfalle, oder?«

Er zuckte mit den Achseln. »Bei Eleanor hat's funktioniert.« Ein schwaches Grinsen.

»Aber ich bin nicht Eleanor.«

Kurz vor Deptford stiegen alle außer uns aus, um ihre Anschlüsse in die Docklands oder nach Kent zu erwischen. Während die anderen Fahrgäste einer nach dem anderen müde die Stufen hinunterkletterten, stemmten sich vier Punks von unten dagegen.

Der Busfahrer wollte sie zurechtweisen, überlegte es sich aber anders. Eine Frau mittleren Alters murmelte etwas von wegen Unhöflichkeit, und ein Mann sagte: »Das war Absicht – er ist mir auf den Fuß getreten.«

Doch keiner wagte, laut etwas zu sagen, denn die vier Punks waren alle ziemlich kräftig. Sie hatten eine Gesichtsfarbe wie Kartoffeln, orangefarbene Haare im Irokesenschnitt und Tätowierungen am Hals, auf denen stand: »Hier abtrennen«. Der größte von ihnen – er war über einsachtzig – schob sich mit affenartigem Gang vorbei, die Arme von den runden Schultern herunterbaumelnd. Genau wie die anderen Fahrgäste wollte ich seinem Blick ausweichen, doch gleichzeitig fiel es mir schwer, ihn nicht anzustarren. Sein Kumpan hinter ihm hatte einen riesigen Kassettenrecorder in der Hand, den er vertikal hielt, um damit nicht gegen die Sitze zu stoßen.

Ich war neugierig, wie Thirst reagieren würde, doch er schien die vier kaum wahrzunehmen. Als sie dann schließlich an uns vorbeikamen, sagte er »Scheißamateure«, so laut, daß sie es hörten. Der Anführer drehte sich genauso merkwürdig wippend um, wie er ging, und sah Thirst unter seinen wulstigen Brauen hervor an. Sein Spiel mit der animalischen Brutalität wirkte ziemlich überzeugend. Er starrte Thirst einen Moment lang an, bevor er zu den Sitzen vorne weiterwippte. Ich hatte das starke Bedürfnis, Thirst zu sagen, er solle sie nicht reizen. Doch ein Rest männlichen Stolzes hinderte mich daran.

»Diese Punks sind doch alle bloß verkappte Tunten«, sagte Thirst mit derselben lauten Stimme. »Keine Ahnung, warum die Leute solche Angst vor ihnen haben.«

Der wippende, halb kahlrasierte Schädel des Menschenaffen erstarrte einen Augenblick in der Bewegung und fing dann wieder zu wippen an, allerdings weniger überzeugend. Ich konnte beinahe sehen, wie sich seine Nackenhaare sträubten.

»Zum Beispiel die fette Schwuchtel da«, fuhr Thirst fort. »Würde wetten, daß der Typ Mädchenslips und Straps trägt.«

Dem jüngsten der Punks gelang es nicht, ein Grinsen zu unterdrücken, doch der mit dem Kassettenrecorder wandte sich überrascht zu Thirst um, als bemitleide er ihn jetzt schon wegen der Prügel, die er beziehen würde. Der Große verwandelte das Wippen in ein Kopfschütteln und machte Anstalten aufzustehen, doch Thirst war bereits auf den Beinen und versperrte den Gang. Erst jetzt ergab seine gewagte Provokation Sinn. Er ging in Kampfstellung, hob die Hände, halb zu Fäusten geballt. Er war wachsam und gespannt wie ein Athlet. Man sah sofort, wie schnell und hinterhältig er sein, wie gut der Kampf ihm gefallen würde.

Plötzlich wirkten die Punks im Vergleich zu ihm wie tölpelhafte Amateure. Der große Punk tat so, als habe er gar nicht aufstehen wollen, und lümmelte sich gegen die Buswand. Thirst setzte sich wieder.

»Mach an«, wies der Oberpunk seinen Musikchef an.

Ohrenbetäubende Punkmusik erfüllte den Bus.

»Ausmachen«, brüllte Thirst.

»Du kannst mich mal.« Das war nicht der große Punk, sondern der mit dem Kassettenrecorder.

»Was?« Wieder war Thirst auf den Beinen. Der Punk mit dem Kassettenrecorder sah hoffnungsvoll zu dem Großen hinüber, doch der tat ganz unbeteiligt und schaute mit wippendem Kopf aus dem Fenster. Der Punk mit dem Recorder machte ein finsteres Gesicht und drehte die Musik leiser.

»Ich hab' gesagt ausmachen.«

Die Musik hörte auf, aber Thirst war immer noch nicht zufrieden. Er ging nach vorn zu den Punks. Ich konnte nicht verstehen, was er sagte, hörte nur etwas zutiefst Bedrohliches. »Ich hab's doch ausgemacht, oder?« Der Punk klang verängstigt. Thirst kam wieder zurück und setzte sich.

»Punkärsche.«

In Deptford stiegen wir aus und gingen ein kurzes Stück zu Fuß bis zu einer Straße, die in der viktorianischen Zeit wohl prächtig gewesen war. Ihre Unbekümmertheit stand in deutlichem Kontrast zu der formlosen Ansammlung von Hochhäusern, schäbigen Reihenhäusern und häßlichen Läden aus den sechziger Jahren, die es in der Gegend gab. Stattliche Villen mit klassizistischen Vorbauten standen am Ende von großen Vorgärten. Ungefähr die Hälfte davon verfiel, ein paar wenige waren saniert, die restlichen in Etagenwohnungen umgewandelt worden. Thirst brachte mich zu dem Seiteneingang eines Hauses, das erst vor kurzem strahlend weiß gestrichen worden war, das einzige Gebäude mit einem hohen Eisentor. Mir fiel ein Schild mit der Aufschrift »Vorsicht bissiger Hund« auf. Im Vorgarten standen Ringelblumen und Chrysanthemen, aus einer Garage ragte das hintere Ende eines himmelblauen Rolls Royce. Die Fenster des Hauses waren aus Spiegelglas, so daß man nicht hineinsehen konnte.

»Sie haben wohl gedacht, wir gehen in irgendsoein Loch, stimmt's?«

»Ja«, antwortete ich. Ich hatte mir einen kleinen, dunklen Keller mit Resopalstühlen und billigem Whisky vorgestellt.

Er klopfte an die Tür und wartete, bis eine circa fünfzigjährige Frau im Morgenrock mit platinblonden Haaren uns hereinließ. Sie nahm die Zigarette aus dem Mund und hustete.

»Ach, der kleine Oliver. Mildred? Ollie ist da, mit einem Gast. Ich hab' dich ja schon Ewigkeiten nicht mehr gesehn, Schätzchen!«

»Hallo, Tante Maude«, sagte Thirst.

»Siehst gut aus. Nun gib uns mal einen Kuß.«

Er gab ihr behutsam einen Kuß auf ihre maskenähnliche Wange.

»So, so! Er ist also schüchtern. Sie sollten mal sehen, wie er mich küßt, Mister, wenn wir allein sind. Na, wer ist denn das? Sieht aus wie ein feiner Pinkel.«

»Das ist James Knight, ein Freund von mir.«

»Sieht aus wie 'n Anwalt. Die Typen kenn' ich.«

»Stimmt, ich bin Barrister«, sagte ich.

»Oh, là, là, was für eine Ehre. Was wollt ihr, bloß 'nen Drink?« fragte sie Thirst.

»Yeah, wir bleiben nicht lang.«

»Ist auch besser so. Du weißt ja, was passiert, wenn er dich hier findet. Der hat die fünf Riesen noch nicht vergessen.«

»Ich hab' mir gedacht, daß er mindestens bis sieben im Laden ist.«

»Ja. Dann paß mal auf, daß du vorher wieder gehst.«

Im Flur tauchte eine weitere Frau im Morgenrock auf, ebenfalls um die Fünfzig. Sie hatte pechschwarze Haare.

»Hallo, Oliver.«

»Milly.«

Tante Maude führte uns eine mit einem dicken roten Teppich belegte Treppe mit goldfarbenem Geländer hinauf. An den Wandverkleidungen waren Spiegel angebracht. Eine kleine Theke mit rotgepolsterten Queen-Anne-Stühlen empfing uns auf der anderen Seite des oberen Flurs. Maude drückte ihre Zigarette aus und trat hinter die Bar.

»Was darf's denn sein? Ihr müßt's nur sagen.«

Die Bar war mit den besten Whisky-, Brandy-, Gin- und Wodkasorten sowie mit allen erdenklichen Arten von Likör ausgestattet. Ich entdeckte ein ganzes Fach mit Single Malts und einen Jahrgangs-Napoleon.

»Für mich bloß ein kaltes Bier«, sagte ich.

»Ich nehme einen Glenfiddich«, sagte Thirst.

Maude brachte uns die Drinks. »Nehmt euch selber noch was, wenn ihr wollt. Ich mach' unten mit der Hausarbeit weiter.«

Wir nippten an unseren Drinks.

»Waren Sie schon mal im Puff?«

»Nein, noch nie«, sagte ich.

»Ich bin in einem aufgewachsen. Natürlich sehen die nicht alle so aus. Maude hat Glück gehabt, als sie sich aufs Altenteil zurückgezogen hat. So 'n kenianischer Asiate hat 'ne erfahrene Mamasan gebraucht, die ihm die Bude schmeißt. Im Moment ist er nicht besonders gut auf mich zu sprechen. Es geht um die Kleinigkeit von ein paar tausend Pfund.«

»Maude hat Sie aufgezogen?

»Wenn Sie grade das Geld und die Zeit dazu hatte, ja. Sie ist nicht meine Tante, das ist 'n Scherz. Ich hab' bloß vor den Freiern immer Tante zu ihr gesagt. Sie wissen ja, wie die Huren sind, die bekommen feuchte Augen bei kleinen Kindern. Bei Maude und mir war das auch so. Schuldreflex würden die Fachleute wohl dazu sagen. War die beste Freundin meiner Mutter, bevor die abgehauen ist.«

»Und Sie wissen nicht, wo Ihre Mutter ist?«

»Ich hab' Sie das letzte Mal gesehen, da war ich vier, James. Einer von ihren Freiern hat gesagt, er heiratet sie, wenn sie ihren Balg nicht mitnimmt. Angeblich sind sie nach Südafrika, aber sie können auch woanders sein. Ich mach' ihr keine Vorwürfe, ich hätt's auch so gemacht. Sie hat mir im ersten Jahr sogar noch Geld geschickt.«

Wie war seine Mutter gewesen? Eine harte Frau, eine spröde Schönheit? Und sein Vater – konnte eine Prostituierte überhaupt eine Ahnung haben, wer der Vater war? Machte er sich etwas aus ihm?

»Wo sind die Mädels?« fragte ich.

»Ist noch zu früh. Die Nutten kommen nicht vor der Dunkelheit raus, es sei denn der Freier verlangt das ausdrücklich.« Er kicherte. »Deswegen sind Maude und Mildred auch immer noch im Morgenrock. Gewohnheit. Wahrscheinlich sind sie erst vor 'ner Stunde aufgestanden.«

Plötzlich ging uns der Gesprächsstoff aus.

»Wenn's Ihnen nichts ausmacht, rufe ich Daisy an. Sie wartet auf mich.«

»Unter der Theke.«

Ich ging hinter die Theke. Das Telefon befand sich neben einem Polizeiknüppel in einer Ecke.

»Daisy, ich bin noch mit Oliver unterwegs... Ja, mit ihm... Wir sind in einem Bordell in South London... Natürlich nicht... Ja, genau, in einem Puff... Wir haben uns nur noch einen Drink genehmigt... Eleanor hat ihm gesagt, daß wir ihm helfen würden... Ich mach's.«

Ich ging zum Tisch zurück, setzte mich und trank mein Bier aus. Thirsts Miene hatte sich verdüstert.

»Ich soll Ihnen einen schönen Gruß von Daisy ausrichten«, sagte ich.

»Sie hätten ihr nicht sagen brauchen, daß das hier ein Bordell ist«, sagte er mit belegter Stimme.

»Tut mir leid, ich hab' nicht gewußt...«

»Nein, natürlich nicht. Für Sie ist das wahrscheinlich bloß was zum Lachen.«

Ich zuckte mit den Achseln. »*Sie* haben mich hergebracht.«

»Weil das hier alles ist, was ich habe.«

Ich sah mich noch einmal in dem Raum um. Eine zweite, vertäfelte Tür führte zu einem anderen Teil des oberen Stockwerks.

»Sie hätten mir sagen müssen, daß das hier geheime Verschlußsache ist.«

»Das ist nicht geheim. Sie hätten's bloß nicht gleich ausposaunen brauchen, das ist alles.«

Ich stellte das leere Bierglas auf den Stoffuntersetzer auf dem kleinen, polierten Eichentisch. Auch die Theke und die Verzierungen waren aus polierter Eiche. Dezenter Reichtum im Neonlicht. Der Teppich war rot wie so vieles andere hier.

»Ich glaube, ich gehe jetzt«, sagte ich. Er blieb mit ausgestreckten Beinen und gesenktem Blick sitzen.

»Das ist genau das Problem, stimmt's? Ich kann das nicht – ich rede von der gesellschaftlichen Seite. Wenn's um einen Streit geht, bin ich gut. Wenn die Punks im Bus Sie angemacht hätten, hätte ich die alle flachgelegt; Sie hätten keinen Finger rühren müssen. Aber das hier kann ich nicht.«

»Da bin ich selber auch nicht so gut.«

»Erzählen Sie doch keinen Scheiß. Sie sind ein feiner Pinkel, genau, wie's Maude gesagt hat. Und Ihnen macht es Spaß, wenn Sie sich so was hier mal anschauen können.«

»Ich hab' tatsächlich Spaß dran gehabt. Erzählen Sie mir noch einen Witz, bevor ich gehe.«

Er schwieg einen Augenblick, dann seufzte er. »Bin nicht in

der Stimmung. Mein Gott, warum muß das immer so schwer sein? Kein Wunder, daß manche wieder zurück in den Knast gehen.«

Ich bewegte die Beine, strich mir mit der Hand durch die Haare. »Also gut: Erzählen Sie mir von Maude.«

»Da gibt's nichts zu erzählen. Sehen Sie sie an. Das ist es ja mit dem Pöbel – wir sind leicht zu durchschauen.«

Ich stand auf und ging zu einem hohen, eleganten Fenster hinüber. Ich schaute hinaus auf den hinteren Garten, in dem sich drei kleine Hütten, ein hübscher Teich und eine Hängematte befanden. Ich machte mir Gedanken über die Hütten. Leder? Gummi? Ketten? Wo waren die Grenzen? Wieviel Dekadenz konnte man sich mit Geld erkaufen? Ich hatte von einem Syndikat gehört, das seinen Schickeria-Kunden die Möglichkeit garantierte, auf einer Tour einen südamerikanischen Indianer umzubringen. Und natürlich von Snuff-Movies. Das hier war im Vergleich dazu englisch-beschaulich, fast schon respektabel. In Frankreich wäre es Teil des Establishments gewesen. Zielgruppe waren die weißen Männer der Mittelschicht – meist über Fünfzig, Ärzte, Politiker, angesehene Geschäftsleute, Anwälte, alle wohlhabend und ein bißchen verklemmt. Erpressung?

»Ich kann Ihnen eins sagen – Selbstmitleid hilft nicht«, sagte ich, ohne eigentlich an ihn zu denken.

»Das haben Sie mir schon mal gesagt. Aber damit kann man sich die Zeit im Knast vertreiben. Wird sozusagen zu 'ner Lebensart, dieses Selbstmitleid.«

Mein Blick fiel auf einen hohen Zaun mit Videokameras an der Garagenwand, die auf den Garten gerichtet waren. Ganz so diskret war das Haus also doch nicht. Jeder Polizist der Gegend mußte wissen, was hier lief. Da zahlte jemand Schutzgelder.

»Ist wahrscheinlich ziemlich langweilig im Knast. Was macht man da den ganzen Tag?«

»Die Wand anstarren, fernsehen. Manchmal fängt man einen

Streit an. Hin und wieder schlägt einer einen Wärter nieder. Es gibt immer genügend Drogen, wenn man welche möchte. Und natürlich Sex.«

»Sex?«

»Das wissen Sie doch.« Er machte ein mürrisches Gesicht. »Das machen alle. Heißt noch nicht, daß man schwul ist, bloß weil man's im Knast mit 'nem Typ treibt. Entweder das oder Handarbeit. Wo ist da der Unterschied?«

Ich sah zu, wie Maude und Mildred im Morgenrock einen persischen Teppich in den Garten hinausbrachten, ihn ausschüttelten, über etwas lachten, ihn wieder hereintrugen. Ich konnte sie irgendwie leiden. Sie erinnerten mich an alte Mönche, die gelernt haben, Gott in kleinen Dingen zu sehen.

Ich fand nichts dabei, mich in dem Haus aufzuhalten. Manchmal war es angenehm, in einer anspruchslosen Umgebung zu sein. Daisy hätte das sicher auch gefallen.

»Haben Sie sich nie auf eine enge Beziehung mit jemandem eingelassen?«

»Mit 'nem Typ, meinen Sie? Sie wollen wissen, ob ich ein Homo bin? Ein Bulle hat mich verführt, da war ich zwölf. Ich weiß nicht, ob Ihnen das was hilft. Hab' hinterher 'ne ganze Woche nicht mehr sitzen können.« Er versuchte, empört zu klingen, aber so, wie er es sagte, mußte ich lachen. Er hob den Blick.

»Ich bin nicht schwul. Kennen Sie den Marlborough Street Magistrates Court?«

»Natürlich.«

»Da hat jemand 'nen Spruch in die Zellenwand eingeritzt: ›Für mich war Sex ein Schmerz im Arsch, bis ich die Frauen entdeckt hab'!‹ – Das ist von mir.«

Ich lächelte.

»Hat Ihnen gefallen, was?«

»Ich habe gelächelt, weil Sie sich einfach nicht einordnen lassen.«

»Ich? Hören Sie auf. Ich brauch' doch bloß in ein Zimmer kommen, da weiß jeder, woher ich bin.«

Wie kam jemand wie er in ein Zimmer? Auch mir fiel es manchmal schwer ein Zimmer voller Leute zu betreten, die einander viel besser verstanden als mich. Angenommen, man war gewalttätig, wütend, hatte Tätowierungen – wie betrat man dann ein Zimmer und behielt dabei seine Würde?

»Die sehen nur das Abziehbild, das ist alles.«

»Hören Sie«, sagte er. »Tut mir leid, daß ich Sie heute am Bailey abgepaßt hab', aber ich war irgendwie verzweifelt. Wissen Sie, auf der einen Seite ist manches für mich besser, auf der anderen schlechter. Zum erstenmal im Leben weiß ich, was ich will – aber ich bin auf mich allein gestellt. Wenn ich heute in den Pub geh' wie neulich abend in Camberwell und mir die Typen anschau', mit denen ich früher zusammengesteckt hab', denk' ich mir: was für Idioten. Der alte Beaufort hat schon recht gehabt – die halten sich alle für die Größten und merken gar nicht, wie das System sie kaputt macht. Aber ein Teenager aus der Mittelschicht, der grade seinen Shakespeare lernt, bin ich auch nicht, oder? Sie sind so ziemlich der einzige, der beide Seiten sieht – genau wie ich. Aber ich hätte nicht einfach so auftauchen sollen. War wahrscheinlich ganz schön peinlich für Sie.«

»Kein Problem. Wahrscheinlich bin ich einfach zu pingelig; es passiert immer wieder...«

»Sie meinen Exsträflinge, die versuchen, sich mit Anwälten anzufreunden?«

»Das ist unmöglich, Oliver.«

»Aber ich hab' jetzt 'ne reine Weste. Wie lang dauert so was?«

»Keine Ahnung. Ich hab' die Regeln nicht gemacht.«

Sein Mund zuckte, als er hörte, was ich sagte. Doch er erholte sich erstaunlich schnell wieder und stand auf. »Schnell, gehen wir, solange Sie noch lächeln. Denn dann wollen Sie mich vielleicht doch irgendwann wiedersehen.«

Ich brauchte mehr als zwei Stunden, um nach Hause zu kommen, weil fast ganz London von Staus lahmgelegt war. Ich kaufte mir die Zeitung bei einem Verkäufer in der U-Bahn, um den Bericht über mein Verfahren zu lesen. Ich wurde nicht erwähnt, aber mein Mandant wurde als »gerissen und rücksichtslos« bezeichnet.

Daisy wartete in ihrem alten weißen Pullover auf mich.

»Na, wie war's?« fragte sie, bevor ich Zeit hatte, sie richtig zu begrüßen. Ich wußte, wie sehr der Gedanke an Bordelle und Prostituierte sie erregte.

»Das erzähle ich dir später«, sagte ich. »Ich bin müde, ich glaube, ich muß erst mal eine halbe Stunde die Zeitung lesen.«

»Mach keine Scherze.«

Sie hob den Pullover hoch, um mir zu zeigen, daß sie darunter nackt war. Ich zog meinen Morgenmantel an und ließ mich aufs Bett fallen. Sie legte den Kopf auf meine Brust.

»Es war erstaunlich«, sagte ich. »Du wirst es mir nicht glauben.«

»Erzähl.«

»Alle Zimmer sind anders und gehören unterschiedlichen Mädchen. Der Freier kann sich die Farbe aussuchen: schwarz, gelb, rot, weiß – und die dazu passenden Räume. Thirst hat mich in drei mitgenommen. In einem lag ein nacktes Mädchen mit gespreizten Armen und Beinen auf dem Bett, mit Seidenstricken angebunden. Man darf sie auspeitschen, wenn man extra dafür zahlt, aber nicht so, daß Blut kommt. Wenn du dich nicht dran hältst, mußt du tausend Pfund Strafe zahlen und wirst rausgeschmissen.«

»Kann man sich auch die Erfüllung von Phantasien wünschen?«

»Aber natürlich. Die meisten kennen sie sowieso schon – *deine* Phantasien haben sie alle im Repertoire. Wenn du besser bekannt bist, brauchst du nur noch anzurufen und sagen ›Phantasie zwölf, bitte‹, dann ist das Mädchen schon fertig, wenn du kommst. Sie hat alles an, was zu deiner Phantasie gehört.«

»Waren auch Freier da?«

»Dutzende, auch ziemlich berühmte Leute. Ich hab' drei Richter vom High Court dort gesehen.«

»Hey! Wirklich? Und was wollten die?«

»Der eine hatte 'ne Windel an, ein anderer hat sich auspeitschen lassen. Beim Dritten weiß ich's nicht mehr.«

»Und das hast du alles gesehen?«

»Die haben kleine Gucklöcher in allen Zimmern. Die hat mir Thirst gezeigt.«

»Wow! Ein Richter vom High Court mit 'ner Windel. Welcher war's?«

»Hm... Lord Justice Tomlin.«

»Tomlin? Ist das der, den du nicht leiden kannst?«

»Ja, der.«

»Was für ein Zufall.«

»Ja, ein toller Zufall.«

»Und die anderen zwei waren nicht zufällig Peabody und Crawthorne?«

»Doch, genau die.«

Sie schlug mir die Faust auf die Brust. »Du Aas! Und jetzt erzähl mir, wie's wirklich war.«

Als ich den Mund aufmachte, schlug sie wieder zu.

»Und diesmal keinen Scheiß.«

»Ach, das ist bloß ein großes, viktorianisches Haus in South London mit geschmacklosen neuen Möbeln und überall Spiegeln. Dann waren da noch zwei alte Nutten, die saubergemacht und alles für den Abend vorbereitet haben.«

»Und es waren nirgends Mädchen oder Freier?«

»Natürlich nicht, es war ja erst halb sechs.«

»Und Oliver?«

»Das übliche. Zwischendurch ganz charmant, aber schrecklich

launisch. Er war furchtbar beleidigt, weil ich dir gesagt habe, daß wir in einem Bordell sind.«

»Wahrscheinlich lag es daran, wie du's gesagt hast. Vielleicht hat er den Eindruck gehabt, du schaust dir so was nur zum Spaß an.«

»Genau das hat er auch gesagt.«

»Irgendwie faszinierend, seine Sensibilität, so, wie du sie beschreibst. Im einen Moment noch Macho-Mann, im nächsten schon verletzlich und emotional. Sehr menschlich.«

»Und völlig zügellos. Er ist wie ein Pferd ohne Reiter.«

»Das ist das gleiche.«

»Zwei Nonnen im Dschungel, und eine bumst einen Gorilla ...«, fing ich an.

[22]

In dem Traum, den ich ungefähr seit dieser Zeit immer wieder hatte, stecken Daisy, Thirst und ich bis zu den Knöcheln in Zement und haben Mühe, das Gleichgewicht zu halten. Der Gedanke, daß unsere Knöchel brechen und wir uns vor Schmerz auf dem Zement krümmen könnten (die Knochensplitter würden dabei durch das Fleisch ragen), treibt mich zur Verzweiflung. Ich sehe, daß die anderen beiden ebenfalls verzweifelt sind.

Über unseren Köpfen erhebt sich eine Stadt, wie sie es hier auf Erden nicht gibt, unter einem grellen Himmel zu tausend Stockwerken Höhe. Wir scheinen uns in einer Betonwüste im Zentrum der Stadt zu befinden, in der überall Schrottautos, ineinander verschlungene Metallstücke, Reifen und halbfertige, armierte Betonblöcke herumliegen, aus denen die Stahlverstärkungen herausragen wie Skeletteile. Widerwillig beginne ich, mich zu Daisy hinüberzubeugen; sie ist nicht weit von mir weg. Wenn der Zement nicht da wäre, wäre ich mit einem Schritt bei ihr und könnte sie berühren.

Sofort beginnt sie, sich Thirst zuzuneigen, der sich wiederum zu mir herüberbeugt. Noch ein paar Sekunden, dann fallen wir alle drei um. Gerade, als es soweit ist, fängt die Stadt an, sich zu drehen. Es sieht aus, als betrachteten wir das alles durch ein rotierendes Fischauge.

Dann verändert sich der Schauplatz, wir befinden uns in einem schmuddeligen Zimmer. Daisy hat das zynische Gesicht einer Nutte, schwarze Zähne, und liegt halbnackt da; Thirsts Unterarme sind amputiert. Mit einem Stumpen deutet er auf mich und lacht. »Schau dich an.«

Ich wache schreiend auf.

»Was ist denn los?« fragt Daisy.

»Wie peinlich«, sagte ich, als es das erste Mal passierte. »Ich hab' grad' einen klassisch freudianischen Alptraum gehabt. Ich hab' geträumt, daß ich kastriert und Oliver verkrüppelt war.« Die anderen Einzelheiten erwähnte ich nicht.

Es war nicht besonders schwierig, den Ursprung dieser Träume zu ergründen. Keine Falle funktioniert effektiver als unser Bedürfnis zu beweisen, daß wir vernünftig, ehrlich und voller Mitleid sind. Genau dieses Bedürfnis brachte mich am Ende dazu nachzugeben. Schließlich hatte Thirst sich an die Bedingung gehalten, die ich ihm gestellt hatte. Er tat alles, um sich zu verändern. Wie konnte ich zugeben, daß er dabei aufgehört hatte, jämmerlich zu wirken, und statt dessen furchteinflößend geworden war?

Für Daisy war diese neue Freundschaft mit Thirst so etwas wie eine Antiklimax.

»Ich gefalle ihm nicht mal«, sagte sie, nachdem wir uns gemeinsam mit ihm getroffen hatten. »Er ist ein Arbeiterschicht-Macho. Die Frauen sind nur zu einem Zweck gut. Er hing an deinen Lippen und hat nicht mal gemerkt, wenn ich was gesagt hab'.«

»Hilfst du ihm nur unter der Bedingung, daß er sich in dich verliebt, beim Lernen?«

»Davon rede ich nicht.«

Am Abend vor dem zweiundfünfzigsten Geburtstag von Daisys Mutter lagen wir im Bett, und Daisy zündete sich einen Joint an. Sie rollte und rauchte die Dinger voller Stolz über ihr Geschick, als handle es sich dabei um eine Tätigkeit, die sie erst nach langer Übung so gut beherrschte. Manchmal erinnerte mich ihr Gesicht an zynische Babys, wie man sie häufig auf Witzkarten sieht: Ein Kind im Kinderwagen raucht heimlich eine Zigarette, und aus seinem Mund kommt eine Sprechblase mit einem obszönen Spruch. Ich muß gestehen, manchmal gab es Zeiten, in denen ich mich fragte, wieso ich sie liebte.

»Ich wette, ich weiß, woher das kommt«, sinnierte sie, während der beißende Rauch das Zimmer erfüllte.

»Woher was kommt?«

Ich hatte den Arm um ihre Schulter gelegt. Mit einem Finger zeichnete ich die Mulde nach, wo ihre Brustknochen zusammentrafen. Ich drehte mich um und begann, mit der anderen Hand ihre Brüste zu streicheln. Merkwürdig, wie es ihr manchmal gelang, alle Empfindungen aus ihnen abzuziehen, zum Beispiel wenn sie, inspiriert vom Haschisch, Spekulationen anstellte.

»Dieser Katastrophenkomplex in dem Traum mit Oliver.«

»Ach so, der.«

»Ich hab' mal einen interessanten Kurs gemacht mit meinen Schülern, über die männliche Sexualität im englischen Roman. Weißt du, bei Hardy und Lawrence, sogar bei Dickens, hat der Mann aus der Arbeiterschicht, manchmal sogar der Kriminelle, die wahre phallische Macht. Mittelschicht und Aristokratie sind praktisch kastriert – wie in *Lady Chatterley*. Etwas Vergleichbares gibt es in den Staaten nicht. Manchmal habe ich das Gefühl, daß ihr hier noch viel verdrehter seid als wir.«

Ich ließ meine Hand zwischen ihre Schenkel gleiten, aber auch darauf reagierte sie nicht. Sie war zu sehr von ihren eigenen Überlegungen fasziniert. Und die hatten ihr, wenn man ihrem Gesichtsausdruck glauben durfte, einen überlegenen Einblick in das Menschsein verschafft.

»Und?«

Sie nahm einen tiefen Zug und hustete, als sie etwas sagte. »Tja, weißt du, der Junge aus der Arbeiterschicht, der geile Straßenjunge, der noch in dir steckt, ist der, der so gut ist im Bett. Nicht der Anwalt aus der Mittelschicht. Deine Kollegen stellen keinerlei sexuelle Gefahr für dich dar, weil sie in deinen Augen völlig asexuell sind. Andererseits mußt du dir Sorgen darüber machen, daß deine Potenz immer schwächer wird, je kopflastiger und mittelschichthöriger du wirst. Und wenn dann jemand wie Oliver auftaucht – ein richtiger Wilder von der Straße –, hast du Angst, daß er dir das Heft aus der Hand nimmt... Hör auf damit, ich bin nicht in der Stimmung.«

Ich drehte mich um. Danach döste ich wahrscheinlich ein. Ich hatte eine junge Frau verteidigt, die wegen Totschlags vor Gericht stand, und ich war müde. Die Frau hatte in postnataler Depression ihr Baby gegen eine Wand geschleudert und es dabei getötet. Sie war weder besonders hübsch noch sonderlich helle und hatte von dem Prozeß nur wenig begriffen. Alle hofften, daß sie nie wieder ein Kind bekommen würde, doch wir wußten, diese Hoffnung war vergebens. Der Sex war das einzige, was sie hatte.

Ich wachte auf, als ich spürte, wie eine Hand mein Gesicht sanft liebkoste. »Jimmy, bist du sauer, weil ich das gesagt hab'?«

»Nein.«

»Woran denkst du?«

»Ich finde, es ist ziemlicher Blödsinn. Andererseits muß ich das sagen, denn sonst müßte ich mich ab jetzt mit meiner schwindenden Potenz abfinden, oder?«

»Willst du jetzt mit mir schlafen?«

»Nein, der Straßenjunge in mir schläft tief und fest, und wie du richtig gesagt hast, weiß der Anwalt nicht, wie's geht.«

Sie kicherte. »Hältst du mich für verrückt?«

»Ja, aber das ist ja gerade dein Reiz. Schlaf jetzt. Du weißt ja, daß dein phallischer Held um halb neun kommt, oder?«

»Glaubst du, er kommt wirklich?«

»Aber ja, diese Gelegenheit kann er sich gar nicht entgehen lassen. Aber mach keine Szene, wenn er keine Notiz von dir nimmt. Du weißt ja, was wilde Männer von der Straße von verwöhnten kleinen Mädchen halten.«

[23]

Als es am nächsten Tag an der Tür klingelte, war ich genauso neugierig wie Daisy. Nach dem Zwischenspiel in dem Bordell interessierte es mich auf fast schon sadistische Weise, wie Thirst mit ganz normalen gesellschaftlichen Anlässen zurechtkommen würde. Wie üblich unterschätzte ich ihn.

Er kam mit einem klapprigen Ford Cortina, der den ausgeblichenen orange- und malvefarbenen Blumenmuster auf dem Lack nach zu urteilen genau wie Eleanor in den Sechzigern seinen ersten Frühling erlebt hatte. Ich stand an der Haustür, während Daisy oben die Geschenke einpackte. Nachdem ich einen zweiten Blick auf ihn und den Cortina geworfen hatte, mußte ich lächeln. Sein Grinsen war ansteckend. Ich schüttelte den Kopf und lachte.

»Verdammt!« sagte ich.

»Was hältst du davon?«

»Von dir oder von dem Wagen?«

»Von uns beiden.«

Er trug eine zweireihige Smokingjacke mit schwarzer Fliege, dazu ein Rüschenhemd, Jeans und Cowboystiefel – genau die gleiche Kleidung, die David Bowie kürzlich bei einem Fernsehauftritt getragen hatte.

»Wunderbar.«

»Ich oder der Wagen?«

»Beides.«

Ich rief Daisy.

»Verdammt!« sagte Daisy, als sie ihn sah.

Thirst rieb sich das Kinn. »Ich will euch ja nicht kritisieren, aber ihr seid doch angeblich die Meister der englischen Sprache. Schließlich soll ich was von euch lernen, oder? Wenn euer Wortschatz allerdings derart begrenzt ist...«

»Du bist einfach umwerfend«, sagte Daisy und küßte ihn auf die Wange. »Und der Wagen auch.«

»Meint ihr, die alte Dame wird uns mögen?«

»Sie wird euch beide toll finden.«

Daisy ging wieder hinauf. Thirst bat mich, ihm zum Wagen zu folgen. Nachdem das erste Erstaunen verflogen war, machte der Cortina mich nervös.

»Alles klar«, sagte Thirst. »Der ist ehrlich.«

»Bist du dir ganz sicher?«

»Hör zu, ich kann dich verstehen. Ich streng' mich an. Wenn das Ding heiß wär', würd' ich's nicht hierherbringen, das schwöre ich dir. Ich hab's mir von 'nem Freund geliehen. Von 'nem Freund ohne Vorstrafenregister.«

»Ich hab' gar nicht gewußt, daß es da außer mir noch welche gibt.«

»Tja, letzten Monat noch nicht. Aber ich hab' mehr Antrieb als 'ne Boeing. Vertrau mir.« Er machte den Kofferraum auf. »Es liegt an dir, James. Ich meine, ich hab' mir gedacht, es könnte lustig werden, die Sache ein bißchen bunter zu machen. Aber wenn du nein sagst, dann heißt's nein. Dann laß' ich ihn im Kofferraum. Wenigstens wird niemand denken, daß ich *den* geklaut hab'.«

Ich warf einen Blick in den Kofferraum, um zu sehen, wovon er redete, und trat einen Schritt zurück. Dann setzte ich mich auf die Stoßstange, die Hände vors Gesicht geschlagen.

»Also nein?« fragte Thirst. »Weißt du, die Punks sind ganz wild auf so was, und du hast gesagt, Daisys Mum hat gern was zum Lachen. Was ist denn los? Lachst du oder weinst du?«

Ich wischte mir die Tränen vom Gesicht, stützte mich mit der Hand auf seine Schulter, stand auf, deutete auf den Kofferraum und mußte mich wieder auf die Stoßstange setzen. Ich versuchte, mit dem Lachen aufzuhören.

»Wie heißt er denn?«

»Lord Denning. Wie der Richter.«

»Was du nicht sagst. Weißt du, ich persönlich finde, das ist ein Bombeneinfall, aber paß lieber ein bißchen auf.«

Thirst nickte, machte den Kofferraum zu und grinste. »Sag Daisy, sie soll keinen Champagner mitnehmen. Ich hab' genug, um ein Schlachtschiff drin zu versenken.«

»Ich glaube, sie wollte sowieso keinen mitnehmen. Danke.« Ich versuchte mir keine Gedanken darüber zu machen, woher er den Champagner hatte.

Thirst fuhr, ich saß auf dem Beifahrersitz und Daisy hinten. Ich sah im Rückspiegel, wie sie uns beobachtete.

»Was habt ihr, Jungs?«

Ich biß mir auf die Lippe.

»Weißt du, was ›Fulgurant‹ bedeutet?« fragte Thirst.

Ich sah Daisys Blick im Spiegel. »Nein.«

»Wie steht's mit ›Fulgurit‹?«

Daisy schüttelte den Kopf. »Nein.«

»Solltest du aber.«

»Das heißt, du bist bei ›F‹?« fragte ich.

»Yeah, im *Concise Oxford Dictionary.*«

»Alles bis ›F‹?« fragte Daisy ungläubig.

»Das meiste. Frag mich was.«

»Was heißt ›fulminant‹?«

»Das ist leicht. ›Prächtig, glänzend‹. Kommt vom selben lateinischen Wort – Blitz«, erklärte Thirst.

Wir fuhren durch Hampstead Village, am Golders Hill Park vorbei zum Hampstead Garden Suburb. Daisy hatte ihrer Mutter nichts gesagt, also warteten Thirst und ich unten. Ich hörte Daisy sagen: »Komm, Mom, ich möchte dir unten auf der Straße was zeigen.« Dann erschien Mrs. Hawkley, und wir sangen lauthals »Happy birthday to you«. Mein falsches Brummen hob sich nicht gerade schmeichelhaft von Thirsts halbwegs überzeugendem Bariton ab.

Ich gab Mrs. Hawkley einen Kuß auf die Wange.

»Das ist der Mann, von dem ich dir schon so viel erzählt habe«, sagte Daisy. »Oliver, das ist Doris.«

»Ach, was für ein gutaussehender junger Mann«, sagte Mrs. Hawkley und hielt Thirst die Wange zum Kuß hin. »Sind Sie mein Begleiter? Was für eine wundervolle Überraschung. Gott, sind Sie groß und stark. Und was für ein schöner Smoking. Ein hübscher Mann ist die beste Therapie für mich. Kriegt man Sie auf Krankenschein?«

»Nicht flirten, Mom«, sagte Daisy.

»Warum nicht? Schließlich hab' ich Geburtstag.« Sie lächelte mich an und wandte sich an Thirst. »Das macht Ihnen doch nichts aus, *love*, oder?«

Thirst grinste. »*Love*? Kommen Sie aus South London?«

Mrs. Hawkley berührte ihre Haare. »Nun, eigentlich aus Essex. Aber Sie wollen sagen, daß ich die Nase nicht so hoch trage. Nein, das tue ich nicht. Ich hab' mit dem Flunkern aufgehört, als ich von Amerika weg bin.«

Thirst hielt sich dicht neben ihr, als wir zum Auto gingen. Er setzte sie neben sich, und Daisy und ich machten es uns auf dem Rücksitz bequem. Er fuhr langsam und vorsichtig Kingsley Way hinunter, bog rechts ab, dann noch einmal rechts, bis wir an den prächtigen Herrenhäusern der Bishop's Avenue vorbeikamen.

»Das ist der einzige Teil Londons, der mich an Kalifornien erinnert«, sagte Daisy. »Die Leute hier haben so viel Geld, daß sie sich in ihren eigenen Phantasien verirren.«

Thirst nickte. »Yeah. Schaut euch mal das da an.«

Wir starrten auf ein riesiges, blau-weißes Bauwerk im maurischen Stil, verziert mit Kuppeln und Halbmonden.

»Hübsch«, murmelte Mrs. Hawkley. »Ich mag's bunt. Sie auch, Oliver?«

Er grinste sie an. »Das heißt, der Wagen gefällt Ihnen?«

»Ja, der ist toll. Achten Sie gar nicht auf Daisy, die ist Sozialistin. Und die wollen, daß alles klein und grau und unauffällig ist.«

»Mom, bitte«, sagte Daisy.

»Aber es stimmt doch. An Amerika hat mir immer gefallen, daß alles so groß war. Große Häuser, große Mahlzeiten, große dominierende Männer.«

Daisy stöhnte.

Die Bishop's Avenue ging in die Hampstead Lane über. Wir bogen links ab und dann auf den Parkplatz von Kenwood. Ich nahm Daisys Tüte mit den Geschenken und dem Snack, während Thirst den Champagner aus dem Kofferraum holte. Es war ein strahlender Tag, wenn auch ein bißchen kühl, und die Wolken jagten über den blitzblauen Himmel. In meiner Erinnerung wechselte das Licht immer wieder zwischen grell und schattenhaft. Als wir uns unter eine riesige Eiche setzten, zog Daisy ihre Daunenjacke aus und hängte sie ihrer Mutter über die Schultern. Sie selbst trug jetzt nur noch einen dicken Pullover, der nicht genug Schutz gegen den Wind bot. Sie fror, vielleicht war sie deshalb nicht gerade bester Laune. Auch mir war in meinem Pullover nicht eben warm. Ich konnte nicht verstehen, wie Thirst es mit der Smokingjacke und dem Hemd aushielt, aber er schien gegen die Kälte genauso immun zu sein wie gegen viele andere Dinge. Nur Mrs. Hawkley hatte es in Daisys dicker Jacke mollig warm.

Thirst holte vorsichtig vier Sektgläser aus einer alten Nylon-Einkaufstasche, gab jedem von uns eines und öffnete eine Flasche. Man konnte fast meinen, daß er das im Fernsehen gesehen hatte, denn er drehte zuerst sorgfältig den Draht auf und zog dann sanft den Korken mit einem leisen Geräusch heraus. Er sah mich lächelnd an, weil er wußte, was ich eigentlich erwartet hatte.

Die Versuchung, den Champagner zu kippen, um der Kälte Paroli zu bieten, war zu groß. Daisy und ich hatten unsere Gläser bereits nach wenigen Minuten geleert, doch wir konnten nicht mit Mrs. Hawkley Schritt halten, die bereits beim dritten war. Sie lehnte sich gegen den Stamm der Eiche und lächelte uns an.

»Was für ein wunderschöner Geburtstag. Ganz herzlichen Dank. Besonders dir, Daisy, denn du hast das sicher alles arrangiert.« Daisy strahlte und gab ihr einen Kuß. »Und ein ganz besonderer Dank an Oliver, meinen prächtigen Begleiter, der für Wagen und Champagner gesorgt hat.«

Darauf stießen wir alle an. Ich reichte Sandwiches mit Räucherlachs herum, während Daisy ihrer Mutter die Geschenke gab, die wir für sie besorgt hatten: ein Paar Lederhandschuhe, eine Seiko-Uhr, ein besonders schicker Korkenzieher, über den wir alle lachen mußten, und eine Keramikvase, die wir in Camden Lock gekauft hatten.

»Zeit für Musik«, sagte Thirst, suchte in seiner Tasche herum und holte einen kleinen Kassettenrecorder hervor.

»Strauß!« rief Mrs. Hawkley aus, als die »Schöne blaue Donau« aus den winzigen Lautsprechern klang. »Oliver, woher haben Sie das gewußt? Hat Daisy Ihnen das gesagt?«

»Kein Wort«, sagte Daisy.

»Ich hab's erraten«, sagte Thirst. »Darf ich bitten?«

Er hatte wirklich Mut. Es war nicht gerade ein Walzer, was er da tanzte, und es war offensichtlich, daß Mrs. Hawkley es schon mit geübteren Partnern zu tun gehabt hatte, aber er hatte ein Gefühl für den Rhythmus, und sie paßte sich schnell seinen Schritten an.

»Wo zum Teufel hast du Tanzen gelernt?« rutschte es mir fast wütend heraus, als dürften Exsträflinge keinen Walzer können.

Er sah mich mit triumphierendem Blick an, als er mit Daisys Mutter im Arm an uns vorbeiglitt. »In der Schule. In Musik, Tanz, Kunst und Mathe war ich gut. Mit Englisch hat's leider trübe ausgesehen. Bei mir daheim hat nie jemand geredet, das war's wohl.«

»Sie haben Flügel an den Füßen, Oliver«, sagte Mrs. Hawkley. »Sie hätten jeden Preis gewinnen können, wenn Sie weitergemacht hätten. Das könnten Sie immer noch – schließlich sind Sie jung und kräftig.«

Dabei drückte sie seufzend seinen stahlharten Bizeps. Daisy registrierte es und sah mich an. Ich warf einen Blick auf die Flaschen. Wir hatten die dritte geleert. Mrs. Hawkley hatte sicher eine allein ausgetrunken. Sie sah nicht betrunken aus, aber ihre Bewunderung für Thirsts Körper nahm jetzt andere Formen an als noch vor einer Stunde.

»So schöne Geschenke, und Sie sind das schönste von allen«, erklärte sie Thirst, während sie unter der Eiche herumwirbelten. Sein Gesichtsausdruck war angespannt, fast wie bei einem Profi. Er sah aus, als sei er wild entschlossen, eine makellose Vorstellung zu geben, sich selbst etwas zu beweisen.

Nach dem Tanz setzte Thirst Mrs. Hawkley wieder unter die Eiche und ging zum Wagen. Als er wiederkam, forderte er Daisy auf.

»Ich tanze nicht«, sagte Daisy. »Ich hab' zwei linke Füße.«

Thirst zog sie trotzdem hoch, ein bißchen grob. Sie sah mich einen Augenblick an, doch seine Geste war nicht aggressiv genug gewesen, als daß ich eine große Szene hätte machen wollen. Allerdings ging er mit Daisy längst nicht so sanft um wie mit ihrer Mutter.

Er drückte sie an sich, die Hand fest auf ihrem Rücken. Plötzlich kreischte sie auf, löste sich von ihm und kreischte wieder. Sie deutete auf Thirsts Smokingjacke, auf die linke Brustseite. Sie war leichenblaß, ihr Mund stand offen. Mrs. Hawkley und ich starrten die Ausbuchtung an, die sich unter dem schwarzen Stoff bewegte. Daisy wich unzusammenhängendes Zeug murmelnd zurück.

»Was?« fragte Thirst.

Mrs. Hawkley grinste boshaft.

»Oliver, Sie garstiger Junge«, sagte sie mit einem Blick auf Daisy.

Thirst öffnete die obersten Knöpfe seines Hemds. Lord Dennings Schnurrhaare und Nase zuckten hervor, dann zwei kleine, rosafarbene Augen, ein gekrümmter weißer Rücken und ein dünner Schwanz, der länger war als sein Körper.

»Igitt!« rief Daisy aus, schlug die Hände vors Gesicht und versteckte sich hinter mir.

»*Rattus norvegicus*. Ein Albino«, sagte Thirst. »Darf ich Ihnen Lord Denning vorstellen, meinen besten Freund?«

»Was für eine herrliche Ratte«, sagte Mrs. Hawkley. »Darf ich sie mal halten?«

Daisy stand so nahe hinter mir, daß ich ihr Zittern spürte.

»Machen Sie sich keine Sorgen wegen Daisy. Die mag Ratten nicht. Trink noch was, Schatz, dann geht's dir gleich besser.« Mrs. Hawkley sah Oliver an, während sie die Ratte streichelte. »Wissen Sie, sie ist eben durch und durch Amerikanerin. Und die haben nicht die gleichen Einstellungen und Traditionen wie wir.«

»Das ist nicht der Grund, Mom, und das weißt du auch«, sagte Daisy.

»Nun, ihr Vater hat sehr viel von Disziplin gehalten und sie als

Kind im Heizungskeller eingesperrt. Offenbar waren dort Ratten. Jedenfalls hat sie jetzt Angst davor.«

Thirst sah mich an.

»Das hab' ich nicht gewußt«, sagte ich. »Ich meine, die Sache mit den Ratten.«

Mittlerweile hatte Daisy sich ein wenig beruhigt. Sie setzte sich neben mich und verzog angewidert das Gesicht, während ihre Mutter mit Lord Denning spielte.

»Tja, Angst«, sagte Daisy. »Merkwürdig. Völlig irrational. In meinem Gehirn ist das kleine Tier so groß wie ein Löwe.«

»Nager können nicht so groß werden«, sagte Thirst. »Früher schon. Man hat das Fossil einer Ratte gefunden, die war so groß wie ein kleiner Stier.«

Daisy bekam eine Gänsehaut.

»Woher weißt du das?«

»Nager sind die überlebensfähigsten Säugetiere. Fünfzig Prozent der Säugetiere sind Nager. Hast du gewußt, daß in Amerika auf jeden Menschen eine Ratte kommt? Das macht über zweihundert Millionen.«

»Hast du dich damit so genau auseinandergesetzt?«

»Wie interessant«, sagte Mrs. Hawkley. »Als Daisy mit der höheren Schule angefangen hat, habe ich gehofft, daß sie auch so interessante Dinge anbringen würde, aber sie hat lieber Marihuana geraucht und über Sex geredet.« Sie strahlte Thirst an.

»Ratten muß man wirklich bewundern«, fuhr Thirst fort. »Die sind wie Minigangster. Ihr ganzes Leben ist darauf ausgerichtet, den Menschen zu berauben. Sie fressen alles, was wir essen. Und wenn sie genug von uns haben, bringen sie uns die Pest. Durch den Schwarzen Tod sind fünfundzwanzig Millionen Menschen umgekommen. Dagegen sieht Hitler doch wie ein Anfänger aus.« Er merkte, daß ich ihn ansah. »Steht in der *Encyclopaedia Britannica*. Letzte Woche hab' ich eine vollständige Ausgabe irre billig gekriegt.«

»Wie billig?«

Er zwinkerte mir zu.

»Als der Krieg anfing«, sagte Mrs. Hawkley, »habe ich ein Militärlager gleich bei Dagenham, dem Ort, wo wir wohnten, besucht. Manchmal haben die Jungs ein Spiel gespielt, das ging so: Man bindet sich die Hosenbeine mit einem Strick zu und steckt oben ein Frettchen rein. Wer's am längsten aushält, gewinnt. Das Geheimnis bestand natürlich darin, sich nicht zu bewegen, damit das Frettchen keine Angst bekam und keinen ernsthaften Schaden anrichtete.« Sie hielt sich die Hand vor den Mund.

»Ich glaube, du bist beschwipst, Mom«, sagte Daisy.

Mrs. Hawkley kicherte. »Da könntest du recht haben, Liebes.« Sie schenkte uns ihr großmütigstes Lächeln.

»Machst du mit bei dem Spiel, James?« fragte Thirst. Zuerst verstand ich nicht, was er meinte. Er nahm Mrs. Hawkley die Ratte aus der Hand. »Hat jemand 'ne Uhr?«

»James, tu's nicht«, sagte Daisy.

»Ja, ja, ich hab' eine.« Mrs. Hawkley zeigte uns ihre Uhr.

Ich sah die vier ständig knabbernden Schneidezähne unter der zuckenden Nase des Nagers an. Thirst öffnete den Knopf seiner Jeans und zog den Reißverschluß ein paar Zentimeter herunter. Dann steckte er die Ratte mit dem Kopf nach unten in die Hose. Er fing sofort an, von einem Bein auf das andere zu hüpfen und zu schreien. Mrs. Hawkley brach in schallendes Gelächter aus und verspritzte ein bißchen Champagner. Sogar Daisy lachte mit einer Hand vor dem Mund.

»Wie lang?« brüllte Thirst.

»Eine Minute vierzig Sekunden.«

Er tanzte noch ungefähr eine Minute unter dem Baum herum und zog dann die Ratte am Schwanz heraus. Dann hielt er sie mir hin. Die Ratte schien einen Schock erlitten zu haben. Ihre Schnurrhaare zitterten heftig, und ihr Leib krümmte sich zusammen.

»Es war ein Vorteil für dich, daß du angefangen hast«, sagte ich.

»James, wenn du dir dabei weh tust...« Daisy grinste ihre Mutter an.

Mrs. Hawkley lächelte. »Nur mutige Jungs haben Chancen bei den Damen, James«, sagte sie.

Ich trug eine ziemlich lockere Cordhose. Sobald das Tier in meiner Hose war, tat ich genau das, was Thirst getan hatte: Ich hüpfte von einem Bein aufs andere und schrie »Ah!« und »Oh!« und »Ih!«, während Lord Denning um meine Genitalien wuselte. Zum Glück fand die Ratte den Weg ins linke Hosenbein und hinaus ins Freie, wo Thirst sie mit geübter Hand einfing.

»Oliver hat gewonnen«, sagte Mrs. Hawkley prustend.

Daisy kugelte sich vor Lachen; plötzlich hatte sie Kälte und Angst vergessen.

»Was für ein wundervoller Tag«, sagte Mrs. Hawkley.

»Oliver ist ein Zauberer«, keuchte Daisy, als sie wieder sprechen konnte. Sie sah ihn vom Boden aus an. »Du hast eine richtige Party draus gemacht.«

Thirst sah mich an. Sein Blick sagte: Also bin ich doch kein gesellschaftlicher Vollidiot, was?

Ich lächelte ihn an, dann wandte ich den Blick ab. Es war lange her, daß ich Daisy so lachen gesehen hatte.

[24]

Trotz unserer Neckereien und dem gelegentlichen Aufblitzen unseres alten Humors veränderte sich das Wesen unserer Beziehung. Daisy verbrachte mehr Zeit in ihrer Frauengruppe und weniger in meiner Gesellschaft. Wir stritten uns nicht mehr über die Nachrichten, weil sie aufhörte, mir ihre politischen Ansichten mitzuteilen.

Ein neues Mitglied namens Mick hatte sich auf Empfehlung einer Schwesternkirche in Sausalito, Kalifornien, der Frauengruppe angeschlossen. Da ich die Frau nie persönlich kennengelernt habe, ist mein Bild von ihr ganz und gar selbst zusammengezimmert. Ich stellte sie mir kleiner als Daisy vor und attraktiv. Wahrscheinlich hatte sie die Angewohnheit, streitlustig die Ärmel hochzuschieben, wenn sie sich mit jemandem unterhielt.

Es bestand offenbar das Bedürfnis nach einem aggressiven Kopf der Gruppe, und Mick übernahm diese Position nur zu gern. Daisy war fasziniert von Micks Reise durch die Therapiezentren der amerikanischen Westküste: Urschrei, Transzendentale Meditation, Transaktionale Analyse, Gestalttherapie, dazu ein Guru namens Maharishi Soundso, der Mikrowellenherde aus dem Äther beschwor (»Ich schwör's, ich hab' selber eins von den Dingern vom Himmel fallen sehen«), und dann natürlich noch Micks ganz persönlicher Meister mit dem simplen Namen Kroom, der sich zu dieser Zeit zufällig in England aufhielt.

»Aber täuscht euch nicht, Schwestern«, sagte Mick mit ihrer rauhen, aber gleichzeitig süßen Stimme (ich stellte mir vor, daß sie eine rauhe, aber gleichzeitig süße Stimme hatte), »es gibt bloß eine Therapie, die wirklich funktioniert, und das ist die Sextherapie am lebenden Objekt.«

Kroom war offenbar nicht nur ein Meister des Tantra-Sex, sondern auch ein guter Psychotherapeut.

Als wir eines Samstags gemeinsam den Abwasch machten, sagte Daisy: »Weißt du, daß es jetzt länger als ein Jahr her ist, seit du das letzte Mal meine Möse geleckt hast?«

Ich hatte die letzte Tasse abgewaschen und zog die Gummihandschuhe aus.

»Tatsächlich? So lange schon? Ich hab' das Gefühl, es wär' gestern gewesen...«

»Mach dich nicht lustig über mich. Du bist so verdammt englisch, daß du nur über Sex reden kannst, wenn du dich drüber lustig machst. Mir ist die Sache wichtig. Der Cunnilingus ist eine sehr wichtige Möglichkeit, eine Frau zu befriedigen.«

»Kapiert.«

Ich warf die Handschuhe in den kleinen Schrank unter der Spüle. Ich haßte abspülen. Mir wäre es lieber gewesen, wenn das feministische Dogma mich nicht dazu verdammt hätte.

»Ich meine, ich bin in der Liebe viel großzügiger als du. Denk nur mal drüber nach, wie oft ich dir einen blase.«

Ich fluchte innerlich. Ich hatte eine Tasse übersehen, die Daisy auf einem der oberen Regalfächer deponiert hatte, zweifelsohne als sie stoned war. Wie lang war das Ding schon da oben? Auf dem Boden wuchs bereits Schimmel. Ich trug die Tasse zur Spüle.

»Wie kannst du das vergleichen?« fragte ich und zog die Handschuhe wieder an. »Für dich ist Fellatio doch so etwas wie eine Ersatzbefriedigung. Du machst das, wenn dich dein Buch langweilt oder wenn du kein Dope mehr hast. Für einen Mann ist es ziemlich schwer, die gleiche Beziehung zu einer Vagina oder einer Klitoris zu entwickeln.« Hatte man überhaupt ein Verhältnis zu Vaginen und Klitorissen? Waren das eigentlich die richtigen Pluralformen? Merkwürdig, wie selten man sie brauchte. Es half nichts, ich würde den Scheuerschwamm benutzen müssen. Ich suchte unter der Spüle herum.

»Warum? Würdest du freundlicherweise einen Augenblick mit dem Abspülen aufhören, damit wir uns vernünftig unterhalten können?«

Ich kratzte mich am Kopf und hörte auf, nach dem Scheuerschwamm zu suchen. Die Tasse auf dem Regal erinnerte mich daran, unter dem Bett nachzuschauen. Obwohl ich sie immer wieder deswegen rügte, fand ich ständig Tassen, Gläser, Stromrechnungen und wichtige Briefe ihrer Arbeitgeber dort. Ich entdeckte einen Teller mit steinhartem Granola. Als ich mich erhob, wollte ich protestieren, überlegte es mir aber anders. Sie hatte die Ärmel zurückgerollt und die Hände in die Hüften gestemmt.

»Meinst du das ernst?« fragte ich.

»Darauf kannst du Gift nehmen. Wieso ist so ein großer Unterschied zwischen Cunnilingus und Fellatio?«

Ich warf einen hastigen Blick in mein Schatzkästlein mit mokanten Antworten, brachte aber das, was ich darin fand, nicht zum Einsatz. Ich war in Gönnerlaune. Schließlich lief meine erste Verhandlung im Old Bailey gut.

»Müssen wir so über die Sache reden, uns quer durchs Zimmer anschreien? Warum können wir nicht heute abend im Bett darüber sprechen, wenn wir uns lieben? Das ist so... ich weiß nicht, so steril.«

Daisy nickte. »Ich wollte dich bloß auf einen von deinen Komplexen aufmerksam machen. Wahrscheinlich ist das ein Samsara aus einem früheren Leben.«

»Ein was?«

»Egal. Würdest du mir jetzt bitte meine Frage beantworten?«

»Daisy, warum fängst du damit an? Wir haben den besten Sex von allen Leuten, die ich kenne. Wir sind beide ganz scharf drauf. Nicht mal, wenn wir uns streiten, leidet der Sex darunter. Und jetzt kommst du damit. Glaubst du denn, daß du mich durch lange Vorträge dazu bringst, deine Möse zu lecken?«

»Vorträge! Und das sagt der Vortragskönig von Nordlondon. Ich versuche, dir ein persönliches Bedürfnis zu vermitteln, und du wirfst mir vor, daß ich dir Vorträge halte. *Hörst du jetzt endlich zu spülen auf?*«

»Ja, ja, ich hör' ja schon auf.« Ich zog die Handschuhe aus, warf sie auf das Trockenbrett und sah sie an. Es war sowieso besser, wenn die Tasse einweichte. »Ich kann's nur nicht fassen, daß du dich über unseren Sex beklagst.«

»Doch, das tue ich. Es wird allmählich Zeit, daß du merkst, wie selbstgefällig du wirst.«

»Selbstgefällig? Bloß weil ich das nicht mag?«

»Ah!«

»Ich meine, ich hab's schon mal gemocht, wahrscheinlich werde ich es auch wieder mögen.« Warum wurde ich rot? »Aber das ist eine sehr intime Angelegenheit, soviel hängt davon ab, wie…«

»Wie was?«

Ich zögerte. Wir sprachen über fast alle Aspekte des Geschlechtsverkehrs, nur nicht über diesen. Er war tief verborgen im hintersten Gewölbe der Libido, sorgfältig geschützt vor verbalen Angriffen.

»Ich kann einfach nicht drüber reden.«

»Dann hast du also doch ein Problem damit.«

»Daisy, das ist unheimlich destruktiv, warum läßt du es zu, daß die das mit uns machen?«

»Wer? Wovon redest du?«

»Von Mick. Von der Frauengruppe.«

»Soll das vielleicht heißen, daß ich nicht für mich allein denken kann?«

Ich setzte mich verwirrt aufs Bett, während sie in ihrer aggressiven Haltung verharrte. Draußen war es schön, einer der ersten Frühlingstage. An solchen Frühlingstagen, wenn mein Vater nicht arbeiten mußte, machte er früher immer mit meiner Mutter einen Spaziergang am Kanal, pflückte Gänseblümchen für sie und bat sie, ihm Tennyson vorzutragen, während er hingerissen lauschte. Sie hielten Händchen dabei, ließen aber sofort los, wenn sie jemanden kommen sahen.

Schließlich flog ein Kissen in meine Richtung. Und noch eins. Ich bewegte mich auch nicht, als mich ein drittes am Kopf traf.

Daisy stellt sich neben das Bett und vergrub die Hand in meinen Haaren.

»Der arme Jimmy, die Diskussion ist ihm peinlich.«

»Du kannst mich mal.«

»Na, na. Aber mach dir nichts draus, das gehört mit zum Lernprozeß.«

»Aufgeblasenes Miststück.«

»Das sagst du immer zu mir.«

Ich hob den Blick. Sie hatte recht.

Sie kroch übers Bett und legte sich hinter mich, den Rücken zur Wand. Dann fing sie an, mich mit den Zehen zu kitzeln.

»Jimmy.«

»Was?«

»Laß uns in die Sextherapie gehen.«

»Meinst du wirklich, wir haben das nötig?«

»Das machen die Leute, wenn es Blockaden gibt. Du hast diesen englischen Komplex mit deiner Intimsphäre. Das ist manchmal ziemlich frustrierend für mich. Tut schließlich nicht weh. Das ist nicht wie beim Zahnarzt.«

»Doch. Für mich schon.«

Auf der Fahrt von Belsize Park zu Micks Wohnung tröstete mich Daisy und gab sogar zu, daß sie überlegte, ob die Sache wirklich eine so gute Idee war. Mir war übel. Wurden Probleme wirklich gelöst, wenn man mit Fremden über das eigene Sexualverhalten redete? Wo sollte das enden? Waren Tabus grundsätzlich falsch? Verbesserte ein Gefühl der Unantastbarkeit nicht eine Beziehung? Konnte überhaupt irgend jemand Mick lieben, deren Vagina offenbar öffentliches Eigentum war?

»Wir kennen den Typ nicht mal«, sagte ich.

»Ich weiß, aber Mick sagt, er ist toll, und außerdem hat er jede Menge Qualifikationen. Er hat fünf Jahre damit verbracht, Namen zu lernen.«

»Namen?«

»Ja, Namen, die sich die Leute gegenseitig geben.«

»Wie zum Beispiel James und Daisy? Und das fünf Jahre lang?«

»Mach dich nicht über mich lustig, Jimmy. Das machst du immer, wenn du eine Situation nicht im Griff hat. Die Sache funktioniert nicht, wenn du versuchst, sie zu kontrollieren.«

»Eins steht jedenfalls fest: Ich leck' deine Möse nicht vor ihm, auch wenn er fünf Jahre lang Namen gelernt hat.«

Ich hatte mir Kroom wie einen kleinen, sphinxartigen Indianer vorgestellt. Daisy war enttäuscht, daß er sich als Amerikaner entpuppte. Er kam aus New York und hatte den größten Teil seines Erwachsenenlebens in Kalifornien verbracht. Jetzt lebte er die meiste Zeit in Sausalito. Er und Mick wohnten auf einem Hausboot, wenn sie daheim waren.

Er war ein Riese, mindestens zwei Meter groß, mit einem langen Torso und kurzen Beinen. Die grauen Haare hinter seiner Stirnglatze hatte er zu einem Pferdeschwanz zurückgebunden. Um den Hals trug er ein Lederbändchen wie früher die Cowboys in billigen Filmen. Er und Mick wohnten in einem ruhigen Nordlondoner Vorort, der noch nicht saniert worden war. Selbst wenn Kroom sich bückte, füllte er noch die Tür einer kleinen Doppelhaushälfte aus der Vorkriegszeit aus, in der es nach Sandelholz und Schimmel roch. Ich versuchte sein albernes Lächeln zu ignorieren; schließlich war er Psychotherapeut, und deshalb mußte dieses alberne Lächeln einen Sinn haben. Daisy blieb dicht bei mir. Ich spürte, daß sie sich nicht sonderlich wohl fühlte, weil er so groß war.

Wir setzten uns auf ein Sofa in dem winzigen vorderen Wohnzimmer. Er nahm auf einem Stuhl Platz, schlang die Arme um die Knie, vielleicht, um sich so klein wie wir zu machen. Daisy lächelte ihn an und hob die Hände, als wolle sie sagen: »Tja, da wären wir also.« Kroom, der offenbar sehr von dieser Geste beeindruckt war, schenkte Daisy ein Lächeln, das ihr sagte, daß er sie reizend fand. Ich beschloß, ebenfalls zu lächeln. Er nickte weise. Bis jetzt hatte noch niemand ein Wort gesagt. Schließlich meinte Daisy: »Aha!«

»Was wollen Sie fragen?« erkundigte sich Kroom.

Er trug eine dicke Brille. Seine Kurzsichtigkeit war eindeutig auf dem linken Auge schlimmer, das durch das starke Glas zu zyklopischer Größe verzerrt wurde. Ich ertappte mich dabei, wie ich sein linkes Auge anredete.

»Wie heißen Sie wirklich?« fragte ich.

Daisy stieß mich in die Rippen. »Das ist der englische Humor«, sagte sie, »machen Sie sich keine Gedanken darüber.«

»Es gibt keine wirklichen Namen«, antwortete Kroom. Dabei blinzelte sein linkes Auge merkwürdig langsam.

»Nun«, sagte Daisy, »wir interessieren uns für die Sextherapie. Mick hat uns von Ihnen erzählt.«

»Mick ist ziemlich fortgeschritten.«

Die Pupille seines linken Auges weitete sich, wenn er Daisy ansah, und zog sich zusammen, wenn er mich anschaute.

»Normalerweise arbeite ich bei dieser Form der Therapie nur mit jeweils einem Partner. Das heißt, ich könnte mich eine Stunde lang mit Daisy beschäftigen, und dann könnte ich mich vielleicht morgen James widmen. Manchmal jedoch entscheide ich mich auch für Dyaden.«

»Dyaden?«

»Das kommt aus dem Griechischen«, erklärte ich, »und heißt ›zwei‹.«

»Genau.«

»Ich glaube, uns wären Dyaden lieber.« Daisy drückte meine Hand.

»Für die Paartherapie berechnen wir fünfundsiebzig Prozent der doppelten Gebühr, das heißt fünfzehn Pfund die Stunde.«

Dann führte er uns nach oben in einen großen Raum voller Sofas mit Disney-Plüschtieren. Ich hatte das Gefühl, daß die Vorhänge hier nie zurückgezogen wurden.

»Sex ist ein Spiel aus der Kindheit.«

Der Geruch von Sandelholz wurde stärker. In der einen Ecke stand ein Plastikeimer, der offenbar dazu diente, Wasser von einem Loch in der Decke aufzufangen. In der Mitte des Raumes waren zwei Holzstühle einander gegenüber arrangiert, der eine rot, der andere weiß.

»Der rote Stuhl ist sozusagen der heiße Stuhl. In dyadischen Sitzungen beobachtet die eine Hälfte der Dyade und hört zu, während die andere auf dem heißen Sitz sitzt. Ich glaube, James sollte es als erster versuchen.«

Ich setzte mich auf den roten Stuhl, Kroom auf den weißen. Daisy nahm auf einem Sofa Platz und drückte Mickymaus an sich.

»Vielleicht wollen Sie im Verlauf der Sitzung ein paar Kleidungsstücke ausziehen. Tun Sie sich keinen Zwang an. Hier gibt es nur mich, den Sie als Spiegel betrachten sollten, und die andere Hälfte ihrer Dyade.«

Ich warf Daisy einen flehenden Blick zu, die das Plüschtier anstarrte. Dann öffnete ich den obersten Knopf meines Hemds. Kroom dimmte das Licht so weit herunter, daß es fast dunkel wurde.

»Wie oft masturbieren Sie?«

»Selten.«

»Einmal in der Woche, im Monat, im Jahr?«

»Einmal im Monat, wenn's hochkommt.«

»Als Teil der Dyade oder allein?«

»Allein.«

»Und auf wen konzentrieren Sie sich dabei?«

»Auf Daisy.« Ich sah zu ihr hinüber. Sie senkte den Blick.

»Ist Daisy in Ihren Phantasien unterwürfig oder dominant?«

»Normalerweise unterwürfig. Manchmal auch dominant.«

»Was macht Daisy in Ihren Phantasien abgesehen vom Geschlechtsverkehr?«

»Ich phantasiere gern über die Dinge, die sie sowieso macht. Wissen Sie, manchmal denke ich an sie, und dann bin ich erregt, und es ist einfacher zu phantasieren, als sie zu verführen. Das heißt nicht, daß sie jemals nein sagen würde – jedenfalls macht sie das normalerweise nicht. Eigentlich so gut wie nie.«

»Und wie sehen die Dinge aus, die sie normalerweise tut?«

Ich versuchte, Daisys Meinung dazu durch einen Blick zu erfragen, aber sie sah mich nicht an. Zuerst beantwortete ich Krooms Frage vage, dann detaillierter. Plötzlich schwieg ich. Ich haßte Daisy und hätte Kroom am liebsten umgebracht.

»Ich werde Ihnen keine Fragen mehr beantworten – das ist infantil. Sie sind ein Arschloch«, sagte ich.

»James ist noch nicht bereit für die nächste Stufe«, sagte Kroom. »Ich denke, es ist an der Zeit, daß Daisy sich auf den heißen Stuhl setzt. Wenn James jetzt das Haus verlassen möchte, um seine Mitte wieder zu finden, kann er das tun.«

»Keine Chance«, sagte ich.

Ich setzte mich auf eins der Sofas und klammerte mich an Donald Duck.

»Ich werde jetzt meine Bluse aufknöpfen«, sagte Daisy. »Ich trage keinen Büstenhalter.«

»Ich bin ein Spiegel; der einzige andere Mensch hier ist die andere Hälfte Ihrer Dyade.«

Sie knöpfte ihre Bluse auf.

»Wie oft masturbieren Sie?«

Sie ließ eine Hand in ihre offene Bluse gleiten und streichelte eine ihrer Brüste. »Jeden Tag.«

»Wenn Sie Ihre Bluse ganz aufmachen wollen, können Sie das«, sagte Kroom. Daisy entblößte ihre Brüste, lümmelte sich auf ihren Stuhl, hielt eine Hand auf eine Brust und schloß halb die Augen.

»Von wem phantasieren Sie?«

»Ach, früher von allen möglichen Leuten, Menschen, die ich

im Bus oder in irgendeinem Laden gesehen hatte. Aber nie von Filmstars, nur von richtigen Leuten.«

»Ausschließlich von Männern?«

»Ja. Na ja, da war auch mal eine hübsche junge Frau in einem von meinen Kursen. An die hab' ich hin und wieder gedacht – aber normalerweise an Männer.«

»Gibt's eine Wurzel?«

»Eine Wurzel?«

»Oft gibt es so etwas wie eine Keimzelle in unserer Vergangenheit, die unsere Libido zum erstenmal freigesetzt hat.«

»Aber ja, natürlich.«

»Erzählen Sie davon.«

»Jay Katzo, ein Mann, der zahllose Frauen vergewaltigt hat. Er hat mir nie etwas getan, aber er hat mich in eine Gummizelle in einem Krankenhaus gedrängt, sich ausgezogen und mir sein erigiertes Glied gezeigt. Jimmy weiß davon.«

»Erzählen Sie weiter.«

»Tja, wie gesagt, er hatte eine riesige Erektion. Die Pfleger haben ihn weggebracht, bevor er etwas machen konnte. Ich war siebzehn. Danach hatte ich Alpträume, allerdings nicht sehr lange, vielleicht einen Monat. Dann, so sechs oder neun Monate später, habe ich plötzlich andere Träume gehabt.«

»Erklären Sie bitte.«

»Ich bin aufgewacht und war ganz geil auf ihn. Ich hab' gewünscht, daß ich vor ihm auf die Knie gegangen wäre, mich von ihm hätte aufspießen lassen – daß ich mich ihm hingegeben hätte wie in einem heidnischen Ritual, wissen Sie? Bei dem Gedanken an ihn brannte ich lichterloh, anders kann ich das nicht ausdrücken.«

»Wie lang ging das so?«

»Jahrelang. Bis ich James kennenlernte. Anfangs haben wir so oft miteinander geschlafen, daß meine Phantasien aufgehört haben.«

»Aber sie haben wieder angefangen?«

»Ja.«

Kroom hustete. »Haben Sie jemals James in Ihre Phantasien integriert?«

»Ja, ziemlich oft sogar.«

»Und was hat sich in letzter Zeit verändert?«

»Wie bitte?«

»Sie haben gesagt, früher waren es viele verschiedene Leute.«

»Tja, nun, wir haben so ein merkwürdiges Wochenende in einem Pfarrhaus auf dem Land verbracht. Da hat James mir diesen Kriminellen vorgestellt, mit dem wir jetzt befreundet sind, und den kriege ich einfach nicht mehr aus dem Kopf – ich meine, die Phantasien. Immer wenn ich an Sex denke, ist er auch da.«

»Hat er Ähnlichkeit mit Jay Katzo?«

»Ja.«

»Inwiefern?«

»Er hat so was Männlich-Animalisches.«

»Wenn Sie mit James schlafen, ist der andere dann auch da?«

»Ja, jedesmal.«

»Das heißt, der andere, dieser Kriminelle, schläft also eigentlich mit Ihnen?«

»In meiner Phantasie, ja.«

»Wenn Sie mit James schlafen, machen Sie dann öfter dabei die Augen zu als früher?«

»Ja, jetzt, wo Sie's sagen.«

»Und wenn Sie die Augen zumachen, ist er da, dieser Kriminelle?«

»Ja.«

»Ist seine Anwesenheit Voraussetzung für Ihren Orgasmus?«

»Anscheinend schon.«

»Zurück zu Ihren Phantasien. Könnten Sie uns an diesem Gefühl teilhaben lassen?«

Daisy machte ihre Jeans auf und ließ eine Hand zwischen ihre Schenkel gleiten.

»Wie beginnen Ihre Phantasien?«

Sie legte den Kopf in den Nacken und schilderte mit klarer, deutlicher Stimme:

»Nun, es gibt eine Menge verschiedener Phantasien, aber die häufigste beginnt in einer großen Villa. Ich bin die Herrin des Hauses, und mein Mann ist sehr alt. Wir haben einen starken, gutaussehenden Diener.«

»Wer ist dieser Diener?«

»Der Kriminelle, Oliver.«

»Und was passiert?«

»Wenn mein Mann weg ist, kommt er in mein Schlafzimmer. Ich erlaube ihm, mich ans Bett zu fesseln. Und dann nimmt er mich wieder und wieder, vielleicht dreißig- oder vierzigmal.«

»Und dann?«

»Danach bin ich seine Sklavin – sein Wesen. Er macht mit mir, was er will. Er beherrscht mich vollkommen mit seinem erigierten Penis – er benutzt ihn so, daß ich beinahe ohnmächtig werde. Er stellt ziemlich extreme Sachen mit mir an.«

»Zum Beipiel?«

»Stop!« Ich stand auf, ging zum Lichtschalter und drehte den Dimmer hoch. Daisy nahm die Hand aus ihrer Jeans.

»Wir gehen«, sagte ich. Daisy zupfte ihre Kleider zurecht.

Kroom erhob sich zu seiner vollen Größe.

»Gehen Sie mir aus dem Weg.«

Er sah Daisy an und trat dann beiseite. Ich packte sie an einer Hand und zerrte sie so heftig hinter mir her, daß sie stolperte.

»Keine Gewalttätigkeiten«, sagte Kroom.

»Arschloch.«

Ich gab Daisy eine schallende Ohrfeige. Sie zuckte zusammen, hielt eine Hand ans Gesicht. Ich zog sie aus dem Zimmer.

»James!«

»Halt's Maul!«

»Du brauchst mein Handgelenk nicht festzuhalten – ich renn' schon nicht weg.«

Ich ließ ihr Handgelenk los. Sie folgte mir die Treppe hinunter, aus dem Haus. Während wir auf ein Taxi warteten, vermieden wir es, einander anzusehen. Im Taxi saßen wir dann so weit wie möglich voneinander entfernt. Meine Hände zitterten. Ihr Mund war mittlerweile ein bißchen geschwollen. Sie leckte an ihrer Lippe.

»Du hast mir weh getan, weißt du das?« Sie schaute aus dem Wagenfenster.

»Gut. Du hast mir auch weh getan.« Ich sah auf meiner Seite aus dem Fenster, während ich sprach.

»Tut mir leid«, sagte sie.

»Was?«

»Tut mir leid. Für mich war es nur ein Spiel. Es tut mir leid, daß du die Sache so ernst genommen hast und ausgerastet bist.« Sie wandte sich mir zu, leckte immer noch ihre Lippe. Der Gedanke, daß ich sie wirklich hätte verletzen können, erschreckte mich.

Sie rutschte zu mir herüber. »Schau, deine Hände zittern.«

»Ich hätte ihn umbringen können – und dich dazu.«

»Ich weiß, das war erstaunlich.«

»Erstaunlich – wieder ein neues Gefühl für deine Sammlung? Für dich sind meine Gefühle nur Konsumgüter. Dich hat das angetörnt, daß ich ausgerastet bin, dich geschlagen und mich zum Narren gemacht habe. Ich hätte sogar für dich getötet, wenn's nötig gewesen wäre.«

»Nicht, James, ich hab' doch gesagt, daß es mir leid tut.«

»Meiner Ansicht nach ist dein Problem, daß du das Leben nicht an dich ranläßt. Du steckst in deiner Phantasiewelt, und eigentlich sehnst du dich nur nach genügend Schmerzen und Leiden, um endlich aufwachen zu können. Bloß, daß ich alles abkriege – so sieht die Emanzipation also aus.«

»Ich hab' gesagt, nicht.«

Sie versuchte, meine Hand zu nehmen, aber sie zitterte zu sehr. Ich biß mir auf die Lippe.

Sie saß ganz still da. Nach einer Weile spürte ich ein Zittern neben mir. Ich schenkte ihm keine Beachtung.

»Ich weiß, daß ich nicht lachen sollte«, sagte sie, »aber es war wirklich komisch, wie du diesem widerlichen Riesenbaby einen Schrecken eingejagt hast.«

Sie wölbte die Hände vor dem Gesicht. Das Zittern wurde stärker. Ich versuchte mich dagegen zu wehren, aber es war anstekkend.

»Also hast du ihn auch widerlich gefunden?«

»Klar. Aber ich wollte die Sache durchziehen – es schien mir so lahmarschig, es nicht zu machen.«

»Mir hat's alles von innen nach außen gestülpt, und du hast keine anderen Sorgen gehabt, als daß du lahmarschig erscheinen könntest?«

»Ich hab's sogar genossen – es war irgendwie befreiend. Findest du nicht?«

Ich schüttelte den Kopf. Das Problem war: Im kalten Licht des Tages erschien alles wirklich wie ein Spiel. Nichts, worüber man sich aufregen mußte.

»Tut mir leid, daß ich dich geschlagen habe.«

»Ist schon recht, du Macho. Ist mein Gesicht geschwollen?«

»Ein bißchen, am Mund. Hat's dir gefallen, daß ich dich geschlagen habe?«

»Nein. Na ja, im nachhinein betrachtet, ist es ganz schön aufregend gewesen. Aber mach das trotzdem nie wieder.«

Zu Hause betrachtete Daisy ihr Gesicht im Spiegel. Ich zog ihre Oberlippe zurück und entdeckte eine kleine Wunde und ein bißchen Blut an ihren Zähnen.

»Tut mir leid.« Ich küßte ihre Augenlider.

»Und abgesehen davon – wie fühlst du dich?«

»Merkwürdig. Eigentlich sollte ich eifersüchtig sein, aber ich weiß schon seit Ewigkeiten von diesen Phantasien. Irgendwie ist es erleichternd, daß es endlich heraus ist.«

»Ich hab' immer Phantasien gehabt. Vielleicht bin ich einfach die geborene Masturbatorin, Jimmy.«

»Aber muß es unbedingt sein?«

»Ich kann nichts dafür. Außerdem ist es ja gar nicht wirklich er, sondern ein Phantasiebild von ihm. Wenn du nicht ausgerastet wärst, hätte Kroom dir sicher erklärt, daß es Menschen gibt, bei denen die Libido bloß dann funktioniert, wenn sie exotisches und rätselhaftes Futter kriegt. Wir brauchen alle einen Fluchtraum vor dem stumpfsinnigen Alltag und der mentalen Kontrolle. Sogar du.«

»Genau deswegen wollte ich nicht zu Kroom – ich wollte das Mysteriöse nicht verlieren, indem ich einen Fremden daran teilhaben lasse. Und außerdem bist *du* mein Fluchtraum vor dem stumpfsinnigen Alltag, du bist das Exotische, das Wunderbare. Du entziehst dich jeglicher Kontrolle. Ich brauche keine Phantasien.«

Sie lächelte.

»Stell dir die Situation noch mal vor«, sagte ich. »Ich hab' dich geschlagen, ich hab' dich quer durchs Zimmer geschleift. Theoretisch habe ich dich gedemütigt, aber im Endeffekt bist du die Stärkere – weil ich dich anbete.«

Sie schüttelte den Kopf. »Nicht übertreiben, Mr. Knight – heute habe ich eine Ahnung von deiner Herrschaft bekommen. Und ich hab' den Eindruck, daß es dir gut dabei geht.«

»Vielleicht.«

»Und du fühlst dich stark?«

»Nun, er war so riesig. Es war schon ein gutes Gefühl zu wissen, daß ich ihn hätte niederschlagen können. Ich hätte ihn wirklich umbringen können.«

Ich zog die Vorhänge zu, schaltete das Licht aus und stellte einen Stuhl in die Mitte des Zimmers.

»Na schön, dann laß uns also die Sache zu Ende führen – aber diesmal bin ich die Hauptperson, verstanden?«

Ich kannte die meisten ihrer Phantasien aus ihren Gesprächen mit ihrer Mutter und unseren eigenen obszönen Geplänkeln, aber ich hatte keine Ahnung gehabt, wie üppig sie die Details mittlerweile ausschmückte.

[25]

Daisy und ich hatten irgendwann zusammen genügend Einkommen, um uns eine richtige Wohnung statt eines möblierten Zimmers leisten zu können. Wir entschieden uns für ein Apartment nicht weit von dem alten und freuten uns auf den Tag des Umzugs. Thirst war stolz, daß wir ihn gebeten hatten, uns zu helfen.

Am verabredeten Morgen tauchte er pünktlich um halb neun mit einem Lieferwagen ungeklärter Herkunft und seinem Kumpel Chaz auf. Chaz hatte einen Kassettenrecorder dabei, aus dem ohrenbetäubende Musik dröhnte, doch die Juniluft war prikkelnd wie Champagner. Es war die Sorte Morgen, die wir Engländer als Erlösung empfinden und in uns aufsaugen wie Wüstenpflanzen den Regen. Thirst trug ein T-Shirt, dessen Ärmel ausgeschnitten waren, damit man seine Sammlung von Tätowierungen besser sah.

Der Umzug war für Thirst eine großartige Gelegenheit, uns seine eigene Muskelstärke und unsere Saft- und Kraftlosigkeit zu beweisen. Er nahm das Heft in die Hand. Daisy und ich durften nichts hochheben, was die Muskeln unter seinen Tätowierungen zur Geltung bringen konnte.

Sein Kumpel Chaz, ein hagerer, fast röhrenförmiger Mensch, ebenfalls mit Blue Jeans und abgeschnittenem T-Shirt, aber ohne Tätowierungen und fast ohne Bizeps, lauerte immer und überall auf Rockmusik.

Er redete kein Wort mit Daisy oder mir, sondern fragte Oliver in einem Cockney-Dialekt, den Daisy überhaupt nicht verstand, wenn er nicht wußte, was als nächstes zu tun war.

Wir waren ungefähr zehnmal in der neuen Wohnung gewesen, um uns über Farben und Raumaufteilung zu einigen. Das vierstöckige Haus war alt, aber die Umwandlung in einzelne Wohnungen hatte erst vor kurzem stattgefunden. Die Vermieterin, der der Gedanke, einen Anwalt als Mieter zu haben, gefiel, hatte uns den gesamten zweiten Stock überlassen.

»Unsere erste unmöblierte Wohnung.«

»Die ganze Wohnung wird Ausdruck unserer Persönlichkeit sein«, sagte Daisy. »Und unserer Beziehung.«

»Oder unseres Bankkontos. Wir müssen eine ganze Menge kaufen – eigentlich alles. Teppiche, einen Gasofen, ein Telefon, ein paar Polstermöbel.«

»Können wir uns ein Sofa leisten? Ich liebe Sofas.«

»Wer kriegt den Einbauschrank?«

»Den kannst du haben.«

»Nein, du.«

Als wir an jenem Tag dort ankamen, war bereits eine Rolle strapazierfähiger Teppichboden geliefert worden. Wir hatten zehn Prozent gespart, weil wir ihn selbst verlegen wollten. Thirst dirigierte Chaz mit seinem Kassettenrecorder sowie einem Messer mit verstellbarer Klinge die Treppe hinauf.

Chaz stellte den Recorder auf das ihm am nächsten gelegene Fensterbrett und rollte den Teppich auf dem Boden aus.

»Wie rum?« fragte er.

»In welche Richtung wollt ihr ihn haben?« sagte Thirst.

»Was meinst du?«

Thirst zuckte mit den Achseln. »Was meinst du, Chaz?«

Chaz runzelte die Stirn, als beschäftige er sich mit einem schwierigen Problem.

»Sorrumoso?« fragte er schließlich und machte ein paar Handbewegungen, die so schnell waren, daß wir nicht folgen konnten, bevor er sich wieder zum Fensterbrett und seinem Kassettenrecorder zurückzog.

»Die Nahtstelle«, sagte Thirst. »Längs oder quer?«

»Längs«, sagte ich.

»Quer«, sagte Daisy.

Thirst begann hin und her zu laufen.

»Quer«, sagte ich.

»Längs«, sagte Daisy.

»Überlassen wir's Chaz...«

Chaz grunzte etwas, kehrte in die Mitte des Raumes zurück und stellte sich auf den Teppichboden. Dann zog er ihn herum, bis er in den Ecken des Zimmers aufstand, holte sein Messer heraus und fing, ohne irgend etwas abzumessen, an, den Teppichboden zuzuschneiden, der einen ziemlich großen Teil meines Geldes verschlungen hatte. Daisy und ich sahen einander an, doch schon nach wenigen Minuten war Chaz in einer anderen Ecke beschäftigt. Der Teil, den er bereits bearbeitet hatte, paßte genau. Zwei Heizungsrohre und ein paar Stromkabel hatte er perfekt integriert.

»Er ist sehr geschickt«, sagte Thirst. »Am besten, wir überlassen das ihm. Wie lang wird's dauern, Chaz?«

»Stunde.«

Wir verließen das Haus und mit ihm Chaz und die Klänge der elektronischen Gitarre von Jimmy Hendrix und traten hinaus in den Morgen.

»Chaz ist ja ein richtiger Profi«, sagte Daisy.

»Das hat er in Wormwood Scrubs gelernt«, sagte Thirst. »Er hat 'ne Lehre gemacht und ich die mittlere Reife.«

»Wie geht's mit dem Lernen?« fragte ich.

»Oliver interessiert sich sehr für Shakespeare«, sagte Daisy.

»Tatsächlich?« fragte ich überrascht.

»*Macbeff* ist okay, aber die Sonette sind echt Gesülze. War Shakespeare vielleicht 'n Schwanzlutscher?«

»Du meinst, ob er schwul war? Wahrscheinlich«, antwortete Daisy.

Eine Frage, die ich ihm schon die ganze Zeit hatte stellen wollen, fiel mir ein. »Warum machst du Englisch?«

»Weil du mir gesagt hast, daß ich nicht reden kann«, antwortete er.

Ich kratzte mich am Kopf. »Da hab' ich mich wohl getäuscht.«

Er sah mich an. Ich sah Daisy an. Sie sah ihn an. Ein grausames Grinsen breitete sich auf seinem Gesicht aus, und er schlug sich auf den Oberschenkel.

»Und Chaz? Apropos ›nicht reden können‹! Drinnen haben sie gesagt, der ist bloß im Knast gewesen, weil er nicht gewußt hat, wie man ›nicht schuldig‹ sagt.«

»Genau«, sagte Daisy. Sie hätte Lust gehabt, weiter über Literatur zu reden, aber Thirst wandte sich einem anderen Thema zu.

»Schaut euch das hier an«, sagte er und breitete die Hände über die sonnenhelle Straße aus. »Das war alles mal unter Eis.«

»Als du ein Kind warst?« fragte Daisy.

»Nein, im Pleistozän, ungefähr vor zehntausend Jahren. Habt ihr schon gewußt, daß die letzte Eiszeit erst siebzehnhundertfünfzig zu Ende gegangen ist, und daß es da mehr Gletscher auf der Erde gegeben hat als jemals zuvor seit dem Pleistozän?«

Daisy und ich sahen uns an. Wir gingen weiter, bis wir zu einem Café gleich um die Ecke von unserem neuen Zuhause kamen.

Das Café gehörte zu den vielen in London, denen es gelingt, die schlimmsten Eigenheiten ähnlicher Cafés in anderen Ländern in sich zu vereinigen. Kaffee und Essen waren teuer, aber schlecht, die Ausstattung modern, aber drittklassig, der Kellner ziemlich barsch und unaufmerksam, und der Inhaber neigte dazu, seinen Gästen zu wenig Wechselgeld herauszugeben.

»Ihr geht oft in solche Cafés?« Thirst warf einen ungläubigen Blick auf die Preisliste.

»Fast nie«, sagte ich. »Mir gefällt so was nicht.«

»Warum nicht?«

Ich hatte mich inzwischen an solche Frage gewöhnt und auch an seine bemerkenswerte Begabung, sich alle möglichen Informationen anzueignen und sie umzusetzen.

»Die Einrichtung ist Schlock total, der Kellner ist ein grober Hund, das Essen kommt aus der Dose – manchmal machen sie's nicht mal richtig warm –, es gibt bloß Instantkaffee, und der Besitzer ist ein Gauner.«

Er betrachtete das Café mit neuen Augen. »Wie heißt das Wort, das du gerade gesagt hast?«

»Schlock. Das ist amerikanisch. Ich hab's von Daisy.«

»Und was heißt das, Daize?«

»Die Juden in New York sagen das – wahrscheinlich kommt's aus dem Jiddischen. Es heißt so was Ähnliches wie Schrott, nur fürs Auge. Weißt du, Sachen, die jemand mit Geld, aber ohne Geschmack kaufen würde.«

Seine Augen verengten sich. »Jemand aus der Gosse wie ich, meinst du?«

Daisy suchte nach Worten. »Nein, so darfst du das nicht verstehen. Ich wollte nicht ...«

Er grinste mich an. »Diese Yankees – manchmal kriegen sie den Witz nicht so richtig mit. Ist schon recht, Daisy, ich hab' bloß so sauer getan.«

Daisy sah zuerst mich an, dann ihn, und blähte die Backen. »Mein Gott! Könnt ihr Kerle denn nie aufhören, euch über die Leute lustig zu machen?«

»Wir Kerle? Meinst du damit die Engländer?« fragte Thirst.

»Ne, machen wir, glaub' ich, nicht. Wir tun bloß immer so eingeschnappt. Das ist das beste. Vermißt du die Staaten, Daize?«

»Manchmal schon.«

»Wie sieht's denn da wirklich aus? Wolkenkratzer und Cowboys und Schießereien, solche Sachen?«

»Die Leute tun, was sie tun müssen. Es ist nicht so ein Getue wie hier. Weißt du, wie das am häufigsten verwendete englische Wort heißt? – ›Sorry.‹ Mein Gott, manchmal frage ich mich, ob die Männer in England alle Memmen sind. Diese ganze Höflichkeit hier, das ist doch bloß 'ne Tarnung für mangelnden Mumm. Sorry, sorry, sorry – was anderes hört man nicht.«

Thirst zwinkerte mir zu. »Dann sind die Amerikaner also nicht höflich, Daize?«

»Machst du Scherze? Da heißt's aus 'm Weg, du Arschloch, bevor ich dir die Fresse poliere!« Sie sah uns an. »Okay, das ist aggressiv, ordinär, möglicherweise sogar mörderisch. Aber wenigstens ist's ehrlich. Ihr habt doch das Wort ›Wichser‹ hier – das ist jemand, der zwanghaft masturbiert, stimmt's? Ihr verwendet das die ganze Zeit. Das hier ist eine Nation von Wichsern. Vielleicht könnt ihr nichts andres, als euch über alles lustig zu machen.«

In ihren Augen loderte das Feuer der Erregung. Ich bemerkte ein kurzes, interessiertes Aufflackern in denen von Thirst, bevor er sich wieder mir zuwandte und mir noch einmal zuzwinkerte. »Der Inhaber ist also ein Gauner, sagst du? Wetten, daß wir hier keinen Penny zahlen müssen? Bestellt, was ihr wollt. Die Rechnung geht auf mich.«

»Oliver«, sagte ich.

Er hob die Hand. »Ich versprech' euch, daß ihr nicht kompromittiert werdet. Daisy, wie wär's mit Spaghetti Bolognese?«

Sie sah mich achelzuckend an und bestellte eine Lasagne. Ich wollte einen Cappuccino, Thirst ein Steak mit Pommes. Er aß drei Viertel seines Tellers leer, bevor er den Kellner rief.

»Ich würde gern mit dem Inhaber reden«, sagte Thirst in sanftem, respektvollem Tonfall.

»Ist etwas nicht in Ordnung?« Der Kellner war mittelgroß, stämmig und hatte den Mund grimmig zusammengepreßt.

»Ich würde lieber mit dem Inhaber sprechen«, sagte Thirst.

»Er ist nicht da.«

Thirst starrte den Mann an und hob lächelnd die Augenbrauen. »Ich glaube, er ist schon da. Und ich denke, er wird es Ihnen sehr übel nehmen, wenn ich das, was ich von Berufs wegen machen muß, mache, ohne ihm vorher eine Chance gegeben zu haben.«

Dem Kellner erschien das alles offenbar weniger rätselhaft als mir. Er nickte und verschwand in den Küchenbereich. Wenig später erschien ein großgewachsener, kräftiger Mann Mitte Vierzig. Seine kleinen Augen sahen Thirst aus einem harten Gesicht an.

»Nun, Sie wollten mit mir sprechen?«

»Es tut mir leid, wenn ich Ihnen den Tag verderben muß, Sir«, sagte Thirst, »aber sagen Ihnen die Bezeichnungen *Rattus norvegicus* und *Rattus rattus* etwas?«

Der Mann wurde rot. »Hier gibt es keine Ratten. Dies ist ein sauberes Restaurant. Ich weiß nicht, wer Sie sind, aber ...«

Thirst hob beschwichtigend die Hand. »Ich sehe, daß diese Bezeichnungen Ihnen etwas sagen. Sie haben mein Mitleid; offenbar sind Sie also schon einmal von den Nagern heimgesucht worden. Ich kann Sie verstehen, und es macht mir auch keine Freude, Ihnen das da zu zeigen.«

Er deutete auf die Scheuerleiste, die zur Küche führte. »Sehen Sie die Spur, die dort ungefähr zwei Zentimeter parallel über dem Boden verläuft?«

Der Inhaber warf einen Blick darauf und wurde tiefrot. »Was wollen Sie damit andeuten?«

»Nun, *Rattus rattus* und *Rattus norvegicus* sind schlau, daran steht kein Zweifel, und sie lassen sich nicht leicht aufspüren, aber sie sind auch vorsichtig und drücken sich gegen die Wände, wo sie dann Spuren hinterlassen.«

Wieder starrte der Inhaber hin, doch dann lachte er. »Ganz schön clever, Sonny, aber so leicht geht das nicht. Die Spur wird von dem Gummiabschluß am unteren Ende der Tür verursacht. Sehen Sie.«

Er ging zur Küchentür, die so etwas wie eine Gummiklappe am unteren Ende hatte, und öffnete sie, bis sie an der Wand anstieß. Die obere Kante der Gummiklappe traf genau auf die Spur an der Wand.

Thirst lächelte nachsichtig. Dann erhob er sich zum Erstaunen des Inhabers. »Ich habe nicht von *der* Spur gesprochen, und bitte sagen Sie nicht ›Sonny‹ zu mir – wir sind doch zivilisierte Menschen. Ich habe diese Spur dort gemeint.«

Tatsächlich befand sich unter dem Abdruck der Tür noch eine weitere leichte Spur.

»Das hat nichts zu bedeuten.«

»Ich glaube doch. Und zwar, wenn sich die Spur an anderen Stellen des Lokals wiederfindet.« Er deutete auf ähnliche Flecken an der Scheuerleiste des Cafés. Daisy schluckte.

Dem Inhaber fiel das Sprechen schwer. »Wer zum Teufel sind Sie? Das sind Scheuerspuren von Schuhen.«

Thirst schüttelte den Kopf. »Das glaube ich nicht, Sir. Sehen wir uns die Sache doch ein wenig genauer an, ja?« Er kniete bei der Scheuerleiste vor der Küche nieder und kratzte mit dem Fingernagel an der Verbindungsstelle zum Boden.

»Sind Sie vom Gewerbeaufsichtsamt?« wollte der Mann wissen.

»Ich glaube, es wäre in Ihrem Interesse, wenn Sie diese Frage nicht stellen würden, finden Sie nicht auch? Ich meine, schließlich soll das hier ja keine *offizielle* Inspektion werden, nicht wahr?«

»Scheuerspuren«, wiederholte der Inhaber kleinlaut.

»Ich wünschte, es wäre so, Sir«, sagte Thirst, »aber wie erklären Sie sich das da?«

Er stand auf und zeigte ihm seine Handfläche, auf der ungefähr ein Dutzend stoppelige weiße Haare lagen.

»*Rattus norvegicus*, wenn mich nicht alles täuscht. Genauer gesagt, ein Albinoexemplar. Wenn Sie genug davon einfangen, könnten Sie sie an Labors verkaufen. Aber wenn Sie mir nicht glauben, könnten wir natürlich auch die örtlichen Behörden rufen, um diese Haarproben genau untersuchen zu lassen«

Der Inhaber wischte sich das Gesicht mit einem Taschentuch ab. »Da ist was faul, das weiß ich. Was wollen Sie?«

»Zufällig betreibt mein Schwager ein kleines, aber höchst effizientes Unternehmen als Kammerjäger...«

Erleichterung breitete sich auf dem Gesicht des Inhabers aus.

»Geben Sie mir seine Nummer. Wenn der Preis stimmt...«

»Hören Sie, wenn Sie einen billigeren finden, dann wenden Sie sich ruhig an ihn. Ich möchte lediglich, daß Sie das Ungeziefer hier loswerden.« Thirst schrieb eine Nummer auf eine Papierserviette, hielt inne und warf einen Blick auf die Reste auf seinem Teller. »Allerdings muß ich sagen, daß mir der Appetit vergangen ist.«

Der Inhaber winkte ab. »Na schön. Gehen Sie.«

»Rattenhaare«, sagte Thirst zu Daisy, als wir draußen waren, »muß man immer dabeihaben.«

»Du bist wirklich kalt wie Hundeschnauze«, sagte Daisy kopfschüttelnd.

Auf der Straße blieb er unter einem Baum stehen und wich meinem Blick aus, während er sprach. »Nein, den Fehler machen die meisten Leute. Bei einem Diebstahl, ja, da braucht man Mumm, aber bei 'nem guten Schwindel braucht man das da.« Dabei tippte er sich an den Kopf. »Hat vielleicht ganz leicht ausgesehen, aber es war die klassische Struktur. Am besten kann man jemanden reinlegen, wenn er glaubt, er legt einen rein. Er wollte uns so schnell wie möglich los haben, weil er die Nummer, die ich ihm gegeben habe, natürlich nie anrufen wird. Für ihn war die Geschichte mit dem Essen das kleinere Übel.« Er sah Daisy an wie eine begriffsstutzige Schülerin. »Kapiert?«

»Kapiert«, sagte Daisy.

[26]

Am nächsten Morgen war es noch sonniger. Thirst kam mit dem Lieferwagen, Chaz und einem Kühlschrank wieder, den Daisy ihm ohne meine Zustimmung abgekauft hatte. Ich bestand darauf, daß sie ihn mit ihrem eigenen Geld bezahlte, und verweigerte jegliche Beteiligung.

Ich sah Thirst mit unbehaglichem Gefühl dabei zu, wie er den Kühlschrank aus dem Lieferwagen hievte. Das gelang ihm ganz allein. Um uns seine herkulischen Kräfte zu demonstrieren, stolperte er damit über den Gehsteig zu den Stufen des Hauses. Dort setzte er ihn ab, wischte sich mit dem Handrücken den Schweiß von der Stirn und grinste. »Früher hab' ich ganz allein das hintere Ende von 'nem Mini hochgekriegt.«

»Hast du mit Gewichten trainiert?«

»Ne. An so was glaub' ich nicht. War Training genug, vor den Bullen wegzulaufen.« Wieder grinste er. »Weißt du was? Ich wette mit dir, daß ich den Kühlschrank bis zu dem Laternenpfahl da schleppen kann.«

Er sah, daß ich mir über die Herkunft des Kühlschranks Gedanken machte.

»Nein, ich wette nicht. Bitte, bring ihn ins Haus. Ich helf' dir dabei.«

Er grinste. »Ich mach's trotzdem. Kann das Training gebrauchen.«

Nachdem er sich in die Hände gespuckt hatte, ging er in die Hocke, um den Kühlschrank hochzuheben. Selbst seine Kraft reichte kaum dazu, und einen Augenblick lang dachte ich, er würde ihn fallen lassen. Doch dann stolperte er den Weg hinunter. Als er beim Laternenpfahl angelangt war, setzte er den Kühlschrank ab, stieß einen lauten Schrei des Triumphs aus und lachte.

»Hätt' mir fast 'nen Bruch an dem Ding gehoben. Tja, ich hab' bloß gesagt, daß ich's bis zu dem Laternenpfahl schaffe – davon, daß ich ihn auch wieder retour bring', war nicht die Rede.«

»Ich helf' dir.«

»Warum trägst *du* ihn nicht zurück?« Seine Augen funkelten. Ich war genauso groß wie er, aber viel schlanker und wahrscheinlich nur halb so stark. Wenn nicht Frühling gewesen wäre, wenn Daisy Chaz nicht oben bei den Möbeln geholfen hätte, wäre ich vielleicht vernünftiger gewesen.

»Wieviel setzt du?«

»Fünfzig Eier.« Er verschränkte seine tätowierten Arme, lehnte sich gegen die Mauer und fing zu pfeifen an. Plötzlich schien er jeden Sinn für Humor verloren zu haben und wirkte hart. Es war klar, daß er mir nicht dabei helfen würde, den Kühlschrank, der unter dem Laternenpfahl ziemlich surreal wirkte, ins Haus zu tragen. Das Ding erinnerte mich sehr an ein Beweisstück in einem Prozeß gegen einen Einbrecher.

Ich ging in die Hocke, um die Hände – die weichen Hände eines Schreibmaschinenmenschen – unter den Kühlschrank zu schieben. Wenn ich alle Kraft zusammennahm, konnte ich ihn hochhieven, doch er kippte immer nach vorne, weil er ziemlich unhandlich war. Meine Finger waren bereits zerschnitten. Thirst machte Anstalten, mir zu helfen.

»Verpiß dich«, sagte ich.

Er war überrascht. Ich versuchte es noch einmal. Diesmal

streckte ich die Arme so weit wie möglich und dehnte meinen Rücken gefährlich. Ich spürte den Druck in der Lendengegend, wie sich eingerostete Muskeln über diese plötzliche Belastung beklagten. Ganz langsam hob ich den Kühlschrank hoch. Ich stolperte ein wenig, um die Balance zu halten. Irgendwie schaffte ich es, das Ding vor den Eingangsstufen abzusetzen.

Als ich mich aufrichtete, spürte ich einen stechenden Schmerz im Rücken. Daisys Füße tauchten am oberen Ende der Treppe auf.

»Jimmy, was ist denn passiert?«

»Ach, nur ein bißchen Arbeiterschicht-Machismo«, sagte ich. »Wir haben eine Mutprobe gemacht. Übrigens schuldest du mir fünfzig Pfund«, fügte ich an Thirst gewandt hinzu. Meine Hände bluteten.

»Stimmt«, sagte Thirst. Daisy begriff sofort, was los war. Sie stand auf der Treppe wie auf einer Bühne. »Wahrscheinlich hast du jetzt 'nen Bandscheibenschaden, du Sturschädel. Werden Männer eigentlich nie erwachsen? Ihr seid wie die Neandertaler. Man kann euch wirklich nicht allein lassen. Warum holt ihr nicht gleich Pfeil und Bogen raus und geht Säbelzahntiger jagen? Aber verlang ja nicht von mir, daß ich dich pflege, wenn du's an der Bandscheibe hast.«

Sie drehte sich auf dem Absatz um und ging wieder ins Haus.

»Was ist ein Neandertaler?« fragte Thirst. »Was hat sie da gefaselt? Ich weiß, sie is' deine Freundin, James, aber manchmal hab' ich das Gefühl, sie raucht zuviel Haschisch – verstehst du, was ich meine? Was sollte denn das mit Pfeil und Bogen und Säbelzahntigern? Wenn sie meine Freundin wär', würd' ich sie mal ordentlich versohlen, das sag' ich dir.«

»Ich glaube, im Moment würde ich auf jeden Fall den kürzeren ziehen.« Ich stützte die Handflächen in mein schmerzendes Kreuz.

»Am besten, du legst dich flach hin.« Er nahm meinen Arm,

schlang ihn um seinen Hals, hob mich vorsichtig hoch und bettete mich auf das Gras vor dem Haus. Immer wieder mußte ich seine gewaltigen Körperkräfte und seine ungeheure Vitalität bewundern. Er hatte das, was Daisy wahrscheinlich unsere Egoschlacht genannt hätte, gewonnen, doch als er mich kurz ansah, mußte ich wieder an jenen flüchtigen Moment auf der Waterloo Bridge denken: In seinen Augen war so etwas wie Schmerz, vielleicht auch Mitleid und Fatalismus sowie die Erkenntnis, daß es kein Entrinnen gab. Dann ging er ins Haus.

Ich lag auf dem Rücken und stellte fest, daß die frischen grünen Blätter des Baumes über mir unregelmäßige Muster in den Himmel schnitten. Die Tatsache, daß Daisy sich zusammen mit Thirst in der Wohnung aufhielt und ich vorübergehend fast bewegungsunfähig dalag, versetzte mich in eine merkwürdige Stimmung. Ich merkte, daß ich diese Stimmung verändern konnte, je nachdem, ob ich mich meinem Argwohn oder dem Gedanken an Thirsts seltsamen Blick hingab. Es war lächerlich, daß ich bis dahin nie folgendes in Betracht gezogen hatte: Seine Lebenserfahrung war mit der meinen identisch. Wahrscheinlich döste ich über diesem Gedanken ein. Als ich ein paar Minuten später wieder aufwachte, sah ich Daisys Gesicht über mir.

»Tut mir leid, Jimmy, daß ich so eklig zu dir war. Hast du dir ernsthaft weh getan?«

»Das Hinlegen hat mir gut getan. Kannst du mir aufhelfen?«

Chaz und Thirst fuhren weg, sobald unsere Sachen in der Wohnung waren. Ein paar Stunden später brachte ein anderer Lieferwagen einen Kiefernholztisch und Stühle. Ich war mit meinen Kräften am Ende.

Ich lag mit meinem schmerzenden Rücken auf dem neuen Teppichboden, während Daisy ganz aufgeregt von Zimmer zu Zimmer lief.

»Ich kann's noch gar nicht glauben, daß wir jetzt so viel Platz haben!«

An die Wand gelehnt, Kissen im Rücken, tranken wir Wein.

»Ist das nicht toll?« fragte Daisy.

»Ich hoffe bloß, daß wir die Miete bezahlen können.«

»Aber du schuftest doch wie ein Pferd – es kommen ständig Aufträge rein.«

»Im Augenblick läuft die Wirtschaft schlecht, deswegen dauert's noch länger als sonst, bis die Solicitors zahlen. Weißt du eigentlich, daß ich erst letzte Woche das Geld für Thirsts Berufung gekriegt habe?«

»Trink noch ein bißchen Wein, dann kriegst du bessere Laune. Wir schaffen das schon. Ich geb' noch ein paar Kurse am Abend, wenn du das möchtest.«

Ich trank. »Weißt du was? Ich fange gerade an, mich selbst in einem neuen Licht zu sehen. Daisy, ich muß zugeben, daß du wahrscheinlich die ganze Zeit recht gehabt hast.«

»Wie das, mein Lieber?«

»Nun ja, daß ich mich ständig für Geld und Status abrackere – meine endlose Suche nach einem Endziel, nach dem Gefühl, es geschafft zu haben. Eigentlich ist das bloß ein blödes Männerspiel. Das Ankommen, das Leben, das passiert jetzt.«

»Klar. Das ist das mystische Jetzt. Was anderes gibt's nicht.«

»Der Mensch ist ein in die Zeit geworfenes Tier.«

»Genau.«

»Und was hat mir das alles gebracht? Jetzt bin ich fast dreißig, und das einzige, was ich habe, ist eine Mietwohnung mit Möbeln, die ich mir kaum leisten kann. Wenn ich dann in den nächsten paar Jahren noch mehr Erfolg habe, bedeutet das ein Häuschen irgendwo draußen vor der Stadt und eine riesige Hypothek, die ich Monat für Monat abbezahlen muß.«

»Genau.«

»Weißt du was? Ich hab' mich entschieden – keine Fernziele

mehr. Ich warte nicht mehr drauf, daß ich endlich irgendwo ankomme.«

Daisy klatschte in die Hände und besann sich kurzfristig wieder auf ihren New Yorker Akzent: »Im Grunde seines Herzens ist der Junge also doch ein Penner.«

Ein bißchen beschwipst vom Wein drehte sie mich auf den Bauch, um mir sanft den Rücken zu massieren. Dann drehte sie mich wieder herum, küßte mich und machte langsam meine Jeans auf. Als ich die Hände nach ihr ausstreckte, schob sie sie weg. Sie küßte mein Gesicht und meinen Hals, dann zog sie ihr Top aus, damit ich ihre Brustwarzen küssen konnte. Ich wölbte die Hände um ihre Brüste.

Plötzlich wirkte sie verletzlich. »Jimmy, jetzt, wo wir so viel Platz haben – möchtest du, daß ich die Pille absetze?«

Ich sagte kein Wort, sondern wandte den Blick den Bruchteil einer Sekunde ab, wie ich es seit Monaten machte, wenn sie diese Frage aufs Tapet brachte. Als ich sie wieder ansah, war ihr Gesicht vor Enttäuschung verzerrt.

»Ich hab' gedacht, es wäre nur ein Platzproblem«, sagte sie und hatte dabei Mühe, die Tränen zurückzuhalten.

»Du weißt, daß es nicht nur um den Platz geht. Seit ich von der Uni weg bin, reiß' ich mir den Arsch auf. Das schaffe ich nur, weil ich ständig dran denke, daß ich eines Tages finanziell unabhängig sein werde. Im Moment kann ich mir nicht vorstellen, ein Kind zu ernähren. Schließlich ist das was Lebenslanges. Ich will nicht die nächsten zwanzig Jahre das Gefühl haben, lebendig begraben zu sein. Und wieviel Zeit mit dem Kind hätte ich überhaupt? Tut mir wirklich leid.«

Es fiel ihr schwer, mir zu antworten: »Ich wünsche mir ein Kind, James. Wirklich.«

»Warum?«

Sie wischte sich die Augen mit dem Handrücken ab, stand auf

und sprach mit dem Rücken zu mir. »Denk über das nach, was du grade gesagt hast. Da strampelst du dich jahrelang ab, und am Ende stellst du fest, daß du ein Bankkonto geboren hast. Ich möchte etwas Lebendiges zur Welt bringen. Etwas Bleibendes.«

[27]

Daisy half Thirst weiterhin beim Lernen. Er bekam eine Förderung, so daß er den ganzen Frühling hindurch arbeiten konnte; er riß sich nur von seinen Büchern los, um immer gezieltere und kompliziertere Fragen zu stellen.

Er hatte sich nicht für die Schule entschieden, an der Daisy unterrichtete und die ich ihm seinerzeit auf der Waterloo Bridge empfohlen hatte, sondern für eine in der Nähe von Elephant and Castle. Doch er wandte sich an sie, wenn es um die Funktion von Wortspielen in Shakespeares Dialogen, die Verwendung des Pathos im Roman des neunzehnten Jahrhunderts oder die Auswirkungen des Education Act von 1914 auf die moderne englische Literatur ging. Die letzte Problemstellung stammte aus der Soziologie, für die er sich immer mehr interessierte.

Wir trafen uns von Zeit zu Zeit mit ihm, vordergründig, um den Kontakt aufrechtzuerhalten, letztlich aber, weil wir die einzigen Freunde waren, an denen er seinen frisch erworbenen Wortschatz ausprobieren konnte. Der steckte jetzt voll von Worten wie »Einrichtung« (die Polizei war eine Einrichtung, die hauptsächlich dazu diente, finanzielle Interessen zu schützen, und zwar unter dem Vorwand, Gesetz und Ordnung aufrechtzuerhalten) und »präsentiert sich als« (Chaz, sein Lieblingsversuchskaninchen, »präsentierte sich« hauptsächlich aufgrund seiner defizitären

Kommunikationsfähigkeit als Trottel, da die für seine Bildung zuständigen Einrichtungen ihn nicht gefördert hatten).

Wenn er in der richtigen Stimmung war, sagte er solche Dinge, ohne zu erröten. Ich erlebte einmal persönlich, wie er ohne zu stottern in breitestem Cockney folgendes von sich gab: »Inhaftierte erfahren kontrollierte Gewalt, die hauptsächlich durch das Medium der Zeit ausgeübt wird, welche die gleiche und die gegensätzliche Gewalt ist, die die Gesellschaft in der betreffenden Person vor seiner Inhaftierung ausgelöst hat.«

Das war einer seiner besten Sprüche. Wir applaudierten.

»Heiße Sache, was?« sagte er.

Doch ich wußte, daß er trotz der neuen Persönlichkeit, die er sich gerade zulegte, voller Selbstzweifel steckte. In Gegenwart von Daisy kaschierte er seine Fehler immer mit einem ironischen Grinsen, aber wenn er mit mir allein war, blitzte seine Verwirrung hin und wieder auf.

Ich hatte das unheimliche Gefühl, daß wir Zeugen eines Frankenstein-Experiments wurden, das aus dem Ruder gelaufen war. Doch Daisy war anderer Meinung.

In dem Maße, in dem Thirst immer schwächer und ernster wurde, in dem seine Augen schmerzlicher glänzten in einer Kombination aus intellektuellen Mühen und sich auflösender Identität, in dem er seine keimenden intellektuellen Fähigkeiten schließlich, wie nicht anders zu erwarten, auf sein früheres Leben richtete und den verführerischen Reiz seiner Verbrechen nur noch als Reflexe einer Ratte in der Falle betrachtete – kurz: In dem Maße, in dem die große Verblendung der besseren Bildung ihn immer befangener machte, wuchs Daisys Faszination.

Mir wurde klar, daß ich mich mit meiner Eifersucht getäuscht hatte: Solange er lediglich ein gut gebauter, aufstrebender junger Mann gewesen war, hatte sie ihn nur benutzt, um mich zu nekken. Er war ein Objekt ihrer Phantasien gewesen. Doch die Auflösung seiner Seele faszinierte sie nun ernsthaft.

Und ich war ihr so nahe und hing gefühlsmäßig so sehr von ihr ab, daß ich ihre Lust auf ihn wie meine eigene empfand. Ich hätte gut und gerne derjenige mit den bebenden Schenkeln und der feuchten Vagina sein können. Ich verstand ihn besser, als sie es jemals tun würde, und wollte sie warnen.

Doch Thirst zeigte keinerlei Interesse an ihr. Selbst wenn sie ihn anschmachtete und ich beinahe aufstand und ging, weil ich es nicht mehr aushielt, reagierte er völlig gleichgültig auf ihre Reize, denen die meisten anderen Männer nicht widerstehen konnten. Es war, als könne er sie klarer sehen als andere – als eine korrupte und gefährliche Frau. Schließlich war sie ein paar Jahre älter als er, und er verachtete Menschen, die Drogen nahmen.

Daisy und Thirst waren nur selten allein zusammen. Wenn Thirst mit seinen Büchern vorbeikam, was er von Zeit zu Zeit machte, arbeiteten sie vielleicht eine Stunde miteinander. Wir hielten uns dabei gewöhnlich alle drei im selben Raum auf. Dann ging er wieder, häufig mit dem Vorschlag, daß er und ich uns auf einen Drink treffen sollten, wenn ich Zeit hätte.

Meines Wissens kam es nur ein einziges Mal zu einer Abweichung von dieser allgemeinen Regel. Eines Nachmittags unter der Woche saßen Daisy und ich allein zusammen. Das Verfahren, mit dem ich gerade beschäftigt war, war zu einem ziemlich frühen Zeitpunkt vertagt worden, damit die Anwälte ihre Plädoyers vorbereiten konnten. Ich arbeitete an meiner Zusammenfassung für die Geschworenen, die ich am folgenden Morgen vortragen mußte; Daisy probierte ihre neuen Wasserfarben aus. Dann klingelte das Telefon. Daisy ging ran.

»Das war Oliver. Er ist in der Swiss-Cottage-Bücherei und redet sich ein, daß er die ganze Englisch-Prüfung nicht besteht, weil er ein Gedicht von John Donne nicht begreift.« Sie berührte meine Wange. »Macht's dir was aus? Er ist ziemlich durcheinander – du weißt ja, wie besessen er ist. Er kriegt 'ne Identitätskrise, wenn er was nicht versteht.«

Ich rief mir ins Gedächtnis, daß ich ein zivilisierter, aufgeklärter Angehöriger der Mittelschicht war, und außerdem standen die Chancen, daß es zu einer Begegnung der näheren Art kommen würde, schlecht, weil Thirst kein sonderliches Interesse an Daisy hatte.

»Nein, kein Problem – Daisy Smiths intellektueller Notdienst im Einsatz.«

Sie lächelte und gab mir einen Kuß. »Es dauert nicht lang.«

Ungefähr zwei Stunden später kam sie zurück. Sie war leichenblaß, und ihre Hände zitterten.

Zuerst wich sie meinem Blick aus.

»Was ist los?«

Sie kam zu mir herüber. »Nimm mich in den Arm – bloß einen Moment.«

»Was ist passiert? Hat er dir weh getan? Hat er dich angemacht?«

»Nein, nein.«

»Hast du ihn angemacht?«

»Niemand hat irgend jemanden angemacht. Hör auf mit deiner Eifersucht und nimm mich in den Arm.«

Ich hielt sie fest, und sie sank in sich zusammen.

»Ich bin am Ende – ich geh' ins Bett.«

Sie zog kaum etwas aus, bevor sie sich hinlegte. Ich versuchte mich wieder auf meine Arbeit zu konzentrieren. Mein Mandant hatte sich im Kreuzverhör ungefähr fünfmal selbst widersprochen, allerdings nur in Kleinigkeiten. Sollte ich den Geschworenen ganz offen sagen, daß er log, daß er deswegen aber noch nicht unbedingt schuldig war, oder sollte ich versuchen, die Fehler zu kaschieren? Durch einen ungeheuerlichen Willensakt gelang es mir, mich noch ein paar Stunden zu konzentrieren.

Dann ging ich zu Daisy ins Schlafzimmer und setzte mich aufs Bett. Sie schlief nicht.

»Daisy, meinst du nicht, du solltest es mir sagen? Wenn niemand niemanden angemacht und niemand niemandem weh getan hat, warum dann die Dramatik?«

»Ich will nicht drüber reden. Es ist zu peinlich.«

Nach der Verhandlung am nächsten Tag (mein Mandant wurde wegen Einbruchs zu zwei Jahren verurteilt) fand ich eine telefonische Nachricht von Thirst vor. Fast ein wenig erleichtert wählte ich die Nummer, die mein Clerk notiert hatte. Thirst wollte sich mit mir treffen, um über »meine Freundin« zu reden. Es war mir immer noch nicht sonderlich angenehm, in der Gegend um den Temple in seiner Gesellschaft gesehen zu werden, also verabredeten wir uns in einem Café am Piccadilly.

Es war gegen fünf Uhr nachmittags – neben dem Ticketschalter der U-Bahn lag ein Punk, der mehr als die übliche Dosis Drogen erwischt zu haben schien. Er sah aus wie tot. Polizei und Notarzt trafen ein, als ich die Rolltreppe hinauffuhr. Ich kaufte mir eine Abendzeitung, während ich im Café wartete.

Thirst trug eine kurze Schaffelljacke, eine saubere Jeans und neue Turnschuhe. Offenbar hatte er eine Einnahmequelle gefunden; ich fragte lieber nicht, wie sie aussah. Ich hatte einen neuen, beigefarbenen Burberry an. Als er die Ereignisse des vergangenen Nachmittags erzählte, nahm sein Gesicht einen grimmigen und gleichzeitig verantwortungsbewußten Ausdruck an.

Als ich wieder nach Hause kam, fragte Daisy: »Er hat's dir gesagt, stimmt's?«

»Ja. Können wir jetzt drüber reden?«

»Mein Gott, ich hab' den ganzen Tag drüber nachgedacht – warum bin ich nur so armselig? Ich wollte ihm lediglich was schenken. Und es war noch dazu ein gutes Buch, die beste kritische Abhandlung über John Donne, die in den letzten zehn Jahren rausgekommen ist. Ich hab' kein Geld dabei gehabt. Ich mach' das fast nicht mehr – praktisch nicht mehr seit damals im College –, aber wenn ich's mache, mach' ich's immer ziemlich geschickt. Ich schwör's dir, in dem Laden hat mich keiner gesehen. Am allerwenigsten der Ladendetektiv. Die riech' ich hundert Meter gegen den Wind. Oliver hat draußen vor dem Geschäft gewartet – es war richtig unheimlich, wie wenn er's geahnt hätte. In meinem ganzen Leben hat mich noch niemand so runtergeputzt. Er hat gesagt, er geht nicht für 'ne kleine Nutte ins Gefängnis, für eine blutige Anfängerin und so weiter – und dann hat er mich gezwungen, das Buch wegzuwerfen. Mein Gott, ist mir die Sache peinlich. Er hat mir richtig angst gemacht. O Mann, der hat mir eine ganz schöne Abreibung verpaßt! Jetzt ist mir klar, was du meinst, wenn du sagst, daß er das Zeug zum Mörder hat... Würdest du mich bitte nicht so anschauen?«

Ich ging in mein Arbeitszimmer, schlug ein Buch auf und versuchte, mich zu konzentrieren, als sie hereinkam. Es war ziemlich ungewöhnlich für sie, daß sie mich nicht berührte. Sie setzte sich auf einen Stuhl, ungefähr einen Meter von mir entfernt.

»Wahrscheinlich verachtet Oliver mich jetzt. Was hat er über mich gesagt?«

Meine Ressentiments machten es mir leicht, ihr die Wahrheit zu sagen.

»Er hat ziemlich viel gesagt, aber im Grunde genommen wollte er bloß rüberbringen, daß er dich für lächerlich unreif hält. Er meint, du versteckst dich hinter deinem guten Aussehen – eine weniger attraktive Frau könnte sich solche Sachen nie erlauben. Eleanor hat schon recht, wenn sie sagt, er kriegt alles mit – er hat mich gefragt, ob du irgendwelche engen Freundinnen hast. Ich hab' mit nein antworten müssen.«

»Und das heißt?«

»Daß nur Männer dich tolerieren. Deinen Narzißmus.«

»Die englischen Frauen hassen mich, James«, sagte sie leise. »Das wissen wir beide. Das ist nichts Neues.«

[28]

Und so war ich es, der, aus welchen Gründen auch immer, den Löwenanteil an Thirsts Aufmerksamkeit bekam, wenn er nicht gerade wie ein Besessener lernte. Aus den Bibliotheken kam er mit dem Gesichtsausdruck eines Soldaten mit Kriegsneurose. Ich glaube, öfter als zweimal holte ich ihn nicht von einer öffentlichen Bücherei ab, aber das Bild, wie er erschöpft die mattbraune Tür aufdrückte – besorgt in das fremde Licht blinzelnd, so etwas wie Wut im Gesicht, ein bißchen blaß um die Nase, die Kleider um den Leib schlotternd – hat sich mir unauslöschlich eingeprägt.

»Hallo, James.«

»Oliver. Na, womit hast du dich denn heut' beschäftigt – mit *Macbeth* oder mit Jones und Metford und ihren Äußerungen zur Teenagerkriminalität?«

»Ach was, Jones und Metford – Ärsche sind das. Ich sag's dir, die haben keinen blassen Schimmer. Wie viele Wagen haben *die* denn mit fünfzehn geklaut?«

Ich hatte erwartet, daß er sich einen gutmütigen Soziologen als Mentor suchen würde, einen von den vielen jungen Londoner Männern mit müdem Gesicht, die so gut erklären können, was nicht stimmt mit der Gesellschaft, und die nur zu gern mit rehabilitierten Verbrechern auf ein Bierchen in einen Pub gehen. Statt dessen breitete er immer, wenn wir uns trafen, seine neuesten Erkenntnisse vor mir aus und musterte mich dann mit argwöhnischem, aufrichtig interessiertem Blick.

»Und – hab' ich recht? Aber klar! Mein Gott, James, wir leben alle in der Gosse. Die Leute scheißen sich gegenseitig an, und keiner gibt's zu. Keiner.« Er sah mich an. »Jemand anders würd' ich das nicht sagen, aber manchmal fällt's mir gar nicht leicht, in die Kurse zu gehen. Die Vorträge sind okay, aber die Kurse – da sitzen vier oder fünf siebzehnjährige Kids, dann komm' *ich* rein, der große, haarige Exsträfling. Die machen sich vor Angst beinahe in die Hose, besonders der Lehrer. Der ist ungefähr so alt wie ich. Um ehrlich zu sein: Ich muß mich jedesmal überwinden.«

Er nahm mich mehrmals in sein kleines Zimmer in Camden Town mit. Wenn er über die Schwelle trat, veränderte sich seine Stimmung. Da er nicht wußte, wie man sich als Gastgeber benahm, wurde er unbeholfen und gleichzeitig nonchalant, denn schließlich war dies ja sein Reich. Dem möblierten Zimmer war leider der Stolz anzumerken, mit dem der Vermieter es eingerichtet hatte. Ein großes, grelles Bild von einem dunkelhäutigen Mädchen auf einer Tropeninsel (Thirst hatte ihm den Titel »Die Nutte« gegeben) hing über dem Bett. Rüschenvorhänge bauschten sich zu beiden Seiten der Fenster wie Petticoats. Wenn man die Gemeinschaftstoilette benutzte, fiel der Blick auf ein Schild mit der Aufschrift, man solle das Örtchen vor dem Verlassen saubermachen und nach elf Uhr abends kein Bad mehr nehmen. Was für eine Erleichterung, Lord Denning rastlos in seinem Käfig in der einen Ecke des möblierten Zimmers hin und her laufen zu sehen. Auf dem Regal über ihm stand eine zerlesene *Encyclopaedia Britannica*, daneben die neueste Ausgabe des *Guinness Buch der Rekorde* sowie der *Concise Oxford Dictionary*.

Thirst unterhielt sich gern über den Prozeß seiner eigenen Wiedereingliederung.

»Die meisten Leute haben keine Ahnung, wie es ist, wenn man sich verändern muß.«

»Die meisten Leute verändern sich auch nicht richtig«, sagte ich. »Ihre Programmierung findet bereits früh statt; sie reagieren nur, wenn man auf die richtigen Knöpfe drückt.«

»Weißt du, wie das wirklich ist?«

»Was?«

»Wenn man im Knast ist. Bloß, daß der Knast in deinem eigenen Kopf ist, und du bist gleichzeitig Wärter und Sträfling. Eines Tages werde ich ein Buch drüber schreiben, daß die Rehabilitierung nur eine Internalisierung des Gefängnissystems ist.«

»Internalisierung, das ist gut.«

»Es stinkt – das Leben. Frei ist man nie.«

Er hatte nie Alkohol oder andere Dinge zu Hause, die er Gästen hätte anbieten können. Deshalb kauften wir uns oft ein paar Dosen Bier und dazu Chips, wenn wir uns unterhalten wollten. Wenn er betrunken war, behauptete er manchmal, einen Mann umgebracht zu haben. Ich hatte keine Ahnung, ob der Alkohol ihm da tatsächlich ein Geständnis entlockte oder lediglich eine extravagante Weiterentwicklung seiner persönlichen Mythologie in Gang setzte. Die Geschichte jedoch war immer gleich: »Ich hab' gewußt, daß er 'n Messer hat, da hab' ich keine andere Wahl gehabt. Hab' ihm in die Eier getreten und dann gleich die Finger um den Hals – richtig reingedrückt, wie wenn du sie in Dreck steckst.«

Wenn ich dazu aufgelegt war, erzählte ich von meiner Mutter, von ihrem Mut, wieviel ich ihr schuldete. Davon, wie wichtig Mütter waren. Er hörte mir dann mit merkwürdigem Gesichtsausdruck zu, beinahe so, als glaube er mir nicht. Einmal sagte er: »Ich hab' da keine Ahnung von, James, meine Mutter hat meinen Vater bloß mal schnell am Samstagabend drüber gelassen, und das war's.«

Er war nicht immer mißmutig. Wenn er mit dem Lernen gut vorankam, demonstrierte er seine entnervenden Einsichten in das Leben anderer.

»Weißt du, was ich mir neulich gedacht hab'? Ich hab' über dich und Daisy nachgedacht. Weißt du, was sie für dich ist?«

»Sag's mir.«

»Sie ist deine Trophäe. Durch sie kannst du dir beweisen, daß es das alles wert ist. Ich hab' dich beobachtet. So viel machst du dir gar nicht aus Geld und Status, jedenfalls nicht so viel, wie sie denkt. Und sie verwechselt dich mit ihrem Alten. Du verehrst sie – wie eine Ikone. Würde mich gar nicht wundern, wenn du nichts über sie als Mensch weißt; wahrscheinlich ist dir das sowieso egal. Du hast dir die ganzen Sachen, die das Leben für dich lebenswert machen, rausgepickt und alles in einen Mythos gepackt, damit du's aushältst. In einen Mythos namens Smith.«

Er grinste, stolz über seine Analyse.

»Herzlichen Dank für diese Information, Oliver.«

»Ich hab' doch recht, oder? Weißt du, du und ich – wir sind unterschiedlich. Ich bin weiter gegangen als du. Ich hab' keine Mythen; ich kann mich nicht auf Krücken stützen. Ich muß jeden Tag Scheiße den Berg raufrollen, und ich kann mir dabei nicht einreden, daß sich das auszahlen wird. Du könntest das, was ich mache, nicht. Du könntest die Scheiße nicht schippen, wenn du Daisy nicht hättest – ich meine den Mythos Daisy.« Er nahm einen Schluck Bier. »Aber ich sag' dir was – wenn ich mir eine Ikone suchen würde, dann mit Sicherheit auch 'ne Amerikanerin.«

»Tatsächlich? Ich hab' gar nicht gewußt, daß du eine Schwäche für die Staaten hast.«

»Hab' ich auch nicht gewußt, bevor ich den Soziologiekurs gemacht hab'. Da ging's mal um die Psychologie der Europäer, die emigriert sind – wie heißt die Insel, wo sie sich registrieren lassen mußten?«

»Ellis Island?«

»Yeah. In dem Buch geht's um die psychologische Revolution, den Optimismus, das Lächeln der Leute, die wußten, daß sie entkommen waren...«, er machte eine Geste, die »Die Nutte«, die Rüschenvorhänge, ganz London, mit einbezog, »...dem Ganzen hier. Natürlich müßte ich da ein anderer Mensch sein. Ich werd' nie mit 'ner Frau zusammenziehen, nicht mal mit 'ner Amerikanerin.«

»Warst du schon mal verliebt, Oliver?«

»Ich? Nun mach mal halblang. Ich bin mein ganzes Leben im Knast oder auf der Flucht gewesen. Die Nutten, mit denen ich's zu tun gehabt hab', wollten nichts von dem ganzen Scheiß mit der Liebe wissen. Das war immer bloß 'ne schnelle Nummer an irgend 'ner Hauswand, neben dem Pub, damit sie sich noch waschen konnten, bevor sie heimgingen zu ihrem Alten. So wollen die Flittchen das, schön schmutzig. Das törnt sie an. Für die bin ich 'n Wilder, 'ne heiße Nummer, so 'n bißchen S und M – bei mir kriegen die garantiert keine blauen Flecken, die ihr Alter sehen könnte. Ehrlich gesagt, glaub' ich nicht, daß du sonderlich viel Ahnung von Frauen hast, James.«

»Und du?«

»Yeah, ich schon.«

»Und das bloß von den Quickies an irgendeiner Hauswand?«

»Warum bist du so sauer? Hab' ich irgendwas gesagt?«

»Ich bin nicht sauer. Ich glaub' bloß nicht, daß du so viel über Frauen weißt.«

»Weil ich im Knast war? Meinst du, ich bin schwul?«

»Nein, Oliver, ich glaube nicht, daß du schwul bist. Jedenfalls nicht mehr als andere Männer.«

Er rümpfte die Nase. »Tiere sind das, die Frauen. Bloß in 'ner hübscheren Verpackung. Nutten mit tierischen Trieben. Die lassen sich leicht manipulieren.«

»Quatsch. Frauen sind das einzige, was uns vor der Selbstauslöschung bewahrt.«

Er lachte verächtlich. »Dich hat's ganz schön erwischt, Alter. Und das, obwohl sie das neulich mit dem Buch gebracht hat. Hätte ziemlich peinlich werden können, nicht nur für dich, sondern auch für mich.«

»Das weiß ich.«

»Nimm die mal lieber an die Kandare, mein Freund, bevor sie was wirklich Blödes macht.«

»Und wie soll ich das deiner Meinung nach machen?«

»Erteil ihr 'ne Lektion.«

»Soll ich sie übers Knie legen? Sie ans Bett fesseln und vergewaltigen?«

Er tat schockiert. »Das ist aber ziemlich unzivilisiert, James. Und nicht grade subtil, besonders, wenn man bedenkt, in was für einer Position du bist.« Er lächelte. »Aber neulich nacht ist mir was eingefallen.«

Ich mußte zugeben, daß sein Einfall genial war, wenn auch ein bißchen brutal.

Später in jener Woche trafen Daisy und ich uns im Garten eines Pubs in Belsize Park mit ihm. Ein unerwarteter Temperaturanstieg hatte die Menschen herausgelockt, die meisten davon zwischen Zwanzig und Dreißig. Daisy trug einen Kaschmirpullover mit V-Ausschnitt, keinen Büstenhalter und einen kurzen Rock.

Als Thirst von der Toilette zurückkam, flüsterte er: »Schaut mal, was ich vorm Klo gefunden hab'.«

Er zeigte uns einen Autoschlüssel mit dem Aufdruck VW auf dem Schlüsselring.

»Oliver!« rief Daisy.

»Keine Sorge, ich mach' nichts damit. Aber verführerisch ist die Sache schon.«

»Das könnte doch jeder Volkswagen sein.«

Wir sahen durch den Metallzaun hinaus auf die Straße. Soweit ich es überblicken konnte, befand sich dort nur ein einziger Volkswagen, ein alter, rostiger Käfer.

»Was wollen wir wetten, daß es der da drüben ist?« fragte Thirst.

»Ich halte dagegen«, sagte ich.

»Warum nicht?« fragte Daisy.

»Die Schlüssel gehören zu einem Minibus, nicht zu einem Käfer.«

»Du täuschst dich«, sagte Thirst. »Zu dem Käfer.«

»Wollen wir wetten?«

»Ja, 'nen Fünfer.«

»Und wie sollen wir das rausfinden?«

Thirst und ich sahen Daisy an.

»Tja, ich mit meinen Vorstrafen kann das nicht riskieren«, sagte Thirst.

»Ich auch nicht, aus dem entgegengesetzten Grund«, sagte ich.

Daisy sah mich an. »Soll das heißen...?«

»Nein, nein.«

»Ist ja nichts dabei, wenn man den Schlüssel mal ins Schloß steckt«, sagte Thirst.

»Und das nach dem Vortrag, den du mir letzte Woche gehalten hast?« sagte Daisy.

Thirst zuckte mit den Achseln. »Vielleicht war ich ein bißchen zu streng. Bist gar nicht so ungeschickt, wenn's drum geht, Sachen zu klauen.«

Wieder sah Daisy mich an.

»Wenn du den Schlüssel ins Schloß steckst, ohne den Wagen stehlen zu wollen, hast du nichts Unrechtes getan.«

Daisy grinste süffisant und stand ohne ein weiteres Wort auf. Wir sahen ihr nach, als sie durchs Tor hinausging und sich mit den Händen hinterm Rücken gegen den Wagen lehnte. Sie kehrte mit einem Grinsen zurück.

»Oliver hat gewonnen. Es *ist* der Wagen.«

Ich holte fünf Pfund aus der Tasche und gab sie Oliver. Wir tranken schweigend unser Bier.

»Das war ziemlich professionell, Daize, wie du dir den Wagen vorgenommen hast«, sagte Thirst.

»Danke, Oliver.«

»Was meinst du, James?«

»Zu professionell.«

»Nein, man kann gar nicht professionell genug sein. Weißt

du, es gibt nicht viele Leute, mit denen ich so 'nen Wagen knakken würde, aber mit Daize könnte ich mir's überlegen.«

»Aber das ist ein Vergehen und wird mit einer Geld- oder Haftstrafe geahndet«, sagte ich.

Thirst beugte sich ein wenig vor. »Da siehst du mal, wie die Mittel verteilt werden, Daize. Kostet Millionen, so 'nen harmlosen Autodieb einzulochen, aber die großen Wirtschaftskapitäne können ruhig das Land ausbluten lassen. Das ist keine Gerechtigkeit, sondern die Unterdrückung einer Schicht durch eine andere. Deswegen hätte ich Lust auf so was.«

»Aber der Besitzer würde dich sehen«, sagte ich.

Thirst sah sich um. »Glaub' ich nicht. Die sind alle mit Trinken und Quatschen beschäftigt.«

Damit hatte er nicht unrecht. Der selten laue Abend und der Alkohol hatten sogar die ansonsten eher schweigsamen Londoner redselig gemacht.

»Es ist ein Vergehen«, wiederholte ich.

»Oliver hat trotzdem recht«, sagte Daisy. »Denk doch bloß an das Geld, das die dafür ausgeben, daß sie die Arbeiterschicht unter der Knute halten, aber die Reichen dürfen sich alles erlauben.«

»Ich verbiete dir, den Wagen zu stehlen«, sagte ich.

Sie wurde rot. »Was hast du gerade gesagt?«

»Ich hab' gesagt, ich verbiete es dir. Du setzt meine Karriere aufs Spiel.«

»Verbieten? Du verbietest es mir? Nimm das Wort zurück, sonst klau' ich den verdammten Wagen wirklich.«

»Ich wiederhole: Ich verbiete es dir.«

Daisy wandte sich mit wütendem Gesicht Thirst zu, der grinste.

»Keine Sorge, James, sie klaut die Kiste schon nicht. Für so was braucht man Nerven, das ist was anderes als so 'n kleiner Ladendiebstahl.« Daisy starrte ihn an. »Aber wenn du's ernst meinst, hätte ich nichts gegen 'ne kleine Spritztour.«

Daisy wandte sich an mich. »Ich geb' dir 'ne letzte Chance. Nimm zurück, was du gesagt hast.«

»Ich verbiete es«, sagte ich stirnrunzelnd. »Es wird Zeit, daß du folgendes verstehst, Daisy: Es gibt Situationen, in denen der Mann zur Frau sagen kann ›Nein, das sind die Regeln, und gegen die darfst du nicht verstoßen‹.«

Daisy stand auf. »Kommst du mit, Oliver?«

Thirst lachte. »Moment mal. Ich komme mit, aber ich möchte nicht, daß die Leute sehen, wie ich den Pub mit dir zusammen verlasse. Hier kennen mich zu viele Leute. Ich treff' mich 'n Stück weiter die Straße rauf mit dir. Klau den Wagen und gib mir zehn Minuten Zeit. Wir treffen uns in der Willoughby Road, und dann machen wir 'ne kleine Spritztour.«

Thirst winkte Daisy noch einmal heran, dann flüsterte er ihr zu: »Halt den Schlüssel in der rechten Hand, wenn du auf den Wagen zugehst, dann mußt du nicht erst lang rumfummeln. Die Karre ist alt, also kannst du ruhig grob damit umgehen – reiß die Tür auf, tu so, als ob du das Ding schon jahrelang hättest. Und paß auf, daß die Räder beim Losfahren nicht durchdrehen. Das machen bloß Anfänger, weil sie Schiß haben.«

Daisy nickte, starrte mich einen Augenblick lang verächtlich an und ging dann aus dem Pubgarten. Sie versuchte, sich an Thirsts Anweisungen zu halten, war aber leichenblaß vor Angst, als sie die Wagentür aufmachte. Nachdem sie weggefahren war, rief Thirst die Polizei.

Als wir in der Willoughby Road ankamen, waren schon zwei Polizeiwagen da. Daisy zitterte wie Espenlaub. Sie sah zerbrechlich, fast nackt aus in dem knappen Rock und dem dünnen Pullover. Ich sah, daß sie geweint hatte und kurz vor einem hysterischen Anfall stand. Ich drückte mich in eine Ecke, während Thirst zu den Polizeibeamten ging und ihnen erklärte, daß es sich um einen Irrtum handelte. Er hatte den Wagen vor einer Woche gekauft und die Papiere in der Tasche. Daisy war eine Freundin, und natürlich durfte sie den Wagen fahren. Er wußte nicht, wer die Polizei gerufen hatte.

»Warum haben Sie das nicht gesagt?« herrschte einer der Polizisten Daisy mit einem Blick auf die Wagenpapiere an.

»Wahrscheinlich haben Sie ihr keine Gelegenheit dazu gegeben. Leute wie ihr erschreckt solche Mädels einfach«, sagte Thirst. »Einschüchterung nennt man das. Alles in Ordnung, Schätzchen?« fragte er Daisy.

Sie nickte, offenbar unfähig zu sprechen.

Es dauerte Tage, bis sie wieder mit mir redete.

»War wahrscheinlich ein Mordsspaß für dich, daß ich mich zum Narren gemacht hab', oder?«

»Verstehst du denn keinen Spaß?«

»Kapierst du nicht, was er macht?«

»Er wollte dir nur eine Lektion erteilen.«

»Wenn du das glaubst, bist du ganz schön naiv. Kapierst du nicht, daß er versucht, einen Keil zwischen uns zu treiben?«

»Weil er dich will?« fragte ich sie höhnisch.

»Ich hab' nicht gesagt, daß er *mich* will.«

[29]

Als Thirst seinen Schulabschluß in der Tasche hatte, veranstaltete er eine Party.

Hogg war da und Eleanor ohne Mann sowie ein paar andere Bewährungshelfer, ein Sozialarbeiter, der Thirst gut kannte, ein Polizist, den ich einmal ins Kreuzverhör genommen hatte, ein paar Schüler von Thirsts Schule und eine ganze Reihe Leute, die ich noch nie gesehen hatte.

Er hatte die Leute von der Schule überredet, ihm für einen Abend einen ihrer Säle zur Verfügung zu stellen. Es war ein kleiner Raum mit grauem Linoleum und einer Bühne mit Vorhang. Die Getränke, Bier und billigen Wein, schenkte ein Exsträfling hinter einem Tapeziertisch in Styroporbechern aus. Dieser Exsträfling hatte sich für die Alternativen entschieden: Er hatte lange Haare, trug einen Ring im Ohr und redete mit aufgesetzt amerikanischem Akzent. »Wein, Lady?« fragte er Daisy.

Weder Thirst noch Chaz ließen sich zu Anfang des Abends blikken, was bedeutete, daß die Leute, die sich untereinander kaum kannten, ihre Gespräche mit der Frage »Wo ist Oliver?« beginnen konnten.

»Er hat gesagt, er kommt ein bißchen später«, erklärte ich einer jungen Frau mit orangefarbenen Haaren.

»Ach! Sie sind also einer von den feinen Pinkeln«, sagte sie.

Es herrschte strikte Trennung zwischen den Leuten aus Thirsts trüber Vergangenheit, die sich schick gemacht hatten und sich mit breitem Cockney-Akzent unterhielten, und uns anderen. Ich fühlte mich sofort unwohl, was zu Spannungen zwischen Daisy und mir führte.

»Du kriegst wieder eine von deinen Launen«, sagte sie.

»Nein, stimmt nicht.«

»Ich spür's doch. Ich merke, wie du Paranoia kriegst.«

Ich entdeckte Eleanor und James Hogg auf der anderen Seite des Raumes.

»Blödsinn. Du weißt, daß ich Partys liebe – besonders solche.«

»Versuch dich ein bißchen zu amüsieren, Jimmy, mir zuliebe. Du weißt doch, wie wichtig Oliver die Sache ist.«

Daisy rügte mich bei gesellschaftlichen Anlässen oft wegen meines mangelnden Interesses, doch wenn Leute wie der Polizist, den ich einmal ins Kreuzverhör genommen hatte, auf mich zukamen, wurde sie neidisch.

»Schön, Sie wiederzusehen«, sagte der Polizist.

»Das ist noch 'ne größere Lüge als die, die Sie im Zeugenstand erzählt haben«, sagte ich. Er lachte.

»Wer war denn das?« fragte Daisy.

»Nur wieder so ein korrupter Bulle.«

»Mein Gott, du bist so eine bedeutende Persönlichkeit geworden – alle kennen dich.« Während sie redete, suchte sie mit den Augen den Raum ab.

Ich spürte ihre innere Unruhe und wehrte mich insgeheim dagegen, von ihr nur als Last betrachtet zu werden. Ich schrieb das ihrer amerikanischen Herkunft zu. Für sie war eine Party, egal welche, ein großes Ereignis, so etwas wie ein Urlaub, auf den man sein ganzes Leben lang wartet. Bei solchen Gelegenheiten riß sie sich immer gewaltig zusammen, wie ein kleines Mädchen, das allen gefallen will. Es fiel mir schwer, ihr zu erklären, daß solche Feste meiner Meinung nach zu einem riesigen Energieverlust führten. Man gelangte dabei zu keinerlei Beschlüssen, keine Probleme wurden gelöst, man verdiente kein Geld. Dafür wachte man am nächsten Morgen mit einem Kater und Schuldgefühlen auf, weil man wieder einmal seine Gesundheit völlig unnötigerweise geschädigt hatte. Ich wußte, wenn ich ihr das sagte, bestätigte ich nur ihre schlimmsten Befürchtungen – daß ich vor der Zeit ein komischer alter Kauz werden könnte. Ich sah mich, besorgt über die harte Arbeit, die es kosten würde, genügend Gesprächspartner zu finden, in dem düsteren Raum um. Daisy, das wußte ich, würde nicht vor Mitternacht gehen wollen.

»Daisy, würd's dir viel ausmachen, wenn ich früher gehe, falls ich mich schrecklich langweilen sollte?«

»Ja.«

»Aber du brauchst mich doch nicht. Ich verderb' dir das Fest bloß.«

»Aber ich bin mit dir da, kapiert?«

Um dem negativen Urteil zuvorzukommen, das sie sich sonst

von mir bilden würde, ermutigte ich sie, sich einer Gruppe junger Leute anzuschließen, die sich einen Joint teilten. Wie üblich wollte sie nicht von meiner Seite weichen. Doch als der unverkennbare Geruch ihrer Lieblingsdroge herüberwehte, überließ sie mich meinem Schicksal.

Ich sah, wie sie zu einem der jungen Männer etwas Nettes und Einnehmendes sagte, um akzeptiert zu werden und auch einmal an dem Joint ziehen zu dürfen. Sie rauchte ihn gekonnt zwischen gewölbten Händen. Nicht zum erstenmal fand ich ihre Art, Gras zu rauchen, irgendwie obszön.

Der junge Mann, den sie angesprochen hatte, beobachtete sie wohlwollend.

»Nicht schlecht«, sagte Daisy. »Schmeckt nach Schwarzem Afghanen.«

»Genau richtig.«

»Jahrgang einundsiebzig, Südhang.« Sie grinste. Ich sah, wie seine Augen aufleuchteten.

Ich tröstete mich mit ein paar Bechern Rotwein, bevor ich meiner Neugierde nachgab und zu Hogg hinüberging, der sich in einer Ecke mit Eleanor unterhielt. Der Raum wurde immer voller. Ich bahnte mir einen Weg zwischen zwei Männern hindurch, die mit dem Rücken zueinander standen, und spürte ihre festen Muskeln. Beide Männer drehten sich nach mir um. »Soso, dann hat er also fünf erwischt in Dartmoor«, sagte einer von ihnen zu seiner Gruppe.

»Die Tories sind alle Faschisten«, sagte eine junge Frau mit Jeans und Pullover zu der nächsten Gruppe, an der ich vorbei mußte. »Es überrascht mich wirklich, daß die Leute das nicht sehen – warum wählt die eigentlich jemand? Das kapier' ich wirklich nicht.«

»Die Leute lassen sich täuschen.«

»Das ist eine Verschwörung. Meinst du nicht auch, daß der CIA dahintersteckt?«

»Bestimmt. Schließlich kontrolliert der doch die Medien, oder?«

Als ich an Daisys Gruppe vorbeikam, sah ich, daß der Polizist sich ihr ebenfalls angeschlossen hatte und gerade an dem Joint zog. Als er meinem Blick begegnete, zwinkerte er mir zu, was ein merkwürdiges Gefühl in mir auslöste. Ich war mir sicher, daß Daisy mich beobachtete.

»Da geht Gott«, sagte der Polizist, als ich sie passierte. Einige aus der Gruppe drehten sich nach mir um.

»Könnte man so sagen«, meinte Daisy.

Endlich war ich nahe genug an Eleanor und Hogg herangekommen, um ihnen zuwinken zu können. Er hob die Faust über die Köpfe der anderen Anwesenden, um mich zu begrüßen. Sie hatte gesagt, er habe einen Nervenzusammenbruch gehabt, doch als ich ihn so sah, hatte ich eher das Gefühl, er hatte endlich zu sich selbst gefunden. Seine Haare waren kurz geschnitten, so wie viele Schwule sie trugen, und er hatte einen goldenen Ring im Ohr. Jetzt wirkte dieser Mann mit dem Körper eines Ringers nicht mehr verlegen, sondern stolz.

Eleanor und Hogg hörten auf zu reden, als ich herankam, und beobachteten mich, ohne zu lächeln. Eleanor trug eine enge Jeans, die ihren Bauch betonte, und kicherte über etwas, das Hogg vermutlich gesagt hatte.

»Na, gefällt's Ihnen?« fragte er und sah Eleanor an, als finde er diese Frage unheimlich witzig. »Schaut James Knight nicht aus wie der große Partykönig?« fragte er. Eleanor gab sich größte Mühe, ein Lächeln zu unterdrücken. Plötzlich fühlte ich mich verloren, wie umgeben von Fremden, die meinen Bekannten lediglich ähnelten.

»O ja, ich liebe Partys«, antwortete ich, unsicher, ob ich ironisch klingen wollte oder nicht. Am Ende hörte es sich nur höflich an. Hogg und Eleanor lachten, und Eleanor legte mir den Arm um die Schultern.

»Armer James! Es gibt Bereiche des menschlichen Daseins, von denen er einfach keine Ahnung hat.« Ihre Stimme klang halb boshaft, halb freundlich.

Irgendwie fühlte ich mich komisch, und plötzlich wurde mir voller Panik klar, daß etwas im Wein gewesen war. Ich wollte die beiden gerade fragen, ob sie auch diesen Eindruck hatten, als wir das ohrenbetäubende Geräusch einer elektrischen Gitarre hörten. Der Bühnenvorhang ging auf, und dahinter kamen Thirst und Chaz in den gestreiften Sträflingsanzügen zum Vorschein, die Gefangene angeblich in Alcatraz tragen. Ein fluoreszierendes Schild stellte sie als Gruppe mit dem Namen »Der Untergrund« vor. Einen Augenblick lang herrschte verblüfftes Schweigen, dann lachten die Leute. Eleanor sagte: »Genial!«, und Hogg starrte Thirst mit offenem Mund an, der das Pyjamaoberteil so zugeschnitten hatte, daß man seine Tätowierungen sah.

»Mein Gott, er ist wunderschön«, sagte Hogg.

»Guten Abend allerseits«, sagte Thirst ins Mikrofon. Seine Stimme, die durch das billige Gerät verzerrt wurde, hatte etwas Befehlendes, Metallisches, Unmenschliches an sich, das mir bis dahin noch nie aufgefallen war.

»Ich hoffe, euch gefällt der Sträflingsball. Wir wollen jetzt ein paar kleine Nummern für euch spielen. Doch bevor wir das machen, möchte ich euch mitteilen, daß die Einrichtung, die in diesem Land hauptsächlich für die Durchsetzung der Gesetze zuständig ist, heute abend hier in ihrer wohlwollendsten Form vertreten ist. Mit anderen Worten: Der Kerl ist korrupt bis ins Mark.«

Ich sah hinüber zu dem Polizisten und stellte überrascht fest, daß er süffisant grinste. Jemand johlte.

»Yeah, ein Hoch auf unseren korrupten Bullen«, sagte Thirst. Es folgten ein paar Hurrarufe. Ich versuchte, ein Gesicht zu entdecken, das genauso schockiert wirkte wie meines. Aber alle anderen schienen das nur amüsant zu finden.

Sie spielten ein paar Songs – Thirst sang, nicht sonderlich gut übrigens; Chaz zupfte an einer riesigen Gitarre herum, die ihn wie einen Zwerg erscheinen ließ –, und dann kamen die beiden von der Bühne herunter und mischten sich unter die Gäste. Chaz fummelte ein bißchen an der Elektronik herum, dann hörten wir Rockmusik vom Band. Irgend jemand schaltete ultraviolettes, stroboskopisches Licht ein, das den restlichen Abend die Weiß- und Blautöne in der Kleidung der Leute heraushob. Hogg trug eine weiße Hose, die so eng war, daß das Licht seinen Schritt jedesmal betonte, wenn es darauf fiel.

Thirst, auf dessen Pyjama »Gefangener Nr. 666« stand, schritt durch den Raum wie ein huldvoller König. Er sah aus wie ein Mann, der die Welt endlich nach seinen Vorstellungen geformt hatte – es schien so, als wollten alle Anwesenden seine Freunde sein. Mittlerweile war ich fest davon überzeugt, daß etwas in dem Wein gewesen war, wahrscheinlich LSD oder etwas Ähnliches.

Als er sich der Gruppe Daisys anschloß, zuckte ich zusammen, denn Daisy legte ihm die Arme um den Hals und küßte ihn auf den Mund.

»Du bist toll«, glaubte ich sie sagen zu hören.

Auch der Polizist umarmte ihn wie ein unterwürfiger Höfling, dessen Huldigung Thirst mit Herablassung entgegennahm. Um den Ekel zu bekämpfen, den ich verspürte, ging ich wieder zu der kleinen Bar zurück, um mir noch einen Wein zu holen – er wurde, das fiel mir jetzt auf, aus einer Wanne geschöpft und nicht aus Flaschen ausgeschenkt. In einem Anfall von Selbstzerstörungswut trank ich den Becher aus und stellte mich neben die Tür, von wo aus ich Thirst beobachtete.

Ich hörte Leute sagen »Mir ist irgendwie komisch«, andere jedoch schienen den Wein überhaupt nicht zu spüren. Zu meiner Verärgerung kam die Gruppe um Daisy in meine Richtung. Ihre Mitglieder, die nicht sonderlich viel getrunken hatten, wirkten völlig normal, was heißt, daß ihr Verhalten typisch für Marihuanaraucher war. Irgend jemand machte einen Witz, den ich nicht komisch fand. Der Witz schwebte ziemlich lange im Raum, bis zwei oder mehr Angehörige der Gruppe ihn gleichzeitig verstanden und sich schier ausschütteten vor Lachen. Dann hörten sie unvermittelt wieder damit auf. Sie sahen einander fast zärtlich an, wandten den Blick ab, schauten auf den Boden, grinsten selbstgefällig. Daisy war es gelungen, Kopf der Gruppe zu werden.

»Ich war so stoned«, erzählte sie gerade, »daß ich die ganzen Aufsätze in die Wanne gelegt und das heiße Wasser aufgedreht habe. Und da haben sie mich vor die Tür gesetzt.«

Die ganze Gruppe fing an zu lachen.

Ich beobachtete sie von der Tür aus und merkte anfangs nicht, in welchem Maß die Droge meine vertrauten Ängste verstärkte. Mein Verdacht (der sich immer mehr erhärtete), daß ihr Narzißmus keinen Raum für Liebe ließ und daß meine Leidenschaft für sie nichts anderes war als Verblendung oder ein Zauber, den sie über mich gesprochen hatte, trieb mir den kalten Schweiß auf die Haut.

Paranoia tat sich wie eine Kluft vor mir auf. Ich starrte in einen inneren Abgrund, als Hogg sich mit triumphierendem Gesichtsausdruck zu mir gesellte. Als er mich ansprach, hatte ich das Gefühl, er habe meine Gedanken erraten.

»Sie sehen aus, als würden Sie heute zum erstenmal Frauen sehen. Sind sie nicht gräßlich?«

Ich hatte eigentlich nur Daisy angeschaut, doch jetzt sah und hörte ich mich um und mußte feststellen, daß alle anderen Frauen im Raum eingebildet, mächtig und intrigant wirkten. Einen Augenblick lang kamen sie mir vor wie Wesen, die alle nach dem gleichen Muster geschaffen waren. Diese Feststellung verstärkte meine Angst nicht, sondern brachte mich zum Lachen. Hogg war verblüfft.

»Haben Sie da nicht was vergessen?« fragte ich.

»Und zwar?«

»Tja, schaun Sie sich doch mal die Männer an.«

Ich dachte dabei besonders an Thirst – er hatte keinerlei Skrupel gehabt, uns alle in seinem Machthunger unter Drogen zu setzen, da war ich mir jetzt sicher.

»Aber die Männer sind doch wunderschön«, sagte Hogg.

Das Wort »schön« ließ mich sofort an Daisy denken, die mich in dem Augenblick anschaute und das Gesicht verzog. Ich hatte sie oft genug mit ihren Egotrips geneckt, die sie abzog, wenn sie in eine Gruppe kam, die sie beherrschen konnte. Ihr Gesichtsausdruck schien zu sagen: »Jawohl, ich leiste mir ein billiges Vergnügen, und ich mache blöde Witze, über die alle lachen können.« Mein Ekel wich sofort einem Gefühl grenzenloser Liebe, das sich ziemlich schnell auf die anderen Frauen im Raum und dann auch auf die Männer ausdehnte.

»Es ist mir ein Rätsel«, sagte ich, als habe Hogg an meinem inneren Dialog teilgenommen. Dann kam mir der verblüffende Gedanke, daß meine sprunghafte Wahrnehmung vielleicht etwas mit dem Rhythmus des stroboskopischen Lichts zu tun hatte: an / aus, schwarz / weiß. Die Vorstellung, daß das menschliche Leben sich letztlich auf den hirnlosen Wechsel von binären Gegensätzen reduzieren ließ (war das nicht auch das Prinzip, auf dem Computer basierten?), erschreckte mich so sehr, daß ich mich an Hoggs Arm klammerte.

Doch es ging vorbei. Ich fühlte mich plötzlich ganz ruhig und erinnerte mich an meine Panik von vorhin wie an einen Strudel, dem ich wie durch ein Wunder entronnen war. Die Droge hatte nun gänzlich von mir Besitz ergriffen. Dieser Zustand der inneren Ruhe ermöglichte es mir, völlig unparteiisch über meine Lage nachzudenken.

Ich legte den Kopf in den Nacken, so daß ich einen Winkel der Zimmerdecke betrachtete. Das hatte ich als Kind immer getan, wenn ich krank im Bett lag. Dort oben sah ich Thirst noch einmal in seinem Sträflingsanzug mit den abgeschnittenen Ärmeln. Er schob einen riesigen Felsen einen Berg hinauf, die Hände durch die Anstrengung zu blutenden Stümpfen zermahlen. In diesem Zerrbild stand er knapp davor, den Gipfel des Hügels zu erreichen, der (er wußte das allerdings nicht) in einer steilen Klippe endete. Ich legte den Kopf noch weiter in den Nacken, bis ich die Decke direkt über mir anschaute. Da war er wieder mit seinem Felsen, kurz vor der Klippe. Wenn ich den Kopf noch weiter zurücklegte, war er erneut da – überall. Warum hörte er nicht auf, den Felsen hochzurollen?

Das Bild faszinierte mich, als könne es eines meiner ewigen Rätsel lösen, und ich versuchte, es festzuhalten, doch es löste sich auf.

Ich spürte, daß mir eine weitere Panikattacke bevorstand. Als ich mich Hogg zuwandte, sah ich, daß die Droge inzwischen auch bei ihm wirkte. Sein Gesicht war völlig verklärt. Ich wollte nicht wissen, was er anstarrte, konnte aber nichts dagegen tun, daß mein Blick dem seinen folgte.

»Sieh an«, murmelte er, offenbar in religiöser Verzückung, »der König und die Königin.«

Schließlich sah ich Thirst und Daisy Hand in Hand auf uns zukommen. Ja, sie waren in der Tat ein schönes Paar. Hoggs Verzückung erwies sich als höchst aufreizend. Bevor sie uns erreichten, ließ ich Hogg einfach stehen, denn ich wußte, daß ich sonst etwas Schreckliches tun oder sagen würde. Ich bekam noch den besorgten, enttäuschten Blick Daisys mit, als ich ans andere Ende des Zimmers hastete und dabei immer wieder wie ein verängstigtes Tier gegen Leute rannte.

Eleanor stand mit einem Styroporbecher neben der Bühne und starrte in die Luft. Sie blinzelte, als sie mich sah, und lächelte albern.

»Hallo, James Knight«, sagte sie langsam, wie in einem Traum. Doch dann streckte sie die Hand aus und hielt mich am Arm fest. »Er hat uns vergiftet, stimmt's? Dieser dreckige kleine Ganove.«

Ihre Worte erreichten mich in der falschen Reihenfolge, so daß ich sie erst mühevoll sortieren mußte. Ich richtete meine Aufmerksamkeit auf das Wort »vergiftet«.

»Vergiftet? Ja, ich glaube, das hat er.«

»LSD, stimmt's? Warum hat er das gemacht?«

Ich suchte nach einer Antwort, dann strahlte ich. »Er hat's satt, ein Sklave in unserem Reich zu sein – er glaubt, es ist an der Zeit, daß wir Sklaven in seinem werden.«

Sie lächelte verträumt. »Sie verstehen ihn so viel besser als wir anderen.«

»Ja.«

»Anscheinend ist er heute abend mit Daisy zusammen, oder?«

»Ja.«

Wieder starrte sie in die Luft.

»Trotzdem, es ist eine bemerkenswerte Erfahrung. Wissen Sie, vor ein paar Minuten hab' ich an meinen Sohn Michael denken müssen und an die Nacht, in der er gestorben ist. Wahrscheinlich kann nur eine Mutter ihrem Sohn so in den Tod folgen. Nur eine Mutter liebt so sehr.«

Mir kam in den Sinn, daß auch Worte Erfahrungen waren und daß wir durch den Gebrauch des Wortes »Tod« die entsprechende Erfahrung heraufbeschworen. Ich hielt mich an ihrem Arm fest und begann vor Angst zu zittern.

Sie bemerkte es gar nicht. Große Tränen traten ihr in die Augen und liefen über ihre Wangen.

»Der verfluchte Thirst. Daß er uns das angetan hat. Für wen hält er sich eigentlich?«

»Eleanor, ich glaube, ich sterbe.«

»Entschuldigen Sie mich bitte. Ich glaube nicht, daß ich Ihre Gegenwart jetzt ertragen kann.« Sie ließ mich einfach stehen. Ich spürte den Grund für ihre plötzliche Flucht eher als daß ich ihn wahrnahm, ich kam mir vor wie ein Tier, das man in die Enge getrieben hatte.

»Wir wollten bloß sehen, ob alles in Ordnung ist«, sagte Daisy.

Ich wünschte mir nichts sehnlicher, als daß sie wieder ginge. Ich sah, daß sie noch immer Händchen hielten wie ein Liebespaar, und zitterte noch stärker. Sie schienen sich Sorgen über mein Wohlbefinden zu machen – das war mit Sicherheit ein Trick.

»Du hast LSD in den Wein getan«, sagte ich. Ich war völlig erschöpft, nachdem ich diesen einfachen Satz ausgesprochen hatte. Ich kam mir vor wie ein kleiner, gebeugter alter Mann, der Gift und Galle spuckte. »Warum?« fragte ich ihn.

»Ich habe alle Anwesenden sorgfältig ausgewählt«, antwortete er. »Wir wollen sehen, wer ihr wirklich seid. Ich möchte, daß ihr wißt, wie's mit eurer Selbstbeherrschung aussieht, wenn eure Strukturen flötengehen.«

Ich starrte ihn an und zitterte weiter.

Ein Wort, das schon eine ganze Weile, vielleicht sogar schon immer, herausgewollt hatte, bahnte sich seinen Weg in mein Bewußtsein: Schizophrenie. Plötzlich war ich felsenfest davon überzeugt, unter dieser Krankheit zu leiden. Vielleicht war ich deshalb Daisys nicht würdig. Ich war eine Ratte, die über einen Boden voller Menschen huschte und diesen gottgleichen Wesen Ekelschreie entlockte.

Die Überreste der Party lagen auf der ganzen Decke verstreut. Dann drehte sich die Decke um und wurde zum Boden. Ich nahm den Geruch von Erbrochenem wahr, wahrscheinlich von meinem eigenen. Die Droge hatte mir die Orientierung geraubt, doch mein Geist schien glasklar zu sein. Was für einen schrecklichen Schaden hatte ich meinem Körper zugefügt? Ich stellte fest, daß ich mit dem Kopf an der Wand lag. Um mir zu beweisen, daß ich noch am Leben war, stöhnte ich auf.

»Jimmy?«

Daisys Stimme trieb über den Boden des Raumes zu mir herüber und prallte von den Wänden ab.

»Jimmy, ich hab' mir solche Sorgen gemacht. Ich wollte den Notarzt rufen, aber die anderen haben mich dran gehindert. Sie haben gesagt, das ruiniert deine Karriere – aber die hatten bloß Angst um ihre eigene Haut. Dieses Bullenschwein hat die Sache unheimlich komisch gefunden. Dann haben sie alle Schiß gekriegt und sind abgehauen. Sogar Oliver ist weg. Mein Gott, Baby! Ich hab' solche Schuldgefühle gehabt, daß ich sogar für dich gebetet hab'. Bitte sag mir, daß du nicht mehr wütend auf mich bist. Ich hab' noch nie jemanden gesehen, der so wie du auf Drogen reagiert hat.«

»Was ist passiert?«

»Du hast gebrüllt und mit Leuten geredet, die's gar nicht gab, und alle haben zugeschaut, und dann bist du über den Boden gekrochen wie ein Baby. Danach hast du gekotzt. Es war schrecklich. Mein Gott, Jimmy, ich hätte dich nicht allein lassen dürfen – kannst du mir das je verzeihen? Bitte, sag mir, daß alles in Ordnung ist.«

Ich streckte die Hände aus und hielt sie so lange fest, bis es unbequem für sie wurde und sie sich strecken mußte.

Als wir den Saal verließen, fiel mir ein, daß ich schon in ein paar Stunden mit dem Zug nach Sheffield fahren mußte.

[30]

Ich erkannte George Holmes sofort vom Zugfenster aus, als er forschen Schrittes den Bahnsteig entlangging, doch seinen Begleiter Vincent Purves sah ich zum erstenmal. George trug eine weite, braune Hose und bequeme Treter. Die Pfeife, die er zwischen den Zähnen hatte, ließ ihn aussehen, als grinse er alle drohend an.

Seit dem Crook-Street-Verfahren hatte ich eine Menge über ihn herausgefunden. Abgesehen von seinem Kleidergeschmack gehörte er zu den Polizisten, die im Kommen waren. Ein nachsichtiges Lächeln bei jungen oder weiblichen Gesetzesbrechern, eine väterliche Warnung, ein Gutenachtgruß, der gemächliche Trott nach Hause, das war nichts für ihn. Kleinere Vergehen schienen ihm überhaupt nicht aufzufallen; er hatte es ausschließlich auf Schwerverbrecher abgesehen. Diejenigen unter uns, die sie verteidigen mußten, fühlten sich nicht sonderlich wohl in seiner Gesellschaft, denn George war ein Mann mit einer Mission.

»Irgend jemand muß ja schließlich in der Stadt aufräumen«, hörte ich ihn einmal vor Gericht sagen. Barristers, die mit ihm zusammenarbeiteten, bescheinigten ihm erstaunliche Energie, ein scharfes Auge für Details und eine Abneigung, sich um seine eigenen Angelegenheiten zu kümmern. Er erklärte den jüngeren Anwälten, wie sie Kreuzverhöre zu führen hatten, und erwarb sich einen Ruf als einer der geschicktesten Vernehmungsbeamten der Metropolitan Police – seine konservative englische Kleidung kaschierte nur seinen grimmigen Ehrgeiz. Es war der Ehrgeiz, der ihn dazu brachte, sich im Zug nach Sheffield ins gleiche Abteil wie ich zu setzen, obwohl er es wie einen Zufall aussehen ließ. Vincent Purves verließ uns schon sehr bald, um einen Becher Tee zu holen, und kam erst wieder, als wir drei Stunden später in den Sheffielder Bahnhof einfuhren.

»Ist der Platz hier noch frei?«

Als er sich gesetzt hatte, fragte er mich mit gehobenen Augenbrauen, ob mich seine Pfeife störe. Er stocherte darin herum und zündete sie an.

»Sie machen die Betrugssache in Sheffield, stimmt's?«

Ich nickte.

»Wie üblich auf der falschen Seite?«

Ich brachte ein schwaches Lächeln zuwege. Die Wirkung der

Droge hatte inzwischen nachgelassen, nur hin und wieder erschreckte mich eine verstörende Rückblende. Aber wahrscheinlich sah ich gräßlich aus. Daisy – selbst mit eingefallenen Wangen, gezeichnet von Drogen und Alkohol – hatte mich nach Hause gebracht und gebadet wie ein Kind. Am schlimmsten für mich war meine totale Konzentrationsunfähigkeit. Meine Gedanken huschten herum wie die eines hyperaktiven Kindes; die intellektuelle Disziplin eines ganzen Lebens war dahin. Zum erstenmal in meinem Leben hatte ich die Fähigkeit zu denken verloren. George hätte sich gar keinen besseren Moment aussuchen können für die Unterredung.

»Wie hat Ihnen die Party gestern abend gefallen?« murmelte er, so leise, daß ich ihn bitten mußte, die Frage zu wiederholen.

Meine Paranoia stand mir wahrscheinlich ins Gesicht geschrieben. »Woher wissen Sie davon?«

»Wir beobachten Mr. Oliver Thirst seit geraumer Zeit – und den korrupten Bullen, mit dem er befreundet ist. Finden Sie es nicht auch ein bißchen unklug, sich auf eine Beziehung mit einem Menschen wie Thirst einzulassen? Ein Mann in Ihrer Position?«

George verbrachte manchmal Tage damit, sich die richtigen Fragen auszudenken, doch die Wirkung dessen, was er gerade gesagt hatte, hatte er nicht vorhersehen können. Mein Wille war gelähmt; seine Gegenwart bedrückte mich wie die eines übermächtigen Vaters.

»Alles in Ordnung? Das Schwein hat Ihnen doch gestern abend nichts in den Drink getan, oder? Wissen Sie, er würde alles tun, um Sie zu kompromittieren.«

»Ich glaube, ich hab' ziemlich viel getrunken.«

Er grunzte etwas. Es herrschte Schweigen, während er an seiner Pfeife zog.

»Sie kennen doch genug solche Jungs, wie kommen Sie nur auf die Idee, einen von denen bessern zu wollen?«

»Er versucht, sich zu ändern. Ich hab' noch nie jemanden erlebt, der sich soviel Mühe dabei gibt.«

George schüttelte den Kopf. »Im Moment. Es ist erbärmlich; es ist, wie wenn man ein Tier in der Falle beobachtet. Wohlmeinende Leute machen diese Falle nur größer. Sie eröffnen ein paar neue Möglichkeiten, ein neues Hamsterrad, einen Weg, der nur in einen anderen Teil der Falle führt. Sie machen das, um ihr Gewissen zu beruhigen; der Gedanke, daß ihr eigenes Glück darauf basiert, Leute wie Oliver Thirst kaputtzumachen, gefällt ihnen nicht. Mich bezahlen sie dafür, daß ich dieses Kaputtmachen übernehme. Ich finde das zum Kotzen. Wenn's nach mir ginge, würde man Leuten wie Thirst die Stirn tätowieren, sie öffentlich auspeitschen. Die Gesellschaft hat sich nicht sonderlich verändert seit der Zeit, als man das noch gemacht hat, wissen Sie; die Leute sind nur zimperlicher geworden. Statt Fesseln und Folterknechten gibt's heute Librium und Psychiater. Letztendlich läuft das aufs gleiche hinaus, weil Thirst sich wünscht, so wie Sie oder ich zu sein. Aber das kann er nicht; er hat eine Krankheit, die ihn anders macht.«

»Eine Krankheit?«

»Kriminalität. Sie ist wie Lepra, eine schleichende Krankheit, die die Leute von innen auffrißt, Stückchen für Stückchen. Man muß sie nur so lange im Zaum halten, bis die Krankheit ihre Arbeit getan hat und sie zusammenbrechen. Für ihren harmlosen letzten Atemzug kann man sie herauslassen. Ideal ist es, wenn jemand völlig ausgebrannt ist. Dafür ist das Gefängnis da – um sie zu schleifen, sie vor der Zeit alt und nutzlos zu machen, sie zu institutionalisieren. Um sie zu zerbrechen.«

»Aber Thirst ist nicht zerbrochen.«

»Tja, sein Pech. Sie haben ihn zu früh rausgelassen – das passiert ziemlich oft. Aber wir schnappen ihn, wieder und wieder. So oft, bis sein Rückgrat gebrochen ist. Ist menschenfreundlicher, wenn man ihnen gleich am Anfang das Rückgrat bricht – man schlitzt ihnen die Nase auf, schneidet ihnen die Lippen ab –, aber wir sind zu zimperlich, wir lassen die Zeit für uns arbeiten. Für einen Mann im Gefängnis ist die Zeit wie ein Haufen Steine auf seiner Brust. Jede neue Haftstrafe ist wie ein neuer Stein, und irgendwann kann er nicht mehr atmen. Die Methode ist die grausamste überhaupt, aber wir wenden sie an, weil man die Zeit nicht sehen kann. Die BBC kann keinen Dokumentarfilm drüber machen, der *Guardian* kann die Leiden, die sie verursacht, nicht beschreiben – denn sie ist unsichtbar. Die Liberalen können nichts dagegen sagen. Und Thirst weiß das.«

»Ja, wahrscheinlich. Aber er kämpft. Er sagt, er würde lieber sterben als wieder ins Gefängnis.«

George hob die Schultern und breitete die Hände aus. »Dann soll er sterben!«

»Aber jemand hat ihm Hoffnung gemacht.«

»Die Wohlmeinenden. Leute, die nie erwachsen werden, die die Welt nicht so sehen, wie sie wirklich ist. Sie wünschen sich die Welt als gepolsterten Laufstall, in dem letztlich nichts Schlimmes passieren kann. Aber Sie wissen's besser. Ich hab' mich schon mal von Ihnen ins Kreuzverhör nehmen lassen. Sie haben Killerinstinkte.«

»Und in Ihrem System gibt's keine Rettung?«

»Die Rettung ist nur so etwas wie ein kindersicheres Spielzeug in dem gepolsterten Laufstall. Vielleicht sind Sie noch nicht alt genug, um mir da zuzustimmen; Sie haben den Liberalismus noch nicht ganz hinter sich gelassen. Aber ich glaube, lange wird's nicht mehr dauern. Sie sind nicht der Typ für den Laufstall.«

Die Wirkung der Droge hatte vollends nachgelassen, als wir in Sheffield ankamen, und mein Kopf war absolut klar, wie es manchmal passiert, wenn der Körper völlig ausgepumpt ist.

Es war feucht und deutlich kühler, als wir zu dritt den Bahnsteig entlanggingen. Da wir in unterschiedlichen Hotels untergebracht waren, verabschiedeten wir uns am Taxistand. Vincent Purves drehte sich im letzten Augenblick noch mit einer zweideutigen, aber dennoch aussagekräftigen Geste zu mir um, einer Mischung aus Händeschütteln und Winken. George setzte sich einfach nur ins Taxi und starrte geradeaus, als sei ich gar nicht da. Jetzt liegt's bei dir, schien sein Hinterkopf zu sagen.

Es ist merkwürdig, wie fremd manche Teile Englands wirken können. Der Yorkshire-Akzent erschien mir verstockt; die Gegend hatte etwas Verkümmertes, Dunkles. Ich hatte das Gefühl, daß etwas schrecklich schiefgehen würde – und ich hatte keine Möglichkeit, mich selbst zu schützen. Ich dachte die ganze Zeit an Daisy.

Beaufort war bereits im Hotel und ein bißchen beschwipst, als ich dort ankam. Wir hatten beide Suiten, trafen uns aber in der seinen zum Arbeiten. Auf allen erreichbaren Oberflächen lagen Akten, juristische Fachliteratur und Dokumente. Im Schlafzimmer roch es nach dem verfallenden Ego eines alten Junggesellen.

Der innere Zerfallsprozeß Beauforts war fast greifbar. Der Mann, der früher auch im betrunkenen Zustand nie einen Satz unvollständig gelassen oder die Syntax verdreht hatte, wurde zusehends unfähiger, sich zu konzentrieren. Er vergaß ziemlich oft, was er sagte, und wartete, bis ich ihm taktvoll auf die Sprünge half. Ich hatte keine sonderlich enge Beziehung zu Beaufort, aber sein Verfall deprimierte mich. In Betrugsfällen geht es um viele Einzelfakten, die normalerweise in Dutzenden von Aktenordnern gesammelt werden. Beaufort besaß die Fähigkeit, mit diesem Wust an Informationen fertigzuwerden. Er hatte nicht nur ein fotografisches Gedächtnis, sondern war auch in der Lage, sein Wissen vor Gericht zu aggressiven Kreuzverhörsfragen zu verarbeiten und eine glänzende Vorstellung zu bieten. Ich hatte weder sein Gedächtnis noch sein Raffinement, aber wenn er sich nicht am Riemen riß, würde ich den Fall allein übernehmen müssen.

Immer wieder wandte er sich hilfesuchend an mich.

»Ich werde allmählich zu alt für dieses Spielchen, James.«

»Sie schaffen das schon.«

»James, es könnte sein, daß Sie uns am Montag vertreten müssen. Ich fühle mich der Sache nicht gewachsen.«

»Am ersten Tag? Aber Sie sind doch der Leader.«

»Sie werden nicht viel tun müssen, James. Der alte Thomas wird ein bißchen die Zähne zeigen – aber Sie wissen ja mittlerweile, wie Sie ihm beikommen können. Ich fühle mich sicherer, wenn die Sache läuft.«

Das war Erpressung. Barristers überlassen ein Verfahren genausowenig sich selbst wie Ärzte ihre sterbenden Patienten einfach im Stich lassen. Wenn er zusammenbrach, würde ich übernehmen müssen. Die andere Alternative – unseren Mandanten sich selbst zu überlassen – kam nicht in Frage.

Am Sonntagmorgen vor der Verfahrenseröffnung kam ich in sein Zimmer. Er saß halb bekleidet auf einem Stuhl, und die Tränen rollten ihm über die Wangen. Er sah mich mit flehendem Blick an. »Ich kann nicht mehr«, sagte er. »Ich bin zu alt für einen Neuanfang.« Ich hatte vierundzwanzig Stunden, um den Fall zu übernehmen.

Am selben Tag brachte sich Daisys Mutter um.

Das Telefon klingelte mitten in der Nacht und schreckte mich aus dem Schlaf hoch, den ich nach einem anstrengenden Tag mit Beauforts Unterlagen und Randnotizen endlich gefunden hatte. Zuerst dachte ich, es sei ein obszöner Anruf, weil sich das Geräusch, das aus dem Hörer kam, so merkwürdig anhörte. Dieses Geräusch wiederholte sich ein paarmal, und fast hätte ich aufgelegt, wenn ich darin nicht doch etwas Vertrautes erkannt hätte. Beim dritten oder vierten Mal erst merkte ich, daß es sich um ein Schluchzen handelte.

»Mein Gott, Jimmy!«

Ich war sofort hellwach. Die Möglichkeit, daß Daisy etwas passiert sein könnte, löste eine ganze Flut heftiger Gefühle aus.

»Sie ist … mein Gott – mein Gott!«

»Was?«

»Mommy. Jimmy, sie war die einzige, die einzige.«

»Was?«

»Die einzige, die mich wirklich geliebt hat.«

»Ist sie tot?«

»Sie … mein Gott, sie hat sich umgebracht. Ich bin im Krankenhaus, Jimmy, es ist alles so schrecklich wirklich. Du mußt kommen, sofort, ich kann nicht warten. Sonst werde ich verrückt. Du mußt kommen, Jimmy.«

»Hör zu, Schatz, Daisy …«

»Nein, Jimmy, das ist es ja, ich kann nicht zuhören, ich kann nicht mal denken. Ich hab' noch nie so was erlebt … wie hat sie mir das bloß antun können? Ich bin verzweifelt, ich weiß nicht, was ich machen soll, ich bin völlig durcheinander. Hör zu, ich geb' dir die Adresse vom Krankenhaus.«

Quälend langsam las sie mir die Adresse vor. Jedes Wort schien ihr höchste Konzentration abzuverlangen. Immer wieder schweiften ihre Gedanken ab.

»Ich muß jetzt aufhören.«

Sie legte auf, und in meinem Kopf gingen die Gedanken wirr durcheinander. Eine halbe Stunde später rief sie mich noch einmal an, diesmal deutlich ruhiger. Sie klang teilnahmslos.

»Sie haben mir ein Beruhigungsmittel gegeben; offenbar hab' ich einen Schock erlitten. Ich brauche dich. Das Zeug macht aus mir einen Zombie, aber ich weiß, wenn die Wirkung nachläßt, fange ich an zu schreien. Bitte, laß mich nicht hängen, Jimmy.«

»Nein, Schatz, aber du mußt mir einen Tag Zeit geben.«

»Einen ganzen Tag?«

»Bitte, hör mir zu. Beaufort hat so was Ähnliches wie einen Nervenzusammenbruch, und ich bin im Augenblick der einzige, der sonst noch 'ne Ahnung von dem Fall hat. Die Verhandlung beginnt morgen. Der Richter…«

Wieder legte sie auf.

Ich rief im Krankenhaus an und in unserer Wohnung. Im Krankenhaus hatten sie mir gesagt, daß nach einer Weile ein junger Mann gekommen sei, der Daisy geholfen hatte. Die Oberschwester erinnerte sich nur noch, daß er eine Jeans trug.

»Hatte er einen starken Cockney-Akzent?«

»Die Hälfte der Leute hier hat 'nen Cockney-Akzent.«

In unserer Wohnung ging niemand ans Telefon.

Ich fand in jener Nacht keinen Schlaf mehr. Gegen acht am nächsten Morgen rief ich meinen Widersacher in dem Verfahren an und bat ihn um seine Zustimmung zu einer Vertagung. Er war ein Gentleman. »Aber was wollen Sie dem Richter sagen?«

»Daß die Mutter meiner Freundin gestorben ist.«

»Sie werden schon ›Frau‹ sagen müssen, mein Junge, wenn Sie die Vertagung durchkriegen wollen.«

Also sagte ich »Frau« und bekam die Vertagung. Der Richter hatte erst in der vergangenen Woche ein langes Verfahren beendet und war froh über eine kleine Pause. Nur George Holmes reagierte gereizt.

Als ich nach Hause kam, konnte ich keinerlei Anzeichen dafür entdecken, daß sie nach dem Krankenhaus noch einmal in unserer Wohnung gewesen war. Es war offensichtlich, daß sie in höchster Eile verschwunden war. Mit klopfendem Herzen rief ich bei Thirst an, doch er ging nicht ran. Sie war auch nicht in der Wohnung ihrer Mutter. Ich spielte mit dem Gedanken, ihren Vater in den Staaten – Professor Sebastian J. F. Hawkley in Yale – anzurufen, doch ich wußte, daß sie sich nicht einmal in einer solchen Situation an ihn wenden würde. Für sie war er ebenfalls tot. Ich hatte ihr dabei geholfen, ihn umzubringen.

Ich spielte mit dem Gedanken, die Polizei anzurufen, aber ich wußte, die Beamten würden mir nur sagen, daß ständig Menschen vermißt gemeldet wurden; sie wäre lediglich ein Name mehr auf einer Liste. Außerdem wußte ich, daß sie eigentlich nicht auf diese Liste gehörte. Müde bestieg ich den Zug nach Sheffield, wo es immer noch regnete.

In den nächsten Tagen entwickelte sich mein Bedürfnis, in unserer Wohnung anzurufen, zu einem neurotischen Tick, der mich alle paar Stunden überkam. Sie hob nie ab. Am Ende rief ich tatsächlich bei der Polizei an, und der Beamte setzte ihren Namen pflichtschuldig auf die Liste der Vermißten. Mit der Skepsis in seiner Stimme hatte ich gerechnet. Schließlich kannte er weder Daisy noch mich; er wußte lediglich, daß sie mit einem anderen Mann weggelaufen war.

Nach dem Wochenende, an dem ich glücklicherweise beschäftigt war, Beauforts Exfrau zu helfen, ihn in ihr gemeinsames Haus zurückzubringen, aus dem er entkommen zu sein glaubte, kam ein Brief mit der Post.

Jimmy – Du hast mich im Stich gelassen. Ich hab' Dich so gebraucht, aber Dir war wie üblich Deine verdammte Karriere wichtiger. Ich hätte Deinen Trost gebraucht, Jimmy – und den brauche ich immer noch. Wenn ich meinen Schock überwunden habe, rufe ich Dich an. Ich bin bei Oliver. Daisy

Schock. Es ist schon merkwürdig, wie einen der Schock überraschen kann. Und manchmal gibt es keinen wirkungsvolleren Auslöser für einen solchen Schock als die Realisierung uralter Ängste. Als ich den Brief in der Hand hielt, überschlugen sich meine Gedanken. Bilder aus dem gemeinsamen Leben mit Daisy, sozusagen Miniaturen, blitzten in meinem Gedächtnis auf. Einen Augenblick lang erschien mir die Vergangenheit sehr viel realer als die Gegenwart. Erst ein paar Stunden später setzte der Schmerz wirklich ein.

Ich hatte ihr den verletzlichsten Teil meiner selbst anvertraut.

Und offenbar hatte sie beschlossen, mich damit zu quälen, wie ein verrückter Chirurg, der während der Operation plötzlich beginnt, die Leber des Patienten zu verspeisen.

»Warum tust du mir das an?« fragte ich laut, auch in Gesellschaft. Meine Qualen raubten mir die Selbstbeherrschung, gefolgt von einer trügerischen Ruhe, die wieder von panischen Anfällen abgelöst wurde.

Ich arbeitete weiter, durchaus inspiriert übrigens. Mein Intellekt schien von sämtlichen Fesseln befreit. Er war nichts anderes als ein Computer, den jemand eingeschaltet hatte und dessen Software nun völlig unabhängig von mir sein Programm zu Ende brachte. Mein Widersacher in dem Verfahren war durch mein Auftreten verwirrt – ob das an meiner Heftigkeit oder an der Tatsache lag, daß ich einem Nervenzusammenbruch nahe war, sollte ich nie erfahren.

Wenn ich allein in meinem Zimmer war, gelang es mir nicht, die einzelnen Teile meines Ichs zusammenzutragen. Ich liebte Daisy. Ich haßte Daisy. Ich würde sie auf Knien anflehen zurückzukommen. Ich würde nie mehr mit ihr reden. Es war alles meine Schuld. Ich mußte mir keinerlei Vorwürfe machen. Die Welt war schwarz, die Welt war weiß.

[31]

Für das, was als nächstes passierte, habe ich weder eine Entschuldigung noch eine Erklärung, ich kann darüber nur heulen.

Sie schrieb mir zahlreiche Briefe, manche davon lang und erklärend, andere kurz und verzweifelt. Ein- oder zweimal versuchte sie es mit Komik. Ich beantwortete keinen einzigen.

Jimmy, das, was ich getan habe, ist schrecklich. Ich weiß, wie sehr ich Dich verletzt haben muß. Ich weiß auch, daß Du das kaum begreifen wirst, aber jetzt, da ich aus unserer Beziehung heraus bin, liebe ich Dich noch mehr als früher. Endlich sehe ich klar – ich war dumm und selbstsüchtig. Die Liebe allein macht das Leben lebenswert, egal wie hoch der Preis ist. Plötzlich sehe ich Dich als das, was Du bist – Du bist ein echter Held, mein Schatz, Du hast härter gekämpft als alle Menschen, die ich sonst kenne. Ich schäme mich so. Warum müssen wir erst so schreckliche Dinge durchmachen, bevor wir erwachsen werden?

Ich kann verstehen, daß Du am Telefon nicht mit mir sprechen möchtest. Es braucht Zeit, bis solche Wunden verheilen. Vielleicht läßt Du mich Dich in ein oder zwei Wochen in Sheffield besuchen. Das würde ich gerne.

Vielleicht ist es noch zu früh, vielleicht kannst Du das noch nicht so sehen, aber ich glaube, das, was passiert ist, ist gut, denn jetzt weiß ich, daß Du der einzige Mann bist, den ich je lieben werde. Bitte, bitte vergib mir. Ich weiß, wieviel Arbeit Du mit diesem Fall hast, jetzt, da Beaufort nicht mehr da ist und alle Last auf Deinen breiten Schultern ruht, aber bitte, nimm Dir wenigstens eine Stunde Zeit für diesen Brief und denke darüber nach, auch wenn's nur in Erinnerung an unsere Liebe ist.

Jimmy, wie dumm von mir. Ich schreibe einen langen Brief und vergesse dabei völlig, daß ich Dir auch ein Zeichen der Ermutigung schicken muß. Weißt Du, für mich hier ist alles ganz klar, aber für Dich in Sheffield sieht die Sache wahrscheinlich völlig anders aus. Darling, ich habe Oliver seit der Woche, in der meine Mutter gestorben ist, nicht mehr gesehen. Wenn er anruft, lege ich auf. Ich habe ihm jetzt geschrieben, um ihm alles zu erklären; ich lege Dir eine Kopie des Briefes bei. Du siehst also: Das Ganze war nur die Kurzschlußhandlung einer dummen Frau, die sich verzweifelt nach Trost gesehnt hat.

Lieber Oliver,
es fällt mir schwer, Dir diesen Brief zu schreiben, und ich komme mir dabei sehr dumm vor, aber es muß sein.

Es war sehr nett von Dir, daß Du mich neulich vom Krankenhaus abgeholt hast, und ich muß die volle Verantwortung für das übernehmen, was danach passiert ist. Ich glaube nicht, daß es fair wäre, wenn Du sagen würdest, ich hätte Dich verführt, aber ich gebe zu, daß ich unter Schock stand und Trost brauchte. Und wie Du schon so klug übers Telefon angedeutet hast, wollte ich nur Jimmy eins auswischen. Es tut mir leid, daß Du unter meiner Selbstsucht zu leiden hattest, aber weißt Du, Oliver, ein paar Nächte mit jemandem sind eben noch keine Ehe. Das, was Du vielleicht jetzt empfindest, wird in einem Monat wieder vorbei sein. Es wird vorübergehen müssen, weil ich Dich nicht mehr wiedersehen werde. Laß es mich ganz deutlich sagen, Oliver: Ich hatte keine Ahnung davon, daß Du davon träumst, eines Tages ein neues Leben in den Staaten anzufangen. Meinst Du nicht, daß die Lust auf mich vielleicht auch ein bißchen selbstsüchtig ist? Ich muß Dir sagen: Vergiß die Sache. Mit Deinem Vorstrafenregister bekommst Du nie die Green Card. Wahrscheinlich nicht einmal ein Urlaubsvisum. Überleg Dir das noch einmal.

Ich wünsche Dir ein langes, ehrliches Leben – ohne mich.
Daisy

Jimmy, ich habe die Berichte über Deinen Fall in der Zeitung verfolgt. Es steht fast jeden Tag etwas darüber in der Presse. Ich war so stolz, als ich gelesen habe, daß der Richter sagte, der Ausfall Beauforts habe Deinem Mandanten nicht geschadet (was natürlich heißt, daß Du brillant bist). Den Beschreibungen nach zu urteilen, scheint dieser Mandant ein ganz schön schräger Vogel zu sein. Es ist fast wie im Kino, mit dem Rolls-Royce und seinen üblen Tricks. Ich bewundere Dich, weil Du diese ganzen Sachen, diese Holding- und Tochtergesellschaften auseinander halten kannst. Das, was Du früher immer gesagt hast, ist wirklich wahr: Mein Vaterkomplex hat mich daran gehindert, mich mehr für Deine Arbeit zu interessieren. Du hast wirklich einen tollen Job, nicht wahr?

Ganz allmählich gewöhne ich mich an den Gedanken, daß Mom nicht mehr da ist. Ich hoffe, daß auch Du irgendwann begreifen wirst, was für ein Schlag das für mich gewesen ist. Weißt Du, sie hat mir die Liebe beider Eltern geben müssen, und sie zu verlieren, war genauso, als hätte ich Mutter, Vater, Großmutter, Bruder und Schwester gleichzeitig verloren. Bitte, versteh mich. Ich weiß, sie war schwach und albern und ist wahrscheinlich nie erwachsen geworden, aber sie hat meine Seele mit ihrer Liebe gerettet. In letzter Zeit habe ich mich ein bißchen mit Religion befaßt. Ich bete jeden Abend für Dich – für uns –, und letzten Sonntag bin ich in der Kirche gewesen. Ich werde immer für Dich dasein, Jimmy. Daisy

Liebe Mauer,
wird es mir je gelingen, einen Riß in diese Mauer zu klopfen? Meine Worte sind nichts anderes als Graffiti, die ich mit blutenden Fingernägeln in Dich einritze, Mauer. Meinst Du, es fällt mir leicht, diese Briefe zu schreiben, Mauer? Nein, durchaus nicht. Bei jedem Brief bluten meine Finger. Ich kratze und kratze, bis alle meine Nägel abgebrochen sind und mir das Blut über die Hände läuft. Jedesmal wieder meine ich, ich müßte etwas bewirkt haben, aber es gelingt mir nicht, oder? Es ist bloß schmutziges Frauenblut, das Du am Morgen wieder abwäschst. D.

Na schön, Du Arsch, dann schreibe ich Dir eben einen amerikanischen Brief, besser gesagt, einen New Yorker. Ich hab' diese feigen britischen Höflichkeitsspielchen satt. Ich sage Dir: Du brauchst mich. Und willst Du wissen, warum? Weil ich die einzige bin, die Dein Blut noch durch den Körper pumpt, nachdem Du Dein Herz für Deine verdammte Karriere geopfert hast. Ich bin Dein Unterbewußtes, Du Arschloch. Ich bin das einzige Leben, das Du hast. Die Juristerei ist nicht das Leben, sondern der Tod. Na schön, ich hab' Dir also weh getan. Na und? Ich hab' Dir nie versprochen, daß ich das nicht machen würde. Ich hab' Dir nie verheimlicht, daß ich ganz schön verkorkst sein kann. Und genau deswegen liebst Du mich, Jimmy, o ja! Ob Dir das gefällt oder nicht, meine wilde Seite, die soziopathische, wenn Du so möchtest, hat Dich die ganzen Jahre über aufrechterhalten, in denen Dein Herz auf Eis lag. D.

Du Schwein – kapierst Du denn nicht, was Du da machst? GENAU SO HÄTTE MEIN VATER AUCH REAGIERT.

Jetzt ist es drei Monate her. Ich habe in den Nachrichten gehört, daß die Verhandlung bald abgeschlossen wird. Wahrscheinlich bereitest Du jetzt Deine Zusammenfassung für die Geschworenen vor. Ich weiß noch, wie angespannt Du dabei immer warst. Eigentlich sollte ich optimistisch sein, weil Du dann nach London zurückkommst, aber das bin ich nicht. Im letzten Monat, in dem ich Dir nicht mehr so viele Briefe geschrieben habe, habe ich allmählich begriffen, daß wir vielleicht nicht mehr zusammenkommen werden. O James! Ich hätte nie gedacht, daß so etwas passieren könnte, nicht einmal in meinen finstersten Momenten. Ich hatte erwartet, daß Du mich bestrafen würdest, bis es Deiner Ansicht nach genug wäre, aber ich habe nie geglaubt, daß es das Ende wäre. Auch

Dir müßte inzwischen klar sein, daß ich ebenfalls gelitten habe, ob mehr oder weniger als Du, wer sollte das schon beurteilen?

Ich habe Dir das bisher nicht gesagt, weil Du es sonst vielleicht mißverstanden hättest (ich kann mir vorstellen, wie verletzt Du noch immer auf die Nachricht reagieren mußt), aber irgendwie scheint das jetzt nicht mehr so wichtig zu sein. Vor zwei Wochen habe ich Oliver wiedergesehen (einmal – in Gesellschaft). Er hat mir mehr oder minder aufgelauert und mich angefleht, mit ihm in ein Café zu gehen, und das habe ich auch getan. Er hat mir gesagt, daß alles Gute in seinem Leben sich aufzulösen scheine, und ich habe ihm geantwortet, mir gehe es genauso.

Er hat mich gefragt, ob ich Dich gesehen hätte, und ich habe geantwortet, wir schrieben uns viel (ich wollte keine falschen Hoffnungen in ihm wecken durch die Nachricht, daß Du seit dem Tod meiner Mutter kein Wort mehr mit mir gesprochen und mir nie geschrieben hast). Dann ist es plötzlich aus ihm herausgeplatzt, daß er mich liebt. Er hat gesagt, er könne nicht wie ein anämischer Bourgeois lieben, er könne mir bloß sagen, daß er mich liebe und sein Leben für mich geben würde. Dann ist er in Tränen ausgebrochen, und weißt Du was – die ganze Zeit hab' ich gedacht: Wenn das nur Du wärst, Jimmy. Wenn Du es wärst, würde ich nicht einmal verlangen, daß Du mich liebst. Wenn Du Dich nur einmal gehenlassen und weinen, wenn Du Dich selbst wiederfinden würdest, könntest Du sicher (Du siehst, wie eingebildet ich bin!) Deine Liebe zu mir ganz tief in Deinem Herzen wiederfinden. D.

Lieber James,
das Verfahren ist also zu Ende, und Du bist wieder in London, und ich muß in die Chambers schreiben, weil ich nicht weiß, wo ich Dich sonst erreichen kann. Eigentlich sollte ich Dir zu

Deinem Sieg gratulieren (gut gemacht! Wieder ein Ganove mehr, der frei herumläuft!), aber zum erstenmal stelle ich fest, daß sich eine gewisse Bitterkeit in mein Herz geschlichen hat. Wenn ich die Liebe nicht wiederfinde, werde ich alle Großzügigkeit verlieren. Ich habe den Eindruck, daß ich meine Seele verliere. Ich hatte wirklich gedacht, Du hättest keine Waffen mehr, mit denen Du mich verletzen könntest. Aber Du hast doch noch eine gefunden, nicht wahr?

Ich kann es nicht glauben, daß Du wieder in London bist und ich noch immer nichts von Dir gehört habe. Hast Du Dir eine neue Wohnung gesucht? Bist Du bei Freunden untergekrochen? Ich habe drei Tage hintereinander vor den Chambers auf Dich gewartet, aber Du hast Dich nicht blicken lassen, und Deinen Clerks war es peinlich, mit mir zu sprechen. Sie haben mir lediglich gesagt, daß Du im Augenblick lieber Fälle außerhalb Londons annimmst.

Kannst du all unsere gemeinsamen Jahre wirklich einfach so wegschieben? Du hast mich geliebt, mehr, als die meisten Männer je lieben werden. Vielleicht ist es das, was so weh tut, aber abstreiten kannst Du es nicht. Jedenfalls nicht vor Gott. Nicht einmal, wenn Du in den Spiegel schaust. D.

Lieber James,
ich habe gestern einen Spaziergang in Hampstead Heath gemacht, dort, wo wir immer zusammen waren. Es war kalt und windig, und obwohl noch Sommer ist, lagen schon viele Blätter auf dem Boden oder hingen bereits braun an den Bäumen. Ich stand auf einem Hügel und hatte das Gefühl, nicht mehr als ein Körper zu sein, ein leerer Körper, durch den der Wind bläst. Ich glaube nicht, daß ich Dir noch einmal schreiben werde. D.

Und wo warst du, James Knight, als sie ihr Herz ausschüttete? Hast du, grinsend wie ein Wahnsinniger, dein Ohr ans Schlüsselloch gedrückt? Hast du das gemacht?

Zum Teil ja. Ein Teufel mit meinem Gesicht labte sich an ihren Leiden. Ich wehrte mich gegen ihn, aber er war stärker als ich. Ich bekam den Gedanken nicht aus dem Kopf, daß sie das alles irgendwie geplant hatte – und daß der Tod ihrer Mutter eine willkommene Ausrede für sie gewesen war. Außerdem konnte ich das verletzende Ende des ersten Briefes nicht vergessen: »Ich bin bei Oliver. Daisy.«

Ich wußte ganz genau, daß ich ihr vergeben hätte müssen. Dabei ging es weniger um das Wort »vergeben« als um den Gedanken. Doch ich stellte fest, daß man die Fähigkeit zu vergeben ebensowenig heraufbeschwören kann wie einen sonnigen Tag. Ich wußte selbst, daß ich meinem Wesen nach aus Fragmenten bestand; nur sie hatte mich ganz gemacht. Und diese Ganzheit hatte ich für immer verloren. Ein Mensch, der nur aus Fragmenten besteht, verzeiht nicht. Im Gegenteil: Er haßt den Menschen, der ihm das fehlende Teil gestohlen hat.

[32]

An einem kalten, toten Tag mitten im Winter (so erschien es mir zumindest) änderte Daisy Smith ihren Namen noch einmal. An einem kalten, toten Tag mitten im Winter wurde sie Daisy Thirst. Zwei Diebe waren Trauzeugen.

Es regnete, erzählte mir George Holmes. Er hatte dafür gesorgt, daß der Generalstaatsanwalt mich mandatierte. Das war eine große Ehre. George kam zu dem Treffen und lud mich hinterher auf eine Tasse Tee ein, um mir von der Hochzeit zu erzählen.

»So sind diese Gangster nun mal – sie bohren sich in das Leben anderer Leute, um sie zu betrügen und zu zerstören. Sie können nichts dagegen machen, sie sind eben Krankheitsüberträger. Wenn's nach mir ginge, würde ich ihm beide Hände abhacken lassen wie in Saudi-Arabien. Das macht dort ein Profi, ein Chirurg. Sie schnallen den Verbrecher fest, betäuben ihn örtlich, sägen die Hand ab, und dann werfen sie sie in den Abfall für die Krankenhaushunde. Ich würde gern Thirsts Gesicht sehen, wenn die so was machen. Sie wahrscheinlich auch.«

Danach traf ich mich ziemlich oft mit George. Ich wurde Ankläger, bekannt für die kalte Leidenschaft, mit der ich meine neue Rolle ausfüllte. George Holmes hatte noch nie so viele Verurteilungen zu verbuchen gehabt. Ich war mitverantwortlich für seine raschen Beförderungen, und Commander Holmes vergaß einen Freundschaftsdienst nie. Er hätte mir viel über Daisy und Thirst erzählt, wenn ich es zugelassen hätte. Aber nach der Hochzeit wollte ich nichts mehr davon hören.

Wie jeder andere Mutant des zwanzigsten Jahrhunderts schaute ich mich nach Alternativen um. Kurze Zeit gab ich vor, schwul zu sein. Ich ging in Bars, in denen Männer mit gebrochenem Rückgrat wie ich mit Fummeltunten, Strichjungen und Freunden des Milieus verkehrten. Ein älterer Stammgast, der sich mit mir anfreundete, drückte es folgendermaßen aus: »Bloß weil du Angst vor der Liebe hast, bist du noch lang nicht schwul.«

Sein scharfer Verstand gefiel mir. Während andere allerorten Homosexualität diagnostizierten, sagte er, daß der Club seine Größe nicht wesentlich verändert habe.

»Und was ist dann ein Homosexueller?«

»Ganz einfach. Mich faszinieren die Erektionen anderer Männer, seit ich denken kann. Das kann nur eine Ablenkung sein oder auch aufregend oder zärtlich; manchmal finde ich sogar Liebe. Aber schwul zu werden hilft dir nichts. Deine Wunden heilen nicht, auch wenn du dich zwingst, einen von den armen Burschen hier zu bumsen.«

Nach ein paar Monaten stellte ich fest, daß das für viele Dinge galt: für Buddhismus, Alkohol, Tauchen, organisierte Singlereisen nach Kreta, Yoga, drei Nachmittage mit einem katholischen Priester, Kokain von einem Freund bei der BBC, sexuelle Abenteuer, die in beiderseitigem Einvernehmen ohne gefühlsmäßige Beteiligung stattfanden. Ich versuchte es mit Fallschirmspringen, mit Arbeit, fragte mich, wie es wohl wäre, ein alleinerziehender Vater zu sein, und wie man das anstellte. Ich fand heraus, daß ich mich auf alles konzentrieren und nichts länger machen konnte. Ich konnte in Panik ausbrechen, wenn eine Freundin nicht anrief, und sofort in tiefste Langeweile sinken, wenn sie sich dazu entschloß. London ekelte mich an, doch ich entwickelte Ängste, es zu verlassen. Jede Nacht wachte ich gegen drei Uhr auf, weil ich mich im Schlaf mit Daisy gestritten hatte. Allein zu schlafen war unerträglich; das gleiche galt für die Gesellschaft eines anderen Menschen in meinem Bett.

Ganz allmählich begann ich, meine Krankheit auch bei anderen zu entdecken, obwohl ich nicht sagen konnte, wie sie hieß. Das Leben kann immer schiefgehen. Die Persönlichkeit, die einem gestern noch so nützlich war, kann über Nacht verschwinden. Wenn man am Morgen die Hand danach ausstreckt, ist sie weg. Der Mann im Spiegel ist zu einem Niemand geworden, zum Opfer eines neuen Leidens, das vor zwanzig Jahren noch niemand kannte. Es kann alle befallen. Vater oder Mutter zu sein ist kein Hinderungsgrund, und auch Geld, Jugend oder Sex-Appeal helfen nicht dagegen.

Ich gestand mir meinen nagenden Hunger ein. Er war immer schon dagewesen, und jetzt, da ich wußte, daß ich keine Möglichkeit hatte, ihn zu stillen, begriff ich, wie dieser Hunger beschaffen war. Ich wollte nicht Daisy zurück, sondern den Menschen, der ich mit ihr zusammen gewesen war.

TEIL DREI

[33]

Als George Holmes an jenem Dienstagmorgen zu uns kam, um Daisy festzunehmen, wußten die beiden Beamten, die er dabeihatte, wer ich war, und sagten öfter als nötig »Sir« zu mir. Im Ausgleich dafür gingen sie ziemlich grob mit Daisy um. Ich weiß nicht, was George ihnen erzählt hatte, wahrscheinlich etwas ähnlich Banales, wie es Zeitungen formulieren würden: FEMME FATALE KOMPROMITTIERT BEKANNTEN ANWALT oder LIEBESKRANKER ANWALT GEWÄHRT MÖRDERIN UNTERSCHLUPF.

Daisy schien ihre Grobheit nicht aufzufallen. Noch bevor George mit seinem Spruch fertig war (»Mrs. Daisy Thirst, geborene Hawkley, die auch den Familiennamen Smith benutzt, wird hiermit der Mord an ihrem Ehemann Oliver Harry Thirst am ... 1986, an der Kreuzung ... Street und ... Street zur Last gelegt. Der Tod wurde durch eine aus geringer Entfernung abgefeuerte Kleinkaliberpistole zwischen ein und fünf Uhr morgens herbeigeführt«), fiel sie in Ohnmacht. Ich zischte George zu, daß er mir das mit seiner Karriere bezahlen würde. Er murmelte etwas, das fast nach einer Entschuldigung klang.

Als Daisy wieder zu sich kam, mußte George alles noch einmal wiederholen. Diesmal fügte er hinzu, daß sie nichts sagen müsse, daß aber alles, was sie sagte, notiert werde und als Beweis gegen sie verwendet werden könne.

Allmählich begriff sie. Sie sah, daß unser sechzehn Tage währender Traum dabei war, sich zu verflüchtigen. Ihr wurde klar, daß sie sich mit dem sadistischen Labyrinth des Gesetzes und den langen Monaten der Depression auseinandersetzen mußte, die nun unweigerlich folgten, egal, wie das Ergebnis aussah.

George wollte sie mit dem Wagen, in dem sie gekommen waren, aufs Polizeirevier bringen.

»Ich fahre sie hin«, erklärte ich ihm.

Ich fuhr Daisy zum Hampsteader Polizeirevier, das man gut auch zu Fuß hätte erreichen können, und mußte sie aussteigen lassen, während ich einen Parkplatz suchte.

»Geh nicht ohne mich rein«, sagte ich, und sie wartete artig und verwirrt, bis ich wiederkam. Plötzlich tauchte ein halbes Dutzend Pressefotografen aus dem Nichts auf und machte Fotos. An jenem Tag erschien auf der Titelseite der Abendzeitung ein Bild von Daisy, die mit verwirrtem Ausdruck das Revier betrat. Auch ich war mit verkniffenem und wütendem Gesicht abgebildet. Natürlich lautete die Schlagzeile folgendermaßen: FREUNDIN EINES BEKANNTEN ANWALTS UNTER MORDANKLAGE. In dem Bericht standen zahlreiche Einzelheiten über Thirsts Vergangenheit, und er deutete an, daß ich nun gewiß nicht mehr Queen's Counsel werden würde.

Abgesehen von der Auseinandersetzung mit der Presse mußten wir uns an jenem Tag mit vielen Formalitäten herumschlagen. George war längst nicht so aggressiv wie sonst bei Verdächtigen. Er hatte nichts gegen eine Kaution und machte nicht einmal den Versuch, Daisy ohne einen Solicitor zu verhören. Nachdem ihre Fingerabdrücke genommen worden waren, gingen wir mit dem Versprechen, am nächsten Tag mit einem Solicitor wiederzukommen, nach Hause. Den Nachmittag verbrachte ich damit, mich mit meinem alten Freund Roland Denson zu beraten, welchen der sechs Solicitors auf unserer Liste wir beauftragen sollten. Besonders lange unterhielten wir uns über Cyril Feinberg, den wohl rücksichtslosesten Vertreter dieses Berufsstandes in London. Ich hatte einen großen Teil meiner Karriere darauf verwendet, die ausgeklügelten Alibis auseinanderzunehmen, die er seine Mandanten so lange hatte lernen lassen, bis sie sie aufs Wort genau beherrschten. Er machte den Eindruck, als hasse er alles, was mit seinem Beruf zu tun hatte – die Polizei, seine Mandanten, die Barristers, die Richter, die anderen Solicitors. Roland Denson war felsenfest davon überzeugt, daß ich mich nicht für ihn entscheiden würde.

Ich sah zu Daisy hinüber. Wir saßen unten in meinem Arbeitszimmer. Sie verharrte in fast katatonischem Zustand und wartete darauf, daß die Männer über ihr Schicksal entschieden. Hier ging es um Männerregeln; Tochter, Ehefrau, Angeklagte, Mörderin – das waren Definitionen der Männer, Fallen der Männer.

Ich faßte einen Entschluß. »Wir nehmen Feinberg, Roland. Das ist der Richtige für uns.«

Nicht das letzte Mal im Fall Daisy Thirst runzelte Roland Denson die Stirn. Er wußte nur zu gut, daß ich ihn als Junior Counsel wollte.

Ich rüstete mich für den Anruf bei Feinberg, dessen Sekretärin fast genauso feindselig auf seine Mandanten reagierte wie er selbst.

»Mr. Feinberg ist sehr beschäftigt ...«

»Sagen Sie ihm, James Knight möchte ihn sprechen.«

»Er ist leider im Moment in einer Besprechung ...«

»Dann unterbrechen Sie die Besprechung und sagen Sie ihm, daß James Knight mit ihm reden will. Ich habe einen Fall für ihn.«

Vermutlich hatte er die Abendzeitung noch nicht gelesen, aber seine Kontakte zur Polizei waren gut, und deshalb wußte er mit ziemlicher Sicherheit von Daisys Verhaftung – höchstwahrscheinlich schon vor ihr. Ich wußte, daß er der mit dem Fall verbundenen Publicity nicht würde widerstehen können. Feinberg meldete sich schon nach wenigen Sekunden. Er sprach hastig und ungeduldig.

»Es geht um Ihre Freundin. Eine Mordanklage. Sie wollen mich beauftragen. Ich nehme an. Wann will Holmes sie verhören?«

»Morgen.«

»Wann?«

»Irgendwann am Nachmittag.«

»Wann genau?«

Schon wurde Feinberg wütend.

»Wann wir wollen. Holmes ist den ganzen Tag im Hampsteader Polizeirevier.«

»Hast er das gesagt?«

»Ja.«

Kurzes Schweigen. »Hab' selten was Merkwürdigeres gehört. Ist das ein Mordprozeß oder ein Schaukampf?«

»Er benimmt sich wie ein Gentleman. Warum, weiß ich auch nicht.«

»Gefällt mir gar nicht. Bringen Sie sie morgen früh um halb neun zu mir ins Büro. Um halb zehn habe ich einen Termin, aber am Nachmittag habe ich noch nichts vor. Da können wir dann die Sache mit dem Polizeirevier erledigen.«

Er legte auf, ohne meine Antwort abzuwarten. Am nächsten Morgen brachte ich Daisy um Punkt halb neun zu ihm (Feinberg hatte schon Leute abgewiesen, die zehn Minuten zu spät kamen). Ich war froh, daß sie beschlossen hatte, ihren Sonntagshut und ihr bestes Kleid zu tragen – nur für den Fall, daß die Leute von der Presse uns wieder überraschten.

Feinberg hatte zwar ein Büro in der Nähe des Bailey, doch seine eigentliche Kanzlei befand sich im West End, in einem monströsen Neubau mit Buntglasfenstern, die man aus dem Erdgeschoß eines alten georgianischen Hauses in Mayfair ausgebaut hatte. Ein Abziehbild von einer Empfangsdame (platinblond, schlank, enger schwarzer Pullover, lange Beine in Netzstrümpfen) brachte uns zu seinem Allerheiligsten, das seine Sekretärin hütete wie ein Wachhund. Sie scheute auffällige Äußerlichkeiten in dem Maße, wie ihre Kollegin sie kultivierte: Sie trug eine altmodische Brille, ein formloses, wenn auch teures Kostüm und musterte uns mit klugem, abschätzendem Blick. Ich hatte gehört, daß sie Feinberg fast hündisch ergeben war und nur die Schultern zuckte über seine kurzen Affären mit den Empfangsdamen. Ohne uns eines Wortes zu würdigen, betätigte sie einen Knopf der Gegensprechanlage.

»Mr. Knight ist hier.«

»Mrs. Thirst und Mr. Knight sind hier«, berichtigte ich sie.

Daisy legte eine Hand auf meinen Arm. »Ist schon in Ordnung – ich hab' mich längst dran gewöhnt, unsichtbar zu sein.«

Die Sekretärin brachte uns zu Feinberg, ohne sich zu entschuldigen. Feinberg erhob sich hinter seinem riesigen Schreibtisch und ging uns entgegen. Er war klein, nicht einmal einsfünfundsechzig, trug eine schwarze Brille und hatte lockige graue Haare. Sein Kopf war ziemlich groß für seinen Körper, und sein Gesicht und seine Lippen zuckten nervös wie kleine Insekten, wenn er nicht gerade redete oder sich konzentrierte. Wie viele außerordentlich intelligente Menschen schien er sich auf einer völlig anderen Bewußtseinsebene zu befinden, wenn er sich mit einem Problem beschäftigte, und war gereizt, wenn ihn die Realität wieder einholte. Ich spürte, daß er Daisy attraktiv fand. Vielleicht war das ganz nützlich.

»Ich habe Nachforschungen angestellt«, sagte er, sobald wir uns gesetzt hatten. »Über die Hintergründe unterhalten wir uns später. Sie werden mir das hier erklären müssen. Überzeugend und ausführlich.«

Dabei nahm er ein Foto aus seiner Schublade und knallte es Daisy hin. Es war das gleiche, das George Holmes mir am Sonntag gezeigt hatte. Daisy mit Ohrenschützern auf dem Schießplatz.

Die Farbe wich aus ihren Wangen. »Mein Gott, mein Gott, mein Gott.«

»Das ist genau die Reaktion, mit der Sie zehn Jahre in Holloway landen«, herrschte Feinberg sie an.

»Wer hat das Foto gemacht? Woher haben die das?« fragte Daisy zitternd.

Feinberg zuckte mit den Achseln. »Wer weiß? Irgendein Schnüffler von den Spezialeinheiten.« Er sah mich an. »Ganz schön blauäugig, die Kleine, was?« Dann lümmelte er sich in seinen Sessel und starrte Daisy an. »Das hier ist England, meine Liebe. Die hindern einen nicht unbedingt daran, das Gesetz zu brechen, aber sie wissen alles. Und sie verwenden dieses Wissen gegen Sie, wenn es ihnen paßt.«

Daisy hielt die Hände vors Gesicht. »Spezialeinheiten. Ich hab' gedacht, die fangen Terroristen.«

Er beugte sich mit anzüglichem Grinsen nach vorn und deutete mit dem Zeigefinger auf das Foto. »Und was meinen Sie, wofür die das halten?« Er trommelte mit den Fingern auf den Tisch. »Mehr habe ich fürs erste nicht zu sagen. Abgesehen von der Gebührenordnung natürlich. Nehmen Sie das Foto mit. Studieren Sie's sorgfältig. Leben Sie damit. Lernen Sie, es zu lieben. In diesem Fall wird's darum gehen, wie Sie im Zeugenstand darauf reagieren. Mit den Hintergründen beschäftigen wir uns später.«

In den nächsten paar Minuten erläuterte er uns die Zusammensetzung seines Honorars, wie er sich die Zahlungen vorstellte und wie träge er werden würde, wenn diese Zahlungen nicht eingingen. Ich sagte ihm, daß ich Roland Denson als Junior Counsel wolle.

»Solang ich mir den Leader aussuchen kann«, sagte er.

Es war nicht schwer zu erraten, wen er wollte. Es gab nur einen einzigen Queen's Counsel in England, der Feinberg aggressiv genug war.

»Sie wollen Sir Simon Carlford?«

»Ich kriege Simon Carlford.« Er lächelte häßlich. »Wenn ich ihn will.«

»Es wird Zeit, daß wir uns unterhalten«, sagte Daisy auf dem Nachhauseweg im Taxi.

Später gingen wir zusammen in mein Arbeitszimmer, wo ich eine neue Diskette in meinen PC schob. Wir sahen einander grimmig an.

»In der Juristerei zählen die Details«, sagte ich.

[34]

Einen Fall für ein Verfahren vorzubereiten, ist eine Kunst. Das gilt doppelt, wenn diese Vorbereitung sich auf die Vertuschung einer fundamentalen Lüge konzentriert. Aber das muß so sein. Jeder Beruf, jede Berufung des Menschen, die über die des Maurers hinausgeht, hat mit der Manipulation menschlicher Wahrnehmung zu tun, und wenn die zu manipulierende Wahrnehmung nicht naiv, sondern scharf ist (zum Beispiel bei einem Richter oder einem Ankläger), dann darf kein Fehler passieren; der Trick muß gelingen, der Wille, der dieser Aktion zugrunde liegt, muß so stark sein, daß sogar der Impresario in dem entscheidenden Augenblick daran glaubt, daß das Steckenpferd das Rennen gewinnen kann. All das erfordert eine intellektuelle und emotionale Disziplin, an die Daisy nach einem Leben voller Drogen und schlauer Sprüche nicht gewöhnt war.

»Aus Ihnen machen wir schon noch einen ganzen Mann«, sagte Feinberg mit anzüglichem Grinsen zu ihr.

Und in gewisser Hinsicht gelang ihm das tatsächlich. Eines Tages war sie so unvorsichtig zu sagen, es wäre ihr lieber, ihre Zeit in Holloway abzusitzen, als noch einen weiteren Tag mit Feinberg und mir zu verbringen. Damit hatte Feinberg endlich den Vorwand, den er brauchte. Er arrangierte einen Besuch im Gefängnis, von dem sie blaß und ziemlich eingeschüchtert zurückkehrte. Nur wenige Menschen haben eine Vorstellung davon, wie tief der Mensch sinken kann. Als Daisy wiederkam, wirkte sie entschlossen. Feinberg hatte sie wachgerüttelt.

»Ich gehe nicht ins Gefängnis, James«, sagte sie. »Das kannst du mir glauben.«

Danach lernte sie ihren Text so gut, daß wir uns mit einem neuen Problem konfrontiert sahen.

»Sie ist zu perfekt«, sagte Feinberg. »Sie zögert zu wenig.«

»Arschloch«, sagte Daisy.

Feinberg sah sie neugierig an. »Hören Sie, meine Liebe, es gibt eine Frage, die ich nie gestellt habe und auch nie stellen werde. Ist mir scheißegal, ob Sie ihn um die Ecke gebracht haben oder nicht. Mehr Kopfschmerzen macht mir die Tatsache, daß Sie kein Alibi haben. George Holmes verliert nicht gerne – wenn Sie bloß sagen können, daß Sie die ganze Nacht daheim waren und masturbiert haben, werden Sie eingelocht. Es gibt nur eine sichere Methode, einen Strafprozeß zu gewinnen, und die besteht darin, so gut zu lügen, daß sie einen nicht mal dann verurteilen könnten, wenn sie wollten. Stimmt's?«

Das letzte Wort war an mich gerichtet. Ich hatte den größten Teil meiner Berufslaufbahn mit dem Versuch verbracht, kein Anwalt wie Feinberg zu werden. Auch jetzt, da Daisys Freiheit auf dem Spiel stand, hatte ich Probleme damit. Ich wandte den Blick ab, ohne etwas zu sagen, was Feinberg wütend machte.

»Ich will mit Ihnen reden«, erklärte er mir. »Sie können gehen«, sagte er zu Daisy.

Wir saßen einen Augenblick da und schauten einander über seinen Schreibtisch hinweg an. Er wirkte noch wütender als sonst. Sein Gesicht zuckte wieder wie wild, und er hatte sich so oft auf die dicken Lippen gebissen, daß sie fast bluteten. Schließlich hielt er zwei Finger hoch.

»Zwei Überraschungen. Zwei sehr seltsame, sehr interessante Überraschungen. Die Polizeiberichte sind gestern eingetroffen. In denen wimmelt's zwar nicht gerade von Beweisen, aber es würde gerade reichen, um sie die letzten Jahre ihrer Jugend im Gefängnis schmoren zu lassen. Wenn sie dann rauskommt, ist sie verkalkt, und ihr Körper verfallen.«

»Okay, was ist die erste Überraschung?«

»Das hier. Dieses jämmerliche Ding, das einen Augenzeugenbericht darstellen soll.«

Er nahm ein einzelnes Blatt Papier von dem Stapel Dokumente auf seinem Schreibtisch. Alle Unterlagen trugen die Insignien der Metropolitan Police. Das Blatt Papier, das er mir überreichte, war eine Zeugenaussage auf einem Standardformular. Oben standen der Name des Zeugen, der Name des Polizeibeamten, der die Aussage aufgenommen hatte, Zeit und Datum, Ort und Adresse, Alter und Beruf des Zeugen. Am Ende des Dokuments befand sich eine Zeile, auf der der Zeuge unterschreiben mußte, um sicherzustellen, daß der Aussage später nichts mehr hinzugefügt werden konnte. Normalerweise sind die Blätter einer Zeugenaussage sorgfältig numeriert, doch in diesem Fall lag nur ein einzelnes Blatt vor.

Wie Feinberg gesagt hatte – das Ding war ziemlich jämmerlich ausgefallen. Ein zehnjähriger Junge, durch einen Streit seiner betrunkenen Eltern aufgewacht, war um drei Uhr früh aus dem Haus geschlüpft. Als er um eine Ecke ging, sah er in ungefähr dreihundert Metern Entfernung die Umrisse zweier Menschen im Schein einer Straßenlaterne. Der eine schien auf den anderen einzureden, der vor ihm herging. Der Bettelnde ging auf die Knie; der andere drehte sich um und zielte mit einer Pistole auf ihn. Ein Schuß war zu hören, und der Kniende sackte in sich zusammen. Der andere ging zu einem Wagen, der in ungefähr hundert Metern Entfernung abgestellt war, das heißt also vierhundert Meter von dem Jungen weg, und fuhr in die entgegengesetzte Richtung davon. Auf die wesentliche Frage »War der Angreifer groß oder klein, ein Mann oder eine Frau?« konnte der Junge keine Antwort geben. Er war leicht kurzsichtig und hatte in dem Licht nur Silhouetten gesehen – ein Schattenspiel vor dem Hintergrund einer trostlosen Londoner Straße. Auf die Entfernung konnte er sich nicht einmal eine Vorstellung von der Größe und dem Gewicht der beiden Leute machen. Sie hätten Zwerge oder auch Riesen sein können. Der Junge war aufgrund der sozialen Programmierung, die Daisy so sehr verachtete, davon ausgegangen, daß es sich bei dem Angreifer um einen Mann handelte. Nach sorgfältiger Befragung jedoch hatte der Junge zugegeben, daß diese Annahme eher etwas mit Vorurteilen als mit seiner Wahrnehmung zu tun hatte. Ich legte die Aussage weg. Ich war mir sicher, daß man den Jungen nicht als Zeugen aufrufen würde.

»Sehr interessant, finden Sie nicht?«

Ich zuckte mit den Achseln. »Eine nutzlose Aussage; sie beweist nichts.«

Feinberg starrte mich an. Ich wandte den Blick ab.

»Und wo ist die andere Überraschung? Sie haben gesagt, es gäbe zwei.«

»Sie haben Nigel Monkson mit dem Fall beauftragt.«

Ich musterte Feinbergs Gesicht, um zu sehen, ob das ein sadistischer Scherz sein sollte.

»Monkson?«

Er grinste. »Ich hab' heut' morgen mit seinem Clerk telefoniert. Es ist tatsächlich wahr.«

Ich lächelte zurück. Nigel Monkson, Q. C., war der Clown der englischen Gerichte, ein harmloser Narr, der sich mehr für Männermode als die Juristerei interessierte. Seine Verbindungen zum ländlichen Adel und einem konservativen Lord Chancellor hatten ihn ziemlich spät zum Queen's Counsel gemacht; Solicitors und Richter nahmen ihn nicht ernst. Er schien juristische Feinheiten so wenig zu begreifen, daß sich die Geschworenen über seine ungespielte Naivität vor Lachen bogen. »Euer Ehren, wenn ich ihn richtig verstehe, beschuldigt mein gelehrter Freund meinen Mandanten zu flunkern«, gehörte zu seinen bekanntesten Aussprüchen. »Ach, das scheine ich falsch verstanden zu haben«, lautete ein weiteres Bonmot. Und zu allem Überfluß geriet er auch noch ins Lispeln, wenn er aufgeregt war, was bei den Geschworenen jedesmal für einen Lacherfolg sorgte.

»Tja, vielleicht könnten Sie mir sagen, was George Holmes eigentlich vorhat«, sagte Feinberg mit gerunzelter Stirn, und seine Gesichtsmuskulatur begann wieder zu zucken.

»Ich habe keine Ahnung, Cyril«, antwortete ich. Er haßte es, wenn jemand ihn Cyril nannte.

[35]

Aus Gründen, die George Holmes für sich behielt, die ich mir aber denken konnte, verzögerte er das Verfahren so lange, bis Daisy im siebten Monat schwanger war.

Der Richter behandelte sie mit der Sanftheit eines alten Mannes, der sein Leben an einem ritterlichen Ehrenkodex ausgerichtet hatte, und Nigel Monkson beklagte sich in der Garderobe darüber, daß die Beklagte in seinem allerersten Mordprozeß schwanger war.

Keiner hatte irgendwelche Zweifel daran, daß diese Schwangerschaft berechnet war oder daß George Holmes einen schlechten Zeitpunkt gewählt hatte. Der Number One Court im Old Bailey, der Mord- und Vergewaltigungsfällen vorbehalten ist, ist groß und karg und wirkt einschüchternd. Alle Kollegen sahen die dramatischen Möglichkeiten, die der Anblick Daisys auf dem erhöhten Zeugenstand bot – eine einsame Frau, ein Symbol der Fruchtbarkeit und der ursprünglichen Unschuld im Schatten jener dunklen, abgenutzten Eiche und der Männer mit grauen

Perücken und schwarzen Talaren, die für die finstere Aussicht aufs Gefängnis standen. Es war, sagten die Leute, ohne nachzudenken, einer von Feinbergs genialsten Schachzügen.

George saß hinter dem Solicitor aus dem Büro des Generalstaatsanwalts, der Monkson und seinen Junior für die Anklage instruierte. Ich saß hinter Feinberg und starrte hinüber zu George. Daisy stand in dem Metallkäfig für die Angeklagten. Jeden Morgen ärgerte ich George, indem ich einen Stapel Papiere herausholte, ihm zunickte und sie sorgfältig gefaltet wieder in meine Jackentasche zurücksteckte. Ich sorgte dafür, daß Daisy die Diskette hatte, auf der der Text dieser Papiere gespeichert war.

Nigel Monkson überraschte uns alle durch seine vorbildliche Kenntnis der Gesetze und Fakten. Zwar war das in diesem Fall nicht besonders schwierig, aber die Anstrengung war ihm vom Gesicht abzulesen. Die vielen Zeichen seiner Eitelkeit (ein Goldkettchen am linken Arm, eine Taschenuhr, ein großes, purpurrotes Seidentaschentuch, mit dem er sich die Stirn abwischte, ein Weinglas aus Kristall, aus dem er Wasser trank) schienen in dem grimmigen intellektuellen Kampf, den er in seinem ersten Mordprozeß führte, irgendwie unterzugehen. Sir Simon Carlford, Daisys unbarmherziger Q. C., hatte sich für einschmeichelnde Freundlichkeit entschieden. Er nannte Monkson »Nigel, mein Lieber« und verwendete Ausdrücke wie »wir Seidenträger«. Monkson strahlte vor Dankbarkeit und lispelte, daß »man erst dann ein richtiger Jurist ist, wenn man seinen ersten Mordfall im Bailey hinter sich hat«. Carlford belohnte dieses Eingeständnis, indem er die Hand auf Monksons Unterarm legte.

Nach den üblichen Präliminarien wurden die Geschworenen vereidigt. Die Verteidigung hat das Recht, ohne Angabe von Gründen gegen insgesamt zwei Geschworene Einspruch zu erheben. Roland Denson, Carlford und ich hatten einige Zeit darüber diskutiert, ob wir Einspruch erheben sollten. Es ist allgemein bekannt, daß Hausfrauen mittleren Alters die nachsichtigsten Geschworenen sind, aber der Durchschnittsangeklagte ist ja auch jung und männlich. Nach langen Diskussionen beschlossen wir, daß wir nur keine jungen Männer wollten, die offensichtlich einmal von Feministinnen verletzt oder erzürnt worden waren. Am Ende bestand die Gruppe der Geschworenen aus sieben Frauen und fünf Männern. Das kam Carlford entgegen, der meinte, seine angeborene Aggression kaschieren und wie eine leidenschaftliche Verteidigung aller Frauen aussehen lassen zu können.

Monkson begann mit einer zu langen und zu emotionalen Ansprache. Er redete über Kaltblütigkeit und Vorsatz und gab dem Wort »Mord« dabei jedesmal eine so melodramatische Färbung wie bei Dickens. Die Geschworenen sollten nicht erfahren, daß Monkson seinen ersten Mordprozeß betrachtete wie manche Männer ihren neuen Wagen – als eine Quelle der Freude, der man alle erdenkliche Aufmerksamkeit angedeihen ließ. Jedesmal, wenn er das Wort »Mord« aussprach, zitterte Daisy.

Wie üblich ließen sich die Gerichtsmediziner über die ungefähre Zeit, die Ursache und den Ort des Todes aus. Thirst war zwischen drei und fünf Uhr früh auf einer Londoner Straße gestorben, nachdem eine Kugel aus einer aus geringer Entfernung abgefeuerten Kleinkaliberpistole den vorderen Hirnlappen durchschlagen hatte. Die Kugel war am unteren Ende seines Hinterkopfes wieder ausgetreten, ungefähr einen Zentimeter über der Wirbelsäule, und hatte ein unregelmäßig geformtes Stück Fleisch von der ungefähren Größe einer Murmel weggerissen. Das Loch, das sich in seine Stirn gebohrt hatte, war so klein und sauber wie der rote Punkt, den verheiratete indische Frauen tragen. Das hieß, daß der Angreifer über ihm gestanden hatte. Zwei schmuddelige Geschäftsfreunde – mit hieb- und stichfestem Alibi – mußten dem Gericht sagen, wann sie ihn zum letzten Mal lebend gesehen hatten. Dann rief Nigel Monkson die erste Zeugin auf.

Sie war über einsachtzig groß und kam mit gesenktem Kopf nach vorn, als wolle sie jemanden angreifen. Sie trug eine Latzhose, die die vermutlich darunterliegenden üppigen Formen verbarg. In Verbindung mit einer anderen Persönlichkeit hätte ihr Körper durchaus sexy wirken können – was sie vermutlich nicht gern gehört hätte. Sie sprach kurz und abgehackt, in jeden ihrer Sätze packte sie eine politische Botschaft. Ihre Haare waren hinten und an den Seiten kurz geschnitten, und sie runzelte jedesmal, wenn sie mit Männern sprach, die Stirn.

Es war deutlich zu sehen, daß ihr Haß tief saß und daß sie Nigel Monkson irrtümlicherweise für einen selbsternannten Verfolger aller Frauen hielt. Durch eine Reihe von Fragen, gegen die Carlford keinen Einspruch erhob, stellte Monkson fest, daß sie ein kleines Stück Farmland in Suffolk ihr eigen nannte, das sie in eine Zuflucht für bedrohte, geschlagene und verfolgte Frauen umgewandelt hatte, wo diese sich Grundkenntnisse in der Selbstverteidigung aneignen konnten. Sie selbst war Meisterin aller nur erdenklichen Kampfsportarten von Karate bis Kickboxen und erzählte dem Gericht stolz von ihren vielen erfolgreichen Rettungsaktionen gegen männliche Angreifer. Der Richter sagte etwas von einem weiblichen Don Quijote: Carlford lachte laut, und Monkson strahlte, noch unsicher darüber, auf wessen Seite der Richter stand. Und dann kam Monkson zum Kern der Sache.

»Es stimmt doch, daß Sie zusätzlich zu reinen Körperkampfsportarten auch andere Selbstverteidigungstechniken unterrichten, oder?«

»Der weibliche Körper ist im Regelfall kleiner und schwächer als der männliche. Ich ermuntere die Frauen immer, sich physische Kräfte anzueignen und Kampfsportarten zu trainieren.«

»Aber manche Frauen...«

»Mein Freund nimmt seine eigene Zeugin ins Kreuzverhör«, fiel Carlford ihm ins Wort, obwohl er eigentlich nichts dagegen hatte. Nachdem er Monkson ein falsches Gefühl der Kameradschaft vermittelt hatte, fing er jetzt an, ihn zu attackieren.

Monkson warf ihm einen verletzten Blick zu. »Es tut mir leid. Zusätzlich zu den reinen Körperkampfsportarten...«

»Ich lasse es zu, daß manche der am schlimmsten betroffenen Frauen kleine Waffen benutzen.«

»Auch Pistolen?«

»Suggestivfrage«, meldete sich Carlford.

Monkson wurde rot. Er wirkte verwirrt. Schließlich hatte Carlford schon eine ganze Reihe ähnlicher Suggestivfragen zugelassen, ohne Einspruch zu erheben, was bei nicht strittigen Aussagen durchaus üblich ist.

»Euer Ehren, ich habe nicht gewußt, daß dieser Teil der Aussage strittig ist«, sagte Monkson.

»Das habe ich nicht behauptet«, sagte Carlford und erhob sich. »Ich habe lediglich gesagt, es sei eine Suggestivfrage. Bei der Hauptvernehmung der Zeugen sind keine Suggestivfragen zugelassen, wie mein Freund eigentlich wissen sollte. Ich habe bis jetzt vorbildliche Geduld bewiesen, aber ich kann solches Betragen nicht endlos tolerieren. Wenn er sich jedoch bemüht, es nicht wieder zu tun, ziehe ich meinen Einspruch zurück.«

Der Richter nickte. Monkson wurde tiefrot vor Verlegenheit. Es kostete ihn sichtliche Anstrengung, neutrale Fragen zu stellen, um die Aussagen zu bekommen, die er brauchte.

»Frauen, die besonders gefährdet sind, dürfen Schußwaffen auf meinen Schießplatz mitbringen und dort üben«, sagte die Zeugin als Antwort auf Monksons letzte Frage.

»Und die Frauen, die Waffen mitbringen – wir sprechen doch von Handfeuerwaffen, nicht wahr? Haben sie vor dem Gesetz das Recht, solche Waffen zu besitzen oder nicht?«

»Weniger als ein Prozent der Schußwaffenlizenzen in diesem Land gehören Frauen. Männer dominieren das Recht auf Gewalt, genauso, wie sie das Recht auf Reichtum dominieren. Frauen versuchen nur, sich selbst zu verteidigen. Frauen beginnen keine Kriege. Männer...«

»Wir scheinen ein wenig vom Thema abgekommen zu sein – übrigens nicht zum erstenmal, Mr. Monkson«, sagte der Richter.

Monkson starrte den Richter an. Dann nickte er, neigte das Haupt und las von seinen Notizen ab. »Und sehen Sie in diesem Gerichtssaal Frauen, denen Sie erlaubt haben, Schußwaffen auf Ihren Grund und Boden mitzubringen, um damit auf Ihrem Schießplatz zu üben?«

Der weibliche Don Quijote sah Daisy an und nickte.

»Wen meinen Sie?«

»Die Angeklagte, Mrs. Thirst.« Ihre Stimme klang sanfter.

»Und erkennen Sie die Person auf diesem Foto wieder?« Monkson reichte einem Clerk das Foto, der es an die Zeugin weitergab.

»Ja. Das ist die Angeklagte, wie sie auf meinem Schießplatz übt.«

Monkson erklärte dem Richter und den Geschworenen unter dem zustimmenden Nicken von Carlford, daß das Foto im Rahmen einer Routinekontrolle gemacht worden war. Spezialeinheiten zur Bekämpfung des Terrorismus hatten alle bekannten Schießplätze überprüft. Natürlich hieß das nicht, daß Daisy eine Terroristin war; sie hatte nur das Pech gehabt, von der versteckten Kamera aufgenommen worden zu sein. Die Spezialeinheiten hatten den illegalen Schießplatz nicht geschlossen, weil sie hofften, er könnte wirkliche Terroristen anlocken und zu ihrer Identifizierung führen. Daisy blinzelte jedesmal, wenn Monkson das Wort »Terrorist« verwendete.

Das Foto wurde an die Geschworenen weitergereicht. Ich sah, wie sie alle – sieben Frauen und fünf Männer, bodenständige, gutmütige Londoner, die noch nie eine Bluttat gesehen oder eine Schußwaffe in der Hand gehabt hatten – Daisy in einem völlig neuen Licht betrachteten. Dies war der schlimmste Teil des Prozesses für sie, der Augenblick, den Monkson trotz seiner Tolpatschigkeit ziemlich geschickt vorbereitet hatte. Es war fast Mittag, doch Carlford wollte auf jeden Fall erreichen, daß die Geschworenen in der Mittagspause an etwas anderes dachten. Daß sie von Daisys Übungen auf einem Schießplatz wußten, war die eine Sache, der Schaden, den dieses Wissen anrichtete, eine andere. Er hatte Monkson bereits aus dem Gleichgewicht gebracht; nun war es an der Zeit, ihm den letzten Nerv zu rauben und die Geschworenen damit abzulenken.

Sir Simon Carlford war groß, hatte hängende Schultern und eine Adlernase. Die Perücke saß nicht ganz korrekt, seine eigenen Haare standen wirr um seine Ohren. Im allgemeinen wartete er wie ein ungeduldiger Aasgeier aufs Kreuzverhör, um sich dann unerbittlich auf sein Opfer zu stürzen, doch als er sich an jenem Tag erhob, stellte er die wahrscheinlich belangloseste Frage seiner ganzen Laufbahn.

»Madam, stimmt es, daß Sie homosexuell sind – ein kesser Vater, wie man meines Wissens in der Umgangssprache dazu sagt?«

Die Leute auf der Besuchergalerie kicherten, die Geschworenen schnappten erstaunt nach Luft, der Richter sah verwirrt drein, und Monkson sprang auf. Carlford setzte sich wieder. Es herrschte einen verwirrenden Augenblick lang Schweigen, während Monkson mit hochrotem Gesicht versuchte, mit dieser offensichtlichen Provokation Carlfords zurechtzukommen.

»Wollen Sie Einspruch erheben, Mr. Monkson?« sprang ihm der Richter bei.

Monkson brachte zunächst kein Wort heraus. Endlich entlud sich sein Zorn in einem Wortschwall.

»In meiner ganzen Karriere als Anwalt …«

»Möchte mein Freund sich über seine Karriere verbreiten?« erkundigte sich Carlford. »Sie war mit Sicherheit faszinierend und vornehm.«

Monkson preßte die Arme gegen den Oberkörper und fuchtelte frustriert mit den Fäusten. »Ich weiß nicht, welch teuflische Strategie mein Freund da ausgeheckt hat...«

»Falls mein Freund mich des beruflichen Fehlverhaltens bezichtigen will, ist dies weder die richtige Zeit noch der richtige Ort«, sagte Carlford, der sich wieder erhoben hatte.

Der Richter wandte sich an Carlford und sprach mit ihm über Monkson, als befinde sich dieser nicht im selben Raum. »Da stimme ich Ihnen zu, Sir Simon Carlford. Ich habe zuerst gedacht, er wollte Einspruch gegen Ihre letzte Kreuzverhörsfrage erheben.«

»Das *will* ich auch«, flehte Monkson. »Ich will ganz entschieden Einspruch erheben, Euer Ehren. In meiner Anwaltsausbildung hat man uns immer wieder eingeschärft, daß wir die Bewahrer der englischen Sprache sind...«

Monkson schwieg, als der Richter voller Verzweiflung auf den Tisch klopfte. Carlford, der sich wieder gesetzt hatte, beschäftigte sich mit seinen Unterlagen. Plötzlich war ein vernehmliches Husten aus dem Zeugenstand zu hören.

»Ich bin sehr stolz, lesbisch zu sein«, begann die Zeugin. »Ich...«

Der Richter brachte sie mit einem gereizten Lächeln zum Schweigen. »Ihre Aussage ist uns sehr wichtig, Madam. Doch leider scheint der Ankläger gerade...«

»...ziemlich durcheinander zu sein«, fiel sie ihm ins Wort.

Die Leute auf der Besuchergalerie lachten und verstummten sofort wieder. Der Richter wandte sich mit wütendem Gesicht von der Zeugin ab. »Mr. Monkson, ich werde nicht zulassen, daß dieses Verfahren zu einer Schmierenkomödie...«

»Irrelevant«, sagte Monkson gedrückt. »Die Frage war irrelevant.«

»Ach!« sagte der Richter. »Sir Simon Carlford?«

Carlford nickte, als überdenke er eine schwierige juristische

Frage. »Inwiefern? Es wäre der Sache sehr dienlich, wenn mein Freund die Kategorie der Irrelevanz, die er meint, genauer spezifizieren würde.«

Der Richter sah Carlford mit strengem Blick an. »Ich glaube, das reicht, Sir Simon Carlford. Erkennen Sie die Irrelevanz der Frage, nachdem Sie Zeit gehabt haben, darüber nachzudenken, an oder nicht?«

Carlford sah eine ganze Weile zur Decke hinauf und warf dann einen Blick auf seine Uhr. »Möglicherweise. Im Interesse eines zügigen Verfahrens ziehe ich meine Frage zurück. Würden Euer Ehren dies als geeigneten Moment für eine Mittagspause erachten?«

[36]

Carlford hätte nicht geschickter vorgehen können. Wenn die Geschworenen genug über Monksons komische Verzweiflung gekichert hätten, würden sie die restliche Mittagspause damit verbringen, sich über Lesbierinnen und die ungeheuerliche Wortwahl des hochangesehenen Sir Simon Carlford auszulassen. Der erste Eindruck von der schießenden Daisy war jetzt zurückgedrängt, vielleicht sogar ganz ausgelöscht. Dieser Effekt würde sich noch verstärken, wenn die Geschworenen die Schlagzeilen der Abendzeitungen sahen, die sie eigentlich nicht sehen sollten: ANGESEHENER Q. C. NENNT ZEUGIN KESSEN VATER. Die Aussage dieser Zeugin wäre in ihrem Bewußtsein immer belastet, nicht wegen ihrer Homosexualität, sondern weil die Leute über sie gelacht hatten. Und wichtiger noch, ihr Glaube an die Kompetenz der Anklage hatte dauerhaften Schaden genommen.

Während die Leute den Gerichtssaal verließen, machte ich

jemandem, den ich auf der Besuchergalerie entdeckt hatte, ein Zeichen. Er wartete am Ausgang des Old Bailey auf mich.

James Hoggs Gesicht und Figur waren von den Spuren des beginnenden Alters gezeichnet. Seine glatten, feisten Wangen wirkten androgyn, und sein ehemals mächtiger Körper schwabbelte nun walroßartig unter seinem Hemd. Er trug einen Priesterkragen.

»Ich habe fast damit gerechnet, daß Sie kommen«, sagte ich.

»Ich war mir nicht ganz schlüssig, ob ich kommen sollte oder nicht. Welche Entscheidung kann ein Gericht schon in Seelenangelegenheiten fällen?«

»Also haben Sie wieder zu Gott gefunden?«

»Nicht wieder. Früher war es nur Frömmelei. Oliver Thirst war ein Instrument Gottes, das mich erkennen ließ, wie armselig ich war. Letztendlich hat meine Lust meinen Stolz zerstört, aber so sind nun mal die verschlungenen Wege des Geistes.«

»Und jetzt?«

»Jetzt bin ich ein fetter, geschlechtsloser Beobachter, aber das sehen Sie ja selbst. Doch an den guten Tagen gehe ich an der Seite Gottes.«

Die Straßen waren so voll mit Leuten auf der Suche nach etwas Eßbarem, daß wir uns etliche Male über die Köpfe von Männern und Frauen hinweg unterhalten mußten, die sich zwischen uns drängten. Eine Frau drehte sich um und sah Hogg an, als sie ihn das Wort »Gott« sagen hörte. Aber sie wandte sich achselzukkend ab, als sie merkte, daß er Priester war.

Er ging mit schweren Schritten, als ziehe die Erde seinen gewaltigen Körper fast unwiderstehlich an.

»Ich habe beschlossen zu kommen, weil ich heute nacht einen Traum hatte«, sagte er. »Oliver kam darin vor. In dem Traum war er überirdisch schön, wie ein Engel. Er war mit einer Gruppe von Menschen, ganz ähnlich wie er selbst, zusammen, denen es allen gutzugehen schien. Dann wandte er sich von der Gruppe ab, um mit mir zu sprechen. In seiner Stirn war ein kleines rotes Loch. Er wollte etwas über Daisy sagen, aber da wachte ich auf.«

Wir gingen zu einem überfüllten Sandwichladen. Die Hektik, mit der die Leute dort ihre Mahlzeiten bestellten, stand im krassen Gegensatz zu dem gesetzten Fortschreiten von Daisys Verhandlung. Im Gerichtssaal hatte ich die Behäbigkeit der Rechtsfindung gehaßt, doch hier erinnerte ich mich mit einem Gefühl der Nostalgie daran. Letztlich lag das jedoch nur daran, daß ich ziemlich nervös war und nirgendwo Ruhe finden konnte. Im Gerichtssaal hatte ich Hunger gehabt und gedacht, ich müßte die Energie, die ich durch meine Nervosität verbrannte, so schnell wie möglich wieder ersetzen; jetzt brachte ich kaum zwei Bissen eines kleinen Schinkenbrötchens hinunter. Hogg hingegen bestellte sich ein »Supersandwich«. Es bestand aus zwei großen Scheiben Vollkornbrot mit Schinken, Hühnchenteilen, Avocado, Salat, Tomate und Mayonnaise. Er mußte den Mund so weit aufmachen, daß er fast eine Maulsperre bekam. Nach jedem Bissen zog er eine frische Papierserviette aus einem Spender, um sich damit das feiste Gesicht abzuwischen. Trotzdem landete irgendwann ein tropfenförmiger Mayonnaisefleck auf seinem schwarzen Priestergewand.

»Ich beneide Daisy darum, angeklagt zu sein«, erklärte er mir. »Wir haben alle in der einen oder anderen Weise zu seiner Zerstörung beigetragen. Ich hätte es als Ehre verstanden, wenn Gott mich als Sündenbock erwählt hätte.«

»Lassen wir Gott mal aus der Sache raus. Das Gesetz verlangt, daß man tatsächlich abdrückt.« Meine Worte trafen ihn wie Schüsse. »Man muß mitgeholfen haben, um in einem Mordprozeß angeklagt zu werden.«

»Ja, ja, Wut – ich erinnere mich jetzt wieder daran. Sie haben mich immer verachtet; das war mir eine Hilfe. Aber was ist mit Ihnen? Haben Sie immer noch keine Zweifel an Ihrer Selbstgerechtigkeit? Schließlich dürften Sie doch jetzt fast vierzig sein.«

Er sprach mit halbvollem Mund, so daß seine klugen Worte einen merkwürdigen Kontrast zu seiner Verfressenheit bildeten. Woher nur hatte er die Kraft genommen, meinen Zorn zu entfachen?

Wir schoben uns wieder auf die Straße hinaus. Durch die Anstrengung wurde er ganz blaß.

»Ich gehe nicht mehr zum Gericht zurück«, sagte er. »Dort kann ich nicht helfen.«

Also hatte er mir nur seine Botschaft mitteilen wollen. Als wir uns verabschiedeten, sagte er: »Übrigens: In dem Traum war es irgendwie klar, daß Daisy unschuldig ist.«

[37]

Nach dem Mittagessen stellte Carlford fest, daß er keine Fragen an den weiblichen Don Quijote hatte. Da die Zeugenvernehmung der Anklage damit beendet war, rief Carlford seinen ersten Zeugen auf.

Es war das erste Mal in meinem Leben, daß ich eine Aussage in einem Strafprozeß machte, das erste Mal, daß ich die unsägliche Einsamkeit des Zeugenstandes im Angesicht eines skeptischen Richters und eines überfüllten Gerichtssaals erlebte. Die Roben, die Wappen, die Vereidigung, all diese Symbole haben eine magische Wirkung auf eine Psyche, die durch Isolation verletzlich geworden ist. Und der Effekt ist noch tausendmal stärker, wenn die Geschichte, die man erzählen soll, von vorne bis hinten erlogen ist.

Erst als ich feststellte, daß ich ganz automatisch auf Carlfords Fragen antwortete, wurde mir der Sinn von Feinbergs unerbittlichem Drill klar. Die Lüge war nun wirklicher geworden als die

Wahrheit. Ich sagte, Daisy und ich seien in der Nacht von Thirsts Tod die ganze Zeit zusammengewesen. Natürlich hatten wir zahlreiche Einzelheiten eingefügt, um die Sache glaubwürdig zu machen (wir hatten unsere Beziehung ein paar Monate zuvor wiederaufgenommen, uns heimlich einmal in der Woche getroffen und zusammen ein paar Wochenenden auf dem Land verbracht).

Ich sah, wie Monkson sich hastig mit George Holmes beriet, bevor er sich erhob. Ich war zutiefst dankbar dafür, daß mich Monkson ins Kreuzverhör nehmen würde und nicht ein kompetenterer Anwalt.

»Mister Knight, Sie sind sich doch darüber im klaren, daß Ihr Gespräch mit Commander Holmes an jenem Tag von Polizeitechnikern, die in einem unauffälligen Lieferwagen vor dem Haus warteten, aufgezeichnet wurde?«

»Ja.«

»Müssen wir Commander Holmes bitten, uns das Tonband vorzulegen und uns seine Echtheit zu bestätigen?«

»Nein.«

»Doch das, was Sie Commander Holmes damals sagten und was hier für die Nachwelt aufgezeichnet ist, unterscheidet sich deutlich von dem, was Sie dem ehrenwerten Gericht erst vor ein paar Minuten persönlich erklärt haben.«

»Das weiß ich.«

»Und für welche der beiden sich widersprechenden Versionen entscheiden Sie sich?«

»Für die, die ich gerade dem Gericht gegeben habe.«

»Dann behaupten Sie also mit anderen Worten, Commander Holmes angelogen zu haben?«

»Ja.«

Die nächste Frage lag natürlich auf der Hand: »Wenn Sie damals gelogen haben, warum sollten wir Ihnen dann jetzt glauben?« Ein geschickterer Barrister hätte sie nicht gestellt.

»Aber wenn Sie, Mr. Knight, ein Angehöriger des Juristenstandes, zugeben, Commander Holmes Lügen erzählt zu haben, warum sollte das ehrenwerte Gericht Ihrer Aussage dann jetzt Glauben schenken?«

Der Richter schloß gequält die Augen, doch die Geschworenen lauschten voller Spannung. Es passiert nicht oft, daß ein Barrister in einem Mordprozeß von einem anderen Barrister ins Kreuzverhör genommen wird.

Ich schwieg eine Weile, als falle es mir schwer, die Frage zu beantworten, genau, wie Feinberg es mir geraten hatte. Dann begann ich mit so leiser Stimme, daß der Richter mich müde bat, lauter zu sprechen. Ich wiederholte das, was ich gesagt hatte, immer noch ziemlich leise, aber immerhin so laut, daß die Geschworenen mich verstehen konnten.

»Ich habe die Antwort auf diese Frage nicht verstanden«, beklagte sich Carlford.

»Würden Sie die Antwort bitte wiederholen«, sagte der Richter. Anders als bei den anderen Zeugen hielt er sich bei mir nicht mit besonderen Höflichkeitsfloskeln auf. In seinen Augen hatte ich den hehren Stand der Juristen verraten. In meinem Fall fand der Krieg nicht mehr auf einem anderen Schauplatz statt. Aber wahrscheinlich war das nie anders gewesen.

»Als Commander Holmes an jenem Tag zu mir kam, war mir nicht klar, daß Mrs. Thirsts Freiheit auf dem Spiel stand. Jetzt weiß ich es.«

Monkson sah den Käse in der Falle, die Feinberg und Carlford ihm schon vor Monaten gestellt hatten.

»Wollen Sie dem Gericht damit sagen, daß Sie anfangs die Unwahrheit gesagt haben, um Ihre Karriere nicht zu gefährden und die Tatsache zu vertuschen, daß Sie sich auf eine Verbindung mit der Frau eines bekannten Kriminellen eingelassen hatten?«

»Ja.«

Ich bemerkte den Glanz in Monksons Augen. »Und jetzt sagen

Sie, daß Ihr Gewissen Sie überwältigt hat und Sie sich wie Sir Galahad vor Mrs. Thirst stellen, um sie zu schützen?«

»Ich bin hierhergekommen, um die Wahrheit zu sagen.«

»Aber Sie lieben Mrs. Thirst, oder?«

»Ja.«

»Schon seit mehr als zehn Jahren?«

»Vielleicht.«

»Und Sie werden alles tun, um sie zu retten – alles?«

»Nein.«

»Sogar lügen, um ihr ein Alibi zu verschaffen?«

»Nein.«

»Sie werden Ihre Karriere, Ihre Integrität, Ihren Charakter verleugnen, um ihre Haut zu retten, so verliebt sind Sie in sie?«

»Nein.«

Als ich aus dem Zeugenstand trat, war mir übel, doch Feinberg schickte mir einen kleinen Zettel, um mir zu gratulieren. Der erste Teil seines Plans hatte wunderbar funktioniert. Wahrscheinlich gab es nicht einen Geschworenen, der mein Alibi für Daisy wirklich glaubte. Aber ich hatte den besten Grund dafür, den sich zwölf gutherzige Leute vorstellen konnten. Ich war der liebeskranke Heilige, der klassische Gute, der immer zur Stelle ist, wenn die Dame ihn braucht. Der grundsolide, unphallische Bauer.

Vielleicht war ich nicht gerade amüsant, aber ich war der Mann, mit dem eine Frau sich vorstellen konnte, Kinder zu haben. Jetzt hing alles von Daisy ab.

Feinberg sorgte dafür, daß sie den Geschworenen ihren dicken Bauch vorführte, bevor sie den Zeugenstand betrat. Wir hatten getan, was wir konnten, um sicherzustellen, daß die Geschworenen selbst Eltern waren.

Sie war immer noch in der Lage, mit einem Rest ihrer früheren Eleganz zu gehen und zu stehen. Außerdem hatte die Schwangerschaft eine wunderbare Wirkung auf ihre Haut. Sie glänzte wie die eines jungen Mädchens. Sie war mittlerweile in dem Stadium angelangt, in dem ihre ganze Energie und Aufmerksamkeit dem Baby galten und die Welt der Männer nebensächlich wurde. Sie strahlte die feste Überzeugung aus, daß das Schicksal es nicht so böse mit ihr meinen konnte, sie ins Gefängnis zu schicken und sie so von ihrem Neugeborenen zu trennen. Ein paar von den Geschworenen hatten schon feuchte Augen, bevor sie den Mund aufmachte.

Der Richter sorgte natürlich dafür, daß sie sich setzte. Carlford machte ihn sofort darauf aufmerksam, daß der Hocker im Zeugenstand keine Rückenlehne habe. Das hängt mit der merkwürdigen Tatsache zusammen, daß der Zeuge im Number One Court des Old Bailey anders als in allen anderen Gerichten des Landes mit dem Rücken zu den Geschworenen steht oder sitzt und die Richter ansieht. Indem Carlford den Richter überredete, Daisy aus dem Zeugenstand herauszulassen, sobald sie vereidigt war – und ihr einen Platz zuzuweisen, auf dem sowohl Richter als auch Geschworene ihr Gesicht sehen konnten –, sorgte er dafür, daß die Geschworenen immerzu an ihre bevorstehenden Mutterfreuden erinnert wurden.

Eifrige Gerichtsdiener brachten ihr Wasser. Die Subtilität von Carlfords Vorgehen fiel Monkson überhaupt nicht auf, der fleißig an seinen Notizen für das Kreuzverhör arbeitete. Er gehörte zu den Barristers, die ihren Weg folgendermaßen schriftlich festlegen: »Wenn Zeuge Antwort a) wählt, weiter zu Frage 1; wenn Zeuge Antwort b) wählt, weiter zu Frage 2.«

Carlford befragte sie zügig über ihre frühere Beziehung zu mir, über ihre ersten Treffen mit Thirst, über den Tod ihrer Mutter, über unsere Entfremdung, die zur Heirat mit Thirst führte. Genau wie Feinberg ihr eingeschärft hatte, erklärte sie, daß diese Heirat nicht so sehr dazu gedient hatte, sie über meinen Verlust hinwegzutrösten, sondern eher eine Folge des unerbittlichen Drucks war, den Thirst, der unsterblich verliebte Thirst, auf sie ausgeübt hatte. Natürlich hatte sie von seinen Vorstrafen gewußt, aber man durfte nicht vergessen, daß er sich in diesem Stadium als geläutert präsentiert hatte – das war Carlfords Ausdruck. Ich erinnerte mich an den Eindruck, den Thirst damals auf mich gemacht hatte: Er war verwirrt gewesen, begierig auf neue Bücher und erschreckend aufrichtig.

»Diejenigen unter uns, die sich beruflich mit dem Strafgesetz beschäftigen, betrachten die Behauptungen von Gewohnheitstätern, sich gebessert zu haben, bestenfalls skeptisch«, sagte Carlford. »Hatten Sie einen besonderen Grund zu der Annahme, daß Oliver Thirst, von dem Sie wußten, daß er seit seiner Kindheit kriminell war, sich tatsächlich geändert hatte?«

Daisy senkte stirnrunzelnd den Blick. Es schien fast so, als wolle sie diese Frage nicht beantworten, vielleicht hatte sie sie auch gar nicht gehört. Schließlich hob sie den Kopf und sagte achselzuckend: »Liebe.«

Gemurmel im Gerichtssaal, während wir darauf warteten, daß sie weitersprach. Sogar der Richter beugte sich vor. Als klar war, daß sie nichts weiter dazu sagen wollte, meinte Carlford: »Ja, ich glaube, ich verstehe, aber vielleicht könnten Sie uns das noch ein bißchen ausführlicher darlegen, damit wir größere Klarheit bekommen.«

Jetzt ließ Daisy den Blick über die Geschworenen gleiten, sah kurz Carlford an und dann den Richter.

»Nun, es ist ziemlich schwer, darüber zu reden. Ich habe ihn geliebt. Er war eine Seele, die in der Hölle schmorte. Früher oder später muß man wenigstens einen Versuch unternehmen. Ich meine, wenn man liebt, muß man doch daran glauben, daß diese Liebe die Macht hat, jemanden zu retten, auch wenn man kein Christ ist. Worin sonst sollte denn der Sinn des Lebens liegen?«

Carlford wartete, bis ihre Antwort bei allen angekommen war. »Ich verstehe. Sie hatten das Gefühl, daß Ihre Liebe so eine

Art Versicherung gegen die kriminellen Neigungen Ihres Mannes war?«

»Wenn Sie es so ausdrücken müssen.« Sie starrte ihn, wütend über seinen Zynismus, an. »Ich war entschlossen, ihm eine gute Frau zu sein. Ich war treu und habe mich um ihn gekümmert. Ich habe eine Menge in unsere Ehe investiert. Alles. Ich war mir damals sicher, daß ich stark genug wäre, ihn zu verändern.«

»Aber man könnte doch sagen, daß von Anfang an so etwas wie ein Schatten über Ihrer Ehe lag, nicht wahr?«

»Ja.«

»Und welche Gestalt nahm dieser Schatten an?«

»Die von James Knight.«

Offenbar war Thirst von mir besessen gewesen. Manchmal fragte sie sich, ob er sie nur geheiratet hatte, um über sie irgendwie an mich heranzukommen. Er bat sie immer wieder, ihm zu sagen, daß er der bessere Liebhaber sei. Doch es gab viele Gebiete, auf denen ich ihm zehn Jahre voraus war. Er redete die ganze Zeit über mich und fragte vor jeder wichtigen Entscheidung, was ich in einer vergleichbaren Situation getan hätte. Diese Besessenheit war ihr ein Rätsel, das sie nie lösen konnte.

»Nun, Mrs. Thirst, Ihre Ehe wäre nicht die erste gewesen, in der einer der Partner eine für den anderen inakzeptable Vorgeschichte hat. Gab es im nachhinein betrachtet noch etwas anderes, das Ihre Beziehung von Anfang an zum Untergang verdammt haben könnte?«

»Er war völlig verdreht!« Ihre Stimme klang unerwartet laut und kippte. Sie starrte die Geschworenen an, jeden einzelnen von ihnen. »Niemand kann ermessen, was das bedeutet, wenn er nicht damit gelebt hat. Alles, was er tat, jeder Gedanke, den er hatte, jedes Wort, jede Beziehung, war verdreht, pervers. Nicht einmal, wenn es um seine eigenen Interessen ging, konnte er ehrlich sein. Sogar wenn er einen Antrag für eine Sozialwohnung ausfüllte, mußte er lügen. Ich hab' das herausgefunden.

Wenn jemand eine verdrehte Psyche hat, ist auch alles andere verdreht. Mein Mann hätte nicht mal ehrlich sein können, um sein Leben zu retten.«

Carlford nickte. »Aber trotzdem haben Sie einige Jahre zusammengelebt?«

Ich zuckte bei der Beschreibung ihres gemeinsamen Lebens zusammen. Sie tranken billigen Apfelwein und schliefen die ganze Zeit miteinander. Sie war immer noch verletzt und angeschlagen durch den Tod ihrer Mutter und die Trennung von mir und suchte Trost im Sex. Ihre merkwürdige amerikanische Psychologie, die er anfangs so exotisch gefunden hatte, verwirrte ihn schließlich und machte ihn wütend. Als sie sich einmal nach dem Geschlechtsverkehr befriedigt zu ihm umwandte, stellte sie fest, daß er sie emotionslos und voller Neugier betrachtete.

»Verdammt, manchmal bist du wirklich zum Kotzen, Yankee.«

Das war ein früher Hinweis auf die Gewalttätigkeit, die in ihm schlummerte.

Carlford wollte noch eine Weile über Thirsts Charakter und seine persönliche Geschichte reden. Mit Daisys Hilfe malte er ein Bild von Thirst, das allen glaubwürdig erschien. Er zeigte uns seine frühen, ehrgeizigen Versuche, zu denen er durch mich angespornt worden war. Eine juristische Laufbahn mußte ihm natürlich verwehrt bleiben, aber er sah nicht ein, warum er aufgrund seiner Vergangenheit auch keinen Zugang zu anderen Berufen haben sollte. Egal, was die Liberalen sagten, die treibende Kraft im Land waren sie jedenfalls nicht. Daisy beschrieb seinen deprimierenden Weg von mutigem Optimismus zu Verzweiflung und Wut mit aufrichtiger Trauer. Er schrieb fünfhundert Bewerbungen (sie reichten von der Sozialarbeiterausbildung bis zum Redaktionsassistenten, vom Transportkoordinator für einen Kurierdienst bis zum Herausgeber einer monatlichen

Zeitschrift für Exsträflinge), wurde zweimal zu einem Vorstellungsgespräch eingeladen und war dann vor Aufregung fast gelähmt.

Er hielt zwei Jahre lang durch, dann begann er zu den merkwürdigsten Zeiten zu verschwinden und mit Geld in den Taschen nach Hause zu kommen. Die weinerliche Verzweiflung, die ihn immer stärker beherrscht hatte, machte nun einer inneren Anspannung Platz, die sich entlud, wenn er zuviel trank – was ziemlich häufig passierte.

»Und welche Auswirkungen hatte diese Veränderung auf Sie?« fragte Carlford mit sanfter und respektvoller Stimme.

»Anfangs habe ich sie begrüßt«, antwortete Daisy. »Ich habe mir gedacht, nun, selbst wenn er etwas Unehrliches macht, tut er doch zumindest was. Und endlich hatte er seinen Zorn gefunden. Er war nicht mehr nur das passive Opfer.«

»Und haben Sie diese Veränderungen später auch noch begrüßt?«

Daisy schwieg einen Augenblick, bevor sie etwas sagte. »Nicht mehr, als er angefangen hat, mich zu schlagen – nein, da nicht mehr.«

Carlford beschäftigte sich ausführlich mit diesem Aspekt. Gewalt und die Angst davor waren für die Anklage ein offensichtliches Motiv, und es war üblich, daß der Verteidiger dem Ankläger den Wind aus den Segeln nahm, indem er in der eigenen Befragung das ans Licht beförderte, was sonst in schädlicherer Form vielleicht im Kreuzverhör herauskam. Doch Carlford ging noch viel weiter. Er schien fasziniert von Thirsts Sadismus.

Mir war aufgefallen, daß der Richter Monkson immer gereiztere Blicke zuwarf, während dieser sich Stichpunkte für das Kreuzverhör notierte. Plötzlich schien Monkson aufzuwachen. Er warf Carlford einen argwöhnischen Blick zu und wurde rot, als er merkte, daß er allmählich Einspruch erheben mußte. Diesmal erhob er sich langsam, halbwegs kontrolliert. Carlford setzte sich.

»Euer Ehren, ich muß gestehen, daß ich diesen Teil der Vernehmung nicht verstehe. Mein Freund scheint ein Mordmotiv für seine eigene Mandantin zu konstruieren.«

»Ja, das ist verwirrend, da stimme ich Ihnen zu«, sagte der Richter. Die Kälte, mit der er dies sagte, ließ darauf schließen, daß er alles andere als verwirrt war.

»Euer Ehren«, fuhr Monkson fort, »ich möchte nur ungern einen meiner Kollegen mit der Erfahrung und dem Ruf meines gelehrten Freundes kritisieren, aber...«

Ich merkte, wie die Besucher auf der Galerie in Erwartung einer neuerlichen Fehlleistung den Atem anhielten. Ich hatte Mitleid mit ihm. Carlford hielt sich peinlich genau an die Regeln, allerdings mit der Gerissenheit eines Fuchses. Der Einspruch war ziemlich schwierig zu formulieren, und Monkson war nicht der richtige Mann dafür.

»...aber...«

»Ja?« fragte der Richter.

»Ich meine, warum macht er das?«

Der Richter schüttelte den Kopf über Monkson wie über ein Kind, das versagt hatte. Dann warf er Carlford einen kühlen Blick zu, der sich wieder erhob.

»Nun, Sir Simon Carlford, warum machen Sie das?«

Carlford sah den Richter mit unverhohlener Verachtung an. »Eure Lordschaft kennen die formalen Voraussetzungen für einen Einspruch. Nichts von dem, was mein Freund gesagt hat, entspricht diesen formalen Voraussetzungen. Und was die Frage von Eurer Lordschaft anbelangt – nun, ich versuche, den Fall meiner Mandantin mit allen beruflichen Mitteln darzulegen, die mir zur Verfügung stehen. Ich nehme an, daß Eure Lordschaft nichts dagegen einzuwenden haben? Schließlich ist dies hier ein Geschworenenprozeß, und von den Geschworenen wird verlangt, daß sie sich ein Urteil über die Fakten ohne die Einmischung der Anwälte bilden.«

Diesmal war ein lautes Aufkeuchen von der Besuchergalerie zu vernehmen. Doch der Richter, ein alter Hase, wußte, daß Carlford gewonnen hatte. Man konnte ihm nicht nachsagen, daß er die Sache der Anklage förderte, auch wenn sie von einem inkompetenten Vertreter repräsentiert wurde.

»Nun gut, Sir Simon Carlford, bitte fahren Sie fort.« Der Richter lehnte sich auf seinem Stuhl zurück, die Finger ineinander verschränkt, den Mund verkniffen.

Carlford nickte einmal kurz, als nehme er ein unvermeidliches Zugeständnis von einem unterlegenen Spieler zur Kenntnis, und wandte sich wieder Daisy zu.

Feinberg hatte sie gut vorbereitet; mit einem Minimum an Adjektiven beschrieb sie das letzte Jahr ihres Zusammenlebens. Ihr Erzählstil war ganz anders gewesen, als Feinberg sie das erste Mal gezwungen hatte, sich an diese Schrecken zu erinnern.

Das war kurz nach Erhebung der Mordanklage gegen sie gewesen. Feinberg hatte ihr klargemacht, daß sie alle Grausamkeiten Thirsts detailliert und gleichzeitig zurückhaltend beschreiben mußte – vor allen Dingen durfte sie nicht die Selbstbeherrschung verlieren, was häufig passierte, wenn man diese Erinnerungen zum erstenmal im Zeugenstand wieder zuließ.

»Also, raus mit der Sprache«, hatte Feinberg damals gesagt.

Wir saßen auf der anderen Seite des Schreibtischs. Ich sah Daisy an. Sie wirkte verwirrt. Nach kurzem Schweigen sagte Feinberg mit geschürzten Lippen: »Sieht fast so aus, als müßte ich Ihnen helfen. Fangen wir mit dem Analverkehr an – die meisten Kriminellen üben ihn zwanghaft aus. Hat weh getan, was? Haben Sie geblutet?«

Daisy wurde blaß, starrte ihn ein paar Sekunden an und sprang auf. Dann rannte sie aus dem Büro.

»Feinberg, Sie Schwein«, sagte ich, bevor ich ihr nachrannte. Ich packte sie am Arm, als sie gerade die Glastür zur Straße aufstoßen wollte. Sie starrte mich an.

»Gehn wir was trinken«, sagte ich.

»Sorry«, sagte sie, nachdem sie ihren Brandy getrunken hatte. »Auf so was war ich heute morgen noch nicht gefaßt.«

»Natürlich nicht. Er ist ziemlich grob und obendrein pervers. Aber er hat seine Methoden. Im Grunde hat er recht.«

»Ich weiß. Aber ich kann ihm nicht Sachen erzählen, an denen er sich sadistisch ergötzt – Sachen, die ich nicht mal dir erzählt habe.«

»Warum fängst du dann nicht damit an, daß du sie mir erzählst?«

Sie sah mich einen Augenblick an.

»Es ist leichter, wenn ich's dir zeige. Irgendwie kann ich mir's nicht vorstellen, daß ich die Sachen beschreibe, und du schaust mich dabei an. Wir nehmen ein Taxi. Wenn wir dein Auto nehmen, schlagen sie es kurz und klein.«

»Ein Taxi wohin?«

[38]

Sie gab dem Fahrer eine Adresse in Hackney. »Chaucer House im Sunningdale Estate.«

Sunningdale Estate war so etwas wie ein riesiger vertikaler Schlafsaal, ein Slum von Anfang an, in dem eine entmenschlichte Arbeiterschaft schlafen und kopulieren konnte, eine von vielen Wohnanlagen, die man in den sechziger Jahren hastig hochgezogen hatte. Die meisten der Gebäude standen jetzt leer. Die Bauten waren so billig, der Beton so schlecht gewesen, daß sogar nach den Maßstäben von Hackney niemand mehr hier leben konnte. In einem Lift, in dem es nach Urin stank, brachte sie mich in den fünfundzwanzigsten Stock von Chaucer House.

»Woher weißt du, daß wir reinkönnen?«

»Garantiert hat jemand das Schloß aufgebrochen«, sagte sie. Als wir die paar Schritte den Flur hinuntergegangen waren, meinte sie dann: »Siehst du.« Die Wohnungstür von 25-D hing in den Angeln. Ich folgte ihr in die leere Wohnung.

»Willkommen in meiner Folterkammer.«

»Mit Möbeln war's wahrscheinlich nicht ganz so schlimm, oder?« fragte ich.

»Was für Möbel? Abgesehen von 'ner Matratze auf dem Boden, die ich jeden Tag umdrehen mußte, weil sie gestunken hat wie die Pest, hatten wir keine. Er hat nie einen Finger gerührt. Und ich irgendwann auch nicht mehr – wir haben bloß noch zugeschaut, wie die Pilze gewachsen sind. Wir waren arm wie die Kirchenmäuse. Er war zu eifersüchtig und besitzergreifend, als daß er mich hätte arbeiten lassen, und er hatte angefangen, mit Drogen zu handeln. Schau.« Sie deutete auf einen großen, purpurfarbenen Pilz, der aus einem Riß in der Wand herauswuchs. »Siehst du, hier bist du in einer völlig anderen Welt. Alles hat hier eine andere Bedeutung. Türen zum Beispiel...«

»Daisy, ich glaube nicht, daß das hier gut für dich ist...«

»Unterbrich mich nicht. Zum Beispiel Türen. Für jemanden wie dich sind Türen wahrscheinlich zum Betreten oder Verlassen eines Raumes da. Du läßt die Frau vorgehen und paßt auf, daß Kinder sich nicht die kleinen Finger einklemmen. Aber du täuschst dich. Stell dir vor, daß du wie jetzt jemandem durch die Tür folgst, jemandem, dem du nahekommen willst – ja, so. Tja, dafür sind Türen da.«

Sie trat die Tür hinter sich mit der Ferse zu. Ich hatte gerade noch Zeit, die Hände zu heben, damit sie mir nicht ins Gesicht knallte.

»Später mehr über Türen. Und jetzt gehen wir in die Küche, damit ich dir zeigen kann, wozu heiße Teller da sind. Nun ja, du kannst es dir schon denken. Nicht unbedingt, um jemandem damit die Haut zu versengen, sondern eher, um die Möglichkeiten einer Drohung auszuloten. Das geht folgendermaßen: Du mußt so tun, als wär' ich zehnmal stärker als du.«

Sie packte die Haare an meinem Hinterkopf. Ich ließ es zu, daß sie meinen Kopf so weit herunterdrückte, daß mein Gesicht knapp über dem Teller war.

»Stell dir vor, er ist glühend heiß und du riechst, wie deine Haare anfangen zu kokeln.«

Sie ließ los. Wieder wurde sie blaß und begann zu zittern.

»Daisy, das...«

»Nein. Wir müssen da durch, genau wie der schlaue Mr. Feinberg sagt. Als nächstes kommt das Bad dran. Du glaubst, daß Badezimmer zum Baden und sich Entspannen da sind? Vielleicht auch, um darin von Zeit zu Zeit Spaß mit dem Partner zu haben? Falsch, mein Freund. Badezimmer sind für etwas ganz anderes da. Du läßt die Badewanne vollaufen, dann zwingst du deine Frau, auf dem Boden niederzuknien, und drückst ihr den Kopf unters Wasser. Offenbar ist es besonders befriedigend, sie von hinten zu nehmen, wenn sie halb am Ertrinken ist. Und ich meine damit auch Analverkehr, wie Mr. Feinberg so schlau bemerkt hat.«

»Daisy, du zitterst fürchterlich. Ich glaube...«

»Wir können jetzt nicht aufhören. Stell dir vor, ich stell mich bei der Verhandlung so an? Wo war ich stehengeblieben? Ach ja, zurück zu den Türen. Die sind wirklich nützlich. Zuerst machst du die Tür auf, so, und dann drückst du die Finger deines Partners in den Spalt, so, und dann machst du die Tür wieder zu, ganz langsam – tu ich dir weh? Ganz langsam, bis alle Finger gebrochen sind, am besten einer nach dem anderen, aber es kann natürlich auch vorkommen, daß es mal zwei oder drei gleichzeitig erwischt. Die nächste Stufe sieht dann so aus: Du klemmst die Finger deiner Frau in der Tür ein und drückst mit dem Fuß dagegen, damit sie nicht aufgehen kann, dann packst du sie an den

Haaren, und mit der freien Hand machst du das, was du schon seit Jahren machen wolltest: Du schlägst ihr mit deiner großen, harten Faust wieder und wieder ins Gesicht, weil ihr Gesicht zart und schön ist und schöne Dinge verstümmelt werden müssen…«

Im Taxi nach Hause ließ Daisy ihren Tränen endlich freien Lauf. Sie drückte sich an mich.

»Wenn ich weinte, habe ich gesagt: ›Weißt du, warum ich weine, Oliver? Ich weine, weil James mich einmal geschlagen hat, und diese kleine Ohrfeige hat ihm so weh getan, daß ich mich dafür entschuldigt habe. Jetzt bin ich mit einem Mann verheiratet, der mich foltert und dem das auch noch Spaß macht.‹ Da hat er mir das Gesicht eingeschlagen… Damals habe ich gewußt, daß ich sein Kind nicht zur Welt bringen konnte. Es wäre ein Monster geworden, genau wie er. Siehst du, ich habe doch nicht gekriegt, was ich wollte, überhaupt nicht.«

[39]

»Und jetzt, Mrs. Thirst«, sagte Carlford gerade, »ist dank eines geschickten Chirurgen, abgesehen von ein paar gut verheilten Narben, nichts mehr von diesen schrecklichen Verletzungen zu sehen?«

Mit meisterlichem Gespür für dramatische Effekte ließ Carlford sie mit hoch erhobenem Kinn an den Geschworenen vorbeiwatscheln, damit diese die feinen Narben unter dem Kieferknochen sehen konnten. Ich würde wetten, daß nicht ein einziger Geschworener diese alten Narben nicht als Drohung gegen das ungeborene Kind deutete.

»Mrs. Thirst, erzählen Sie dem Gericht doch bitte zum Schluß noch, was seine letzten Worte an Sie waren, an dem Tag, an dem Sie ihn für immer verlassen haben.«

»Er hat gesagt, er findet mich, und wenn er mich findet, bringt er mich um.«

Danach war ihr Alibi sozusagen nur noch eine Formsache. Carlford ging seine Fragen zu diesem Thema ziemlich schnell durch, als handle es sich dabei lediglich um ein augenzwinkerndes Zugeständnis an die Geschworenen – dies ist das Mittel, das wir euch zur Verfügung stellen, um sie freizulassen. Die Sprecherin der Geschworenen nickte pflichtbewußt, während Daisy Feinbergs Einfälle in die Tat umsetzte. Auch für Carlford war dies eine Meisterleistung. Es gab wahrscheinlich keinen einzigen Geschworenen, der sie für unschuldig hielt, aber auch keinen im Gerichtssaal, der nicht meinte, dieser Mord sei gerechtfertigt gewesen. Mit erstaunlichem Geschick hatte Carlford in der Phantasie der Geschworenen genau jene klaustrophobische, sadistische und unerträgliche Situation heraufbeschworen, in der so viele Menschen, besonders Frauen, einen Mord begehen könnten. Hinter Monksons Rücken und vor den Augen des hilflosen Richters hatte Carlford das englische Laster der Fairneß ausgespielt.

Er beendete seine Befragung mit der Waffe, einer offenbar ziemlich nebensächlichen Angelegenheit. Jemand hatte sie sorgfältig mit Klebeband umhüllt, so daß sich hinterher keine Fingerabdrücke mehr darauf finden würden. Sie sah der Waffe, die Daisy auf dem Foto in der Hand hielt, sehr ähnlich.

»Wahrscheinlich *ist* das die Pistole«, sagte Daisy ziemlich müde. »Ich bin immer mit seiner Waffe zum Schießplatz gegangen. Er hat sie in einer verschlossenen Schublade aufbewahrt, und ich habe immer den Schlüssel genommen, die Waffe verwendet und sie wieder zurückgelegt. Ich glaube nicht, daß er es gemerkt hat.«

»Und wieso haben Sie angefangen, Kampfsportarten zu trainieren und mit Kleinkaliberwaffen zu hantieren?«

»Ich wollte mich nicht mehr von ihm schlagen lassen. Niemals mehr.«

Carlford setzte sich. Und Monkson erhob sich, um in unsere letzte Falle zu tappen.

»Auch wenn das bedeutete, daß Sie ihn umbringen mußten, Mrs. Thirst?«

»Ich glaube, ich habe ein Recht, in Frieden zu leben, Mr. Monkson...«

Carlford und Monkson hielten ihre Schlußplädoyers vor den Geschworenen, und der Richter faßte den Fall zusammen. Trotz seiner zuvorkommenden Art hatte er uns durchschaut, das wußte ich, und seine letzten Worte an die Geschworenen ließen mir das Blut in den Adern gefrieren.

»In wenigen Augenblicken werden Sie sich zur Beratung zurückziehen. Dabei ist es Ihre Pflicht, aus Ihren Überlegungen jegliches Mitleid und jegliche natürliche Rücksicht, die man für eine Frau im Zustand der Angeklagten empfindet, zu verbannen.« Er beugte sich ein bißchen in Richtung der Geschworenen vor. »Und noch wichtiger: Sie dürfen sich nicht vom Mitleid für die Angeklagte leiten lassen, das Sie für sie haben, weil sie offenbar unter den Gewalttätigkeiten des Verstorbenen zu leiden hatte. Statt dessen müssen Sie die Fakten abwägen und entscheiden: Hat sie ihren Mann umgebracht oder nicht?«

[40]

Daisys Kaution war von Tag zu Tag erneuert worden, so daß sie jeden Abend mit mir nach Hause gehen konnte, doch das hatte nicht zu Intimitäten zwischen uns geführt. All unsere Energien, all unsere Gedanken flossen in die schrecklichen psychischen Anforderungen des Prozesses. Wir hatten nicht nur aufgehört, miteinander zu schlafen, nein, Daisy wich auch meinen Blicken aus. Kein Richter der Welt allerdings wird einen Angeklagten in einem Mordprozeß gegen Kaution gehen lassen, wenn die Geschworenen über das Urteil beraten. Deshalb brachten zwei Gefängnisbeamtinnen sie weg. Sie sah mich ziemlich lange an, bevor sie ging.

Ich fingerte an den Papieren in meiner Jackentasche herum. Fast hätte ich sie George Holmes sofort ausgehändigt, um der Sache ein Ende zu machen. Holmes beobachtete mich dabei, und aus den Augenwinkeln sah ich, wie Feinberg Holmes anstarrte. Feinberg mutmaßte, daß in diesem Verfahren mindestens ein Mensch noch verschlagener als er selbst war, und er hätte gern erfahren, wer dieser Mensch war. Ich stand abrupt auf und ging hinaus in die schmutzigen Straßen von London.

Ich war unruhig und hatte das Gefühl, ich müßte mich bewegen, auch wenn das bedeutete, daß ich den Urteilsspruch verpassen würde. Fast hätte ich der Versuchung nachgegeben, mit dem Joggen anzufangen. Doch statt dessen hastete ich, angetrieben durch das Adrenalin in meinen Adern, von Ort zu Ort.

Ich kam an einem Zeitungsplakat mit der Schlagzeile URTEIL IM ANWALTSMORDPROZESS HEUTE vorbei. Da ich mich auf nichts anderes als auf Daisy in ihrer Zelle konzentrieren konnte, tat ich ganz automatisch Dinge, die ich ein halbes Leben lang in diesem Teil von London getan hatte. Ich ging in ein winziges Café, wo man Espresso trinken konnte, wenn man bereit war, sich auf einen Hocker zu setzen, der so nahe an der Wand stand, daß man fast mit der Nase dagegenstieß. Ich las die Papiere in meiner Tasche noch einmal durch, obwohl ich den Wortlaut auswendig kannte. Eigentlich handelte es sich dabei um zwei getrennte Dokumente – um einen Brief an George Holmes und um eine Ausfertigung an Nigel Monkson, Esq., Q. C., Barrister. Ob so oder so, Daisy würde noch vor dem Abend freikommen. »Wichtiger Prozeß heute, Mr. Knight?« Der italienische Inhaber des Cafés, der mit Cockney-Akzent sprach, erfuhr immer gern alles, was in den Gerichten los war. Vielleicht hatte er die Zeitungen noch nicht gelesen. Vielleicht war er auch nur zurückhaltend.

»Ja, ja, ziemlich wichtig.«

Der Inhaber des Cafés bedachte mich mit einem merkwürdigen Blick, als ich ging. Erst ein paar Tage später fiel mir ein, daß ich meinen Kaffee nicht bezahlt hatte. Wenn die Ehrlichkeit eine Form der gesellschaftlichen Konditionierung ist, hatte das System in meinem Fall im großen und ganzen Erfolg gehabt.

Von der London Bridge aus sah ich nach Osten zum Tower, wo alles angefangen hatte. Doch jetzt war es kein herrlicher Morgen voller Versprechungen mehr, sondern später Nachmittag, und es begann zu nieseln. Lag es an mir oder an London, daß ich das Leben satt hatte? Ein ziemlich absurdes Gefühl unter den gegebenen Umständen. Mein plötzlich aufkeimender Zorn galt nicht Thirst oder Holmes oder Daisy oder mir selbst, sondern der ganzen Stadt. Verschiedene Menschen drückten es auf unterschiedliche Weise aus: In London sein Dasein zu fristen, bedeutet, in einem schwereren Element zu leben als im Wasser. Jede Bewegung, jede Anspannung der Muskeln, erfordert zusätzliche Anstrengungen, für die der menschliche Körper eigentlich nicht geschaffen ist. Irgendwann geben wir erschöpft auf und gesellen uns zu den anderen leeren Schatten, die auf den Straßen vorbeihasten, aus der U-Bahn und ins Büro, das Licht scheuend wie Vampire. In der Ferne schlug Big Ben drei Viertel.

Carlford lief auf dem Flur vor dem Number One Court auf und ab. Feinberg schäumte vor Wut. Beide sahen aus, als würden sie mich am liebsten umbringen. Nur George Holmes, der ein Stück von ihnen entfernt stand, nickte mir ein bißchen verlegen zu. Niemand hatte erwartet, daß die Geschworenen sich so viel Zeit nehmen würden, am allerwenigsten George. Dann tauchte plötzlich Monkson wie aus dem Nichts auf und spulte sein ganzes Repertoire an komisch-narzißtischen Gesten ab, als habe er seinen Zorn auf Carlford völlig vergessen. Ich mußte lächeln. Genau wie Daisy wollte er, daß alle ihn mochten, also kam er auf mich zu.

»Ich wollte Ihnen nur sagen... Ich hoffe, daß ich dieses Verfahren Ihrer Meinung nach fair geführt habe und daß Sie mir nicht böse sind.«

»Kein Problem, Nigel«, sagte ich. »Sie haben gute Arbeit geleistet.«

Er lächelte mich breit an, dann fiel ihm ein, daß er ein bedeutender Queen's Counsel war, und er beschloß, sich mit seinem Junior zu beraten. Plötzlich rief der Gerichtsdiener uns wieder in den Gerichtssaal. Diesmal saß ich neben Feinberg, als die Geschworenen hereinmarschierten. Daisy wurde aus der Zelle geholt. Alle Frauen und ein paar von den Männern sahen sie streng an, als sie sich setzten.

»Sie wollten sie bestrafen«, flüsterte Feinberg triumphierend. »Sie haben sich so lang Zeit gelassen, um sie zu bestrafen.«

»Sind die Geschworenen zu einem Urteil gelangt?« fragte der Gerichtsdiener mit lauter Stimme. Die Sprecherin der Geschworenen bejahte.

»Und wie sieht Ihr Urteil aus?«

»Nicht schuldig.«

»Ist dieses Urteil einstimmig?«

»Ja.«

Als sie das sagte, sah sie Daisy noch einmal streng an.

In Demokratien muß der Angeklagte in dem Augenblick, in dem das Gericht ihn für nicht schuldig befunden hat, freigelassen werden, weil kein verfassungsmäßiges Recht mehr besteht, ihn festzuhalten. Die Gefängnisbeamten öffneten die Tür zu dem Metallkäfig, in dem sie festgehalten wurde, und sie kam wie in Trance heraus. Der Richter verließ den Gerichtssaal. Ohne Daisy zu beachten, stürzte ich zur Tür. Ich hörte, daß George Holmes mir mit schweren Schritten folgte.

Er ging mir zum Anwaltszimmer nach, wo ein Angestellter mich begrüßte – wahrscheinlich dachte er, ich komme gerade von einem eigenen Verfahren. George tappte immer noch atemlos hinter mir her.

»Tut mir leid, Sir«, sagte der Angestellte. »Hier dürfen keine Polizeibeamten herein – nur Anwälte.« George schob sich an ihm vorbei.

Ich stand am Waschbecken und zündete die Papiere mit einem Gasfeuerzeug an, das ich eigens zu diesem Zweck mitgebracht hatte. Die Blätter loderten einen Augenblick lichterloh auf, dann zerfielen sie zu Aschehäufchen und hinterließen schließlich eine schwarze Brühe im Waschbecken, als ich den Wasserhahn aufdrehte. George beobachtete mich dabei.

»Das waren die einzigen Kopien, George. Ich gebe Ihnen mein Wort.«

»Trotzdem hätte ich sie gern vorher noch gelesen.« Er sah mich an. Alter und Erschöpfung hatten sein Gesicht gezeichnet. »Dann ist also alles vorbei.«

»Ja, George. Alles.«

[41]

Daisy hatte sich geweigert, meinen Brief an George vor Ende des Verfahrens zu lesen. Sie sagte, sie würde die Sache nie durchstehen, wenn sie wüßte, was wirklich passiert war. Andererseits hatte sie ein Recht auf eine gewisse Sicherheit. Also war ich auf die Idee verfallen, ihr die Diskette mit der Aufzeichnung meiner Aussage zu überlassen. Sie holte die Diskette auf dem Heimweg im Taxi heraus und sah sie an.

»Wie fühlst du dich?« fragte ich.

»Schrecklich. Ich habe schreckliche Angst bei dem Gedanken daran, was schiefgehen hätte können, und daran, was ich jetzt herausfinden werde. Ich hätte nie gedacht, daß ich verrückt genug sein könnte, all das für einen Mann zu machen. Alle Geschworenen halten mich für eine Mörderin.«

Eigentlich sah sie nicht verängstigt aus, sondern wütend, wie jemand, der merkt, daß er zuviel gegeben hat. Ich berührte ihre Hand. Sie wandte den Kopf ab und schaute auf die trüben, nassen Straßen. »Hoffentlich bist du jetzt zufrieden.«

Sobald wir daheim waren, verschloß und verriegelte ich die Haustür und sperrte auch noch die Tür zu meinem Arbeitszimmer zu. Daisy gab mir die Diskette, und ich steckte sie in den Computer. Schon nach wenigen Befehlen erschienen die ersten Worte auf dem Bildschirm.

Lieber George,
dies ist das Geständnis, das Sie nie erhalten wollten. Wie Sie auf der letzten Seite sehen werden, habe ich Nigel Monkson eine Kopie zukommen lassen, der diese wahrscheinlich zur gleichen Zeit wie Sie liest. Ich weiß, er wird veranlassen, daß Daisy so schnell wie möglich wieder auf freien Fuß kommt und daß man wegen des Mordes an Thirst Anklage gegen mich er-

hebt. George, das Ziel dieser Zeilen ist es nicht, Ihnen zu sagen, daß ich ihn umgebracht habe, denn das wußten Sie von Anfang an. Vielmehr möchte ich eine solche Menge belastender Details für Sie aufschreiben, daß niemand an meiner Schuld zweifeln kann.

Armer George, Sie glauben tatsächlich, daß alle Leute irgendwie verdreht oder korrupt sind. Sie haben wirklich geglaubt, daß ich Daisy opfern würde. Und noch schlimmer: Als Sie an jenem Sonntag zu mir kamen, haben Sie von mir erwartet, daß ich Ihren verrückten Plan aus Rache für das, was sie mir vor elf Jahren angetan hat, akzeptieren würde. Sie sind verrückt, George, völlig verrückt. Von all den Dingen, die Thirst in der Zeit, in der er einen Teil unseres Lebens ausmachte, an den Tag gebracht hat, ist Ihre Verrücktheit das merkwürdigste und erschreckendste.

George, Sie haben ihn manipuliert. Er war Ihr größter Betrug, der Mann, den Sie haßten und liebten. Sie haben ihn sich zu Ihrem Ebenbild zurechtgebogen.

Sie wußten, daß ich ihn umgebracht habe, weil Sie sein Telefon seit mehr als einem Jahrzehnt illegal abgehört hatten. Es gab nichts in seinem Leben, was Sie nicht wußten, und vermutlich haben Sie geahnt, daß er mir in der Nacht seines Todes alles über Sie erzählt hat. Als ich an jenem Sonntag vorgab, alles zu gestehen, wußten Sie genau, was ich damit sagen wollte: Erheben Sie Anklage, dann sage ich alles. Sie dachten, Sie würden mir einen Gefallen tun, wenn Sie Daisy anklagen. Und panisch haben Sie dann dafür gesorgt, daß man Nigel Monkson den Fall übertrug – immer in der Hoffnung, daß er verlieren würde. Ich würde wirklich gern erfahren, wann Ihnen bewußt geworden ist, daß ich etwas Wichtigeres als mich selbst gefunden hatte und daß ich Daisy nicht im Stich lassen würde.

Ich zeigte Daisy, wie sie den Computer bedienen mußte, um den Text auf dem Bildschirm hin und her zu bewegen, und ließ sie weiterlesen. Wieviel davon würde sie verstehen? Erst jetzt wurde mir klar, daß der Brief eine ganze Menge Wissen beim Leser voraussetzte. Nur George konnte ihn wirklich verstehen.

Ich ging ans Fenster, fast in der Erwartung, George mit seinem Filzhut und seiner Pfeife unten im Garten stehen zu sehen. Doch Garten und Straße waren menschenleer. Aus dem Nieselregen war Dauerregen geworden, und der hatte die Menschen von der Straße vertrieben. Wahrscheinlich führte das plötzliche Nachlassen meiner inneren Anspannung nach Daisys Freispruch dazu, daß sich lange Zeit unterdrückte Bilder ihren Weg in mein Gehirn bahnten. Als erstes sah ich Thirst gegenüber von meinem Haus auf der Straße liegen, ein kleines, schwarzes Loch im Kopf. Dieses Bild war irgendwie realistisch, denn seine Kleider waren vom Regen durchweicht – anders als in der Nacht, in der ich ihn umgebracht hatte. Ich schloß die Augen, und als ich sie wieder öffnete, war er verschwunden. Ich zitterte.

Ich wußte, was nicht stimmte mit den Aufzeichnungen, die Daisy gerade so aufmerksam las. Wenn ich es gekonnt hätte, hätte ich einen Bericht geschrieben, der die Struktur all dessen wiedergab, was zu seinem Tod geführt hatte. Ich hätte mit den Telefonanrufen angefangen.

Der erste kam gut zwölf Monate vor seinem Tod. Natürlich hatte ich im Lauf der Jahre hin und wieder von ihm gehört, wie die meisten Leute, die irgendwie mit Strafrecht zu tun hatten. Nach einer langen Zeit der Armut, in der er versuchte, ehrlich zu bleiben, wurde er schließlich zu einem jener Ganoven, die die dekadenten Angehörigen der High Society betören. Er beschaffte erstklassige Drogen, und jede kokainschnüffelnde Debütantin prahlte damit, ihn zu kennen. Manchmal war er in den Klatschspalten der Illustrierten mit Smoking auf den Partys reicher Rockstars oder junger Aristokraten zu sehen.

Eine Zeitlang wurde er als Manager eines berühmten Popstars gehandelt, doch alle wußten, was das eigentlich hieß. Manche munkelten, er sei unermeßlich reich. Andere tuschelten, er sei ständig abgebrannt. Er liebte teure Autos – besonders Jaguars –, und die Polizei nahm ihm wiederholt den Führerschein ab, nachdem er in der Nacht durch Knightsbridge und Kensington gerast war. In vielen Drogenprozessen, die ich für George übernahm, tauchte auch Thirsts Name im Hintergrund auf, als Schatten hinter den Kulissen.

Wenn ich ihn mir überhaupt als Person vorstellte, dann nur mit einem schadenfrohen Grinsen auf den Lippen. Auf seine Art hatte er gewonnen. Er war reicher, extravaganter, glamouröser und fuhr teurere Wagen. Und schlimmer noch: Er hatte mir die Frau ausgespannt. Mich tröstete lediglich, daß er selbst nun zum Klischee der englischen Gesellschaft geworden war – der gutaussehende Gangster aus der Arbeiterschicht, der den gefallenen Engeln Drogen und Sex verkaufte.

Und dann rief er mich völlig überraschend an.

Natürlich war es sehr früh am Morgen, und ich meinte zuerst, es wäre ein Solicitor, der mir noch eine wichtige Information für das Verfahren zukommen lassen wollte, das am nächsten Morgen beginnen sollte. Am meisten verblüffte mich seine Stimme. Sie war merkwürdig flach – angeblich passiert das oft, wenn Menschen versuchen, ihren Akzent zu verändern. Sogar während seiner Bildungsphase hatte ich gern seine Cockney-Vokale gehört. Doch diese Stimme war ein blutleerer Schatten ihres früheren Selbst. Als ich endlich merkte, wer da sprach, stellte ich zu meiner Überraschung fest, daß es mich freute, ihn zu hören.

Einen Augenblick lang vergaß ich meine Ressentiments und ließ mich auf die exotischen Verheißungen ein, die seiner Person immer anhafteten. Mein Leben war in letzter Zeit ziemlich langweilig gewesen. Und außerdem schuldete er mir nichts – nicht einmal Höflichkeit. Ich streckte die Beine unter der Bettdecke aus und hörte ihm zu. Es war deutlich zu hören, daß er Drogen genommen hatte, denn seine Stimme klang nicht nur flach, sondern auch irgendwie unheimlich.

»Hab' gedacht, ich ruf' mal an. Überraschung, was? Tja, ist 'ne Menge passiert. Weißt du, daß sie mich verlassen hat? Ist sicher schon vier Jahre her. Kann ich ihr nicht verdenken – ich war ein übles Schwein. Ich tauge einfach nicht zur Ehe. Wahrscheinlich hab' ich sie bloß gewollt, weil du sie hattest. Sie war das einzige, was du nie freiwillig hergegeben hättest – deine Trophäe. Tja, jetzt ist's raus. Du hast das wahrscheinlich sowieso geahnt. Bist mir ja immer zehn Schritte voraus. Mein Gott, ich wär' wirklich gern wie du. Ich würd' gern mal 'ne Woche mit dir tauschen. Wenn du wüßtest, wie's ist, ich zu sein, würdest du mich nicht mehr hassen, sondern bemitleiden. Ich würde zehn Jahre geben, wenn ich bloß ein Jahr du sein könnte, aber ich bin fertig, James – finito. Er hat Probleme und kann sich's diesmal nicht leisten, mich zu decken, also läßt er mich fallen. Aber da spiele ich nicht mit. Ich geh' nicht mehr in den Knast, James; lieber bringe ich mich um.«

So ging das ein paar Minuten lang, dann legte er plötzlich auf.

Ich dachte träge über all die merkwürdigen Veränderungen nach, die das Schicksal mit sich bringt, und schlief ein. Zum erstenmal seit Jahren hatte ich wieder wirklich angenehme Träume. Sie waren irgendwie schwerelos; ich kam mir vor wie aus diesem Gefängnis der Schwerkraft entlassen. Als ich mich am nächsten Morgen rasierte – und das nicht mehr ganz junge Gesicht im Spiegel sah –, erinnerte ich mich wieder an den Anruf. Da war er wieder, dieser rätselhafte »Er«, dessen Identität gar nicht so rätselhaft war. Doch das, wofür dieser »Er« stand, flößte mir Respekt ein.

Dann wurde die Erinnerung an den frühen Anruf von den unerbittlichen Geschäften des Tages verdrängt. Eine Bankangestellte hatte sich zu einer Unterschlagung hinreißen lassen. Es ging dabei nur um eine kleine Summe, aber die Sache war klug eingefädelt. Sie hatte sich aus Langeweile auf das Wagnis eingelassen; außerdem wollte sie ihrem Chef beweisen, daß sie nicht so unintelligent war, wie er offenbar dachte. Erst als ich am Victoria Embankment, ungefähr hundert Meter von der Waterloo Bridge entfernt, mit dem Wagen im Stau stand, fiel Thirst mir wieder ein. Es war bereits Abend; die Menschen hasteten im Licht der Straßenlaternen in Richtung U-Bahn. Ich machte mich auf längere Wartezeiten gefaßt, als Polizisten mit Reitstiefeln und Helmen begannen, den Verkehr zu regeln. Jetzt hatte ich wieder seine Stimme im Ohr: »Wahrscheinlich hab' ich sie bloß gewollt, weil du sie hattest... Tja, jetzt ist's raus.« Es war nicht nur der Sinn dessen, was er gesagt hatte, sondern auch der Tonfall, der mich überraschte. Ich suchte nach einem passenden Adjektiv. Schließlich verfiel ich auf »impotent«. Die Stimme hatte ihre Potenz verloren.

»Daisy«, sagte ich, »du armer Trottel«, und lächelte in den Rückspiegel.

Ungefähr eine Woche später wurde ich wieder mitten in der Nacht aufgeweckt. Die Stimme war letztlich dieselbe wie beim erstenmal, doch diesmal klang sie hart und nüchtern.

»Hab' ich dich neulich nacht angerufen? Ich glaub', ich erinnere mich an so was. Natürlich war ich stoned, und wahrscheinlich hab' ich einen Haufen Scheiß erzählt.«

»Wahrscheinlich wirst du jetzt alles bestreiten.«

Es herrschte Schweigen.

»Nein. Wahrscheinlich haben die Sachen, die ich gesagt hab', gestimmt, aber sie waren's nicht wert, ausgesprochen zu werden. Jetzt wirst du mich bis ans Ende deiner Tage für eine Memme halten.«

Ich quittierte diese Äußerung mit Schweigen.

»Ich bitte dich nicht um Hilfe, aber ich hab' wirklich Probleme. Diesmal bin ich dran. Irgendsoein großer Macker im Old Bailey hat gemerkt, daß früher oder später alle erwischt werden, bloß ich nicht. Er sagt, ich muß jetzt auch mal ran, damit's besser aussieht. Wahrscheinlich geht's glimpflich für mich ab, meint er – vielleicht vier Jahre in der Bücherei in Wormwood Scrubs. Aber das mach' ich nicht. Ich geh' nicht mehr in den Knast, James – nie mehr. Hab' ich das schon mal gesagt?«

Ich brauchte eine Weile, bis ich begriff, daß er das ironisch meinte und daß dieser »Er« nicht die gleiche Person war wie »der große Macker«. Aber mittlerweile hatte Thirst schon aufgelegt.

Nach diesen beiden Anrufen meldete er sich ein paar Monate lang regelmäßig. Er wählte meine Nummer immer dann, wenn er total bedröhnt war, und schüttete mir sein Herz aus. Ungefähr eine Woche später erinnerte er sich dann an den Anruf und meldete sich erneut, diesmal, um herauszufinden, was er mir erzählt hatte. Jedesmal wieder sagte er, er sei in Schwierigkeiten. Ich ermutigte ihn nicht zu diesen Anrufen, aber ich verbot sie ihm auch nicht; seine rätselhaften Monologe mitten in der Nacht brachten eine neue Dimension in mein trübes Junggesellendasein.

Wenn ich so zurückblicke, wird mir klar, daß wir uns wie zwei ausgesprochen zurückhaltende Tänzer Millimeter für Millimeter einander näherten. Es dauerte vier oder fünf Monate, bis wir uns dann tatsächlich trafen. Wieder war es spät in der Nacht, und er stand, völlig benebelt von den Drogen, die er genommen hatte, vor meiner Tür. Ich habe keinerlei rationale Erklärung für die Tatsache, daß ich ihn ohne große Diskussion hereinließ. Wahrscheinlich hatte ich mich inzwischen mit jener angespannten, körperlosen nächtlichen Stimme identifiziert.

Sein Besuch war so etwas wie eine Antiklimax. Offenbar hatte ich erwartet, daß er beeindruckt wäre, doch er wirkte enttäuscht. Anscheinend entsprachen meine Möbel nicht dem Standard, den er mittlerweile gewöhnt war. Das Silber und die Kristallgläser, die ich mein eigen nannte, waren in seinen Augen minderwertig. Und auch teure Reproduktionen mochte er nicht. Inmitten seiner weitschweifenden Ausführungen – einer Mischung aus Reue, Angeberei und Angst – erklärte er mir, er kenne einen Mann, der kurze Zeit das Original der *Sonnenblumen* von van Gogh besessen habe. Vier oder fünf Persönlichkeiten mühten sich gleichzeitig ab, Besitz von seinem Körper zu ergreifen – der zwar ein bißchen fülliger als vor elf Jahren, aber immer noch beeindruckend war. Eine davon war ein neureicher Snob. Eine andere behauptete, als er ging, daß ich der einzige Mensch auf der Welt sei, den er je wirklich geliebt habe.

»Wahrscheinlich hast du das allen Jungs erzählt«, sagte ich auf der Schwelle. Er kicherte und umarmte mich kurz, bevor er zu seinem Wagen ging, einem erstaunlich bescheidenen Mini. Ich fragte mich, ob er ihn gestohlen hatte.

Sein Besuch bei mir markierte offenbar so etwas wie einen Höhepunkt in unserem *dance macabre*, denn es dauerte mindestens zwei Monate, bis ich wieder von ihm hörte. In dieser Zeit fing ich etwas mit einer jungen Frau an, der letzten in einer Reihe von Zufallsbekanntschaften. Ironischerweise hätte sie noch die größten Chancen für eine lebenslange Beziehung mit mir gehabt, wenn sie nicht gar so scharf darauf gewesen wäre, eine Familie zu gründen.

Sie war Mitte Dreißig und beschrieb ihr Singledasein als Folge ihres ausgeprägten Feminismus in ihrer Jugend. Mit erstaunlicher Ehrlichkeit erklärte sie mir, daß die eingehendere Betrachtung der großen Ödnis Freiheit sie dazu getrieben hatte, sich nach baldmöglicher wirtschaftlicher Abhängigkeit umzusehen, in der sie in Frieden und Sicherheit Kinder bekommen konnte. Ihre Offenheit gefiel mir, und wir sprachen ziemlich lange über den Prozeß, durch den ich, ohne es zu merken, aus einem politisch inakzeptablen Menschen zu einer guten Partie geworden war.

Wie zwei Wissenschaftler verglichen wir unsere Notizen über die weniger bekannten Aspekte der Promiskuität. Sie stellte eine Möglichkeit dar, Freunde zu gewinnen, sagten wir beide. Irgendwie konnte man jemandem, mit dem man nicht im Bett gewesen war, nicht so ganz vertrauen. Kurze Zeit erfreute ich mich an einem Mittelding aus Sex und Freundschaft und einem Zustand, in dem der alberne Gedanke an Leidenschaft so etwas wie ein emotionales Spielzeug war, über das man geistig hinausgewachsen war.

Dann rief Thirst an und verursachte ungewollt den Streit, der zu unserer Trennung führte. Wieder einmal klingelte das Telefon mitten in der Nacht, und sie ging ran, bevor ich den Hörer abnehmen konnte. Als ich dann schließlich am Apparat war, hatte er bereits aufgelegt.

»Du hättest mich rangehen lassen sollen«, sagte ich.

»Warum? Wer ist Daisy? Der Typ hat offenbar gedacht, ich bin diese Daisy. Dann hat er aufgelegt. Ein Mann – ein Freund der Familie?«

Es war nicht ihre vorübergehende Eifersucht, die zum Ende unserer Beziehung führte, sondern all das, was der Name »Daisy« heraufbeschwor. Wie ein Zauberwort war er in der Lage, innerhalb eines Augenblicks die Begeisterung, die ich mir mühsam für die junge Frau in meinem Bett erarbeitet hatte, zu zerstören. Der Zwischenfall bewies genau das, was er mir bereits gesagt hatte: daß Daisy und er nicht mehr zusammen waren. Die Hoffnung erwachte in mir zu neuem Leben.

Als er das nächste Mal anrief, war ich wieder allein. Diesmal klang er eher betrunken als stoned.

»Neulich nacht – das war Daisy, stimmt's?«

»Tja«, sagte ich, obwohl ihre Stimme praktisch keinerlei Ähnlichkeit mit der von Daisy hatte. Zweifellos war sein benebelter Zustand für diese Verwechslung verantwortlich.

Er schwieg ziemlich lange. »Ich hab' ihr gesagt, wenn sie jemals zu dir zurückgeht, bring' ich sie um. Und dich auch.«

»Oliver, bist du nicht ein bißchen zu alt für solches Gefasel?«

Wieder Schweigen. »Yeah, da könntest du recht haben, mein Alter. Aber ich muß trotzdem sagen, daß es weh tut. Albern, was? Eigentlich will ich sie nicht, aber ich halt's auch nicht aus, wenn du sie hast. Der Gedanke daran, daß ihr zwei glücklich bis an euer Lebensende zusammen seid und euch über den armen Oliver, den dummen Oliver, unterhaltet, der in den Scrubs schmort und sich von Negerschwänzen und fetten Iren bumsen lassen muß – das ist zum Kotzen. Nein, ich lüge. Ich sag' dir, was ich wirklich will: Ich möchte sterben.«

Jetzt war es an mir zu schweigen. Nach einer Weile legte er auf, aber sein Anruf war ein Zeichen dafür, daß er den Dialog wiederaufnehmen wollte. Er rief mich von da an ungefähr einmal die Woche an, manchmal betrunken oder stoned, manchmal auch nervös und nüchtern. Zu seinen früheren Klagen darüber, daß er sich in Schwierigkeiten befinde, und seinem Geständnis, er denke oft an mich, kam jetzt noch seine Sorge um Daisy und mich. Ich unternahm keinen Versuch, ihn von seinen Qualen zu befreien.

Das nächste Mal sah ich ihn in der Nacht seines Todes wieder.

Ich betrachtete Daisy, die den Bildschirm des Computers anstarrte. Die Art und Weise, wie ich mein Bekenntnis formuliert hatte, war mir jetzt peinlich; es steckte so voller »George hier« und »George da«, daß es mir widerlich rührselig vorkam. Was dachte sie? Würde Thirst sich auch noch im Tod zwischen uns drängen? Ende des zwanzigsten Jahrhunderts kann man niemanden umbringen, ohne daß man sich Gedanken über den Preis macht, den man sein Leben lang dafür bezahlt, das kann ich

Ihnen versichern. Dabei geht es weniger um Schuld, sondern eher um die Tatsache, daß man etwas getan hat, was in den üblichen Erfahrungen des modernen Lebens nicht vorgesehen ist.

Ich ging hinüber auf die andere Seite des Zimmers und stellte mich hinter sie. Die letzten Absätze meines Briefes erschienen auf dem Bildschirm. Sie beschrieben die Nacht weit weniger detailliert, als sie es verdient gehabt hätte. Nur meine Erinnerung verlieh den Vorfällen ihre Farbe. Ich wandte den Blick vom Bildschirm ab, während sie fasziniert darauf starrte.

Auch das letzte Mal weckte er mich wieder in den frühen Morgenstunden auf. Ich öffnete die Tür, weil es kaum jemand anders sein konnte als er – und trat einen Schritt zurück. Er hatte in den letzten Monaten abgenommen und sah in der Dunkelheit jünger aus. Ich hatte sogar das Gefühl, daß er wieder so wie früher grinste. In der Hand hielt er eine Waffe.

Es war eine Kleinkaliberpistole, mit der er auf mich zielte.

»Du zielst mit einer Waffe auf mich, Oliver.«

Er betrachtete sie mit einem merkwürdigen Blick, als sei sie erst vor kurzem ganz zufällig dorthin gewandert.

»Yeah. Für mich ist das die Waffe von Daisy. Sie hat sie mir von Zeit zu Zeit geklaut und damit bei so 'n paar Lesben irgendwo in Suffolk auf dem Schießplatz geübt. Sie dachte, ich weiß es nicht. Ich hab' immer drüber lachen müssen.«

Ich merkte, daß er wieder unter Drogen stand oder sich zumindest in einem tranceähnlichen Zustand befand.

Er sah nachdenklich aus. »Ich möchte gern 'ne Spritztour mit dir machen – mit deinem Wagen. Ich hab' gehört, du hast 'nen hübschen Jaguar.«

»Ich bin nicht angezogen, Oliver«, sagte ich mit Blick auf meinen Morgenmantel.

»Na schön. Dann zieh dich an. Ich schau' dir zu.«

Er folgte mir ins Haus und hinauf in mein Schlafzimmer. Plötzlich mußte ich ausgerechnet an den kleinen Bücherschrank mit den Glastüren denken, in dem sich die Bücher meiner Mutter befanden. Die Vorstellung, daß ich ihn vielleicht nie wiedersehen würde, verlieh ihm surrealen Glanz.

Auf fast schon unheimliche Weise merkte er, was in meinem Kopf vorging, schlenderte hinüber zu dem Schränkchen und berührte es. Dann öffnete er die kleinen Glastüren und nahm das Buch heraus, das mir am wichtigsten war: *The Golden Treasury of English Verse.* Ich war mir sicher, daß er nun vor der Zerstörung meines Körpers auch noch meine Identität auseinandernehmen würde. Statt dessen streichelte er das Buch.

»Das bist du, stimmt's?« Er legte das Buch auf das Schränkchen. »Ich hab' mich immer gefragt, warum ich nie so richtig an dich rangekommen bin, was dich zusammenhält. Das da. Dieses alberne kleine Buch. Du bist irgendwo in einem romantischen Teenagertraum steckengeblieben – über die Frauen, über die Welt. Und diese Träume hast du gefüttert, mit Gedichtbänden. Aber Gedichte können keine Kugeln aufhalten, mein Alter. Zieh dich an.«

»Willst du mir wirklich dabei zuschauen?«

»Yeah.«

Er starrte mich an, während ich aus meinem Morgenmantel schlüpfte und mich bückte, um einen Slip aufzuheben.

»Stop. Bleib so stehen. Genau das ist die Stellung, Jimmy. Im Knast – du weißt schon, wenn sie dich bumsen wollen –, dann zwingen sie dich dazu, dich nach vorne zu beugen. Genau so. Und dann nehmen sie Seife oder Vaseline. Und ein paar Typen halten dich fest. Das sind Profis, Jimmy, echte Profis.«

Er sprach langsam, benebelt von den Drogen.

»Kann ich mich jetzt anziehen?« fragte ich.

»Yeah. So gut gefällst du mir doch nicht. Bist zu dürr, bis auf den häßlichen kleinen Schmerbauch. Im Anzug schaust du besser aus.«

Ich schlüpfte in eine Hose; dabei zitterten meine Hände furchtbar. Als ich angezogen war, bedeutete er mir mit der Waffe, daß ich vor ihm die Treppe hinuntergehen solle. Er schien zu wissen, wo sich meine Garage befand, und wartete, während ich das Tor zurückschob. Dann stieg ich ein. Am liebsten wäre ich einfach losgefahren und hätte ihn gegen die Wand gequetscht, doch ich tat es nicht und verfluchte mich für meine Feigheit.

Er setzte sich auf den Beifahrersitz und sah sich mit Kennerblick um.

»Hübsche Karre. Das Modell hat mir immer gut gefallen. Das hat Klasse, James – genau wie du.«

»Wo fahren wir hin?«

»Irgendwohin. Ist mir eigentlich egal. Welche Straße hier in der Gegend ist denn am besten zum Sterben?«

Ich zitterte. »Du willst mich doch nicht wirklich umbringen, oder?«

Er sah mich neugierig an. »Hast wohl Angst, was? Machst dir in die Hosen? Siehste, so geht's mir schon über 'n Jahr. Aber jetzt hab' ich keine Angst. Um ehrlich zu sein: Ich bin total entspannt. Total.«

»Weil du die Waffe in der Hand hast.«

Er lächelte. »Yeah – endlich. Endlich hält der alte Oliver die Waffe in der Hand. Ist eigentlich 'ne jämmerliche Knarre, aber was soll's. Mit dem Ding muß ich dir aus kurzer Entfernung zwischen die Augen schießen. Und dann kommst du wahrscheinlich immer noch mit 'n bißchen Kopfweh davon. Tja, so ist das bei mir – wenn ich endlich die Waffe in der Hand habe, ist's 'ne Knarre wie das Ding hier. Wenn ich so schlau wäre wie du, hätt' ich mir auch so 'ne große unsichtbare Waffe rausgesucht, wie ihr Anwälte sie ständig mit euch rumtragt. So 'n Ding, wie ihr es mein ganzes Leben lang auf mich gerichtet habt. Weißt du das?«

»Ja, Oliver – ich weiß es.«

Ich fuhr rückwärts aus der Garage heraus und lenkte den

Wagen ziellos die menschenleeren Straßen entlang. Der Jaguar schnurrte beruhigend. Irgendwann begann Thirst, über George Holmes zu reden. Ich ermutigte ihn dazu. Es war wie in Tausendundeiner Nacht.

»Schon peinlich, wie ich endlich rausgekriegt hab', was das ganze Gefasel von den Psychiatern und Bewährungshelfern eigentlich bedeutet – ziemlich peinlich. Da kommt man sich vor wie 'n Conterganklnd – alle haben davon gehört, und alle wollen's sehen. Ich hab' wohl 'nen Ersatzvater gebraucht, was? Tja, und da war er, der gute Detective Sergeant George Holmes, hat mir aufgelauert in 'nem alten Minenfeld. Damals war ich zwölf, quicklebendig und voller Ehrgeiz. Der gute alte Vater Holmes, der perverseste Mann, den ich je kennengelernt habe – innen wie außen. Natürlich hat sich mit *dem* nie ein Psychiater beschäftigt. Und er hat mich nach seinem eigenen Bild geschaffen, James. Mein Gott, es ist nicht zu fassen.«

Wahrscheinlich meinte er mit »es« die Tränen, die ihm die Wangen herunterliefen. Er wischte sie mit der Hand weg, die die Waffe hielt.

»Weißt du, was erstaunlich ist? Daß ich ihn wirklich geliebt habe, und das tue ich immer noch. Kannst du dir das vorstellen? Ich hab' fast alles für ihn gemacht, von Anfang an. Kannst du dir das vorstellen?«

Er erzählte mir ausführlich von seiner Beziehung zu Holmes. Von Anfang an war er wie hypnotisiert gewesen von dem fast zwanghaften Doppelspiel Holmes'. Seine Schläue war grenzenlos, seine Geheimnisse undurchdringlich. Seine einzige Schwäche bestand darin, daß er vor seinen schwulen Freunden damit prahlte, wie gekonnt er dieses Doppelleben führte. Er erklärte ihnen gern, daß er das System ausgetrickst hatte, daß er sich selbst als eine Schlange betrachtete, die es geschafft hatte, aus der Grube zu kriechen. Und wer wollte ihm da widersprechen? Er war gleichzeitig der erfolgreichste Kriminelle und der erfolgreichste Polizist Londons. Den jungen Thirst hatte das zutiefst beeindruckt.

»Er hat mir immer gern davon erzählt, wie er dich benutzt hat, James – er konnte es gar nicht glauben, wie naiv du warst, wie du die ganzen Drogenbarone vor Gericht gebracht hast, während der schlimmste von allen hinter dir auf der Bank saß. Ihm hat es immer unheimlich gefallen, daß er dich auf die Kriminellen scharfgemacht hat, besonders auf mich. Natürlich hab' ich ihm nie gesagt, daß ich dich schon lange kenne, sozusagen aus einem anderen Leben.«

Langsam, fast schon zärtlich, legte er die Waffe auf die Ablage vor dem Schalthebel.

»Ich hätte mir gewünscht, daß du mich vor ihm rettest. Ich wollte, daß du mein Fluchtweg bist – du und Daisy. Aber du hast versagt. Und jetzt mußt du deine Pflicht tun, weil ich nicht wieder ins Gefängnis gehe – nie wieder.«

Ich packte die Waffe mit der rechten Hand. Er legte den Kopf gegen die Kopfstütze und lächelte.

»Jetzt muß ich dich nur noch dazu bringen, daß du mich umbringst.«

»Warum sollte ich das machen?«

»Weil ich der Teil von dir bin, den du die ganzen Jahre weggesperrt hast – seit deine Mum gestorben ist, weißt du noch?«

»Ich bin nicht verantwortlich für dich, das bin ich nie gewesen. Daß du glaubst, ich oder jemand anders wär's – das ist ein Teil deines Problems.«

Er hob müde die Hand. »Nicht. Das Gerede kann ich auswendig herunterbeten. Sag einfach, ich bin völlig verkorkst. Bevor ich dich kennengelernt habe, war ich ganz normal verkorkst. Und jetzt bin ich wegen dir und Daisy und Eleanor und Hogg ziemlich merkwürdig verkorkst. Ich kann dir alles, was mit mir nicht in Ordnung ist, mit den Begriffen sämtlicher Sozialwissenschaften erklären. Ich weiß es alles ganz genau. Aber es hilft nichts – es macht den Schmerz nur noch schlimmer. Ich schäme mich für mich selber. ›Mein Gott, jetzt fängt er wieder damit an und vermasselt sein Leben zum zehntausendsten Mal.‹ Das sagen nicht *die* über mich, sondern ich. Ich glaube, ich hab' was rausgefunden, was sonst kaum jemand rausfindet – ich hab' mir die Hacken nach was abgelaufen, was es gar nicht gibt. Nach meiner eigenen Identität. Und das habe ich dir zu verdanken. Dir und Daisy und den anderen. Bloß du bist anders, James, du läufst nicht einfach weg. Wir gehören zusammen, du und ich. Genauso wie du immer ans Telefon bist und mir die Tür aufgemacht hast, wirst du auch das heute nacht machen müssen. Aber… Hat Daisy dir je von ihrer Theorie erzählt, daß wir zwei schwul sind?«

»Ja, ja. Es gibt kaum etwas, besonders auf sexuellem Gebiet, das Daisy mir nicht irgendwann mal vorgeworfen hat. Ich glaube, sie hat sich ausgemalt, daß wir eine Schwulenbeziehung haben – wahrscheinlich hat sie das angetörnt.«

»Aber du hast ihr nie die Wahrheit gesagt?«

»Die Wahrheit?«

Er sah mich ungläubig an.

»Nein, ich habe ihr nie die Wahrheit gesagt.«

Er seufzte. »Tja, ich auch nicht. Ich hab' niemandem erzählt, daß wir als Kinder Kumpels waren. Ich hab' meinen Augen nicht getraut, als ich dich damals auf der Tower Bridge gesehen hab' und du plötzlich mein Anwalt warst. Ausgerechnet du.«

»Da gab's nichts zu sagen. Da war eine Glaswand zwischen uns – was hätte ich denn machen sollen?«

»Bei mir war's der Stolz. Ich weiß, es ist lang her, aber für solche Sachen hab' ich ein Wahnsinnsgedächtnis. Du hast mich im Stich gelassen, ganz plötzlich. Das war das erste Mal, daß ich verraten wurde, weißt du das? Du warst der schlimmste von uns allen, du hast mir beigebracht, wie man Motorroller klaut. Erinnerst du dich noch an den Abend, nur wir zwei – ich war damals noch ein kleiner Pimpf, aber du warst, glaube ich, schon ein Teenager. Du hast mir gezeigt, wie man so 'ne Vespa knackt, und dann haben wir eine Spritztour durch ganz Camberwell gemacht. Und damals auf der Waterloo Bridge hast du dann die Kaltschnäuzigkeit gehabt, so zu tun, als hättest du mich noch nie im Leben gesehen. Das war schon ziemlich merkwürdig. Ich hab' gedacht, du bist übergeschnappt.«

Mir trat der kalte Schweiß auf die Stirn. Meine Hände zitterten am Steuer, und ich empfand so etwas wie eine innere Erschütterung, als die beiden Teile meines Bewußtseins, die ich jahrzehntelang auseinandergehalten hatte, mit einem Knall zusammenprallten. Ich hatte meine frühere Freundschaft mit Thirst nicht vergessen. Ich hatte nur nie mit jemandem darüber gesprochen, nicht einmal mit ihm selbst, so daß sie eine völlig eigenständige Existenz geworden war, wie eine Phantasie.

»Vielleicht war ich tatsächlich übergeschnappt, Oliver – weißt du, das, was ich gesagt habe, habe ich auch so gemeint. Ich war ein völlig anderer Mensch, ganz ohne Geschichte.«

»Du hast mich verstümmelt – die ganze Bande hat dich bewundert. Du warst unser Held, James, der geborene Gangster. Das haben alle gesagt. Auf der Straße haben sie gesagt, du hast deine Mutter vor der Zeit ins Grab gebracht. Ich könnte eine Fallstudie über dich schreiben. Schuldkomplex und so. Du hast dich aus dem Staub gemacht und mir dein Erbe hinterlassen. Ich hab' das Leben geführt, das eigentlich für dich gedacht war. Du bist ungestraft davongekommen – aber auch das hatte seinen Preis.«

»Tut mir leid«, sagte ich.

»Sag mir noch eins: Wieso bist du so geworden? War der Tod deiner Mutter der einzige Grund?«

Ich stöhnte unwillkürlich auf. »Eigentlich nicht. Ich hab' Motorräder geklaut, ich war süchtig danach. Einmal hab' ich in der Nacht eine Norton 750 gestohlen – erinnerst du dich noch an die Maschinen? Riesige Dinger. Sie war zu groß für mich. Ich bin um 'ne Kurve geschlittert, hab' ein Kind angefahren und bin abgehauen. Am nächsten Tag hat alles in den Zeitungen gestanden: ein zehnjähriges Mädchen mit zahlreichen Knochenbrüchen. Beine, Arme, Schädel, alles.«

Thirst grunzte etwas. »Aber du hast sie nicht umgebracht? Und sie hat auch keine bleibenden Schäden davongetragen?«

»Nein. Sie hat überlebt. Als ihre Knochen wieder zusammengeheilt waren, war sie völlig okay.«

»Hm«, sagte Thirst. »Dann warst du also doch zimperlicher, als du immer getan hast.« Er dachte einen Augenblick mit gerunzelter Stirn nach. »Hey, Augenblick mal...« Er musterte mich in der Düsternis. »Mein Gott, James! Ach, Jimmy, mein Alter! Jetzt fällt es mir wieder ein. Das war damals in allen Lokalblättern. ›Mädchen von brutalem Motorradrowdy überfahren‹ – oder so was Ähnliches. Da waren auch Bilder von dem Kind drin, war von Kopf bis Fuß bandagiert. Ja, jetzt weiß ich's wieder, eine Norton 750. Aber James, deswegen haben sie Fred Snark eingebuchtet! Der gehörte auch zu uns, bloß daß er ein gutes Stück älter war und nicht so sonderlich helle. Er war grade siebzehn, deshalb haben sie ihn gleich in den Knast gesteckt, nicht in die Besserungsanstalt. Er war wie ein Bruder für dich, James. Nach den ganzen Zeitungsberichten haben sie ihm ordentlich was aufgebrummt. Schwere Körperverletzung, Fahrerflucht, Diebstahl und Fahren ohne Führerschein. Das Mädel war nach vier Monaten wieder in Ordnung, aber er hat fünf Jahre bekommen. Hat Fred gewußt, daß du das warst?«

Ich schluckte. »Nein, er hat's nie erfahren. Ich bin jeden Tag vor dem Polizeirevier in Camberwell Green gestanden und wollte reingehen und gestehen, aber ich hab's nicht geschafft. Ich hab' einfach nicht den Mumm gehabt. Damals war ich noch ziemlich jung, ein bißchen über vierzehn. Irgendwann hab' ich's dann meiner Mutter gebeichtet. Sie hat's meinem Vater gesagt. Ich war mir sicher, daß er mich dazu zwingen würde, mich zu stellen.

Wahrscheinlich habe ich das von ihm erwartet. Statt dessen hat er einen Verwandten, einen Gefängniswärter, gebeten, mir den Kopf zu waschen. Er hat mir ziemlich deutlich gemacht, wie das Leben im Gefängnis aussieht. Vergewaltigung, Syphilis, Mord, Schlägereien, Demütigungen aller Art... Der Kerl hat nicht hinterm Berg gehalten damit. Als er fertig war, hat mein Vater vor ihm mit mir geredet. Das war das einzige Mal, daß mein Vater so viel gesagt hat. Er hat ungefähr gesagt: ›Wenn du deinen besten Freund für ein Verbrechen, das du begangen hast, im Gefängnis schmoren läßt, bist du Abschaum. Du hast kein Recht mehr, einem ehrlichen Menschen die Stiefel zu küssen.‹ Dann hat er eine Weile nichts gesagt. Das werde ich nie vergessen. Ein rhetorischer Kunstgriff, wie ich ihn genialer nie mehr erlebt habe. ›Aber wenn du gestehst, sind die so sauer auf dich, weil du sie an der Nase rumgeführt hast, daß sie dir aufbrummen, was geht. Die merken sich dein Gesicht. Dann verbringst du den Rest deines Lebens im Gefängnis. Die zerstören das Leben deiner Mutter, mein Leben und dein eigenes. Also: Wenn du schon solche Eile hast, erwachsen zu werden, dann kannst du dich jetzt gleich mal mit 'nem Erwachsenenproblem auseinandersetzen. Letztendlich läuft's immer auf die Entscheidung raus, ob du ein Schwein wirst oder ein Trottel.‹«

Wieder grunzte Thirst. »Fred Snark hat dich angehimmelt, weißt du das? Für *dich* hast du die richtige Entscheidung getroffen, ja, aber ich bin eher der Typ Trottel. Wenn das mein bester Freund gewesen wär', hätt' ich gestanden. Kein Wunder, daß du dich immer bloß mit Frauen rumgetrieben hast. Die Männerliebe erschreckt dich. Du verrätst sie.«

Ich wollte meine Beichte zu Ende bringen, also fuhr ich fort: »Ein paar Tage später ist mein Vater mit einem Stapel Bücher und einem Prüfungsplan angekommen. Er hat mir gesagt, wenn ich mich schon entschieden habe, ein Schwein zu sein, könnte ich gleich Anwalt werden, und wenn ich nicht büffle und mir den

Arsch aufreiße, geht er für mich zur Polizei. Wahrscheinlich sollte ich ihm dankbar sein. Von da an war ich innerlich gehetzt, weil ich wußte, daß ich mein Leben lang nur ein Stück Scheiße sein würde.«

»Dann hatte es also überhaupt nichts mit dem Tod deiner Mutter zu tun?«

»Das war auch so ein merkwürdiger Zufall. Meine Mutter hat sich einen feuchten Dreck um Fred Snark geschert. Für sie war er bloß ein geborener Verlierer, der sowieso irgendwann im Knast gelandet wäre. Sie war einfach froh, daß ihr Sohn sich endlich für den ehrlichen Weg entschieden hatte. Ich hatte sie nie so glücklich erlebt. Dann hat sie sich so 'n Virus eingefangen, das das zentrale Nervensystem angreift, und ist innerhalb von vier Tagen gestorben. Wenn man jung ist, kriegt man Schuldgefühle, da kann man nichts gegen machen. Und mein Vater hat immer mich für ihren Tod verantwortlich gemacht. Er hat allen erzählt, es sei meine Schuld. Das hat mir natürlich nicht geholfen.«

Thirst schwieg eine ganze Weile. Er rutschte auf seinem Sitz herum und flüsterte schließlich: »Daisy hat mal gesagt, um zu überleben, hättest du einen ganzen Teil von dir auf Eis gelegt. Übertriebene Selbstkontrolle, das war ihre Lieblingsdiagnose für dich. Sie hat gesagt, meine Qualen wären nichts im Vergleich zu dem Vakuum in dir. Sie hat gesagt, wir wären wie die zwei Hälften einer Person. Ich hatte die Teile, die bei dir nicht funktionierten.«

»Aber bei deiner Hälfte ist sie auch nicht geblieben.«

Er lachte tonlos. »Nein. Sie wollte eben doch idealisiert werden, und das konntest bloß du. Wahrscheinlich war das die Programmierung ihres Daddys. Ich hab's immer gewußt, daß sie ein träges, geiles Miststück ist. Für mich war sie nie die jungfräuliche Prinzessin. Bist du jetzt soweit?«

»Ich werde dich nicht umbringen, Oliver.«

»Keine Sorge – ich mach's dir leicht.«

Er war sich völlig sicher, daß er mich dazu bringen würde, ihn umzubringen. Und ich hatte Angst, daß er recht haben könnte. Schließlich wünschte ich mir nichts sehnlicher, als frei zu sein.

»Ich lasse die Schlüssel stecken«, sagte ich. »Du kannst den Wagen nehmen, ihn stehlen, heimfahren, ins Gefängnis gehen. Oder du kannst ihn eine Klippe runterstürzen – ist mir egal, bloß: Verschwinde aus meinem Leben. Und komm nie wieder.«

Ich stieg aus und ging die verlassene, verwahrloste, düstere Londoner Straße entlang, die ich nicht kannte. Ich konnte die Waffe nicht im Wagen lassen, doch es fiel mir auch kein anderer Platz dafür ein. Also hielt ich sie in der rechten Hand, ohne sie eigentlich zu spüren. Dann hörte ich Schritte hinter mir.

»Bin ganz schön anhänglich, was?«

Ich ging weiter, ohne ihm eine Antwort zu geben.

»Eins hast du vergessen, James – etwas kommt nämlich doch an dich ran. Sie war toll in der Nacht, in der ihre Mutter gestorben ist. Ganz anschmiegsam und verführerisch. Sie hat alles gemacht, was ich wollte, und glaub mir, ich hab' sie dazu gebracht, Dinge zu tun, um die du sie nie gebeten hättest. Als wir verheiratet waren, war's natürlich noch besser. Sie fand's toll, meine Sklavin zu sein. Und wenn sie's nicht toll gefunden hat, hab' ich sie dazu gezwungen. Auf 'ner Party hab' ich sie mal dazu gebracht, auf die Knie zu gehen – so, James – vor den ganzen anderen Typen, und ich hab' meinen Schwanz rausgeholt ...«

Er kniete ungefähr fünf Meter hinter mir auf der Straße. Ich machte auf dem Absatz kehrt, ging die wenigen Schritte zurück und richtete die Waffe auf ihn. Mein Zeigefinger verkrampfte sich um den Abzug. Ich hätte keinerlei Skrupel gehabt, ihn umzubringen, doch nach ein paar Sekunden lockerte sich mein Finger wieder. Ich ließ die Hand sinken.

»Wahrscheinlich lügst du«, sagte ich. »Und außerdem hasse ich dich nicht so sehr.«

Er senkte den Blick. »Dann mach's aus Liebe, mein Alter«, sagte er mit rauher Stimme.

Reflexartig hob ich die Hand wieder, und diesmal drückte ich ab. Er fiel sofort um. Ich ließ die Waffe, die er sorgfältig mit Klebeband umwickelt hatte, um mich zu schützen, neben ihm auf den Boden gleiten.

Jetzt erschienen die letzten Absätze auf dem Bildschirm:

Sie sind böse, George. In biblischer Zeit hätten sie gesagt, Sie sind »unrein«. Sie haben Verkehr mit dem Bösen gepflegt. Und Sie müssen Blut geschwitzt haben, als Thirst getötet wurde.

Sie haben von Anfang an gewußt, daß ich es getan habe, und zwar aus dem gleichen Grund, aus dem Feinberg und Carlford es jetzt wissen. Sie hätten es sogar erraten, wenn Sie sein Telefon nicht angezapft hätten. Der kleine Junge hat meinen Wagen gesehen. Er konnte die Nummer nicht lesen, und er war auch zu weit weg, um zu erkennen, ob ich ein Mann oder eine Frau war, aber er hatte genau das richtige Alter, um das neueste Jaguar-Modell zu erkennen und sich daran zu erinnern.

Sie wollten um jeden Preis Thirsts Akten schließen, bevor Sie in den Ruhestand gingen. Und deshalb konnten Sie es sich nicht leisten, daß irgendein ehrgeiziger junger Detective irgendwelche unerklärlichen Zufälle zutage förderte.

Vor allen Dingen konnten Sie keine Anklage gegen Thirsts Mörder riskieren, am allerwenigsten nach Ihrem sonntäglichen Besuch bei mir. Der große Macker muß Sie sehr gut beobachtet haben, daß Sie sich die Mühe gemacht haben, die Sache mit dem Aufzeichnungswagen so offensichtlich zu arrangieren. Dieser jämmerliche alte Lieferwagen mit den beiden gelangweilten Technikern war wahrscheinlich der einzige Scherz, über den wir beide lachen konnten. Da waren Sie also – und interviewten den Mann, von dem Sie wußten, daß er schuldig war, der aber nicht gestehen sollte, und ich drohte, alles auf Tonband zu sprechen, wenn Sie mir zu sehr auf die Pelle rückten, und der arme Vincent wußte mal wieder wie üblich nicht so genau, was lief.

Als ich Ihnen gesagt habe, daß Thirst mir alles über Sie erzählt hatte, sind Sie auf die Idee gekommen, Daisy vor Gericht zu bringen. Und als Ihnen dann schließlich aufgegangen ist, daß ich lieber gestehen als Daisy ins Gefängnis schicken würde, ist Ihnen so ziemlich das Genialste und Verrückteste in Ihrer ganzen Laufbahn eingefallen – ein Verfahren gegen Daisy, das mit einem Freispruch enden würde, obwohl alle Welt und Scotland Yard sie für schuldig halten würden. Die Akte Thirst wäre endlich abgeschlossen, und Sie könnten Ihren Ruhestand in Frieden genießen. Deshalb haben Sie sich für Nigel Monkson entschieden. Und haben den Jungen nicht aussagen lassen. Und das Verfahren verzögert, bis Daisy im siebten Monat schwanger war. Aber es hat nicht geklappt, George. Ich bin schuldig, und ich kann es beweisen.

Daisy hob den Blick. Ich ging zum Computer und drückte ein paar Tasten. Das Wort »Gelöscht« erschien auf dem Bildschirm. Ich kniete neben ihrem Stuhl nieder, nahm ihre Hand, küßte sie.

»Ich hätte wirklich gestanden, wenn sie dich verurteilt hätten. Das glaubst du mir doch, oder? Ich habe dafür gesorgt, daß George das wußte; deswegen habe ich ihm auch ständig mit den Dokumenten vor der Nase herumgewedelt. Er wußte genau, was das bedeutete.«

Sie wartete ziemlich lange, bevor sie etwas sagte. »Tja, es hat also funktioniert, stimmt's? Sein verrückter Plan. Du hast die Briefe für den Fall geschrieben, daß es nicht klappt, aber es hat funktioniert, genau wie all seine anderen Pläne. Ich kann mir nicht vorstellen, daß eine Frau sich etwas so Teuflisches ausdenken könnte. Wie kommt der bloß mit sich selber zurecht? Wie kann er noch schlafen?«

»Thirst hat gesagt, er nimmt Drogen. Er ist sehr diszipliniert und nimmt genau die Menge, die er braucht, um eine bestimmte Wirkung zu erzielen. So hat er mit dem Schlafen kein Problem. Er läßt natürlich die Finger von Halluzinogenen, er bevorzugt Kokain.«

Sie bekam eine Gänsehaut. »Und die Welt wird wirklich von Männern wie ihm regiert?«

Ich verließ das Zimmer und holte ein großes Glas Armagnac zum Entspannen. Als ich wieder zurückkam, tätschelte ich ihren dicken Bauch. »Nun, wir haben's geschafft, stimmt's?«

Sie erwiderte nichts darauf.

»Ich denke, Beziehungen sind sehr bizarr«, sagte sie nach einer Weile. »Weißt du, warum ich das alles gemacht habe – das Verfahren und so? Weißt du, was mich die ganzen Monate aufrechtgehalten hat?«

»Schuldgefühle, vielleicht auch die Liebe. Das hoffe ich jedenfalls. Solche Dinge.«

»Eigentlich nicht. Die Liebe erhält einen nicht aufrecht – sie verschwindet, wenn's haarig wird, das habe ich jetzt gelernt. Heute denke ich das erste Mal seit Monaten an meine Liebe zu dir. Während des Prozesses habe ich dich nur gehaßt. Nein, was mich am Leben gehalten hat, war der Machismo. Wir sind ganz schön blöd, wenn wir glauben, nur Männer sind Machos – auch Frauen können Machos sein, stimmt's? Nur so kann man überleben. Tollkühnheit, die stille Befriedigung darüber, daß man etwas Reales tut, um wirkliche Einsätze spielt. Ich habe wirklich nicht gedacht, daß ich deine Absolution bräuchte, weil ich damals mit Oliver geschlafen habe; das war nur ein Spiel, zu dem du mich gezwungen hast. Für mich war es das Natürlichste auf der Welt, in der Nacht, in der meine Mutter gestorben ist, Trost bei einem Freund zu suchen. Du warst ein ganz schöner Arsch, daß du ein solches Trara drum gemacht hast. Ich bin nicht deswegen vor dir auf die Knie gefallen, weil ich was falsch gemacht hatte, sondern weil ich dich wieder zurück wollte. Ich hab's aus Liebe getan, Liebe mit großem ›L‹. Aber du warst nicht groß genug für die Liebe, also hab' ich Oliver geheiratet. Doch die ganzen Jahre ist mir dein Spott nicht aus dem Kopf gegangen. Du hast immer wieder gesagt, ich hätte nicht den Schneid, wirklich etwas zu machen, es wäre alles nur heiße Luft. Wahrscheinlich habe ich dir das sogar irgendwo geglaubt. Ich hab' mich vor meiner eigenen Feigheit geekelt. Ich hab' gedacht, wenn ich Oliver heirate, werde ich davon kuriert, aber in Wahrheit war Oliver ein ziemlicher Waschlappen – er hat fast die ganze Zeit damit verbracht, sich selbst zu bemitleiden. Sein Selbstmitleid hat für ihn alles gerechtfertigt, sogar daß er mich verprügelt hat.

Ich wollte meinen Namen verewigen, auf einer harten Oberfläche. Ich bin nicht so schlau wie du, aber dafür habe ich Nerven aus Stahl. Und genau das hat mir auch an Oliver gefallen. Du hast gedacht, ich habe ihn aus Rache geheiratet, obwohl ich die ganze Zeit dich liebte. Das stimmt nur zum Teil, denn ich habe auch den erstaunlichen Wagemut geliebt, der zum Vorschein kam, wenn er grade kein Selbstmitleid hatte. Weißt du, in welche Persönlichkeit ich während des Verfahrens geschlüpft bin? In die von Oliver, und ich hab's besser gemacht als er, weil ich dafür gesorgt hab', daß kein Selbstmitleid ins Spiel kommt. Ich hab' die Sache auch nicht durch Prahlerei vermasselt, wie's ein Mann wahrscheinlich getan hätte. Ich hab' was gelernt dabei: Vielleicht ist das Verbrechen die einzig wirkliche Herausforderung, die uns in diesem Land der Wichser noch geblieben ist. Nun, es hat funktioniert – ich hab' dich vor einer Mordanklage gerettet, damit du diesem Kind ein guter Vater werden kannst.«

Sie sah mich an und lachte.

Sie wirkte glücklich, wenn auch ein bißchen distanziert, als wolle sie sich nicht von mir infizieren lassen.

[42]

Nach der Geburt des Kindes machten wir eine schlimme Zeit durch. Mittlerweile waren wir verheiratet, und meine Karriere war zu Ende. Sozusagen über Nacht waren meine Kollegen zu der Meinung gelangt, daß meine Uhr abgelaufen und meine Verbindungen zur Unterwelt zu gefährlich seien. Dabei ging es nicht nur um das Verfahren selbst. Ich hatte den Verdacht, daß jemand den Mund nicht gehalten hatte. Vielleicht Feinberg, wahrscheinlicher jedoch Carlford. Sie wußten beide, daß ich Thirst getötet hatte, und Carlford war zu bekannt, reich und alt, als daß er sich Gedanken darüber hätte machen müssen, ob er mir schadete. Ich glaube, der Fall hatte ihn amüsiert und ihm Gesprächsstoff für Abendeinladungen gegeben. Jedenfalls bekam ich keine Aufträge mehr von den Solicitors.

Nicht mein schwindendes Einkommen machte mir Sorgen, sondern der Verlust meiner Identität. Ich wurde immer nervöser und launischer. Als Oliver zur Welt kam, ging es mir ziemlich schlecht. Doch den Todesstoß versetzte mir die Veränderung in Daisy.

Nichts hatte mich auf die entsetzliche Banalität der Mutterschaft vorbereitet. Mein letzter großer Traum von der Liebe ertrank in einer Babybadewanne mit lauwarmem Wasser. Daisy schenkte Oliver ihre Seele – und er krabbelte damit herum, während sie ihm verzückt dabei zusah. Ich hatte dem Namen aufgrund meiner Schuldkomplexe widerwillig zugestimmt, als könnte das Leben, das ich beendet hatte, durch ein Wort wiedererstehen, doch der Zauber richtete sich letztendlich auf eine Weise gegen mich, die ich nicht hatte vorhersehen können: Er verführte sie.

Daisy wurde langweilig und machte monatelang keinen guten Witz mehr. Sie vergaß die Heldenhaftigkeit des Verbrechens völlig. Ihre Äußerungen wurden immer wohlbedachter und durchschnittlicher, als könne jede Schärfe das Kind verletzen. Sie lächelte sogar über das kleine Heer von Kinderschwestern, Sozialarbeitern und Ärzten, das offenbar heutzutage zu einer Mutterschaft gehört. Urplötzlich erklärte sie mir, sie verstehe die Boshaftigkeit der Welt nicht. Sie las sorgfältig die Inhaltsstoffe auf Lebensmittelpackungen, sorgte sich um die Umwelt und nahm nur noch Drogen, die ihr verschrieben worden waren. Ziemlich oft schaute sie sich am Nachmittag das Kinderprogramm im Fernsehen an, obwohl Oliver noch zu klein war, es zu verstehen. Sie lächelte glücklich über Witze, die für Fünfjährige bestimmt waren.

Oliver manipulierte sie. Sein Jammern konnte sie aus dem tiefsten Schlaf holen. Und es war ihr auch nicht besonders recht, wenn ich ihn auf dem Arm hatte. Sie zuckte zusammen, wenn sie ihn in den Händen eines Mörders sah.

Ich verspürte nicht das Bedürfnis, eine engere Bindung mit ihm einzugehen; er hatte mir Daisy weit effektiver weggenommen, als es sein Namensvetter je getan hatte. Falls Daisy das Gefühl hatte, daß mich düstere Gedanken heimsuchten, wenn ich mit ihm allein war, täuschte sie sich nicht.

Aber ich ergab mich in mein Schicksal. Unser Sohn würde also von einer geistlosen Mutter und einem enttäuschten Vater aufgezogen werden, genau wie alle anderen Kinder. Das war für mich die schlimmste aller Strafen.

Ich habe keine Ahnung, wann Daisy schließlich merkte, was ich in den Nächten trieb. Wahrscheinlich glaubte sie ihren eigenen Befürchtungen nicht. Das erste Auto, das ich klaute, war ein alter Morris Minor. Hinterher kotzte ich auf die Straße, aber es tat mir gut. Bereits damals wußte ich, daß das zur Gewohnheit werden würde. Ohne wirklich darüber nachzudenken, ging ich davon aus, daß Daisy es herausfinden und mich verraten würde. Ich war ziemlich überrascht, als sie neulich nacht sagte, sie würde mich begleiten.

Es war ein Porsche, ein roter Porsche. Ich nahm sie ein paarmal mit, um die Gegend auszukundschaften, bevor ich ihn stahl. Ich ließ es nicht zu, daß sie selbst mit zum Tatort kam, denn ich konnte ja erwischt werden. Am gefährlichsten ist der Augenblick, wenn man wegfährt. Ich verabredete mich in einer Seitenstraße in der Nähe der U-Bahn-Station South Kensington mit ihr.

Wir machten eine herrliche Spritztour. Sie hat wirklich Nerven aus Stahl, Daisy. Hinterher schliefen wir zum erstenmal seit Monaten wieder miteinander. Ich spüre, daß dieses neue Spiel uns wieder zusammenbringen wird. Das sah ich an dem Glanz in ihren Augen und den schmutzigen Witzen, die sie sich auf dem Heimweg ausdachte.

SERIE PIPER

Joseph R. Garber

Der Schacht

Roman. Aus dem Amerikanischen von Sonja Hauser und Christian Spiel. 367 Seiten. SP 2476

Jeden Morgen kurz vor 7.00 Uhr genießt Dave Elliot noch einmal die Stille seiner Chefsuite im 45. Stockwerk Midtown New York, bevor sein Arbeitstag beginnt. Aber dieser Tag ist anders als alle Tage zuvor: an diesem Tag versucht jeder, der Dave begegnet, ihn umzubringen. Sein Chef macht den Anfang, als er ihm mit durchgeladener Pistole und der festen Absicht, ihn zu erschießen, gegenübertritt. Und der 50stöckige Büro-Tower scheint zu wimmeln von Leuten, die nur eines wollen: Dave Elliots Leben. Er hat 24 Stunden Zeit, um herauszufinden, warum... Dave kämpft einen fast aussichtslosen Kampf gegen einen überlegenen Gegner, der alle Vorteile auf seiner Seite hat. In dieser Situation erwachen in ihm plötzlich wieder alle Instinkte und Überlebenstechniken, die er längst vergessen zu haben glaubt. So eskaliert die höllische Verfolgungsjagd durch die Fahrstuhlschächte, Treppenhäuser und über die Fassade des Wolkenkratzers in einen erbarmungslosen Schlagabtausch zwischen den Häschern auf der einen und dem Opfer auf der anderen Seite.
Eine perfekt inszenierte, wahnwitzige Verfolgungsjagd in einem Büro-Tower in Manhattan. Selten war die Einsamkeit eines Menschen, der gnadenlos in die Enge getrieben wird, so hautnah zu spüren.

»Die Jagd durch Fahrstuhlschächte und Treppenhäuser hat Joseph R. Garber so aufregend inszeniert, daß man am verblüffenden Schluß ganz atemlos ankommt.«
Bild am Sonntag

»Garber hat es glänzend verstanden, die atemberaubende Menschenjagd durch Fahrstuhlschächte und Treppenhäuser in eine dichte, treibende Sprache umzusetzen... Dem Leser wird hier wahrlich keine Atempause gegönnt, er vermag sich darum auch der Dramatik kaum zu entziehen.«
General-Anzeiger

John Burdett

Die letzten Tage von Hongkong

Roman. Aus dem Englischen von Sonja Hauser. 487 Seiten. SP 2632

Endzeit-Atmosphäre in Hongkong – eine explosive Mischung aus Gier und Macht, Geld und Sex. Nur noch wenige Wochen, bis die boomende britische Kronkolonie an das chinesische Mutterland zurückfällt. In dieser Zeit des Machtwechsels werden drei Menschen bestialisch ermordet. Für Chefinspektor Chan, Sohn eines Iren und einer Chinesin, wird der Fall zu einer gefährlichen Gratwanderung, denn die Drahtzieher dieses Verbrechens sind offensichtlich auf höchster Ebene bei Briten und Chinesen zu suchen. Chan stößt auf ein Geflecht aus italoamerikanischen Mafiosi, chinesischen Triaden und kommunistischen Militärs. Es geht um Geldwäsche, Drogenhandel und angereichertes Uran. Ein packender Thriller von Hongkong-Kenner John Burdett, in dem er zugleich ein prägnantes Bild vom Ende einer Ära zeichnet.

Peter Zeindler

Salon mit Seerosen

Roman. 292 Seiten. SP 2522

Ernst Korber ist siebzig, erfolgreicher Züricher Wirtschaftsanwalt, schwerreich und hat das Leben und seine Umgebung noch fest im Griff. Ein Bild – »Salon mit Seerosen« – in der Galerie seiner Tochter Melanie, zieht ihn magisch an, es wird zum Menetekel werden. Wie immer steht Korber fürs große Geschäft zur Verfügung, fünfzehn Millionen Dollar sind in Form von russischem Rohöl nach Hamburg unterwegs, Korber vermittelt und organisiert, was im Klartext russische Geldwäsche im Weltformat heißt …

»Korber sticht wohl darum gegen alle anderen Beteiligten ab, weil ihn eine nahezu dürrenmattsche Tragik zur durchaus literarischen Attraktion macht.«

Neue Zürcher Zeitung

SERIE PIPER

Peter Lovesey

Die Frau im See

Peter Diamond – der letzte Detektiv. Aus dem Englischen von Ulrike Wasel und Klaus Timmermann. 367 Seiten. SP 5672

Peter Diamond ist über vierzig, übergewichtig, überempfindlich, sehr erfolgreich und vielen ein übergroßes Ärgernis. Er ist Leiter der Mordkommission in Bath, einem kleinen Badeort im Südwesten Englands, und er ist einer vom alten Schlag: ein echter Schnüffler, der an Intuition glaubt und Computern und Karrieristen grundsätzlich mißtraut. Eine nackte Frauenleiche wird in einem See nahe Bath gefunden, weder Spuren noch Todesursache können zweifelsfrei geklärt werden. Wochen später meldet sich der Ehemann und identifiziert die Tote als seine Frau, einst eine gefeierte Fernsehschauspielerin. Alle Indizien belasten zunächst den Ehemann, dann die alleinerziehende Dana Didrikson … Ehe Diamond seine Ermittlungen zu Ende führen kann, quittiert er beleidigt den Dienst. Selbstzweifel lassen ihn auf eigene Faust weiterermitteln und feststellen, wie verlorengegangene Briefe von Jane Austen, ausgebüxte Chorknaben, Drogen und ein schwarzer Mercedes in dieses Puzzle passen.

Die Fährte des Mädchens

Peter Diamond – der letzte Detektiv. Aus dem Englischen von Ulrike Wasel und Klaus Timmermann. 342 Seiten. SP 5671

Peter Diamond, brummiger Ex-Polizist, übergewichtig und hypersensibel, verliert erneut seinen Job, diesmal als Wachmann bei Harrods in London: Er hatte beim Zusperren des Kaufhauses ein achtjähriges japanisches Mädchen nicht bemerkt. Diamond will seinen Fehler wiedergutmachen und versucht auf eigene Faust, die Identität dieses seltsamen autistischen Kindes zu ermitteln. Da wird Naomi entführt, und Diamond folgt ihrer Spur nach New York und Japan. Mit Hilfe eines berühmten Sumo-Ringers und dem New York Police Department gelingt es ihm, Licht ins Dunkel zu bringen und die kriminellen Machenschaften um eine feindliche Firmenübernahme und ein Arzneimittel mit gefährlichen Nebenwirkungen aufzuklären.

Gerechtigkeit für einen Mörder

Peter Diamond – der letzte Detektiv. Aus dem Englischen von Ulrike Wasel und Klaus Timmermann. 349 Seiten. SP 5670

Sarah Andrews

Das Ölfeldkomplott

Emmy Hansen ermittelt. Aus dem Amerikanischen von Susanne Aeckerle. 348 Seiten. SP 5666

Emily (kurz Em) Hansen, jung, ledig, intelligent, burschikos, doch schüchtern und leicht zu verunsichern, hat sich ausgerechnet einen Männerberuf ausgewählt: Sie ist Geologin, hat gerade ihr Studium abgeschlossen und arbeitet nun bei einer Ölgesellschaft auf den Ölfeldern von Wyoming. Als Ems väterlicher Freund und Mentor durch einen dubiosen Autounfall ums Leben kommt, folgt sie ihrer Intuition und stellt hartnäckig Ermittlungen an. Irgend etwas ist faul in der Ölgesellschaft und mit dem vielversprechenden Bohrloch 17-1. Als schwerwiegende Arbeitsunfälle zunehmen und ein weiterer Kollege, inzwischen mißtrauisch geworden, durch einen seltsamen Unfall stirbt, gerät auch Em zunehmend in Lebensgefahr. Doch sie überwindet ihre Furcht und löst den Fall bravourös.

»Das Faszinierendste ist die Tour durch die Welt der Ölfelder, die Sarah Andrews selbst so gut kennt. Und sie belohnt uns mit einem sehr lebendigen Krimi.«

Tony Hillerman

Ein schlechter Tausch

Emmy Hansen ermittelt. Aus dem Amerikanischen von Susanne Aeckerle. 360 Seiten. SP 5680

Emmy Hansen wird als Geologin in die Zentrale der Blackfeet Oilgesellschaft in Denver befördert. Warum hat ausgerechnet Em den hochdotierten Posten erhalten? Noch während ihres Antrittsgesprächs beim Chef segelt ein Mann am Fenster vorbei und stürzt in die Tiefe. Em ist entsetzt. Entsetzt über die Kollegen, die herzlos dumme Witze über den Todesfall reißen, und entsetzt darüber, daß sie an ihrem neuen Arbeitsplatz weder ein konkretes Aufgabengebiet hat noch Informationen bekommt. Doch es bleibt nicht bei nur einem Todessturz aus dem sechzehnten Stock. Em läßt sich bei ihren Ermittlungen nicht abschrecken. Viele Fragen tauchen auf: Was haben zum Beispiel ihre Schulfreundinnen und deren Männer mit den merkwürdigen Todesfällen zu tun? Sie muß auch dieses Mal feststellen, welch tödliche Folgen Geld und Macht im Ölgeschäft haben.

SERIE PIPER

Frederick Forsyth

»Zeitgeschichte und Erfindung sind bei Forsyth so brillant gemischt, daß man die Grenzen nicht sieht und sich letzten Endes fragen muß, ob man wirklich einen Roman vor sich hat oder eine Reportage aus unseren Tagen.«
Die Welt

Die Akte ODESSA
Roman. Aus dem Englischen von Tom Knoth. 395 Seiten. SP 5522

Das mitreißende Erzähltempo läßt den Leser zum willigen Opfer des Autors werden.«
New York Times

Die Hunde des Krieges
Roman. Aus dem Englischen von Norbert Wölfl. 436 Seiten. SP 5529

In Irland gibt es keine Schlangen
Zehn Stories. Aus dem Englischen von Rolf und Hedda Soellner. 323 Seiten. SP 5637

Am Ende aller Geschichten kommt immer ein überraschender Knalleffekt, raffiniert witzig oder schockierend. Hier beweist sich Forsyth als der unvergleichliche Meister des Nervenkitzels.

Der Lotse
Aus dem Englischen von Rolf und Hedda Soellner. 75 Seiten mit Illustrationen von Chris Foss. SP 5503

McCreadys Doppelspiel
Thriller. Aus dem Englischen von Christian Spiel und Rudolf Hermstein. 496 Seiten. SP 5655

Der Schakal
Roman. Aus dem Englischen von Tom Knoth. 438 Seiten. SP 5511

»Wie Forsyth das Räderwerk einer Verschwörung bloßlegt, das übertrifft in seiner Meisterschaft Fleming und le Carré.«
L'Express

Des Teufels Alternative
Roman. Aus dem Englischen von Wulf Bergner. 512 Seiten. SP 5545

»Die handwerkliche Perfektion ist schier unerschöpflich, das wohlige Gruseln fast endlos.«
Neue Zürcher Zeitung

Der Unterhändler
Roman. Aus dem Englischen von Christian Spiel und Rudolf Hermstein. 526 Seiten. SP 5577

Das vierte Protokoll
Roman. Aus dem Englischen von Rolf und Hedda Soellner. 500 Seiten. SP 5506

Daniel Silva

Double Cross – Falsches Spiel

Roman. Aus dem Amerikanischen von Reiner Pfleiderer. 568 Seiten. SP 2816

Operation Mulberry: so lautete das Kodewort für die alliierte Invasion in der Normandie und war das bestgehütete Geheimnis des Zweiten Weltkriegs. Als der englische Geheimdienst meint, alle deutschen Spione enttarnt und umgedreht zu haben, setzt die deutsche Abwehr ihre attraktivste Geheimwaffe ein: Catherine Blake, Top-Agentin, eiskalt und brillant. Mit atemberaubender Präzision geht sie auf die Jagd nach den alliierten Plänen. Auf der Gegenseite wurde, von Churchill persönlich, der Geschichtsprofessor und geniale Analytiker Alfred Vicary eingesetzt – ihr absolut ebenbürtiger Gegenspieler, der in letzter Minute entdeckt, daß es ein zweites deutsches Spionagenetz gibt. Catherine Blake ist in seiner nächsten Nähe … Daniel Silva verdichtet den teuflischen Wettlauf mit der Zeit, als das Schicksal Europas auf des Messers Schneide steht, zu einem rasanten Thriller.

Dean Fuller

Tod in Paris

Roman. Aus dem Amerikanischen von Inge Leipold. 435 Seiten. SP 2744

Alex Grismolet ist ein Lebenskünstler: Er wohnt mit seinem Mündel auf einem Hausboot mitten in Paris, in seiner Freizeit spielt er Tuba. Grismolet ist Chefinspektor der Sûreté, seine Methoden sind alles andere als alltäglich. In seinem kauzigen Assistenten Varnas hat er einen kenntnisreichen Helfer. Als in der Abenddämmerung eines kalten Novembertages im Parc Monceau die Leiche des betagten, angesehenen Diplomaten und Geschäftsmannes Andrew Wilson gefunden wird, weisen die Spuren zunächst auf einen Raubmord hin. Schnell wird ein junger Araber verdächtigt, aber Grismolet und Varnas bleiben skeptisch: Die geheimnisvolle Mordwaffe und der Freundeskreis des Toten führen das Duo zum Motiv der Tat. – Dean Fuller versteht sich auf präzise Charakter- und Milieubeschreibungen und verfügt über das nötige Maß an Humor, so daß die Lektüre immer ein spannendes Vergnügen bleibt.

Jan Guillou

Coq Rouge

Ein Coq-Rouge-Thriller. Aus dem Schwedischen von Hans-Joachim Maass. 440 Seiten. SP 5578

»Clever mischt Guillou verbürgtes Insiderwissen und realistische Fiktion, und so ist ›Coq Rouge‹ … zu einer kompakten Agentenreportage geworden, die es mit den Romanen eines John Le Carré aufnehmen kann.«
Stern

Der demokratische Terrorist

Ein Coq-Rouge-Thriller. Aus dem Schwedischen von Hans-Joachim Maass. 418 Seiten. SP 5592

»Die präzise Schilderung vom Hamburger Hafenstraßen- und Geheimdienstmilieu, die politische Auseinandersetzung im fiktiven Dialog mit Terroristen, deren Biographien echt sind, fasziniert. Das Ende schließlich schockiert.«
Neue Presse Hannover

Im Interesse der Nation

Ein Coq-Rouge-Thriller. Aus dem Schwedischen von Hans-Joachim Maass. 482 Seiten. SP 5634

»Was die Action-Romane von Guillou so faszinierend macht, ist die Mischung aus Sciencefiction und Insiderwissen.«
Abendzeitung

Feind des Feindes

Ein Coq-Rouge-Thriller. Aus dem Schwedischen von Hans-Joachim Maass. 436 Seiten. SP 5632

Ein hochbrisanter Thriller voller packender Action und mit überraschenden Wendungen.

Der ehrenwerte Mörder

Ein Coq-Rouge-Thriller. Aus dem Schwedischen von Hans-Joachim Maass. 480 Seiten. SP 5644

Unternehmen Vendetta

Ein Coq-Rouge-Thriller. Aus dem Schwedischen von Hans-Joachim Maass. 560 Seiten. SP 5654

Niemandsland

Ein Coq-Rouge-Thriller. Aus dem Schwedischen von Hans-Joachim Maass. 512 Seiten. SP 5656

Der einzige Sieg

Ein Coq-Rouge-Thriller. Aus dem Schwedischen von Hans-Joachim Maass. 600 Seiten. SP 5682

Im Namen Ihrer Majestät

Ein Coq-Rouge-Thriller. Aus dem Schwedischen von Hans-Joachim Maass. 576 Seiten. SP 2932

S. T. Haymon

Rockstars hängt man nicht

Ein Inspektor-Jurnet-Roman. Aus dem Englischen von Vera Mansfeldt. 330 Seiten. SP 5534

Ein Werbegag wird blutiger Ernst: Am Morgen nach seinem Konzert hängt der Leadsänger der Rockgruppe »Second Coming« tot an dem Kreuz, an das eigentlich sein Ebenbild aus Wachs gehörte. Inspektor Ben Jurnets Ermittlungen stehen zunächst unter dem Motto »Sex and Drugs and Rock 'n' Roll«...

Blaues Blut

Ein Inspektor-Jurnet-Roman. Aus dem Englischen von Gabriele Broszat. 305 Seiten. SP 5505

»Ein weiteres Meisterstück von S. T. Haymon: diskreter Sex, ein Dutzend unvergeßlicher Charaktere und historische Stätten.«

Kirkus Review

Gefährliche Wissenschaft

Ein Inspektor-Jurnet-Roman. Aus dem Englischen von Vera Mansfeldt. 261 Seiten. SP 5576

Der Tod geht um in der normannischen Burg von Angleby – auf einem Kongreß von Physikern. Inspektor Jurnet erlebt, wie hinter der Fassade akademischer Wohlanständigkeit gefährliche Leidenschaften lauern.

Ritualmord

Ein Inspektor-Jurnet-Roman. Aus dem Englischen von Christine Mrowietz. 266 Seiten. SP 5504

»Die Autorin übertrifft mit dieser Geschichte die meisten Bücher dieses Genres.«

Times Literary Supplement

Mord macht frei

Ein Inspektor-Jurnet-Roman. Aus dem Englischen von Vera Mansfeldt. 266 Seiten. SP 5643

Eine Autobombe jagt Inspektor Jurnets Rover in die Luft. Seine Verlobte Miriam kommt dabei ums Leben. Galt der Terroranschlag ihm oder gar dem Polizeiapparat? War die IRA Drahtzieher des feigen Mords? Jurnets Suche nach Motiv und Mörder wird zu einer Reise in die politische Vergangenheit und Gegenwart Englands, aber auch ins Innerste seines eigenen Herzens.

Mord im Druidenhain

Ein Inspektor-Jurnet-Roman. Aus dem Englischen von Anita Maurus. 327 Seiten. SP 5617

Inspektor Jurnet unternimmt mit seiner Freundin einen Ausflug zu den Ausgrabungsstätten des druidischen Heiligtums und findet prompt in den Dünen eine weibliche Leiche ...